摘星译丛

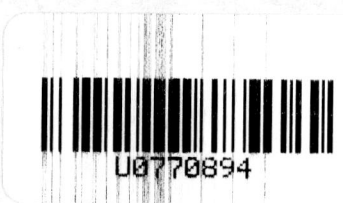

木偶综合征

Синдром Петрушки

〔以色列〕吉娜·鲁宾娜——著

Дина Рубина

李暖——译

山東文藝出版社

吉娜·鲁宾娜的多元世界（代序）

弗·阿格诺索夫　李英男

多年来，吉娜·鲁宾娜在世界文坛上名声飞扬，获奖累累。其新作层出不穷，已被翻译成多种文字在俄罗斯、以色列及欧洲许多国家出版，并备受读者和文艺评论家的赞赏。她居住在以色列，用俄语写作，作为境外俄语作家，有非同一般的生活经历。

吉娜·鲁宾娜于1953年9月19日出生在苏联塔什干（今乌兹别克斯坦共和国首都）一个犹太家庭。二战时期的人口大疏散使她的祖辈从乌克兰迁徙到大后方乌兹别克斯坦。鲁宾娜的少年时代，苦涩、艰辛的生活环境与浓郁的艺术芳香并存，为她后来的文学创作提供了许多原始素材。鲁宾娜回忆说，她步入文坛是因为看到了“命运的微笑”。16岁时，她发现一个中学生的处女作居然出现在青年人最爱读的《青春》杂志上，于是励志向上的她不甘落后，把自己的短篇小说《不安分的个性》也寄到编辑部，被接受了。此后鲁宾娜经常在《青春》杂志上刊登短篇小说，1977年发表中篇小说《雪，什么时候会飘下来?》（又译为《何时飘雪》），吸引了许多读者，24岁的她成为乌兹别克斯坦作家协会最年轻的会员。

1984年，鲁宾娜结识了她的第二任丈夫——画家鲍里斯·卡拉菲洛夫，婚后从塔什干搬到莫斯科。此时，除了小说之外，她还写了几部电影剧本，随后被拍摄成《上马斯洛夫卡大街》《柳勃卡》等受人欢迎的故事片。通过剧本创作，鲁宾娜熟练掌握了多层次叙事技巧，将电影思维与文学思维融为一体，把转化镜头的构思方法用于小说文本，进一步铸就了自己的文学特色。

鲁宾娜一步步走向成功，前半生的道路看起来相当平坦，然而，在这一段路程中，她也有过受挫、婚变等不幸经历。尤其是苏联解体前夕，社会剧烈动荡，道德风气败落，她被迫放弃在莫斯科的温馨住宅和固定收入，同丈夫和两个孩子移民以色列。他们在那里白手起家，开始筑造新的生活。起初，她在有钱人的别墅里擦地板、干杂活糊口，后来，用她自己的话来说，“曾担任过一些公职，但更多的是写作、讲演，在‘占领区’度日，在弹雨中穿行，得了几项文学奖，出了一本又一本的书”。对于自己的抉择，鲁宾娜从不后悔，她说：“置身这个国度（即以色列），我发现了一生中最大的巧合……也就是这个国家的生活风尚与我的写作风格之间的契合。这么说吧，我最偏爱的体裁是悲喜剧，悲剧的主调时时掺杂着讽刺和幽默，既有较粗俗的调侃，也有高雅的风趣……”

鲁宾娜所指出的这些特色在其长篇小说《救世主降临!》中均有所体现。书中的主人公是俄裔犹太人，他们过着一种“很不体面、闹剧般的，又极尽悲哀的生活”。他们喋喋不休地斥责以色列的社会现实，但又把这片土地视为心灵的家园；他们埋怨耶路撒冷房租太高，却决然不肯离开这座城市。书中精心描绘的这些“笑话般的现实”，随着情节的展开，逐渐表露出越来越多的悲剧特质。“冲锋枪的射击声”常常刺穿以色列人的睡梦。连原本寻常的烟花爆炸声都会让女人们发出“恐惧的尖叫”，因为“我们这个特别地区的特别之处就在于这里的人随时随地都会挨炸升空，落地时，已是缺胳膊断腿的样子”。小说的结局是“一场意外发生的愚蠢的误杀”，更加突出了悲剧色彩，引发读者对罪恶、牺牲和救赎的哲理性思考。

在鲁宾娜的艺术世界中，塔什干这座城市占据着特殊的地位，2006年问世的长篇小说《在街道阳面》对塔什干做了尤为细腻的书写。小说中，形形色色的人物沿着“过去”和“现在”两个时间维度行走在塔什干阳光灿烂的街道上，他们的生活环境体现了这座绚丽多彩的城市所具有的文化多元性。每个人物都有自己的辛酸故事，恩恩怨怨，爱恨交织，但最终得以彼此宽恕，走向和谐。历史有其残酷的一面，有善与恶之间的较量，畸形人格会把人推向黑暗，尽管如此，作者还是通过小说的主调和一句歌词——“在街道阳面/生活有多么甜蜜”，把阳光和希望送给读者。这部作品体现了鲁宾娜塑造人物群像的技巧和图像化的叙事能力，这是她最为鲜明的创作特色。此外还有经常出现的插笔，以第一人称的口吻讲述作者自己的故事，抒发对童年记忆中塔什干的情感。小说末尾描述作者故地重游，寻找过去的踪迹，发现昔日的塔什干如同消逝的童年，已一去不复返……

此后，鲁宾娜连续写出三部长篇小说《达·芬奇的笔迹》《科尔多瓦的白鸽》和《木偶综合征》，将其作为完整的系列，取名“缥缈人生三部曲”。在早期创作中，鲁宾娜就已经表现出对系列短篇的偏爱，之后，她的长篇小说也同样走向系列化。“缥缈人生三部曲”的主人公们都属于特殊的人物类型，他们都有卓尔不群的精神品质，反复思索着人生一些根本性命题，在矛盾重重的现实世界里努力探寻着与众不同的道路，并在这条路上备受煎熬。

三部曲的第一部《达·芬奇的笔迹》围绕小女孩安娜的成长过程展开。安娜是20世纪欧洲著名的传奇人物、特异功能大师沃尔夫·梅辛的后代，天生具有预知未来的非凡能力。她和达·芬奇一样用左手书写，这种书写法被称作“镜像体”或“达·芬奇笔体”。然而，拥有先知之明的她经常遭到误解，身边的俗人或把她错当作天使，或把她看成女巫。痛苦难耐的安娜一心想破解自己的天赋之谜，而鲁宾娜在小说中所关注的则是天才在庸人世界中的命运。

《科尔多瓦的白鸽》的主人公扎哈尔·科尔多文具有复杂的双重人格：他既是一个天才画家，又是一个技艺高超的艺术品伪造者。在这部作品中，鲁宾娜成功地描绘出一幅典型的20世纪人物肖像。一方面，科尔多文聪慧多才，有自己的道德准则，坚信在拜金主义的时代，唯有艺术、友谊和爱情才配有存在的权利；另一方面，他又玩世不恭，喜爱弄虚作假，伪造名画并以天价卖给暴发户，他卓尔不凡的绘画天赋全部浪费在这些见不得人的丑事上，未给后世留下任何真正的精品。然而，科尔多文不是无可救药的。他逐渐发现，逃避现实的态度经不起时间的检验，寻根之旅使得他对爱获得了更为深层的理解。故事末尾，他奋不顾身，拯救了被暴徒追击的亲人，最终以胜利者的姿态离开了人世。

三部曲的最后一部《木偶综合征》融合了哲理性与心理性小说的特点，在家庭故事中增添了神秘主义色彩。故事中心是天才的木偶剧艺术家彼佳与丽萨的狂热爱情和两个人崎岖复杂的情感之路。小说题目中的"偶"是贯穿全篇的关键词，引出若干值得深思的问题：一个人能否摆脱命运的安排，或者只能充当其手中的玩偶？男人对女人的狂恋会不会剥夺女人的灵魂，使其成为百依百顺的木偶？完美无缺的人偶是否能替代活生生的人？小说情节曲折动人，场景描绘丰富多彩，人物性格刻画深刻，体现了作者不同凡响的写作水平。皆大欢喜的结局表达了鲁宾娜对人及其才华的信念，奏响了乐观主义终曲。

二十多年来，鲁宾娜的艺术眼界在不断拓展。苏联时期创作的中短篇小说中，主人公所生活的世界具有鲜明的地域特征，而后期作品绝不局限于某个具体地域，也不受时间地点的约束。在作者看来，现代人并不会只停留于故乡，而是会放眼整个世界，何况我们生活在小小的地球村里，摆在人们面前的命题已超出地域所限，拥有了共同的特质。

鲁宾娜新近创作的长篇巨著"俄罗斯金丝雀三部曲"（2014年在俄罗斯出版）是一部家族史诗。第一部《热尔图辛》书写了贯穿整个20世纪的两个家族故事。小说中登场的第一个家族来自哈萨克斯坦，以驯养金丝雀为爱好。他们驯养的鸟儿中有一只拥有异乎寻常的歌喉，堪与人声媲美，得名“热尔图辛”。另一个是来自敖德萨的艾丁格尔犹太家族，他们几代人激情澎湃，才华横溢，拥有精彩的生活经历。这两条故事线索分别展开，直到最后才出现交叉，为三部曲的第二部做了铺垫。第二部《声音》中，两位主人公在泰国相遇：一个是音乐家兼谍报员列昂，他因美妙的嗓音而获得“俄罗斯金丝雀”的绰号；另一个是热尔图辛家族最后的成员，性格乖戾、双耳失聪的女摄影师艾雅。第三部《浪子》与《科尔多瓦的白鸽》有些相似之处，既有哲理性小说的特征，也可以称为奇遇记或冒险小说。书中的人物周游世界，从俄罗斯的萨哈林岛到非洲的撒哈拉沙漠，从乌克兰西部的利沃夫到欧洲各国的首都。小说也呈现了典型的鲁宾娜式结局，充满戏剧性，却没有陷入彻底的悲观。

对于“俄罗斯金丝雀三部曲”，俄罗斯评论家众说纷纭，意见不一。有人批评小说情节过于繁杂，次要人物太多；还有人认为鲁宾娜创作了艺术水平极高的冒险小说，与充斥图书市场的低劣产品形成鲜明对比。读者们则不谋而合，明确表达了对该作的青睐，尽管三本小说都是大部头，定价颇高，但在俄罗斯各地书店总是销售一空。

2017 年发表的长篇小说《娘子风》与鲁宾娜前期的作品有较大差别，描写的不是才华出众的“异类”，而是一位普普通通的女理发师。一般来说，鲁宾娜谈及“女性文学”时，口吻常不无讽刺调侃，认为文学只有好坏之分，绝不能以性别来划界归类。如今她笔下居然产生了酷似“女性小说”的作品，日后的创作是否将融入更多的“女性小说”元素，只能拭目以待。

无论如何，鲁宾娜坚持不懈的文学探索和用之不尽的创造力是不容否定的，令人惊叹。她的创作风格有机融合了现实主义与现代主义的特点，呈现出多种多样的艺术形式。高超的写作技巧，生动丰富的语汇，充满悬念的情节，这一切为她赢得了各地读者的普遍喜爱。正如中国学者陈方所讲的，“一位真正的作家，无论身居何处，无论其小说空间设置在哪个国家，他探讨的问题总是具有普世价值的，是对人类永恒问题的思索，在这个意义上我们可以说，鲁宾娜不仅属于俄语文学，不仅属于以色列文学，也属于当今的世界文学”。

近些年来，鲁宾娜的中短篇小说已陆续译介至中国。例如，人民文学出版社于2015年出版的女性作家小说集《她们笔下的她们》收录其短篇小说《失眠的人》；《世界文学》杂志2017年第4期推出吉娜·鲁宾娜创作小辑，刊登了其中篇小说《威尼斯人的高潮》和短篇小说《凶手》《手鼓大师》。现在，山东文艺出版社引进《木偶综合征》《达·芬奇的笔迹》《科尔多瓦的白鸽》长篇小说三部曲，首次向中国读者展示鲁宾娜的“重量级”作品，这是值得庆贺的文学大事。

我们真诚希望读者通过该书能感受到鲁宾娜的创作魅力和精神气质，并为之折服，也期待着她更多的优秀作品进入中国翻译家、出版界和读书人的视野。

目　录

吉娜·鲁宾娜的多元世界(代序)
——弗·阿格诺索夫　李英男　/ 1

第一部　/ 1
第一章　/ 1
第二章　/ 20
第三章　/ 47

第二部　/ 76
第四章　/ 76
第五章　/ 128
第六章　/ 163

第三部　/ 204
第七章　/ 204
第八章　/ 242
第九章　/ 273
第十章　/ 315

尾　声　/ 347

致　谢　/ 352

一日，我凭一己之力将空气变成水，将水变成血。我让血凝缩，化为肉体。借此，我创造了一个生命，一个男孩，也创造出比神之造物更崇高的杰作，因为造物主用泥土塑人，而我用空气，相比之下艰难得多……

想必我们已经知道，他（行邪术的西门）所说的男孩正是被他戕害的牺牲品。他将他杀死，又掳走灵魂，为自己服役。

《伪革利免书》（公元2世纪）

第一部

第一章

“……滚！带上你那套该死的鬼把戏！我再也不想见到你了。我在木偶戏台后面过了半辈子，受够了。不管是不是存心，只要你敢再出现在我面前……”

我来了，来了……再过五个小时，我就会出现在你面前，我亲爱的。

他将一张纸片叠得整整齐齐，纸上写着“傀儡师”三个字。纸片被折成两截，折叠处起了毛边。他把纸片塞进上衣内侧的口袋，满意地笑了：一切都好。可以说，一切都好极了，她正在康复。

他环视布拉格机场的候机室。夜间候机的旅客连手臂都懒得动弹。吧台上方，咖啡热气缭绕，如恶龙卡里内奇①那灼热的呼吸。咖啡机喷吐奶泡，嘶嘶作响。接着，他开始细细端详眼前的两个人——一位老奶奶和她的小孙女。那孩子大约四五岁，是个捣蛋鬼。

---

① 恶龙卡里内奇：古斯拉夫神话中会喷火的恶龙，居住在深山中。

尽管已近黎明，小姑娘的精力却还旺盛得可怕，老人被折磨得苦不堪言。小姑娘在奶奶周围跳来跳去，一会儿跳上右膝，一会儿跳上左膝，一会儿蹿上椅子，跪在上面，又滑到地板上，跑一大圈，一边向老人冲过去，一边大喊："奶奶！飞机拉什么便便，汽油吗？"

老人疲惫不堪地喊："诺米！诺米！过来，在一边安静地坐一会儿，哪怕一分钟，老天爷啊！"

终于，老人撑不住了。她的视线模糊起来，头缓缓靠向椅背，不知不觉中，下巴软塌塌地耷拉下来，嘴巴打了个哈欠，还未合拢就僵住了。她口中吐泡泡似的响起咕噜咕噜的声音，起初含混不清，随即越来越响。

小姑娘在奶奶面前停下来。大约两分钟，她一动不动，虎视眈眈地追踪着这支"梦之序曲"的动向。老人的头向后仰得越发厉害，嘴巴张得越来越大，鼾声的赋格气势恢宏，交织着伴唱、颤音和倚音，很快演绎为庄严的大合唱，简直能与机场的轰鸣相媲美。

小姑娘踮起脚尖，发出沙沙的脚步声，偷偷靠近，靠近……她爬上旁边的座位，肚子贴在扶手上，脸缓缓靠近鼾声的源头。她那张毫无怜悯之情的尖尖的小脸散发出探险家般求知若渴的光芒。她直视着奶奶张开的嘴，在虔敬而疏离的恐惧中惊呆了，宛如一个野蛮人窥见了火山咆哮的巨口。

"诺……米！别捣乱，别再、再……胡闹了！嘶嘶……让、让奶奶……好好睡、睡……一觉……"

小姑娘倏地跳到一旁。那嘶嘶的梦呓不是从奶奶口中发出的，而是从别的什么地方……她惊慌失措，回头张望，只见身后坐着个怪模怪样的叔叔，像个印第安人，脸颊凹陷，鹰钩鼻子，下巴伸得长长的，衣领上垂着一条小辫子。最古怪的是他的眼睛，眸子仿佛蒙着浓浓的雾气。他把两片薄嘴唇紧紧地抿在一起，摆出一副心不在焉的样子，看着吧台上方的显示屏。他左手的手指机械地敲打着椅子扶手，而本该长着右手的地方却……好可怕！一条蛇颤抖着，盘着尾巴立了起来！

更可怕的是，它还发出了人的声音！

蛇从这个叔叔右侧卷至手肘的上衣袖子里慢慢钻出来，摇着扁平的头，眨着眼睛，吐着信子……

“是胳膊变成的！”小姑娘明白了。她发出一声尖叫，跳了起来，随即惊呆了，目不转睛地盯着这条如橡胶般灵活、柔若无骨的手臂。那只手的食指和拇指圈成一个小孔，小指在孔洞里颤动，时而变成扑闪的眼睛，时而化作抖动的信子。最重要的是，蛇在自己讲话，自己！而这位叔叔一言不发，千真万确，一言不发！他的嘴巴抿得紧紧的，活像美国电影里板着脸的印第安人。

“再来一个！”小姑娘哑着嗓子说完，依旧目不转睛地盯着这条蛇。

这时，蛇的身体萎缩了，从手臂上抖落下来。接着，叔叔张开一只大大的手掌，手指修长，刹那间幻化成一只兔子，快得难以捉摸。

“诺米，你这个惹祸精！”兔子吱吱叫着，抖着耳朵。这位叔叔跷着二郎腿，兔子在他瘦削的膝盖上跳来跳去：“会跳的可不止你一个！”

这一回，小姑娘的眼睛死死盯住叔叔紧闭的嘴。让兔子见鬼去吧，可这声音是从哪儿来的？难道还有这等奇事?!

“再来！”她尖声央求道。

叔叔把兔子向座椅下面扔去，把上衣袖子展平，和普通人一样用低沉的嗓音说：

“好吧……不过该你啦。瞧，已经通知登机了，快把奶奶叫醒吧。”

旅客们从身穿白蓝色制服、身段苗条的空姐身旁鱼贯而入，把包裹塞进行李架，在自己的座位上系好安全带。小姑娘却一个劲儿地伸着脖子，努力用目光搜寻那个梳着小辫、拥有魔法般的双手、能够发出各种声音的怪模怪样的印第安人……

而他在窗边坐下，把薄毯裹在身上，不等飞机加速升空便睡着了。坐飞机时，他总是睡觉。蛇和兔子的那段插曲只是为了在陌生观众面前试试新点子。

他从不讨好孩子，也很少注意到他们。他平生只爱过一个孩童，而她已经长成了大姑娘，此时正在耶路撒冷的一家医院住院，日渐康复。按照她一直以来的脾气，写怒气冲冲的分手信正是病情进入缓解期的标志。

他习惯性地绕过机场到达厅喧闹拥挤的人群，逃到室外，来到这个粗粝的白色岩石的王国。白石环抱着一切——一切，除了笼盖四野的天空。他走过石墙、石阶、人行道，走过路边高大的棕榈树那发亮的树干，来到海岸带温煦的喧嚣之中。

习惯了欧洲孤寂的天穹，总会被此地灼热的阳光惊得措手不及。新建的航站楼躯体庞大，混凝土楼板之间露出一块块炫目的蓝天。

去往耶路撒冷的小巴排成一列，打头的司机冲他喊了几句，朝那辆敞着后门等待乘客的小白车直点头。而他只是沉默地抬起手——一会儿再说，朋友。

他来到一片开阔地，从这里可以看见飞机的机尾、棕榈树蓬松的鬃状枝叶，还有如海豚般跃入天际的公路干线。他从上衣口袋里掏出手机、眼镜盒和那张极其重要的小纸片。圆形的金属镜框架在高耸的鼻梁上，使他看上去酷似木偶戏中的角色。他用尖利的指甲在键盘上揿出纸上写着的电话号码，把手机紧贴在耳边，随后身子一动不动，下巴突兀地前伸，浅灰色的眼眸不知向谁祈求着什么，目光投向苍茫的码头。

汽笛声响起，又疲惫地飘散开来……

现在是时候认真读出那些用俄文字母写成的可笑词句了，希望不会碰钉子。电话里传来一个矫揉造作的女声，语气中带着办公人员的冷漠与客气。

“早上好！”他眯着眼睛，照着纸片上的文字吃力地读着，“请找格列利克医生……”①

随和的声音吐出几个含混的字眼，便失去了意义。这就是语言：一锅糨糊，鹦鹉学舌，呱呱乱叫几声罢了。

天哪，他到底在磨蹭什么！……终于有人接了电话。

“鲍尔卡②，我到了。”他声音低沉，手机抵着太阳穴，胳膊肘抬起，仿佛一个身败名裂的亡命徒等待最后的判决。扳机即将扣响。接着，咽喉一阵痉挛，他剧烈地咳嗽起来……

对方保持着沉默，静静等待。是的，格列利克医生不太满意，很不满意。已经警告过了，可你这混蛋还是来了！

“来得有点早。”那个异常熟悉的声音终于含混地说。

“我不能再等了，”他回答，“已经力不从心了。”

双方都陷入沉默。终于，医生叹了口气，若有所思地重复道：“来得有点早……”继而他回过神来，“好吧，事到如今又能怎样。你先到我家去，钥匙还在老地方，随便找点吃的，我傍晚就回去，咱们再好好琢磨琢磨……”

“不行！”他气冲冲地打断了医生的话，“我现在就去找她！”

每走两三步，心跳就猝然停下，仿佛在摸索脚步的方向。他的太阳穴突突直跳，拖着沉重的长音说：“准备让她出院吧。”

小巴在急转弯处稍稍倾斜，下方就是林木葱茏的山涧。车子在柏树的尖梢上方惊悚地悬停了两三秒钟，向着耶路撒冷的群山驶去，越爬越高。是日天气晴朗，飘着些薄雾，天光蔚蓝，好似氤氲的水彩。远处的

① 原文为希伯来语。

② 鲍尔卡与后文的鲍利亚、鲍巴均为鲍里斯的昵称。

山岗上荡漾着果子冻似的湖泊，如蛋白石般光彩流溢。摇曳的湖光中时而映出瓦房鳞次栉比的屋顶，时而浮现出一座座白色的小房子。它们点缀在山坡幽暗的柏树林中，宛如小巧的娃娃屋，窗玻璃闪闪发光。时而又看见深邃的峡谷，在烟雾迷蒙的山坡之间袒露出蜿蜒的幽蓝色伤口，和峡谷同样绵长的珍珠似的白云，又让这伤口匆匆愈合。

这使他一如既往地想起萨哈林的泥火山。故乡的小城托马里坐落在鞑靼海峡沿岸，被泥火山的岗丘重重包围。日本人称它为泊居町。

他最出色的作品当中，有一只杖头木偶也叫这个名字——泊居。它有着温柔苍白的脸、轻盈的姿态；与面部相比，瘦削的手指显得格外颀长；漆黑的细眼睛闪着玄妙灵动的光——当然，这是由于人偶的头部微微转动时，光影在它眼角嬉戏。它的每场演出都妙极了：飘飞的花瓣宛如粉红的烟雾、曼妙的玄思，精致而完美。

忽然间，他心想，在这山中，远近的风景总是做着造化的游戏，永恒的光自天空洒下，有如庄重的诺言。也许，在这里生活永远不会觉得厌倦。她是否能从病房的窗子望见这些山峦？抑或她的窗外只有耶路撒冷的白石墙，还有野猫游荡、堆着垃圾箱的庭院……

汽车到站，他叫了辆出租车，再次拿着纸片费力地向司机读着上面的地址。这乱蓬蓬、张牙舞爪的语言如盘曲的绳结，拗口而多变，他绞尽脑汁还是一个词都记不住。鲍尔卡却坚信这门语言十分简洁，有着数学般的逻辑。他对语言本来就不擅长，演出时从他身上飞出的似外语似方言的台词，其实来自隐秘的腹语——她一直视其为魔鬼的天赋。

一提鲍里斯的名字，传达室立刻放行。看来，对方已经打过招呼。

接下来在走廊等候。四面墙上都是壁画，画着水花飞溅的瀑布和露水晶莹的山坡，上方一道彩虹，蓄满了积极向上的情绪。办公室的门内传来激烈的谈话声，里面的人似乎抬高了嗓门，正在破口大骂，门一敞开，里面却冲出两个穿白大褂的人，蓄着强盗似的大胡子，满脸是笑。于是他又想，瞧，这就是语言和分贝的威力。

“我还以为在吵架……”他说着，走进办公室。

“才不是呢，”格列利克医生脸上闪着幸福的泪花回答，他离开座椅，站直了身子，个头高得像个近卫军，“刚才大卫讲了个笑话……”

他又爆发出一阵抽搐般的笑声，扬起黑狐皮般粗重的眉毛，用一双大手擦了擦小胡子上挂着的泪珠。小时候，爱笑的鲍尔卡总是笑得涕泗横流，若是恰好得了重感冒，祖母就特意在他的校服口袋里塞上一块熨得很平整的手帕——不，一块可不够，要装上两块。

“他和妻子昨天刚从尼斯度假回来。这不，礼拜六在林荫道散了散步……他们信教，严格遵守安息日，出门前要把口袋里的钱和所有俗物都掏出来，这样才不玷污安息日的神圣。他们在尼斯的高处散步，那里又美好又安静，有好多有钱人的宅子。然后呢，真是见了鬼了——他们下了山，到了英国滨海大道……”说到这里，医生又发出鸽子般的温和笑声，泪珠再次滚到小胡子上。他从白大褂的口袋里掏出手帕，发出一通绚丽的花腔，眉毛像手舞足蹈的乐队指挥。

“哈，对不起，彼特卡[①]，我知道你没心思听这个，可确实太可笑了！我长话短说：那边可能是在游行，也可能是在过狂欢节，总之闹得热火朝天。一群人戴着黄的、蓝的假发，光着半个身子，汽车上插着五颜六色的小旗。人山人海，又是奏乐，又是号叫。过了五六分钟，他们才恍然大悟，原来是“同志”大游行。正看着，一辆汽车顶上蹿下来一个性别不明的狂野生物，冲到大卫面前，朝他手里塞了个东西。他回过神来一看，居然是个安全套……”

医生满是雀斑的大脸在扭曲的笑容里绽放得愈发宽阔：“真是笑死人了，你不觉得吗？神圣的安息日……咱们崇高的大卫手里却拿着个安全套。”

“确实，挺好笑。”他挤出一丝微笑，眼睛却望向窗外。门卫的岗亭

① 彼特卡：彼佳的昵称。

里，一个头戴橘红色便帽的小伙子探出上半身，他的皮肤黑得发亮，轻快的手势富有表现力，活像木偶巴尔塔萨尔——东方三贤士之一。那位贤士也是黝黑的皮肤，裹着橘红色头巾。来到布拉格的最初几个月，他在《天使与傀儡》这出戏中扮演过这个角色。

“贤士”模样的门卫正同铁门外一辆小汽车的司机交谈，情绪激动。于是他再次陷入困惑——究竟是吵架，还是单纯地交换信息？难以分辨。

“你都安排好了吗？是不是马上带她过来？”

鲍里斯叹了口气，说：“先坐下，你可真烦……能先好好坐上五分钟吗？”

他顺从地坐下，侧着身，窘迫不安地靠着皮椅笨重而宽大的靠背。鲍里斯绕到他背后，双手按住他僵硬的肩膀，揉了起来，一边帮他放松，一边说：“坐下，坐下！整个身子都紧绷绷的，这哪是肌肉，简直僵得像个扳手。多少年了，你自己不也像个疯子？你这混蛋，居然擅自赶来，有人通知你吗？我难道没有警告过你？还能不能把我当医生看？坐下，别动！信不信我现在就报警，就说我的办公室有个躁狂病人向我发起人身袭击，要强行带走我的合法妻子……”

“可你当真都安排好了吗？”他不安地问，扭过头去向肩膀后面张望。

格列利克医生绕过桌子，坐在自己的椅子上。他沉默地盯着自己的朋友，面无笑容，盯了足足一分钟。

“彼得鲁沙，”终于，他温和地说，“你说这算怎么回事？已经不是第一次了！一切都很顺利，她完全有信心摆脱病魔……”（他生来肖似父亲，可此时竟像极了祖母薇拉·列奥波尔多夫娜——一名了不起的妇科医生，利沃夫城邵尔斯街妇产科医院的传奇。每当准备和孙子“理论理论”，她都会聚精会神地坐上片刻。这和她的职业不无干系：仿佛此时此刻，婴儿的小脑袋马上就会钻出来，至于以何种姿态问世——是瓜熟蒂落还是不得不动用产钳，全由医生说了算。）

“我知道！”他打断了医生的话，肩膀抖了抖，“已经收到三封信了，全是骂我的。”

“瞧见了，你自己心里清楚，再过三四个礼拜……我明白，你也不好过，可你自己回想一下，她上次的缓解期持续了大概两年，对吗？这才是合理的疗程……”

“你听着，”他眉头紧蹙，仿佛强忍病痛，不耐烦地说，“马上带她出来，听见了吗？我们是白天的航班，去埃拉特，我在‘黄金海岸’订了两晚。”

“真有你的！”医生的眉头写着默许，还带着一丝疑惑，“‘黄金海岸’，不好不坏正合适。”

“淡季打折。”

“好吧，接下来呢？去布拉格？”

“不，去萨马拉。”他加快了语速，“知道吗，她的姨母去世了，她母亲的妹妹，她唯一的亲人。没有孩子——不，有过一个女儿，可是被摩托车撞死了，同行的男伴也死了，很久以前的事……现在维霞也去世了。要紧的是，她留下一套房子，应该可以卖掉吧？”

“可能吧，”鲍里斯耸耸肩，“他们那边什么能卖什么不能卖，我早就搞不明白了。”

“卖了的话，会给我们提供不少支持。”

医生走到电话跟前，拿起听筒，讲了几句。

“坐到墙角去，”他吩咐道，“不可能马上就来。”接着他叹了口气，说：“每次看见这些，我自己都快发疯了。”

墙角那把椅子放在衣帽间下方，对于坐在椅子上的人来说，敞开的门好似一对屏风。若是再用格列利克医生那件舒适的大衣遮住身子，把全身裹住，钻进一个与世隔绝的茧，就会瞬间忘记一切，永远忘记，忘记此行的目的，忘了她。这才是欢乐，这才是自由……不，绝对不行！最近几个星期他备受煎熬，盼的就是这一刻——她刚刚被领出来，还没发现他的存在，而他，已看见她那动人的身躯，娇小的身形带着些许迟疑，近在咫尺。

这般纤细小巧，谁也猜不透她的年龄。

走廊里传来脚步声，听声音，来的只有一个人，是个笨重的家伙。不过这并不让他感到困惑：她从小走路就无声无息——舞台上的木偶也是像这样迈着鸟雀般的小碎步。

门砰的一下开了，伴着低沉的喉音，一名护士探进身子打了个招呼又立刻缩了回去，在走廊上踏出咚咚的脚步声。窗子的逆光中，出现一簇灌木丛般的头发，蓬松而轻盈，如炽热的红铜，蓦地闪耀起来。哦，我那烧不毁的荆棘[1]。她肩上背着背包，身穿牛仔裤和单薄的驼色绒线衫——八月带她来这儿的时候，就是这身装束。她背对他站着，简直是天才机械师的精致杰作。从后脑到脚跟，整个身躯都仿佛出自天才之手，雕饰完美，一气呵成。

久别重逢，他一如既往地为这娇小的身躯感到震惊——一米四八的个子，你多么纤弱啊，我的爱……就在此刻，那一幕再次浮现，恰似孩提时代频繁遭遇的梦魇。傻巴霞伸着大手，试图将男孩的双眼蒙上，替他遮住死亡的惨状。透过粗糙的手掌，男孩隐约看见"条石街[2]"的路面上伏着一具尸体。死尸身上的深蓝色布单在记忆中倏地腾空飞起，两绺紫红的长发像活了一般，似乎逃离了那团红铜色的发辫，在人行道旁边春水潺潺的"小河"中，顺着水流快活地摇曳……

"你好啊，丽萨！"格列利克医生带着一种造作的热情喊了起来，"我看你今天气色很好，没错吧？你的状态让我相当满意……"

你多么纤弱啊，我亲爱的。把背包扔了吧，它会勒坏你瘦弱的肩膀。

---

① 烧不毁的荆棘：《圣经·旧约》中的典故。上帝向摩西显现神迹，用大火燃烧荆棘，但荆棘未被烧毁。摩西意识到上帝无处不在，便遵从上帝旨意，带以色列人逃出埃及。

② 原文为乌克兰语。

她把背包扔在地上，走到桌前，双手撑在桌上，兴奋地打开了话匣子：“没错，鲍利亚，我已经完全康复了。我向你保证，你瞧，我感觉……我简直确信自己能一个人生活了。你亲口说过，我的思想是完全独立的……”

“丽萨……”医生小声嘟囔着，忽然兴致勃勃地挪到电脑屏幕跟前，出了口长气，脸上那两道似乎有着独立生命的宽宽的眉毛抽搐了几下（他从不会作假，上中学时也不会在小测验时打小抄），“丽萨呀，我的小丽萨……”

“你说得没错！”她接着说，语气快活而强势，不安分的手指不时地摆弄光洁桌面上的小物件——放别针用的青铜小碟子、订书机，还有个工艺品，是个抬腿跳舞的小人。她一会儿把它们排成一条笔直的线，一会儿又用食指一一推开。“你说得没错，应当说干就干，和一切断绝联系！我已经和过去一刀两断，鲍利亚，不会回头了，我什么也不怕。现在我的内心非常自由，彻底摆脱了他。我自由了！我已经不是他的傀儡了，不会再……”

这时，她觉察到鲍里斯无情的目光正越过她的头顶，投向房间远处的角落，于是猛地转过身去。

之后便是一场粗暴激烈的舞台调度。两个男人像接到命令似的一跃而起，可他们手中的捕蝶网却扣不住这只扑腾得让人眼花缭乱的蝴蝶。不过，这场面持续了不到五秒钟。

她突然一语不发地坐到椅子上，双手捂住脸，僵在那里一动不动。

“丽萨，”倒霉的格列利克医生满脸通红，绕过桌子，小心地碰了碰她痉挛着的、孩童般瘦小的肩膀，“你很聪明，你明白得很……好了，丽萨，拜托，别僵着啦，怪吓人的！你知道，嗯……适应期是必须要经历的。日常生活的种种情况也总得面对呀，丽萨！我们必须考虑到它们的存在。人不能脱离社会，不能活在云端上，不能。你已经康复了，这是真的，而且一切都好，相信我，一切都会非常好。可现在，你知道，你很聪明……彼佳只是暂时……你想，只是暂时……只是想……嗯……提供善意的帮助……”

前来提供善意帮助的那个人，此时面如死灰。他脸上瘦骨嶙峋，头骨下方凹进一个搏动的坑，空洞的眼睛望着窗口。窗外，“贤士”模样的黑脸膛门卫正伸出献上赠礼的手，在它的操控下，电动大门的铁栏缓缓退向一边，一辆救护车开进医院。

他知道，最初的这几分钟必定是双方的对峙：她那赤裸裸的无情的憎恨，还有他不管对方是否情愿都无法隐藏的赤裸裸的无情的暴力。一直以来，他都在为这万恶的几分钟做准备，却从来没能准备好。

到达埃拉特之前，他一路上似乎都很镇静，忧郁地吹吹口哨，问她一两个无关紧要的问题：“你靠窗坐还是……”

她自然没有回答。

这很正常，他反复告诉自己，一切和往常一样。就指望埃拉特了——据说那里能看见天堂般蔚蓝的海和绯红的山峦；就指望那家酒店了，尽管淡季优惠，还是花了他一大笔钱。

当他们到达目的地，在九层那间奢华得令人手足无措的房间入住时，天已经黑了。从阳台向外望去，海湾的水面上摇曳着长串的灯火，近在咫尺的阿喀巴湾恍如黄蓝色调的电光投影。

他们下了楼，来到海边的一家中餐馆。龙盘踞在整个大厅，他们跻身在这群厚嘴唇、龇着獠牙、鳞光闪闪的巨兽之间，一言不发地吃了晚饭。她拿着菜单研究了好一会儿，又缠着那个身材矮壮、不卑不亢的中国服务生（也可能是泰国人）盘问了大约一刻钟，细细询问调味汁的配料。她的法语和英语一直说得不错，这项才能遗传自她的父亲。

最后，她为自己点了些名称拗口的菜，他则在服务生那双捉摸不透的眼睛射出的谦恭目光下含混地嘟囔着“这个，这个”。后来，他又试图用餐叉去插混在辣鸡丁中间的酸甜味道的豆荚。他完全没有食欲，尽管上次进食还是在夜间的飞机上——确切地说，只是用一次性塑料杯喝了点伏特加。他知道，他不会有食欲，除非……

吃罢晚饭，他们一前一后——她在前，他在后——走上滨海大道，在热闹、杂乱、游人如织的店铺间穿行。海风在四处挂着的花花绿绿的灯笼裤、闪闪发亮的小围巾之间穿梭，仿佛在询问价格，接着拂过风铃的长线，铃铛顽皮地发出叮叮当当的声音。他们登上一座荷兰式小桥，近处旅馆的灯光连成一串，在漆黑的水中曲曲折折地摇曳。他们在“斯捷玛茨基”书店的书架之间挤了一阵子——她突然间就朝这家书店冲了过去（是个好兆头!），在俄语区（这里有三个书架，架子上的书宛如从俄罗斯远道而来的色彩斑斓的小小拟鲤）徜徉了十多分钟，颤抖着嘴唇，读那些书名，火焰般的鬈发垂在肩上。他急忙问：“想要一本吗?”千不该万不该！她沉默地转身，向出口走去，他紧随其后……

远处，游乐场耸起高大的塔楼。不知是什么娱乐设施将一个灯火通明的球体抛向漆黑的夜空，里面传出女孩子兴奋的尖叫。

她始终沉默，他不时向她瞟上几眼。她的侧脸被橱窗和灯火的光芒照亮，宛如玻璃彩画中的天使。他满怀希冀地发现，她的嘴唇稍稍变换了形状：左边嘴角的笑纹越来越深，下巴的弧度有了些许缓和，蜜色眼睛里闪耀着的光芒也有了生机。他们走进游乐场，在那个灯火通明的球体中看见一个穿着军装的姑娘，双腿翘得老高，很是滑稽。她瞅了他一眼，掩饰不住嘴边的笑，他也鼓起勇气，向她报以微笑。

回到酒店已经快十点钟了，他们又在酒店的吧台喝了些浓烈的甜酒(真见鬼，这里的一切都贵得要命!)，最后走进静悄悄的玻璃电梯。电梯迅速上升，如梦境一般，把透明的楼层一层接一层地甩在脚下。随后，他们踏进铺着地毯的走廊那无边的寂静，颤抖的灯光如飘浮在黑色山峦上的水晶云团。终于走进房门，落地灯亦真亦幻的光把房间照得宛如一个巨大的水族箱。宽阔的阳台占据了整面墙壁，海湾尽在眼底。还有那华丽的浴室，白得像外科医生的病房。彼得鲁什卡[1]，你可真了不起！

她在洗淋浴，浴室传来流水泼溅的声音。（强劲的水流、窃窃私语的涓涓细流、水声停止后水珠的最后一丝叹息，末了，还有吹风机的嗡嗡声，这一切汇成繁复的复调音乐；有那么一瞬，竟然仿佛听到轻微的唔哝声……不，一定是听错了，别着急，那大概是从隔壁或是旁边的阳台上传来的。）他铺好床，被子白得像北极的冰雪，两个枕头好似两座大冰山。脱掉外衣，解开小辫子，浓密而杂乱的黑发掺杂着耀眼的白色发丝，张牙舞爪地蓬松开来，使他看上去成了个彻头彻尾的印第安人。何况，他还半裸着身子，穿着老式的苏联针织背心和短裤，这也使他奇迹般地改变了那副瘦骨嶙峋的模样，出其不意地露出发达的肌肉，身躯挺拔而凶猛。

他坐在床上，从背包里取出从不离身的绘图板，还有草稿纸和图纸，沉思片刻，考虑现在该不该在她面前展示出这套家什。随后他断定这没什么大不了的，她又不会认为他要改行。让一切都像平常一样。格列利克医生说过，让一切都像平常一样。此外，他在背包多得数不清的口袋里找铅笔的时候，还摸到五卷百元美钞，狡猾的鲍尔卡把它们偷偷塞进了她的药盒。唉，鲍尔卡呀……

他想起忙忙碌碌的鲍尔卡把他们送到大门口时的样子。这位好心的“艾博利特”[2] 医生身材高大，一副手足无措的样子。他用柔软的大拳头捶了捶彼佳的后背，好像要帮他矫正驼背似的，气冲冲、傻乎乎地唠叨着：“把你抓起来！竟敢拐跑我的合法妻子，嗯？”——可丽萨头也不回。

---

① 彼得鲁什卡：这个词在俄语中有多重含义，既是俄罗斯民间木偶戏中著名的丑角形象的名字，也是本书主人公的名字“彼佳”的昵称。

② 艾博利特：茹科夫斯基童话中医生的名字，字面意思为“哎哟，疼啊”。他心地善良，常给动物治病。

她终于走了出来，穿着那件肥大的浴袍（任何一件对她来说都很肥大），头上缠着雪白的浴巾，双手提着浴袍下摆，可还是会踉踉跄跄地踩住衣角。你好啊，我的小穆克[1]！她吧嗒吧嗒地走到阳台，一动不动地伫立了很久。宽大的袖子包裹着纤细的手臂，她双臂交叉，趴在栏杆上，好似一个坐在课桌前的勤奋的中学生。她凝视着漆黑辽阔的海面，快艇和轮船如烟红色的星斗点缀在水上，闲逛的人们在岸边散漫地徘徊。那边，欢闹的夜生活才刚刚开始，他俩这对流浪营盘的囚徒却习惯早睡，最迟不过十一点钟。

回到房间，她在他跟前停住脚步。他已经靠在床上，尖尖的鼻梁上架着滑稽的圆眼镜，聚精会神地拿着绘图板，在纸上刷刷地画着。她取下头上的浴巾，刹那间燃起胭脂红的烈焰，让光芒闪烁的落地灯也为之一怔。她第一次对他开了口，语气中带着真切的憎恶：“你敢碰我一下！”

片刻沉默。他正在试验木偶肘部关节的新机关，寻找最佳的运动方式。他拂去纸上的橡皮屑，回答得极简短，甚至有些漫不经心：“别这样，孩子……躺下吧，别冻坏了。”

他的两个太阳穴依旧突突直跳，仿佛有把缠人的小锤在重重地敲打。见鬼，大概忘了吃降压药。没关系，没关系……本来，他今天没抱一丝希望，可总的来看，事情进展之顺利，简直令他难以相信。

他又勉强工作了大约四十分钟。许多个星期以来，他第一次感到了身子左边那个令他无比幸福的存在——浴袍裹得紧紧的，像个密闭的蚕茧，满头红发，稍一转头就会闪耀出火焰般的光，纤细的膝盖露在浴袍外面。她会冻坏的，会着凉……闭嘴！躺下吧，躺下，彼得鲁什卡，乖乖地躺着，不然会遭报应的，你这傻瓜。

终于，他摸到电灯开关——这里的设施可真方便！房间一下子暗下

---

① 小穆克：德国作家豪夫同名童话中的小矮人。

来，阳台外面，漆黑的海湾闪着银色的粼光。

明灭的微光里，从这座建筑的深处传来涓涓细流般的音乐，透过滨海道上的喧嚣，透过餐馆里餐具叮叮当当的碰撞声和女人突兀的笑声，隐约飘进敞开的阳台。

低音提琴迈着宽阔的步子，来来去去地徘徊，好似一个胖子滑稽地屈膝踱步，引人发笑。班卓琴单调地应和着，像一个流浪汉在说绕口令。胖子则依旧端着架子，气喘吁吁，勉为其难地说着俏皮话，东倒西歪地奏出可笑的切分音。班卓琴笑眯眯地吐出一束密集的和弦，接着，掺进一把懒洋洋的、卖弄风情的吉他和一把嘹亮的小提琴。所有声音汇成一支质朴而古老的狐步舞曲，追逐着那些不知从何处驶来的快艇，消逝在海面上……

他枕着胳膊躺在床上，倾听着阳台外面的世界，倾听海浪不易觉察的低沉的沙沙声，内心稍稍平静了一些，可胸中依旧涌动着令他警觉不安、备受折磨的幸福。他躺在床上，月光的薄暗中，结实的肌肉闪着微光。他习惯了独自入睡，就像板栗脱壳的果实。她动了动，从浴袍中挣脱出来。他仍然没动。睡着了吗？不，他坚信她没睡。她飞快地溜进被子，刚一触到他紧绷的身体便缩了回去。她突然意识到，他的身体就在近旁（好好躺着吧，你这可恶的狗!），可这张大床宽阔得几乎可以骑自行车兜风……

他全身的肌肉、全部的思绪和痛苦的神经都紧张到了极致，体内积聚的所有痛苦仿佛随时会伴着一声紧促而狂喜的号叫，如泉涌般迸出体外。就在这一刻，他感觉到她发烫的手掌抚上了自己紧绷的大腿。那只手仿佛为这奇特的意外收获感到惊讶，动作越发坚定，决意试探出对方的极限……

“她想我了，”他想，“她感到寂寞了。但是你千万别动，别动，别……”可他还是没经受住考验，整个身子朝她挪去，胆怯地触到她的手，十指相扣……

下一秒则是个响亮的耳光，对于那只小手来说，气势格外恢宏，把他的头震得嗡嗡直响。

"你敢!"她尖声叫道,"你这畜生!"接着,她拼命哭号起来,声音大得吓人,假如隔壁的房客没去滨海道的餐馆和酒吧,绝对会有人报警,何况,这种事情早就发生过。

他跳了起来,第一件事便是关上阳台的门。她伤心痛苦地哭个不停,他则在房间里沉默地踱来踱去,等待这一刻快点过去。他知道这是她回来后必经的一步,可没想到会在今天发生,显然,她已经太过思念,太过寂寞。我的小可怜!今天,她身上已经积累了太多的压力,周围的环境换得太快——从医院的病房一下子来到这富丽堂皇的酒店。或许这又是他的错,也许应当在廉价的小旅馆找个不起眼的小房间……为什么他这个该死的蠢货从未考虑过她的情绪?!

她终于安静下来,躲到被子底下。他悄悄走过去,坐到她身边,就这样坐了很久,若有所思地驼着背,手掌夹在两膝之间。旁边的被子耸起一座小山,他始终没敢躺下……

深更半夜,楼下依旧起劲地弹着四重奏,乐手诚实而卖力地挣着外快。弹得不错,演奏的曲目是三四十年代的爵士乐,选曲很有品位,甚至带着些形式主义的创新,可旋律中还是洋溢着温暖、天真、悲伤的希望:再忍一忍,再稍微忍耐一下,一切都会过去!明天,一切都会是另一番模样。阳光,微风,海中漂荡的小船……买件泳衣,买个游泳圈,还需要什么?

漫长的停顿之后,他断定乐手们已经拿到了今天的报酬,正在角落里的小桌边坐下,把沙拉盛进盘子。可突然间,响起一段亲切的旋律,似乎带着笑靥,在空气中飘浮——是金格·莱恩哈特[1]的《小步舞曲》。音符钉进他的身躯,钻进他身体里的每个细胞。他伴着这首乐曲在舞台

① 金格·莱恩哈特(1910—1953):法国爵士乐手、著名吉他手,开创了"吉卜赛爵士乐"风格。

上和埃丽斯跳过几百次……没错，没错，引子那富有节奏感的激昂的节拍之后，他穿着燕尾服和漆皮舞鞋滑到舞台上，把坐在椅子上的孤零零的它一把拉起。

于是舞蹈开始了。伴着杏仁糖般柔软细腻的小提琴和班卓琴干巴巴的击弦，逐渐切入主旋律：哒哒——哒啦——啦啦——哩啦……咚，咚，咚，咚！贝斯气喘吁吁地低声吟唱。接着是变奏，是小提琴急转而上的高音：嘟——嘀嘟——嘟——嘀——嘟——哒！埃丽斯就在此刻起舞，在他的右臂之下，深红的鬈发拂过他的脸颊……好！转身，向左四步，转身，停！再转身，向右四步，继续，继续，继续，亲爱的！与此同时，脚对脚，左、右，左、右，一个急转身——快，再快！好！哒啦——啦啦——嘟哩——哩啦，这时，它就像一小块慵懒的丝绸搭在他的手臂上，在吉他和小提琴忧郁的旋律中飘浮，飘浮，飘浮……唯有那火焰般的鬈发在肘弯处合拢，摇摆，盘旋，蜿蜒，仿佛随着溪流游弋。

不知不觉，他已经从床上跃起，在夜晚的朦胧中翩翩起舞——弯起右臂，拢着无形的舞伴纤细的腰身，左臂前伸，仿佛在祈求着什么，在《小步舞曲》诙谐而感性的迷宫中飘啊，飘啊……

他的舞蹈在复杂的对位中捕捉着每一丝微妙的动作，他灵巧的手指熟知每一处摇柄和按钮，借助这些机关，从无形的小人儿埃丽斯身上唤出一个个慵懒的动作。黑暗王国中的灵魂就是这样被召唤出来的。他的脊骨、脖颈、灵敏的双肩、手腕和脚踝对节奏型的每一寸都了如指掌，这段繁复的令人沉醉的舞蹈使世上多少剧院的观众为之欢呼。他旋转着，揽住舞伴的腰际，扬起下巴，把那极轻盈极纤细的影子抛向左侧的臂弯，时而冲向前方，时而蓦地刹住脚步，时而暴戾地向它俯身，把它按在胸前……这一切都是在绝对无意识的状态下完成的，就好比走在一条熟悉的街道上，漫步沉思，不管方向，也没有目的地，甚至听不到自己的脚步声。若是他的一举一动能在空气中留下痕迹，那么观众眼前定会一步步编织出极繁复的花纹，如隐秘而精致、盘曲交织的花边，如地毯上缠绕的密文……

阳台的栏杆外，蓬乱的棕榈树婆娑的枝叶上空，繁星密布的夜空中已牢牢地嵌进一轮红铜般的月亮，如精雕细琢而成，尺寸大得离谱，仿佛有人把它擦拭得锃亮，放肆地闪着光（这盏舞台灯有些用力过猛）。月光笼罩了整个海湾，笼罩了沙滩和泊在码头的海船、小舟。它锲而不舍地将烛火般的微光渗入房间，为房中的每件物品勾勒出浓黑的暗影，在墙上留下龙飞凤舞的花体字、奥妙无穷的组合字和令人费解的图案，在帷幔上没完没了地投下旋转木马般飞绕的影子……

这是一幅诡异的画面。一个小巧玲珑的女子正在酣眠，一个男子脸上映着月光。昏暗之中，他的双眸依旧明亮。他迈着迅疾而孟浪的舞步在她周围穿梭，灼热的手掌抚摸着虚空，将这虚空引向自己的胸膛，身躯在瞬间爆发的激情中凝滞。倘若有人成为这幅画面的见证者，很可能会将这一幕误认为新浪潮导演枯涩灵感中的遗珠偶拾。

实际上，眼前这一幕令人称奇（甚至可以说，令人惊叹）的原因唯有一点：这个尖鼻子的男人体态欠佳，甚至有些驼背，穿着滑稽的短裤和廉价的针织背心，跳起舞来却优雅得令人沉醉。他的舞姿中带着如此具有讽刺意味的悲伤，他如此迷恋着右臂弯中那片被他视若珍宝的虚空……

随着最后一次利落的扭头，音乐戛然而止。光影的旋转木马载着幽灵般的幻影在墙壁上回旋一阵便进入尾声，归于沉寂。

接下来的两三分钟，他一动不动，等待着剧场中无声的欢呼。然后，他的身子摇晃了一下，手臂低垂，仿佛卸下一副无形的重担。他向前迈了一步，走向阳台，缓缓将门打开，房中飘入深夜的海湾那酣沉的呼吸。

他的脸庞映着微光……他悄悄走到床前，像舞步一样无声，床上凝然不动地躺着他的爱人。他深深地呼出一口气，在床头双膝跪下，脸颊隔着被子贴在她肩头，轻声呢喃：“别急，别急，我亲爱的……”

第二章

别再魂不守舍了，医生！等你回过神来，他们已经走了差不多三个钟头了，可你的魂儿还在九霄云外呢……

不，只要一想起他们离开的样子，我眼前就会浮现出押解般的一幕：她走在前面——一个幽灵般的女子，一个火红头发的精灵，却机能紊乱，动不动就情绪失控，歇斯底里；后面跟着的是他——粗硬的肩膀如傀儡身后的勾牌[①]，后背微驼，步态僵硬，比他手中的所有木偶更像傀儡。此情此景，恰似蓝胡子押着他无辜的牺牲品……

话说回来，我又为何要写这些东西？莫非这么多年过去，我那写作狂的野心还未消泯？似乎并非如此……当我在故纸堆中偶然翻到某个名为鲍里斯·格列利克的蠢货发表的诗歌和小说，心中早就不再起一丝波澜。看来，移民生涯打碎了我身体中的某块灵魂。何况，我的移民生涯是这般成功——如果把和玛雅离婚也视为成功的话。

不，我的写作与崇高使命的召唤没有丝毫干系，只是突然萌生了记录所思所想的愿望。记忆的闸门打开了，往昔的时光似涓涓细流，继而如洪流奔涌而出。少顷，浮现出我们生命中的历历往事——时间证明，我们的人生紧紧焊接在一起，比三人当初料想的还要紧密得多。

如果每天写上几页，日复一日，你会在不知不觉中构建起自己的世界图景，尽管它有些破碎，有些饶舌，有些蹩脚。千万不要试着在这张图中寻找自己的位置，不要沉思，否则你会发现，即便你相貌堂堂、须

① 勾牌：一种用于操纵木偶的提线板，维系着木偶身上的所有提线。勾牌有横向、纵向的，也有十字交叉的。——作者原注

发从生，你的名号仍意味着微不足道的渺小。

每每与这二人别后重逢，我都感觉到自己的微不足道。

最荒谬的是，她的确是我的合法妻子——若是没有任何移民以色列的正当理由，我又如何将她安置进我们这家医院？

一九九六年的一天，我头一次接到惊慌失措的彼特卡从布拉格打来的电话。（他们在那里进行木偶戏巡回演出，居无定所，没有国籍，也没有医疗保险。上帝保佑，他们那个不幸的孩子刚刚夭折！）电话里，他失魂落魄，我竟无法判断他俩之中究竟是谁发了疯。他放声呼喊："想想办法，救救她，鲍尔卡！"就在这时，我蓦地想起自己已顺利离婚半年，借着这个机会，凭匹夫之勇再立一次大功也未尝不可。

我不知道那一刻是什么冲昏了我的头脑，只知道怜悯使我心碎。

最主要的是，那一刻我不知为何想起了——不，是这段回忆如致命一击，袭上心头——我那令人难忘的祖母薇拉·列奥波尔多夫娜谶语般的话。那一天，彼特卡宣布，他和丽萨决定……

"鲍巴，"祖母走进我的房间，宽阔的后背把门口遮得严严实实，"你要是不劝彼得鲁沙悬崖勒马，你就不算他的朋友，而是一坨狗屎。"

我那令人难忘的祖母会讲四种语言，其他三种语言都讲得干脆利落、绘声绘色，如所有优秀妇科医生一样谈吐优雅，俄语却说得放荡不羁，沉重有力，掺杂着尖酸醉人的脏话——她认为这是情到深处之所需。小时候，她常常趁我们玩得尽兴，闯进我的房间，嘴里雷打不动地叼着根卷烟，用她那独一无二的低音大声吼道："嘿，彼得留拉！瞎吵吵什么劲儿，当别人都是善茬?!"

"拉住这匹疯马吧，鲍巴，她会把他拖垮的。"祖母说。

"为什么?"我面露难色地问道。

"因为这小东西可不是从安乐窝里孵出来的好鸟……"

当时我一跃而起，大发雷霆，可她用轻蔑而冰冷的眼神制止了我——这一点唯有她才做得到。（我父亲，她唯一的儿子，遇到这种情况只会笑眯眯地说："让我们用手术刀把问题剖析一番。"）

"蠢货，"她轻而有力地说，"我是个医生。那个家出了多少败坏风气的丑事，我才不管呢。她老爹玩牌输了老婆，她可怜的母亲穿着睡衣乐呵呵地从卧室跳下来，这些又关我什么事？我说的是别的事——她家有祖传的劣质基因，这可不是开玩笑。"

"能有什么基因……"我喃喃地说。她的话让我感到深渊般的混沌和寒冷。

"是这么回事：她母亲在生她之前还生过两个男孩，一先一后，可两个都患有综合征，幸好不久就夭折了。"

"什么综合征，唐氏综合征吗？"

"不是，是另外一种——有什么区别呢？"

"不，你快说，说呀！"我叫道。

"好吧……是这样，"她说，"这种病叫天使综合征，也叫快乐木偶综合征，又叫彼得鲁什卡综合征。你没学过吗？得这种病的人，脸上好像戴着一张面具，一张凝固的笑脸，会突然哈哈大笑，而且……智力低下，这都不用说。这些都不重要！你要是不想让我插手，就像个男子汉一样和他谈谈。"

"你插手试试！"我在她身后大喊，把一个绣花枕头恶狠狠地掷向紧闭的房门。可后来我还是试着和彼特卡谈了谈——祖母的话给我留下了怪异的印象，尤其是那个怪病的名称……

说到这里，我们似乎应当讲讲彼特卡的一生，讲讲萨哈林的童年，还有他那不甚美满的家庭。可话说回来，我又知道些什么？他从小就沉默得可怕，确切地说，是封闭在自我的感觉之中。他只有夏天会来利沃夫几个月，母亲送他来，和他最喜欢的傻巴霞一起过暑假。那时，我还不知道这位傻巴霞为我家立下过怎样的神秘功绩，只知道她每个星期天都来我家，照祖母的说法，是来“搭伙吃饭”。

不知为何，在我记忆中她只有一副模样：高个子，灰白的头发梳得平平整整，一对长长的平脚掌，穿着我父亲的灰大衣——父亲身材肥胖，大衣的肩部特地加宽过，奇大无比。她的脖子上还总是晃荡着一条小孩子戴的那种小围巾，两端缀着粉红的毛球。

没准儿她穿的鞋也是我父亲的，他俩鞋子的尺码刚好一致。父亲尤善插科打诨，最爱拿别人打趣，常毕恭毕敬、满脸关切地对她说：“你要好好爱惜这些东西呀，巴霞，它们几乎还是新的呢。在传到我手里之前，只有三个人穿过：我爷爷——一个来自哈尔科夫的格调高雅的马车夫，女演员薇拉·霍洛德娜娅，还有菲利克斯·艾德蒙多维奇·捷尔任斯基。”

傻巴霞一字不落，全部信以为真。

有时祖母自己抽不开身，就派她去市场买东西。巴霞挎着个大篮子，把钱包扔在里面，结果钱包被偷，她惊骇万状，困惑不解，因为“按波兰人的法子”就该这么放。父亲笑嘻嘻地对她说：“巴霞，快去吧，市场上的兄弟们可都盼着你呢。”

她似乎还在萨克萨甘斯基大街的一栋房子里当过扫院工。

总有一天我会写一篇随笔，写写利沃夫的扫院工，写写这些如今已经绝迹的“活化石”。不，随笔道不尽他们的故事，应当写一首长歌，一套三部曲，一部史诗！

在那个年月，利沃夫城中心大街上所有的“勃拉姆”[①]（也就是那种双筒望远镜似的大门，进门是一条幽深的、带拱顶的马车道）都无一例外地锁着。住户和客人按响房间号对应的门铃，然后耐心等待，等啊等……出来的就会是扫院工。扫院工不仅要扫院子，还要给地板打蜡，

① 原文为乌克兰语。

要把一个个黄铜门把手擦得锃光瓦亮，让它们在阳光下熠熠生辉。更重要的是，他们还充当看门人的角色。

他们往往睡在地下室或二楼的小房间，不会比二楼更高。

我们这栋房子的扫院工叫潘·卢希。谁家的门铃响起，他就会走出来，毕恭毕敬地告知对方："家中没人，再会。"或者："请吧。"[1] ——意思是主人提前打了招呼，正在恭候。人们还会给他留下些情感炽烈的字条——"留存待取"。至今我还觉得，单靠为那无处不在的隐秘之爱的女神跑腿，潘·卢希就能赚下一笔不少的财富。只是这位阿穆尔[2]上了年纪，满口稀稀拉拉的黄牙，嘴里还有一股狗鱼似的怪味。

他唯一的"伴侣"是一个带厕所（没有浴室）的小房间。有一回，我擅自闯入房间瞅了一眼，房里最显眼的装饰是一张战前的波兰避孕套广告，热情洋溢，气势恢宏。如今看来，这仍是一张绝妙的海报，构图简洁，上面只有公司的标志"Ultra Gum"，下面一行小字："Predzej ci serce peknie!"——"体验心脏炸裂的感觉！"

他在大人面前永远殷勤礼貌（这还用说，那些深夜回家的住户总是按照惯例，给从床上爬起来的扫院工塞上一两个硬币），撵起我们这帮孩子来却粗暴凶残。这完全可以理解。我们每天都用同一种卑鄙手段来整他——同时按下几家住户的门铃，然后立刻跑开，躲到墙角去。

潘·卢希总是跳出来，用波兰语破口大骂，冲着无辜的路人挥拳头，扬言要让对方吃尽苦头……几分钟后，伴着五个门铃欢乐的和声，他又像个跳梁小丑似的蹦了出来。这场游戏可以无穷无尽地继续下去，尤其是在假期。我们以此来检验潘·卢希的耐性，而他（他这小身板真是训练有素！）听见门铃就往外跑，不过并不只是想把我们抓住，而是担心错过房客或住户——上帝保佑，无论如何都不能失职！

---

① 原文"请吧"和前文的"再会"为波兰语。

② 阿穆尔：古罗马神话中的爱神。

当那充满讽刺的门铃的排炮响到一百次，他便冲出门外，手里拎着一块湿淋淋的抹布。他挥舞着抹布，宛如战场上负伤的旗手，怒目圆睁，大声吼道："狗杂种！臭婊子！看我不揍死你！揍得你头破血流！"①

啊，我们的房子多么奇妙……在利沃夫，这样的楼房叫"奥地利楼"，这类建筑风格叫"直线派"。在欧洲其他任何一个国家我都没听说过类似的名称。

伊万·弗兰克街、绿街、绍特·鲁斯塔威尔街两两交叉，构成一块三角地，三角地上坐落着排列成三角形的房屋，三角形里是我们生活的大院。大院里的人鱼龙混杂，良莠不齐。

我们的院子里铺着小块的石砖，四周种着一圈意大利白杨。每年人们都给杨树剪枝造型，每到这时，整条街道都弥漫着剪下的杨树枝的气味，带着些许苦涩，沁人心脾。

院子里还长着一棵梨树。亲爱的老梨树哟，它会结丰硕的果实，两年一次。金灿灿、黄澄澄的果子成熟的时候，住在二楼的著名作家斯坦尼斯拉夫·柯布连斯基就将它们摘下，分给各家各户。（说来也怪，我从未想过要读一读柯布连斯基的作品——少年时期的我怎么一点也不好奇？不过，这位先生是个非常有趣的人。祖母说，他一天要换五件衬衣，看歌剧时必须坐在边上的位置，害怕吊灯砸下来要人命。）

还有一件怪事：这里的住户谁也不会企图将梨据为己有。比如说，梨树的枝子伸到我家厨房的窗下，只要在收获的季节打开窗户，梨子便唾手可得。可我们从没动过这个念头。大家都等着斯坦尼斯拉夫先生彬彬有礼地呈上丰收的硕果。顺便说一句，这位年迈的作家去世后，梨树就像奇闻怪谈里讲的那样，再没结过果子。

我们这座房子的地下室和阁楼就像两块相隔甚远的大陆，是两个截然不同的世界，值得分别一提。地下室储藏着过冬的蔬菜，堆放着破旧

---

① 原文为波兰语。

的杂物；阁楼则明亮、洁净，通风良好，有些房子的住户会在这里养鸽子。我们的街坊则在阁楼上晾衣物，床单浆洗得很干净，还用群青漂白过，好似航海快船的船帆，将阁楼的空间拦腰截断。这是我童年另一种沁人心脾的气味——利沃夫城中心散发出的海的气息。晾晒衣物也需遵循严格的次序。家家户户都在阁楼拉起晾衣绳——有斯捷法太太家的，有嘉丽亚家的，有别尔塔·叶菲莫夫娜家的，也有我那令人难忘的祖母家的……

“今天我有一大堆衣服要洗。”一位太太忧心忡忡地说。

“还好我的衣服不算多。”

我们楼房的门厅地板上铺着小方砖，维护良好。方砖镶嵌成密集的花纹，好似绚丽的地毯，奶油黄的底色，深蓝色的线条交织盘绕。著名的列文斯基工厂专门生产奶油黄的方砖，还有砌炉子用的琉璃砖。直至今日，随便走进古老的利沃夫城中心的某座“勃拉姆”，往脚下一瞧，就会发现镶花地板竟依然完好无损！它似乎永远都安然无恙——当然，用铁钎子故意搞破坏的情况除外。

宽阔的楼梯呈螺旋状盘旋上升，黑铁镶花栏杆，木质扶手被成百上千只手摩挲得闪闪发亮。楼梯上的地毯已经不在了，台阶之间却还保留着固定地毯的青铜搭扣。童年时期，我们楼房的门厅总让我想起新教的教堂。虽说没有祭坛，却有许多高大的窗户——它们贯穿了所有的楼层。玻璃不是透明的，而是布满了星状花纹，闪烁着淡黄的光点。幽幽的微光弥漫在整个大厅，温暖而宁静。

潘·卢希给拼花橡木地板打蜡，给楼梯栏杆涂清漆，一年两次，一次在复活节，一次在十一月七日。从此以后，无论何时何地，只要走进涂料店和油漆店，我都会深吸一口气，以便唤起童年的回忆，在记忆中嗅到我们楼房门厅的气息。

有趣的是，与彼特卡的初次邂逅，我记得格外清楚。

清晨，梦的甜香还在周遭惬意地盘桓，市井的喧闹声已赫然在耳。大门边装牛奶的铁桶发出清脆的碰撞声，院子里升降机的缆绳吱嘎作响（搬运的可能是木柴，要么就是一麻袋土豆）。屋后的阳台上，有人用鸡毛掸拍打着毯子，声音邈远而清晰。电车沿着街道叮叮当当悠然驶过，伴随着收瓶子的小贩单调而悠长的吆喝声："收——瓶——子——喽!"这些声响总是与清晨的小城那无处不在的气息缠绵在一处。对面的咖啡馆弥漫着咖啡的香气，附近的点心铺子飘来烘焙的气味。透过惺忪的睡眼与连体字般密集交织的声响，透过半掩的房门，祖母的唠叨声传至耳际："真想不明白，当妈的怎么敢把孩子托付给这个蠢婆娘……"

妈妈的回答含糊不清，只能分辨出祖母那熟悉的声音。一根火柴在火柴盒上刺啦一声划过，接下来是哮喘般的送气声，这说明祖母深深地吸了一口烟（根据那"s""sh"不辨的辅音则可判断，祖母已经把烟卷叼在了嘴里）："得了吧，她连自己叫什么都不知道！哎，孩子得想法子照顾照顾，听见了吗？你跟她说，让她礼拜日把孩子带来，喝碗汤而已，我又不心疼。到时候让鲍巴……"

她穿过走廊去了厨房，铁器与瓷砖磕磕碰碰，一下子热闹起来。厨房里有个很大的灶台，上面有四个炉眼。有一台烤面包用的大烤箱，还有些铁铸的托盘，上面雕刻着小鹿，炉灶里的煤渣常会掉下来，落在盘子上。在这里，祖母和妈妈总是絮絮叨叨，亲切的声音充满暖意："鲍巴，给鲍巴剥个豆豆……"

礼拜天，傻巴霞带来个小男孩，瘦瘦小小，长着个大鼻子，沉默不语，看上去非常奇怪。

从小时候起他就沉默而自闭。不过这一切我都不细讲了，只想谈谈最主要的一点——他对玩偶格外迷恋，那是一种如痴如狂的沉醉。他残酷地——不，几近残暴地爱着玩偶世界的虚幻空间。

如今我常常思忖：他对玩偶的沉迷是否出于一种自我表达的渴望？是否想通过玩偶来克服部分孤独自闭的特质？这是不是一种认知世界的方式？他一旦将玩偶拿在手中，就立刻像变了个人似的，直至今日仍是如此。有时他并不躲在屏幔后面，而是登台表演，众目睽睽之下。他个子不高，后背微驼，绝对称不上身姿俊美，可一旦站在台上，便立刻显得格外高大，莫名地引人注目。真是令人费解，他一上台，周身都散发出无法抗拒的魅力！

童年时，他曾闹过一个笑话，竟然把小丽萨偷走了！那时，小丽萨被保姆扔在了商店旁边，那个粗心的罗辛[①]女人说："我去去就来！"那时，彼特卡还是个八岁小孩儿，他径自把还是婴儿的小丽萨从小推车里拽了出来，因为这娃娃慵懒地眨着一对大眼睛，满头绯红的鬈发如鲜艳的红莓果，好似一只活的玩偶。

我之所以对我们的初次邂逅记忆犹新，也许是因为那天发生了一起恐怖事件，令整条街道都惊慌失措：律师维尔科夫斯基的年轻妻子从卧室的窗口跳了下来。

傻巴霞从门厅闯进来，喘着粗气，活像一艘汽船。她脚上穿着父亲的皮鞋，踩得嗒嗒响，进门便风风火火讲了一通，话里掺杂着波兰语和乌克兰语，让人一头雾水。终于，大家七手八脚地帮她脱掉大衣，换了鞋子，把她推进大厅，这时才发现，门厅里还站着一个人，立在衣帽架底下。"老——天——爷！"祖母用低沉的嗓音拖长了声音说，"他跟我的伞一般高，这孩子……"

（说真的，祖母的伞颇具帝王气派，是紫色的，宛如堇菜花，伞柄锃

① 罗辛：对居住在加利西亚一带的乌克兰人的旧称。

光瓦亮。不知为何，父亲称它为“女皇的侍从”。周围的一切他都要起绰号，不单是人，就连物品也难以幸免。他书房里那个矮墩墩的写字台叫“律师”；妈妈有件矢车菊颜色的睡袍，胸前的金纽扣总是处于扣不好的状态，它的绰号令人费解，竟然叫“你好，请用”!）

傻巴霞带来的这个男孩有一双晶莹剔透的灰眼睛，颜色浅淡得近乎灰白，眼神空茫，心不在焉。他的眼角微微上挑，眸子乖戾地斜向两侧，仿佛从不直视，而是兀自将对方看穿，或者睥睨对方的头顶……后来我才得知，他走进屋的那一刻，救护车刚好载着自杀者的尸体离去。也就是说，他刚好目睹了那个女人从窗口飞跃而下的惨状，这对一个八岁孩子来说，的确是不小的冲击。不过，那时那刻，他令我很是反感。他看上去像个傻瓜，而且是个不会说话的傻瓜。妈妈则劝我把自己的停车场展示给这位“新朋友”看。我的小汽车在房间里排成长长的队列，在桌椅下方滑行，五颜六色，光彩夺目。我把一个装着手偶的硬纸盒腾出来，立在地上，为我收藏的汽车模型搭了一个停车场。

然而，对于我的宝贝，这个一脸冷漠的怪家伙连看也不看一眼。与此同时，他在房间的角落发现了那堆刚从盒子里倒出来的手偶，黏土制成的人头，穿着脏兮兮的肥大衣服。他一看便僵住了，确确实实地僵住了。

“可……可以吗？”他轻声问道，怯怯地伸出手指，指向那堆玩偶。

“请便。”我耸了耸肩，心中不悦，却不动声色。

这盒手偶是父亲从莫斯科带来的，他时常去那里出差。盒子里装着三套手偶：《小无知游月球》[1]、《俄罗斯民间童话》、《神父和长工巴尔达的故事》[2]。我拿着它们玩了两三天，在椅子背上为祖母和妈妈“演戏”。由于演出的主要剧情是打架斗殴，玩偶们鼻子对鼻子，像大公鸡一样厮

① 《小无知游月球》：苏联儿童文学作家诺索夫（1908—1976）的作品《小无知历险记》中的一部。

② 《神父和长工巴尔达的故事》：俄国诗人普希金的童话诗。

杀搏斗，很快，它们黏土制成的小脸便掉了皮。“演员”们的容貌变得甚是寒碜，于是我对这些可怜的残疾人彻底丧失了兴趣。况且它们只会鞠躬和拍手，而我自始至终只爱那些精密而逼真的东西。现在看来，这说明我着实是个缺乏想象力的孩子。

我永远忘不了那一幕：我的这位客人扑通一声双膝跪地，跪倒在这堆破烂儿跟前。他把玩着这些手偶，精挑细选，把它们摆在地毯上，小心翼翼地整理着它们身上皱巴巴的肥大衣服。

接着，他再次抬起眼帘，用一对明亮的、极具穿透力的眸子盯着我，问：“可以吗?”

“这可是狗都嫌弃的破烂儿呀！”我一边暗自嘀咕着，一边按着操纵杆，玩着华丽的外国小汽车。

他以膝盖为轴心，沉默地转过身去，背对着我，后背微驼。他在那边默默摆弄了许久，回转身时双手高举，有如祈祷，每根手指上都套着一个娃娃，而脸上仿佛换了一副面孔。他简直像变了一个人。

瞧，一个大腹便便的神父，傲慢而愚蠢。他吃力地爬上桌，手忙脚乱地画着十字，身子直抖，像极了活人。他滑稽地弯下腰，撅起屁股，后退两步，用粗嗓门不停地念叨着：“我主耶稣……我主……”迎面走来一位美丽的姑娘，摇着长辫子，全然是另外一则童话里的人物。她用尖细的嗓音哼着令人脸红的街头小调，对神父发出邀请……总之，这个男孩什么台词都会说。他兴致勃勃地讲着，小姑娘那娇俏的笑声也模仿得活灵活现，时而动动手指，姑娘的裙摆便摇曳起来。姑娘一边引诱着神父，一边坐地起价，以此来吊人胃口，推动情节。她管神父叫“老东西”“狗尾巴”“烂香肠”，在他面前跳起了粗俗不堪的康康舞。神父气喘吁吁地跟在后面，叫苦不迭，嘴里直求饶：“别走啊，我甜蜜多汁的小甜果儿！求你了，你想怎样，就摸一下而已！”姑娘说：“门儿都没有，你这个大肚子老东西，先把你那胖老婆宰了再说吧！”总之，这故事和普希金的童话一点也不相像……

这出戏跌宕起伏，不过具体情节我已经淡忘了，只记得那诚惶诚恐又欣喜若狂的感受。他的方方面面都给我留下了深刻的印象。他那么勇敢，对神秘的成人世界的认知熟稔而深邃。在他指尖上，那些顶着假脑袋的陈旧破布立刻幻化成有生命的活物。他还能模仿形形色色、摄人心魄的声音：长工巴尔达说话时雄赳赳，气昂昂，每个词都拖长了声音，嗓音沙哑，像喝醉了酒一般，时不时从牙缝里挤出一阵口哨，骂起人来粗野得可怕；小无知说起话来则捏着嗓子，吐出连珠炮似的胡言乱语，流里流气，有一回说到忘情，竟然引吭高歌，唱了一段《燃烧吧，营火，蓝色的夜晚》[①]。最重要的是，故事情节永远如行云流水，从未出现片刻停顿与滞塞。譬如，两个人你追我赶，一旦撵上了，就立刻开始打斗，要么就和他跳舞；那人则大声哭号，要么逃之夭夭，要么怂恿引诱。多重声音交织着，碰撞着，彼此嬉戏。我那时觉得，这些声音在不停地吟咏歌唱，宛如二重奏，它们在两手之间盘旋萦绕，他仿佛施了魔咒，让戏剧从手中自行奔涌而出。

如此有趣的经历，在我一生中前所未有。我为之倾倒，被他俘虏，顷刻间彻底被他征服……恐怕直至今日，我仍是他精神上的仆从，尽管无论是木偶剧院，还是整个傀儡世界，都未曾真正为我所有。

招呼我们去餐厅时，他仍不愿起身，不愿割舍手中的玩偶。他爬到桌子下面，默默地闭上那双孤狼般的眼睛，人们友善地将他拖了出来。饭桌上，大人们闪烁其词地提到清晨的惨剧，提了两三次，断断续续地低声谈论着，时不时朝孩子们这边瞟上一眼。而他一直静静地坐着，面色阴沉，缄默不语，神色同刚进门时一模一样。他从未看我一眼，兀自拿着叉子在桌布上剔来剔去，我却觉得，我俩已经是朋友了。

直到今天，每次与他相逢，我都想即刻在他手里塞上一个玩偶，唯有这样，才能揭开那疏离的面具，窥见他真实的面容。少年时代，有很

① 《燃烧吧，营火，蓝色的夜晚》：苏联时期的少先队队歌。

长一段时间，他无论走到哪里都会带上一个玩偶，手掌大小，这是他用灵巧得惊人的双手亲自制作的“礼物”。假如没记错的话，玩偶是这么做的：把金属丝弯成十字，上面缠一些太空棉，再把一些布头糊在上面，最后，把娃娃的小脸描画出来。他制作了许多这样的玩偶，真的把它们当礼物赠送了出去。他把它们拿到街上，逢人便送，不单给孩子，也给大人。

总而言之，彼特卡来到这里的第一个夏天就攻陷了全院孩子的心，我们大院里总共八个孩子，全都成了他的跟班。我从妈妈那里讨来一些粉红的指甲油，玩偶破损的鼻子得到了精心的修复，在阳光下熠熠生辉。那一年，利沃夫的夏天格外美妙，明朗的天穹浸润着蓝眼睛一般的色泽，轻盈的夏云悬在高高的城堡上空。整个夏天，我们大院里的木偶剧院都起早贪黑、热火朝天地排练着，演出的是自己创作的喜剧和童话剧。回眸往昔，我发现，这个孤僻的八岁“问题男孩”竟同时扮演着奠基人、导演、美工师和演员等多重角色，领导着这个颇具创造力的小团体。他用莫扎特般的才华完成了剧本创作和舞台设计，并对负责表演的孩子予以耐心的指导。若是演员演得糟糕，就得一遍又一遍地重复动作和台词。若是依旧不过关，就只好负责配乐——吹吹白铁哨子和口风琴，摇摇拨浪鼓，敲敲手鼓。

孩子们的这种迷恋深深地触动了大人。古尔卡的父亲鲁斯塔姆大叔是个百万富翁，他立刻动身前往一家木工厂，这家厂子曾被他抓住过把柄，于是他又是恫吓，又是给厂长施压，迫使其为我们的剧院做了一面屏风。那是一面极尽奢华的可折叠式屏风，上面还装着真正的合页！它由四扇小屏风组成，妈妈从当裁缝的爷爷那里找来瓦蓝色的衬布，给每一扇都包上了布面，还拿来一块用旧的花毡桌布，为我们缝制了真正的帷幕——就是遮挡着屏风、挂在观众面前的那种。碧绿的底子上堆着圆滚滚、黄澄澄的大梨，仿佛斯坦尼斯拉夫先生刚刚用充满怜惜的手把它们从树上摘下来。

如今，这屏风落寞地躺在木板棚里，被遗忘在利沃夫的房屋那早就荒寂了的院落中……

总之，我还是打算和他谈谈那个沉重的话题，试着漫不经心地提起“劣质基因”这个词，甚至说出了那种疾病的名称。

我们坐在亚美尼亚街的咖啡馆。这里煮咖啡的器具是一种细口铜壶，底下铺着滚烫的沙子。细细的壶口喷出泡沫，喷溅在壶壁上，沸腾的咖啡溢出来的时候，小小的咖啡馆里便弥漫开醉人的香气。窗外大雨如注，遍布车辙、凹凸不平的条石街路面上，雨水汇成一条条小溪，流向街道两侧。水花飞溅的水洼上方，五颜六色的雨伞在行人手里微微摇动，色彩格外鲜艳。

这条街道虽然逼仄、寒酸，却充满生机，十分可爱。它目睹过酣畅淋漓的斗殴，也见证过凄恻悲怆的爱情。利沃夫的波希米亚艺术家常在这里逡巡游荡。有一次，我亲自挥起拳头，从一个叫特洛菲敏科的艺术家手里夺回我的玛雅，当时她甚至还不算是我的未婚妻。在那个年代，情敌间的较量在我看来是赢得女性芳心的有效手段。

就这样，我们坐在破旧的小桌前，等待着属于自己的那杯咖啡……

不，还是应当把亚美尼亚街这家咖啡馆详细地描述一番，应当为它找寻世间最独特的语词。直至今日，这间破旧的小屋香气扑鼻的赭石色空气中，还浮游着我们青年时代凌乱的幻影，弥漫着我们浸满咖啡芳香的兄弟情。

有段传奇不知出自谁口，说亚美尼亚街的咖啡是世界上最好的，所有有幸来访的外地人都能在这里品尝到绝妙的饮品。只不过他们似乎从不光顾，因为它实在其貌不扬，小得几乎没有容身之地，也不提供甜点。何况这条小街尽管规划合理、布局匀称，这里的教堂却已四壁斑驳，破败不堪……然而，为何在我们心目中，亚美尼亚街会超越这座城市的其他地方，获得如此之高的评价？

因为这里能够邂逅那些早就遗失了联系地址和电话号码的故人，人们总是在这儿留下需要代为转交的包裹、文件和便条。“东西给你留在亚美尼亚街了”——这句话已经耳熟能详。它是匆忙赶路时的叮嘱，是电车车窗里传出的呼喊，是学校阅览室内的低语……

两个女人轮流在咖啡馆上班：拉丽萨和娜佳。娜佳是个胖乎乎的大婶，举止稳重而内敛，从不煮劣质咖啡，大概是下不去手。她不讨好顾客，做出的咖啡却总能让人不请自来。这是一位很懂行的大婶。另一位呢——拉丽萨简直是个女王，围着浆洗得硬挺挺的围裙，浓妆艳抹，风情万种，让人看得入迷。这位女王能把煮过的咖啡再煮一遍，若是哪位顾客入不了她的眼，她就会给煮剩的咖啡“续一次水”。

一壶咖啡的完成少不了顾客的配合。咖啡师把壶备好，将壶的位置指给你看，接下来忙活的就是你自己了。你得时不时从桌旁跳起来，挪一挪沙子上的咖啡壶，得时刻当心，别让沸腾的泡沫溢出来——泡沫一般会上涌三四次。

娜佳胖乎乎的手握着小铜壶的把手，使它们在火钵的沙子上平稳地滑动。彼特卡盯着咖啡壶，若有所思地问：“你说什么？彼得鲁什卡……综合征？”突然，他笑了起来，“这就更合适了。我就是彼得鲁什卡呀！”

当时，他沉迷于俄罗斯街头杂耍的历史，读了很多资料，从老人们那里四处搜罗关于二十世纪初走街串巷的木偶戏流浪剧团的回忆。他还亲手用木头旋出一个变声器，甚至写了些又好笑又俏皮的荤段子，期待将来在大院举办几场演出。

一旦扯到木偶戏，他就能接连说上几个小时，讲哪种木材适合木偶的哪些细部，如何根据质地判断木材的产地，切口的方向如何重要。至于那些和季节时令有关的因素，如湿度等等，就更有话可说了。对于这种冗长无聊的演说，我总是用心倾听，这个过程中最有趣的就是观察他的表情和手势。

他在列宁格勒国立戏剧音乐电影学院读书，刚从彼得堡回到利沃夫。他回来得很频繁，当然是为了见丽萨，不过也有别的原因：利沃夫中央少年宫的负责人颇具自由主义作风，给他提供了人生中第一次演出机会，上演著名童话《白鹤与鹭鸶》改编的木偶戏。

这出戏的细节我至今记忆犹新。

登台演出的有三对木偶，全部按照他亲手设计的图纸制作而成。第一对木偶是一双年轻的鸟儿——动人的白鹤和迷人的鹭鸶。它们坠入爱河，穿过沼泽向对方求婚，可无论如何都谈不妥……第二对木偶已经“上了年纪”：须发花白的白鹤戴着夹鼻眼镜，想要组建家庭，意志坚定，和上次一样去风韵犹存、卖弄风情的鹭鸶那里打探心意，可它们又吵了起来，谁也不肯让步。最后，第三对木偶登场了：苍老的白鹤已经面目全非，嘴巴又粗又肿，鹭鸶也成了一个糊里糊涂、老眼昏花的老太婆。它们仍向对方提着荒诞无稽的要求，虚弱的双腿都快撑不住身子了……

木偶的双腿是他控场的关键，令人拍案叫绝。它们遍布复杂的机关，玩出的花样几乎无穷无尽，把角色扮演得惟妙惟肖——时而弯曲，时而发出沙沙的脚步声，时而抬腿致意，时而翩翩起舞；表白心意时，细高挑的白鹤单腿站立……木偶的双腿总是处在无尽的运动之中，它们好像有生命似的令人震惊，是整部戏剧的精髓。彼特卡操纵着木偶，一刻也不离手。角色一个接一个地上场，他在舞台后面时而腾空，时而落地，却一直巧妙地躲在观众看不见的阴影中。最后一幕，两只木偶静静地落在舞台上，耷拉着脑袋，依偎在一起。这时，他才抛下手中的木偶，从阴影中走出。舞台的光环内只剩下两只苍老的鸟儿，在寂静中头颅低垂。随着造物主的离去，它们陷入绝望，静静等待自己的末日。

除了大院里的儿童演出，他从不试图将我卷入这些烦琐的工作——

那次是唯一的例外。那时我是利沃夫医学院的学生，强壮得像头驼鹿，全身欲望横流，满怀激情地垂涎着玛雅的美貌。

我无法拒绝他的要求。对于他暴君一般的蛮横压迫，我向来无力反抗。尽管被接二连三的考试压得喘不过气来，尽管还要写一篇书信体爱情小说（一年后，这篇小说发表在名为《繁星》的丛刊上），我依旧勉强挣扎着参加排练，用深沉的男低音卖力地模仿作为背景音效的风声和鸦啼。

配乐是一首华尔兹——《阿穆尔河的波涛》，由少年宫的首席乐师阿列夫季娜·尤里耶夫娜演奏。直至今日，我眼前仍能清晰地浮现出那一幕：她悄无声息地在舞台左侧入座，陶醉地拉着华丽的手风琴，涂着唇彩的嘴唇上漾起梦幻般的微笑……

首演过程中发生了一出惨剧，让我终生受教。

头一天晚上，我终于摆脱了考试的重负，仿佛顺利洗脱了罪孽，便跑去和伙伴们一同庆祝。我不失风度地喝着冰啤酒，喝了个烂醉，不知为何，第二天一大早就嗓音沙哑。我在演出前一刻及时赶到，清清嗓子，咳出一口浓痰，准备配音……然而，当手风琴刚刚流淌出抒情的旋律，当舞台上黎明的微光刚刚洒向芦苇丛生的沼泽，当白鹤和鹭鸶刚刚登场，我就发觉自己的嗓子已完全失声，无论怎么张嘴都无济于事，喉咙里钻出来的只有啤酒泡的声音。

录音员斯拉瓦急忙飞奔到后台，递上一支话筒。我颤颤巍巍地把话筒抓在手里，却仍然于事无补。经验丰富的阿列夫季娜·尤里耶夫娜卖力地拉着手风琴，将阿穆尔河的波涛演绎成喵喵的叫声……简而言之，彼特卡最终还是打破了僵局。我真不明白，既然单凭台词和剧情就能把一切演得清楚明白，为什么还要搞这些幕后特效？不过，我还是感到非常愧疚，观众一散场，彼特卡一开始收拾道具，我立刻像条丧家之犬，爬到他跟前。

“彼得鲁沙……”我嗫嚅着，“请原谅，我不是故意的……我保证，下次……”

他猛地抬起头，恶狠狠的目光简直烫人，语气冷漠而平静，带着极度的蔑视：“蠢货，舞台剧永远只有一次。”

我把自己写的这些文字重新读了一遍——断断续续，杂乱无章，就像田野上绕弯跑的兔子。不过，我还清楚地记得那张金属小圆桌和桌上的咖啡杯，记得一缕幽暗的日光落在棕色的墙砖上。他手里拿着一个玩偶，店铺里卖的那种，布做的身子，橡胶做的手脚，光秃秃的脑袋……

他在垃圾坑里发现了它，把它洗净、修好，在它空荡荡的眼窝里嵌入两颗褐色的玻璃眼睛，走到哪里带到哪里。他称它为“孤儿”，放在膝头或桌上，食指和拇指小心翼翼地捏住它的脖颈。它的脑袋一会儿扭向这边，一会儿扭向那边，橡胶做的手脚也做出细微的小动作，姿态自然而动人。这个娃娃在他的手指下面爬来爬去，好奇地朝咖啡杯里瞧，不时转过头去，信赖地找寻“父亲”赞许的目光，不停地变换着脸上的神情。在他的妙手之中，商店里的娃娃就像被施了魔法，栩栩如生，即使一动不动，也仿佛有生命一般——这一点最令人震惊。

此外，他还能用同样的法子让各种各样的物品活起来：我的鸭舌帽，丽萨的手套，小个子德雷别茨太太忘在椅子上的披肩，甚至包括台灯的灯绳。他仿佛拥有异常灵敏的嗅觉，能召唤出物品的“感情”。他的表演永远都是即兴之作，是抒情诗，也是怪诞剧。他深信，这种使玩偶复活的艺术，从本质上讲只能是悲喜剧。

行动诞生故事，他说，手势诞生生命。

“我就是彼得鲁什卡。”他说。那个商店卖的娃娃滑稽地从他膝头站起来，爬到他身上，脸颊依偎着他的心窝，仿佛表示赞同。

此时，魔鬼坐在他瘦削的肩上，无声地笑。

奇怪，我发觉自己渴望细细描述我们的每一次会面、每一场对话，描绘往昔的时光和我们逝去的一生——这恐怕是一种不祥之兆吧。然而这又预示着什么？我不知道。往昔的语词一去不返，砭人肌骨，用在他身上却惊人地合适。他的艺术，他的激情，他的乖戾，他对丽萨的那片沉郁而激烈的痴心，还有他那辽阔得近乎漫无边界的人格，全都与之相宜。

他身上的各个方面都荒诞不经，不止一次使我瞠目结舌。譬如，他平日里笨嘴拙舌，可一旦触及和木偶有关的话题，这笨拙便顷刻间荡然无存。

此时，他的身体似乎发生了一系列令人震惊的变化，几乎是生理上的剧变。口腔里的舌头似乎换了一种运动方式，仿佛有人替他解除了魔咒。拘束的双手突然达到了一种匪夷所思的自由之态，带着魔鬼般的狡黠，肆意飞舞。平日里做客时，他拘谨地坐在桌前，手指几乎握不住小小的茶杯，可也恰恰是这些手指变成了木偶的一部分，创造出惊人的奇迹。对于这一切，我大概从小就已习惯，从我们举办大院演出开始就习以为常。可是，五年前我收到他从萨哈林寄来的信时，竟是那么震惊。他回到故乡参加母亲的葬礼。那是他一生中寄给我的第一封，也是唯一一封信。

那年冬天，百年难遇的暴风雪一次次席卷这座岛屿，一连几天，机场被迫关闭。在这种天气，他竟忽然想到提笔写信，可见经历了怎样的悲伤。我读着这一沓纸（他用蝇头小字密密麻麻地写了二十多页），心灵受到极大震撼。信的内容很难转述。我体内那矫揉造作、卖弄辞藻的写作冲动蓦地汹涌起来，发出一声惊叹，却伴着开头对暴风雪的冗长描写，很快沉寂下去了……

我把这一沓写得满满当当的纸保存了起来，藏在一个纸盒里。然而，和玛雅分道扬镳之后，我便无心再找寻这个纸盒。

那封信上清清楚楚地写着：一本打开的书，书页上映着闪电幽蓝的反光……他的儿子呱呱坠地，脸上挂着凝滞的笑。而这个婴孩拒绝戴着微笑的假面苟活……

不，如今我已记不清信上的字句，然而只消读上一遍，就能为这位艺术家包罗万象的天赋所折服。刚一降生，上天就赐给他一块施了魔法的钻石，有着无数神秘莫测的棱角和切面，每个切面都望之炫目，深不可测。我读了这封信，第一次感受到他丰富的人格、恢宏的想象力和强大的意志。他无时无刻不在缔造自己的魔法世界。

确实应当找一找这封遗落的信。不过遗憾的是，不能让丽萨看到——好几页写的都是她的往事，令人断肠。何况，这并不能解决二人关系的症结——她的仇视和颓丧，她对他爱恨交织的依恋。他牢不可破的爱情带着绝望的底色，使她的心灵之火燃烧得愈发炽烈，愈发痛苦。

她病发初期，我曾想对病症的缘由和不幸的根源一探究竟。是的，独子的死自然会影响一个女人的精神状态，即便这个孩子早已身患疾病。然而那一次她康复得很迅速，病发背景也合乎常情。康复过程中，她担心这，担心那——彼佳一个人过得好不好，他们那些闻名远近的演出能不能照常进行，总之，她归心似箭。那一次他接她回家，她已经痊愈，飞奔着扑向他敞开的怀抱。而他把她抱在怀里，颇为怪异地抚摸着她的肩膀和后背，激动地说："没错，全都分毫不差地印在脑子里了！丽萨，你马上就会看到我的杰作——简直是天才！"

半年后，我去布拉格找他们。时值九月，那一天刚好是他的生日。

有一次我问他："为什么选了布拉格？"

他困惑地盯着我，也许在想，如此明显的事情怎么可能不明白！他说："因为布拉格是世界上最宏伟的木偶剧院。这里的每座房子都盘踞着至少三个幽灵。单凭第谷·布拉赫的银鼻子[①]就值得留下来。"

"是不是还因为那个招摇过市的魔像[②]？"我附和道。

"别拿魔像打趣，"他立即反驳，"魔像的故事是真的——不过最主要的是，你有没有注意，这里的房子都是按照折叠屏风的样式建造的，是多面体。每个面都是房子的门面，只是颜色不同，上面装饰的玩偶也不一样。整个城市都好像在等着演出，等待一位傀儡师……"

我登门造访前不久，他们刚搬进那个有些诡异却依然可爱的安乐窝。他们的家位于小城区的华伦斯坦街，紧挨着城堡区，在地铁"小城区站"对面。

这是一座古老、亲切、无人照料的楼房。他家在一楼，有两间屋子，房门朝向公共大院。院子四四方方，如农家院场般温馨舒适。地面铺着页岩碎石，从初春到夏末，石缝里都是青草葱茏。彼特卡坚信这里自古以来都是宫廷马厩。况且，正如所有真正的布拉格房屋一样，这座房子的木门上方也有属于自己的标志。那是一个遍布花纹的椭圆形浮雕，雕刻着一只细腿小绵羊。冷漠的羔羊顶着一张人面，蜷起纤细的小腿，卧在牧场中央。因此，这座房子叫"小黑羊之家"[③]。彼特卡提议将小羊和他自己的"肖像"对比观看，并坚持认为，"主人和房客"有着惊人的共同点。倘若细细端详，就不得不承认，二者确实存在某些相似之处——冷漠的眼睛和凸出的颧骨。

---

① 第谷·布拉赫是中世纪丹麦天文学家，曾在布拉格被聘为皇家天文学家。在一次争论中他被对手打断鼻梁，于是自己制作了一个银鼻子，用胶水粘在脸上。

② 魔像：源自犹太教，是一种会活动的人偶，由黏土捏制而成，代表上帝造人时尚未灌注灵魂的人体。相传16世纪布拉格的拉比勒夫制作了一个大型魔像，代替犹太人被鲁道夫二世处死、流放。

③ 原文为捷克语。

房子本身也很可爱。有个房间足够宽敞，于是既当厨房、餐厅，也当工作室。玻璃门连着敞亮的窗子，几乎占据了整面墙。窗外是他家专用的小院，好似一条狭长的纽带，连着修道院红褐色的砖墙。墙上爬满皱叶常春藤，每到秋天，婆娑的枝叶就染上鲜艳的绯红，和丽萨头发的颜色一模一样。焊着铁栏的窗子两侧都燃烧着熊熊烈焰，遥相呼应。这个刷着白色涂料、墙上挂满木偶的房间尽管寒酸简陋，却也因此披上盛装，明朗而快活。

只不过，在房间主人身上，我感受不到一丝愉悦。

这真是一场诡异的生日宴。彼特卡不知从哪座城堡的地下室拖来一张古旧的木桌，大得好像机场的起降跑道。木桌差不多占据了工作室的大半空间，上面堆满了制作木偶用的工具、材料、装零部件的小盒子，还有毛坯等等。

为了这场盛宴，桌上专门腾出一小块空地。我们三人挤在周围，此外还有那个……我绞尽脑汁也想不出恰当的名词，姑且称其为“智能机器人”。这个叫埃丽斯的傀儡是彼特卡鬼斧神工的天才之作，迷人而恐怖。它是丽萨的复制品，比例精确到骇人听闻的地步，几乎分毫不差，使人不寒而栗。

或许，我应当先讲讲他们令千万人为之倾倒的拿手绝活。彼特卡背着个大箱子费力地走上台，把箱子卸到地上，庄重地打开盖子，从里面拽出僵硬的丽萨。丽萨扮演傀儡，演得惟妙惟肖。看着那僵滞的笑、凝然不动的眼眸和木棍般直挺挺的四肢，你根本无法相信这是一具温暖、灵动的女性躯体……

接着，演出开始了。彼特卡试图与“傀儡”一同起舞，可她侧着身子倒了下去，僵直得像一根拐杖。他在最后关头托住她的身躯，旋转一周。忽然，他仿佛失了手，“傀儡”头朝下栽了下去，他便把她夹在腋下，如同夹着一根原木。接下来是一连串巧妙的舞台调度……最后，他把丽萨靠在墙上，在她周围跳起了萨满舞，仿佛要为傀儡“解除魔法”。他从小盒子里接连掏出好几件作品，每一件都独出心裁。他刚一触到木偶的勾牌，或者将布袋手偶套在手上，这些小玩意就立刻活了过来。它们邀请新的木偶登台，亮相，同样获得新生……木偶爬到丽萨肩上，亮出惊人的绝技——这门技艺他早就练得炉火纯青。

总之，这是一场令人眼花缭乱的演出。剧终，在观众错愕的欢呼声中，“傀儡丽萨”猛然间活了过来。显然，绝大部分观众自始至终都不相信傀儡竟是由活人扮演的。这时，响起金格·莱恩哈特的《小步舞曲》的第一组和弦，彼特卡和丽萨跳起那支自编自演、摄人心魄、意乱情迷的舞蹈。舞姿在探戈、伦巴的基础上糅合了其他舞种的元素，令观众欣喜若狂。

舞蹈的迷人之处不仅仅在于干净利落，不仅仅在于细腻精炼。他们的舞蹈之所以获得巨大成功，主要是因为观众强烈地感受到了潜藏其中的隐秘的协调性，觉察到了二人动作之间的感应——这绝非排练所能达到的，唯有相濡以沫多年的伴侣才能产生这样的共鸣。

既然如此，我想，他又如何从埃丽斯，从没有灵魂的傀儡身上获得类似的感应？是否由于这对舞伴在“冒牌舞蹈”中达到了高度的协调，丽萨才心怀妒忌，饱受折磨？

总之，这台节目堪称上乘之作，自然也给他们带来不少收益。

他们频繁演出，彼特卡甚至离开了剧院。其实，他早就想摆脱剧院的束缚。他们巡演的档期已经排到了三年之后。丽萨有了身孕，却勒紧腰身，继续演出，直至临盆还坚持登台……可后来，他们再也无心表演。

我那令人难忘的祖母说出口的话从不是无凭无据的。

我在可法尔－邵尔医院给丽萨治病的时候，彼特卡疯了似的满世界寻找能代替她登台的演员。

然而一无所获。这台节目是为丽萨量身打造的，舞者必须拥有同她一样娇小的身材和世间罕见的轻盈体态。丽萨住院后，他立即去了儿童歌舞团，然而那些稚嫩的少女根本驾驭不了这个角色。至于成年演员，竟无一人能躺进那只箱子……

于是，一个鬼迷心窍的瞬间，他竟然想到要“创造另一个丽萨”，创造一个替代品。节目的宗旨则与之前截然相反——要使傀儡彻底成为一个生命体，要使观众认定它是活人，不会对它身上人的属性产生半点怀疑。

我不了解奇迹诞生的细节——我住得太远，他打来电话的时候也只关心丽萨的病情。然而，通过少得可怜的只言片语，我得知他正在一位机械师朋友的协助下制作一个傀儡。使用的是从美国订购的、便于加工的最新材料，质地与木材类似，却比木材轻得多。重要的是，他们钻研了好几个星期，终于研制出一种独一无二的混合机关。

说实话，我以为这个傀儡和他之前的所有作品一样，是个滑稽、亲切、有些古怪的玩意（何况他对机械装置并无好感，认为只有演员的匠心才能使木偶复活），因此，当他出现在机场时，我呆若木鸡——他竟然连拖带拽，不遗余力地给我带来了……这个惊喜。我看到机场到达厅的圆柱旁边站着两个人，随后看到丽萨在向我挥手致意。我飞奔过去，然后，结结实实地吃了一惊。彼特卡却像魔鬼一般哈哈大笑，把傀儡揽在身边不放手。傀儡的腋下有个小小的摇柄——鬼知道那究竟是什么玩意——在它的控制下，傀儡的头部可以做垂直和水平方向的运动。此时，傀儡的头正在纤细的脖颈上左摇右晃，不时点点头，仿佛聚精会神地倾听我们的谈话，脸上的神情和丽萨一模一样……

在这个颇具布拉格风情的新的庇护所，我们坐在摆好的餐桌前。

卡拉格兹[1]一瘸一拐地满屋子跑，木头假腿发出笃笃的声响。这是一只温顺可爱的长毛小狗，只有三条腿。彼特卡救了它的命，并补全了残缺的腿脚。（为这件事他俩起了争执：丽萨觉得三条腿的卡拉格兹也跑得很快，彼特卡却坚持认为，既然狗的身体生来有四条支柱，那么缺少的那一条就必须补齐。）

第一轮祝酒真是难上加难，餐桌上总是缺东少西，一会儿有东西忘在了冰箱，一会儿开瓶器又不知去向……只有傀儡埃丽斯安静地坐着，脸上挂着谜一般的笑，和丽萨的笑容别无二致。

当时我就想：究竟在搞什么鬼？为什么让一个人偶和我们坐在一起？然而，彼特卡为自己的作品感到十分自豪（不久前，他刚刚带着它上演了一个令人震惊的节目，多个国家的媒体都兴奋不已地做了报道），不时看上几眼，按捺不住赞赏之情，甚至忘记自己说过多少遍，只管接二连三地赞叹："怎么样，是不是妙不可言！"

他希望所有人都能看看埃丽斯，所有人都能欣赏到她的美。他滔滔不绝地谈论着日本的人形净琉璃。在欧洲人眼中，那些人偶太过粗陋和写实，然而在舞台上，它们的动作却能展现出匪夷所思的张力，非欧洲傀儡所能及。他还提到了塞琉古国的皇帝安条克三世。傀儡在他的王宫里指点江山，它们有着繁复的机关，巧夺天工，因此常被误认为活人。此外，这位安条克三世还跟着滑稽剧演员学习傀儡操纵之术，直至达到炉火纯青的境界。他还亲自给那些大型傀儡穿衣打扮，饰以黄金和宝石……简而言之，所作所为与我最糟糕的病人相比，有过之而无不及。

彼特卡不时弯下身，装作去捡掉落在地上的刀叉，不经意间经过埃丽斯身旁，神不知鬼不觉地操纵某个摇柄或按下某个按钮。这个可恶的人偶便发出吧嗒吧嗒的声音，仿佛在心满意足地咂嘴，有时还懒洋洋地晃晃脑袋……说实话，我被这出其不意的动作吓得直哆嗦。它的存在让

① 卡拉格兹：土耳其皮影戏中一个传统角色的名字。

我感觉很不舒服，而丽萨……

那时就应当注意到她的状态。她那双明亮的眼睛泛着病态的光，无声的微笑透着绝望。

突然间，她问："鲍利亚，你也喜欢我这个神奇的分身吗？"

我支吾了几句，开始对傀儡的制作工艺大加赞扬。

"可我比它更好，对吗？"她打断了我的话，用近乎乞求的语气问，"我可是活的。他究竟看中它哪一点？"

显然，这个话题已探讨了不止一次，因为论点还未陈述完毕，双方就陷入激烈的交火。彼特卡说："只有傻瓜才会做这样的对比，懂吗？我们谈论的是艺术，是将无生命的东西复活的艺术。你明白我取得了怎样的成就吗？日本文乐当中，一个人偶就需要三名演员来操纵，而我，完成了常人无法想象的事情，我……"

"知道吗，鲍利亚，"她严肃地对我说，不看自己的丈夫，也不听他说话，"我觉得他不仅借用了我的外表，还给了它更重要的东西。"

彼特卡痛苦地皱着眉头，喊道："什么?！你的心肝吗?！"

"不，"她简短地说，脸上露出痉挛的微笑，"灵魂……"

"丽萨，胡说什么！"他勃然大怒。

离去时，我的心情异常沉重。不到一个半月，我就在耶路撒冷接到他的电话。他已经彻底被痛苦压垮。

从那时起，他就把埃丽斯搬出了家门——我要求他在丽萨回到布拉格之前必须这么做。很长一段时间，我都不知道他把这个傀儡藏在何地，直到有一天，我在一个出乎意料的地方发现了它……

不过，究竟是什么让我今天如此失神？是的，他看上去很糟糕，非

常糟糕，头发也白了许多。这不是从前那个彼特卡了，不再是那个滑稽的丑角，那个魔法师般的鬼灵精。以前的他，一双巧手无所不能，仿佛游离于身体之外，有着独立的生命。每根手指都是一个活宝，仿佛手指的指节不是三个，而是四个，仿佛最末一个指节灵活无骨，能贯穿一切。他还拥有一项无比神奇的能力——可以用腹语模仿出任何一种声音，尤其是慵懒的女声。声音的源头仿佛在他背后，在房间的角落或是窗外。

有一天夜里，他从丽萨家出来，沿着学院路往回走时，被一群游手好闲的流氓围住。他模仿警察的哨声，把对方吓得四散奔逃。

还有一回，我拉着他去“巧克力餐吧”参加一场无足轻重的聚会。他感到无聊，大半个晚上都在自娱自乐，用沮丧的声音没完没了地吊嗓子。他坐在椅子上，声音却从远处传来。是那种尖利的花腔女高音，起先是“啊啊啊”的喊声，随后把每个元音都唱了一遍……终于，我们的同伴忍无可忍，吼道：“这是哪个练声乐的女学生，我恨不得把她掐死!”

他来接她回家的时候——唉，这个屡次被拒之门外的、低三下四的刽子手——我们甚至无法顺畅地交流。耶路撒冷是他的伤心地，意味着别离，意味着她的疾病、她的敌意，还有她无边无际的忧伤……是啊，若想和他正常沟通，我还是得飞一趟布拉格。是该去一趟了。据说，这一年，欧洲如中了魔法一般，将迎来大雪纷飞的冬季。于是我请了几天假，同医院的疯子挥手作别。多久没去布拉格了？大概两年了吧。

……好了，今天就到此为止吧，医生。合上你的书稿，关上你的电脑，回家去吧。吃一粒安眠药，别再让那一幕在你紧闭的眼帘上飞旋，别再回想他们走向大门的那一刻——这两个人啊……她在前，他在后，恰似蓝胡子押着他那忐忑不安的牺牲品。

然而，他们两个究竟谁才是牺牲品？这个问题也许只有我才想弄明白。

第三章

“瞧，那就是西尔瓦，”丽萨说，“传送带旁边，戴护耳帽的那个。”

十五年过去了，这里一点也没变。大厅里，行李传送带像一条小河，不紧不慢地流。拉黑车的在人群中往来穿梭，招徕顾客，说无论是萨马拉还是陶里亚蒂都能直达，快得像一阵风。

空气中凝集着浊重的烟气和飞机引擎排出的废气，郁积着沉滞的灰蓝色。西尔瓦不是本地人，身材高挑，英俊得像个歌剧演员。他越过熙熙攘攘的人群，带着浓重的口音朝他们喊：“什么?！我是说颜色！行李箱什么颜色?!”他挥舞着双臂，仿佛要把传送带上所有的行李都一股脑揽下来。他是个无所不能的指挥者，身上涌动着不可估量的澎湃之力。

“等一下，西尔瓦，”彼佳走到跟前说，“别一副兴风作浪的架势。只有一个背包，丽萨的行李在我这儿。”

西尔瓦的注意力立刻转移到丽萨身上。他蹲下身，以便抓住丽萨的手，随即像个女人似的柔声哭了起来，一点也不感到难为情。上天赋予他一颗热烈激荡的心……

“丽萨，维辛卡抛下我们了，彻底抛下了……”

西尔瓦·朱塞佩奇·莫莱里的母亲是个黑眼睛的风流女郎，随意大利外交使团来到俄国，卫国战争时期疏散到古比雪夫。

她和使团厨师生下西尔瓦，不久就平步青云，完成了不可想象的飞跃——嫁给了领事助理，和新婚丈夫火速飞回米兰，把儿子抛在脑后。这个英俊的小男孩被安置在当地的孤儿院，很快便把意大利语忘光了。中学毕业后他进入一家建筑公司，一干就是一辈子。他自认为是个地道的俄罗斯人，却时常同情亚美尼亚人和犹太人，甚至对茨冈人也心怀怜悯。也对，众生之相，本来就是林林总总。尽管丽萨的姨母维霞总是催他去莫斯科，于垂暮之年去大使馆揭开一生的真相，他却极力反对，从未沿着意大利寻亲之路踏出半步。他和维霞之间的友谊牢不可破，因而此时的眼泪既真诚，又动人。

“是这么回事，”他一边说，一边用蓝手帕擦着刮得干干净净、像歌剧男高音歌唱家一般英俊的脸，“是这么回事，小丽萨，你的维霞阿姨一下子就没了……刚刚还在打电话，讲着讲着，突然就倒下了。我……”

“行李来了。”丽萨说。西尔瓦推开周围的旅客，冲向传送带，从一大堆行李（旅行者数日远足，总是一意孤行地背着许多背囊）当中拽下彼佳那只鼓鼓囊囊的大背包。

途经莫斯科公路[1]的岔道口，西尔瓦突然亢奋起来，稍稍减速，问道：“咱们沿老路走，怎么样？顺便买点飘鱼干——我在维霞家的冰箱里囤了点啤酒，再来点飘鱼干，那才带劲儿！”

“哪条路熟就走哪条。”彼佳说。

“老路，当然是老路！”西尔瓦兴冲冲地点着头。他摘下护耳帽，艺术家一般狂放不羁的鬈发顺着老式厚呢短大衣的领口披落下来。

“咱们还得再绕几十公里，不过沿着这条路能看见伏尔加河，沙皇庄有座小教堂，可漂亮啦。对了，顺便在市场上买些飘鱼干。沙皇山上建了座十字纪念碑，你上次来看到了吧？丽萨，听见了吗？马上就能看见十字纪念碑啦……”

丽萨坐在他身后，沉默地凝视着苍凉的雪野。白雪上散落着一座座别墅，路边的广告牌推介的尽是人生无用之物：丙烯、矿物肥料、沥青滚筒……

---

① 莫斯科公路：俄罗斯 M5 国道通过萨马拉的路段。

“我说，听见了吗?”西尔瓦抬起眼睛，试图在后视镜中寻找丽萨的目光，“要不，谈谈维霞的死？她不早不晚，刚好死在生日那天。她还叫了朋友来做客！光是吃的就准备了两天，在炉子上又是煎，又是熬……这不，她想和朋友聊聊天，可在电话里才说了两句，就蹬了腿——见上帝去了！冰箱里堆满了吃的，连个核桃都塞不下啦，有肉冻、俄式大拌菜、炖肉，还有烤鸡……信不信，大家都特别怀念她做的肉冻!”

泪水再次沿着他那罗马元老般的高鼻梁流淌下来。他抬手擦了擦眼泪，手上戴着破旧的黑手套，食指破了个洞。

“好了，好了，”他哽咽着说，“不能再哭哭啼啼了。我只是还没习惯……”

彼佳扭过脸去对着车窗，窗外，天空是一片肃杀的灰白色。亘古的积雪如石膏像的毛坯，头颅、肩膀、胸膛，以及整个椭圆形的庞然躯壳在天地间蔓延。他扭过头去，免得让西尔瓦看见他的脸。这张脸让他无计可施——整副表情都充溢着不加掩饰的幸福……

直至此刻，他心中仍珍藏着埃拉特的那个清晨，珍藏着醒来的那一刻。那一刻发生在昨天，却又仿佛过了百年，仿佛已有大把时光似流水般匆匆逝去。那一刻，他被她睡意蒙眬、略带沙哑的声音惊醒：“那是什么？是阳光吗?”

他睁开眼睛，发现她把头枕在他的胸口。透过深红的头发那烈火般的光泽，杏子红的幔帐变成了憔悴的淡粉色。他搏动的知觉意识到，她回来了，回来了……一连几分钟，他一动不动，融化在不可言说的疲惫的幸福之中。她也静静地躺着，嘴里哼着一支惆怅的小曲，时而咳嗽两声。每当这时，她头颅的重量便轻柔地落在他的胸膛上。

楼下的游泳池传来拍水之声，孩童兴奋的尖叫如沸腾的热浪。青草丛生的小丘上，剪草机爆发出机枪般的轰鸣。吵闹声间或停息，此时便能听到滨海路上飘来的如泣如诉的东方小调。

一开始，他小心翼翼地舞动手指，隔着睡衣的布料，在她的后背上跳了一支温柔的玛特奇什舞。出发之前，他特意在瓦茨拉夫广场 C&A 专卖店的童装部给她买了这件睡衣，柔和的天青色底子上印着一条条笑眯眯的小红鱼。（她穿上了睡衣，也就是说，夜里起来过？她总是悄无声息，总能摸黑从钱袋、背包、行李箱中找到从未见过的新事物；重要的是，她能感知到要找的东西，好比侦查员用一根柔软的枝条探测到附近的水域……）接着，他开始了更为大胆的偷袭。手掌化作一条含情脉脉的鱼，提心吊胆地在睡衣的波澜间拨水嬉戏。对方任何一丝细微的动作都会使它胆怯地跃出水面，悬在半空。最后，它潜入被子深处，碰到灼热的躯体，立刻像烧伤了似的战栗了一下，扮作死去的样子。

丽萨依旧躺着，半闭着眼睛，仿佛无动于衷，脸颊却无声无息地摩挲着他的胸膛。突然，她抖落身上的被子，跪坐在床上，那群红色的鱼儿立刻一览无余。她满头的红发也像一条瑰丽的火红色的鱼，蓦地滑落下来。即便在朦胧的薄暗中，头发的光彩也使他晕眩。她用拳头撑住他的胸膛，把他按得生疼。接下来，两人一同浮游起来……在水底和悦地潜行，平稳地转身，一跃而起，缓缓悬停，陡然间激烈地追逐，浩渺无边的迷宫弥漫着红珊瑚之光，她的头发是无际的穹隆。窒息，残喘，再次潜入幽暗潮湿的水底，再次跃向水面，凝滞的波涛如沉重的红铜。他盲目的嘴唇无法相信面前的一切，摸索着，仍是不信，不相信这就是她的肩膀，她的脖颈，她的双唇……最后，他们搁浅在岸上，落入杏子红的阳光的旋涡。阳光如沸腾的洪流，侵入幔帐，落在被风暴斫蚀得伤痕累累的床上……

谢天谢地，这次没有听到那些可怕的诅咒：“滚，和你那死尸快活去吧！”或者更可怖：“说不定你一拉提线，我就把腿张开了……”

她字字分明地说：“我还是讨厌你，还是会抛弃你。要买游泳衣吗？”

他回答："买。周围有什么，我们都买。亲爱的，亲爱的……"

"别跟我耍花招，你这个贼！"她皱起眉头，用食指指着他的鼻尖，仿佛在瞄准射击，"在我眼里，你什么都不是，明白吗，什么都不是！卡拉格兹还好吗？"

"还是有点儿瘸，"他仰面躺着，面带笑意地望着天花板，"和之前一样，寄养在唐达那儿了。"

"尽管这个小村子叫伏尔加村……"西尔瓦嘹亮的男高音有着柔腻动听的音色。飞驰的"伏尔加"汽车在坑坑洼洼的路面上颠簸，和着西尔瓦的声音，给苍白如蜡的死寂原野平添一丝诡异。"可直到今天老百姓都叫它沙皇庄。为什么呢？因为彼得大帝亚速海远征的时候曾经亲手在山上立了一座十字架。那座小教堂啊——彼佳，你看，就是那个，在右边……维霞说，简直是咱们外省的文艺复兴建筑——十二月党人韦杰尼亚平就葬在那儿……"

不管西尔瓦如何喋喋不休，他仍然无法将兴趣转移到伏尔加河流域广袤的原野上。他的心灵和整个桀骜的内在还沉潜在阳光潋滟的十二月的浅海，像囚禁在琥珀里的蚊蚋，被透明的光包围，又仿佛悬滞于水晶之中。天空像一块巨大的水果硬糖，他在记忆里一一触摸山峦那光怪陆离的褶皱，玫瑰红、深紫色、芥末黄……海湾平静的水面闪耀着雀跃的粼光。远处的驱逐舰好似一个个黑烙铁，在天光下缓慢地绕着圈子，仿佛有个身躯庞大的洗衣工挥动无形的巨手，努力熨平蓝色桌布闪闪发光的褶子。

微凉的海风，吹透了闲适、慵懒、无所事事的海岸时光。冬季阳光的触感温柔似水，抚摸着宽敞的露台上方白色的帆布篷，迷离的光点在高大的棕榈树鬃毛般的枝梢上颤抖、闪烁。几度沉迷之后，他和丽萨到露台上吃早餐。他已经能够用贪婪的目光凝视她的全身：她的手从篮子里拿了一块炸得金黄的小面包，又揭开蜂蜜瓶的盖子。蜂蜜的颜色恰恰是她眼眸的色泽，她的目光从他的头顶掠过，恬静，潮湿，宛如流动的液体，时刻让他战栗，将他淹没……

从这里看去，驱逐舰旁边，小艇和帆船上的信号旗显得格外轻盈，好似蝴蝶敛起翅膀，在平静的蓝色水面上小憩。

埃拉特当地的居民，包括出租车司机、餐馆招待和酒店服务生在内，都非常开朗。他们亲切，健谈，甚至不拘小节。一名年轻的服务生给露台上的食客送来咖啡，他的肩膀肌肉发达，像运动员般高高耸起，后脑勺像日本武士一样梳着高高的发髻，晒得黝黑的脖颈上有精致的文身，是个复杂的象形文字。他端着咖啡壶在餐桌间迂回行进，全身蓄满弹性和张力，双脚不由得舞动起来。他说一口流利的英语，很乐意为这里的常客介绍沙拉和其他菜品的配料，不吝时间，有的推荐，有的不推荐，时而反驳，时而眯起双眼，用爽朗的笑声回应丽萨的盘问，时而扯几句关于母亲的题外话——母亲称他为"旷野飘蓬"，他沉迷于帆板冲浪，便从耶路撒冷迁居埃拉特。

丽萨迟迟拿不定主意，是去著名的埃拉特水族馆呢，还是……

"当务之急，是买一件泳衣！"他提醒道。起初，他希望早餐的时光可以无穷无尽地延长，后来则梦想着快些回到楼上的房间。他们回到楼上，去取他故意丢在背包里的钱夹和银行卡。房间已经收拾停当，床单泛着贞洁的白色，风平浪静。阳台外深蓝的海面同样波澜不兴，好似紧绷的画布。

"你还要磨蹭多久?!"丽萨火冒三丈。

她倚在敞开的门边，满心不耐烦，和所有一心想要购物的女人一样迫不及待。

他蹲下身，一会儿忧心忡忡地在背包口袋里乱翻，一会儿又莫名地向床下瞅一眼。还是把她叫过来再说吧……

"哈，你瞧，这是谁！"他欢叫着，露出吃惊的笑，"看，一只小猫……”这时，床下的确传出扣人心弦的喵喵叫声。

“骗人！”她眯起眼睛，死死盯住他紧闭的嘴唇，不由得走进房间，关上门。哦不，她不会遂了他的心愿，不会走过来的！他这套骗人的把戏，她早就烂熟于心。现在……此刻……这个混蛋、小丑、恶棍竟还不立刻放开她的手，竟还像条丧家之犬一样在她脚下摇尾乞怜……

半小时后，原本冷若冰霜的床上，圣洁的冰雪已消融得不留一丝痕迹。枕头散落在地板上，旅馆的毛巾拖鞋不知为何出现在彼佳的胸口上……

若能永远这样躺下去就好了——胸口顶着这只拖鞋，这只美妙的、令人迷醉的拖鞋。她将这只鞋抽打在他身上，强迫他起来，出门，哪怕一小时、一分钟。这个可恶的小丑何苦千里迢迢来到此地，难道就为了在门外挂上“请勿打扰”的牌子，一整天足不出户！

是的，正是为此。

一整天。

足不出户。

我已悬挂起，

我的幸福……

长长的一排搭着遮阳棚的货摊，遮阳棚下面坐着一个个面似黑铁的老妇人，她们面前摆着搪瓷桶、钵子、白铁罐，里面盛满了酸白菜、鸡蛋、土豆、飘鱼干和各式各样的吃食。这就是沙皇庄的路边市场。

西尔瓦把他俩留在车上，自己下车不到五分钟就回来了，捧回一包肥硕的、如琥珀般透明的飘鱼干。

“瞧瞧，多么肥。”他说着，把纸包递到彼佳的鼻子下面，“香气扑鼻！这种鱼的鱼刺特别细，嚼起来都不用吐骨头。”

接下来，他一路上都在讲这种鱼的历史：本来是种海鱼，却出现在伏尔加河里。建了很多水力发电站，阻塞了河道……环保什么的都见鬼去吧，这可是一等一的下酒菜。

这种鱼确实是一等一的下酒菜。沙皇庄一带方圆几里，路边都散落着飘鱼的鱼骨，头、身、尾，一应俱全。

显然，当地政府给街道命名时喜欢拿城市名做文章：塔什干街、基辅街、奔萨街、弗拉基米尔街……还有斯塔拉·扎戈拉街，纪念的是保加利亚的兄弟城市。很久以前，保加利亚人在这里种下许多蔷薇，夏季的黄昏，芳香四溢。

终于看见了圣三一市场的拱顶，也就是说，快到家了。

维霞阿姨住在列宁格勒街，位于萨马拉老城区的中央。她家的小房子所在的街区与纺织后街隔着一个步行区。

维霞说过，以前的列宁格勒街叫纺织街，住的都是商人，店铺里卖的是上好的洋布。纺织街后面则是满目疮痍的贫民窟，是社会见不得光的阴暗面。谁也不敢在夜里带姑娘去那里约会，甚至不敢踏足半步，尤其是铁道那边。不过，维霞阿姨一点也不害怕纺织街后的贫民窟，她在中学教家政课教了好多年，她的某个女学生有好几个追求者，都是来自纺织街后的暴徒。

“伏尔加”汽车停在一座老房子的拱门前。

“把钥匙给你，”西尔瓦说着，从大衣口袋掏出一大串钥匙，递给彼佳，“就是这把带凹口的，看见了吧，有些年头了。别给弄混了。我把车开进车库，一会儿就回来。丽萨，烧壶热水，喝口热的才好。知道怎么走吧?”

“你就别操心啦。”彼佳回答着，顺手拿过那串钥匙。

宽而矮的拱门通向一个不大的院子，白雪覆盖，一片安详，边上是维霞阿姨家的小花园。此时只能看见丁香丛干枯的枝条和两株冰雪压枝的樱桃树。春天和夏天，这里很美。

多年以前，杳无音讯的维霞突然出现在这座房子里。从那以后，他和丽萨来过两次，想保持联络，重续断裂的家族之线，然而收效甚微。当时，丽萨的姨母年事已高，但看上去很年轻，长着一头亮丽的火红色头发，外表与丽萨极其相似，其余的特质却又截然不同，这令彼佳十分惊讶。那是很久以前的事了，大约是二十年前吧。

后来，彼佳来萨马拉巡演时，又探望了维霞两次，依旧能从她身上感觉到那种礼貌的拘谨。她急切地转移话题，喋喋不休地谈论左邻右舍、熟人和学生。她无所不谈，除了最关键的那件事：孤苦伶仃的外甥女独自长大，而你到哪儿去了，维霞？

总的来说，他喜欢萨马拉。他曾在彼得堡生活过几年，那是座男性化的城市，线条直来直去，刚硬而冷漠。萨马拉却是商人的小天地，蜿蜒的轮廓勾勒出女性的温柔，就像一只猫蜷伏在岸边，沿河伸展着脊背。

他喜欢伏尔加河沿岸的陡坡，这一带的视野是那样辽阔，远远望去，对岸一片蔚蓝。雾蒙蒙的蓝色在天幕上荡漾开来，仿佛悬挂在天际。他喜欢这里宽阔的人行道，路旁绿树成荫，和蔼可亲的老婆婆在路边卖水果和蔬菜，报纸上摆着香菜和茴香，铁桶和钵子里的苹果是伏尔加河流域特有的品种。他还喜欢滨河大街的小圆亭，亭子里卖的饮料嘶嘶地冒着气泡。这是座百万人口的城市，城中心的古老房屋保存完好，小房子三面是窗，大门两侧是排水管，篱笆墙后是小果园，花木丛中传来活泼的犬吠声。

他在鞑靼海峡岸边长大，因此，回响在整个夏季的汽艇的轰鸣令他格外心动。这声音让他时刻感知到河流的存在，记得茫茫天地间，有条大河在永恒地流淌……

他甚至一度有意迁居萨马拉，毕竟维霞阿姨住在这里。丽萨却不赞同这个想法。不过，她也喜欢维霞阿姨的房子。

说实在的，虽然口口声声说的都是“维霞阿姨的房子”，可事实上，房子早被分成三个套间，维霞只拥有其中的一套。种种痕迹表明，这座带阁楼的宅子已经历了几百年的风风雨雨。譬如，最右侧那扇窗子，窗棂顶部镶着块铜牌，上面写着“此屋已投保”的字样，文字还是几个世纪前的拼写方式。房屋正面，一些很突兀的地方被粗暴地凿出几扇门，涂上了颜色各异的油漆，杂乱不堪。由此可以推断，以前这房子只有一个主人，后来才有其他住户闯进来。只有维霞阿姨家的门看上去高大厚重，雕刻着优雅的花纹，但随着岁月的流逝，刻痕几乎消失在层层涂料之下。这才是最初的那扇正门，十九世纪末那些古老宅邸的大门想必都是这番风貌。

门铃也很古旧。彼佳清楚地记得它的样子：黑漆漆的按钮，假如按住不放，那极富穿透力的刺耳铃声便会无止无休地持续下去。听到这声音，客人们往往惊恐万状，并多次建议维霞把它换掉，换成温和的旋律，比如《莫斯科郊外的晚上》。维霞回答说：“换它做什么，它从来不出故障。”

门很顺畅地打开了，一切如旧。屋内既整洁又暖和——看来，热心肠的西尔瓦费了一番心思。

“真暖和啊……”丽萨喃喃地说。她跨进门槛，打量着前厅。他第一次产生了这样的疑问：奇怪，对于维霞阿姨的突然离世，自己的妻子到底有没有感到悲伤，感到哪怕是一丁点难过？今天在机场的时候，他终于告诉了她这个消息，谨慎地斟酌着词句（毕竟得让她知道为什么不回家，而是来萨马拉），惶恐地观察她的脸色，揣测她会有怎样的反应。而丽萨报以沉默，后来只问了一句：“怎么死的？”

“大概是心脏病突发，或是类似的原因。”他如释重负地回答，为她的冷漠感到释然。现在想来，姨母和她的外甥女几乎形同陌路。或许，丽萨仍无法接受姨母多年以来怪异的失踪，甚至无法原谅。她失踪得确实诡异，参加完丽萨的母亲——自己唯一的姐姐的葬礼，便径自销声匿迹。他随即又推翻了自己的揣测：不，丽萨不会记仇，因为那时她还年幼。丽萨的父亲死后，维霞阿姨重新出现在他们的生活中，仿佛躲在远处伺机而动，等待许久，终于抓住了时机。那一天，电话铃响了，丽萨拿起听筒。听筒里传来温柔的声音，仿佛鸟儿的啼唱："我的好孩子!"丽萨刹那间嘴唇发白，失声喊道："妈妈!"

这并不奇怪，姐妹俩有着相似的声音。

"气味也和原来一样，橙子皮的味道。"丽萨说。他看到泪水蓄满了她的眼睛，几乎夺眶而出。这时，他开始发慌，并习惯性地回想她从早上到现在是否已按时服药。服过药了，他亲手倒了一杯苹果汁，看着她吞下药片。

"你冻坏了，"他忐忑不安地说，"你冻坏了，孩子!"

他总怕她冻着，这几乎成了一种怪癖。他总觉得她还太小，体重太轻，无法保持人体正常的温度。以前，在他们还习惯互相开玩笑的时候，她甚至提议，让他用棉花把她裹起来，背在肩上，就像乡下的老婆婆养育还未长大的婴儿。

"唉，在埃拉特给你买件新外套就好了。把手给我……"

她默默推开他的手，走进客厅。

从理论上讲，维霞阿姨家是两居室。可事实上，这套房子有三个甚至四个房间。维霞将大厅隔断，隔出一间小型起居室（在原先荷兰式火炉所在的位置竖起一面矮墙——采用蒸汽取暖后，火炉就被拆除了）。穿堂则成了所谓的书房，摆着土耳其沙发和捷克式书架。书架上一个挨一个地摞着十五个相互独立的格子，摆满了装帧华丽的古典文学书籍和镀金边的奇遇记小说。

门厅的第二扇门通往一间面积可观的卧室，里面摆的家具是明斯克家具厂生产的朴素套装。这里的一切永远明艳似火，阴霾也掩盖不住鲜亮的颜色。枕头和窗幔都是维霞阿姨用一种色彩浓烈的大红布料做成的，绣着金色的郁金香，像山鲁佐德的童话。维霞本人则给这个富丽堂皇的房间添上了一抹恰如其分的亮色，她穿着大红丝绸睡袍，躺在大红枕头上，红铜色的头发泛着金红的光泽。这一幕总使彼佳颇为怪异地想起丽萨的父亲，而不是那个与维霞容貌肖似、悲惨死去的姐姐。

在这座波斯童话般的天堂里，在墙上钉着的两把西班牙折扇中间，挂着两个一模一样的相框。第一张照片里，一只鬈毛狗直视着镜头。它是维霞的爱犬马尔库沙，像《圣经》里的玛士撒拉一般长寿，活了二十三年（彼佳还有幸见过它）。另一张照片里是……丽萨？不，是个身材更高大的姑娘，倚着一辆“佳娃”[①] 摩托车——是维霞已经过世的女儿伊兰娜。她年纪轻轻就死了，死在这辆摩托车上。维霞每天都乐此不疲地欣赏着这两张照片，真是匪夷所思。

除了这间华丽的卧室，还有一个低矮的隔间。显然，以前这里是仆人住的窝棚，天花板压得很低，比任何一间标准的住房都要低矮，因此不宜居住，也很难用于其他活动。去往隔间要经过浴室。浴室很大，很气派，有许多半圆形的窗户，砌着乳黄色的瓷砖。浴室里面摆着华丽的贵族式浴缸，有四只铁铸的脚，古老的黄铜水龙头总是被维霞擦得闪闪发亮。隔间成了储藏室，那里堆着空瓶子和蒸桑拿用的桦树枝，大大小小的盒子装着五花八门的东西，还有一张简易木床。有两类客人会被安排到这里下榻，一类是无足轻重的不速之客，另一类则是最最亲近的人——照维霞的话说，是自家人。彼佳来萨马拉巡演时，曾在木床上睡过两夜。他是自家人，却也无足轻重。

过去这些年，这里的一切依然如故。重要的是，所有气味都一如从前，每个房间都有独特的气息。客厅弥漫着苏联香皂的芬芳，在所有东西都要囤积储存的年月，维霞在沙发底下藏了一盒草莓味的香皂，由此，沙发便染上了永恒的芳香。卧室里总是执着地飘荡着海外种植园的气息，

① 佳娃：捷克的摩托车品牌。

女主人把橙子皮放在家具上，视其为驱赶飞蛾的良方。书房则散发着皮革的气味……这里的气息让人不由得暗自思忖：真的已经过去了这么多年吗？许多年来，维霞任教的中学都隶属一家皮革厂。维霞在那里做兼职，负责把小钉子钉进一块块椭圆形的皮料，再将皮料制成按摩刷子。她坐在电视机前，一小时能钉五把刷子。记得那时的报酬只有几戈比，可维霞不是那种贪得无厌的人，她善于开源节流，说，到手的钱怎能不挣？

形形色色的厨具她都喜爱，柜子里塞满了稀奇古怪的器具和家什。有些东西常人一辈子才会用上一次，有的一辈子也用不到，比如，烘焙用的模子，煮蛋用的计时器，煎荷包蛋专用的平底锅，烤华夫饼专用的模子，焖鸭锅，熬菜汁用的直边小煎锅，烤雏鸡用的压板，烤蛋糕用的小篮子，削柠檬皮用的小刀……铁幕降落，给维霞打开了新天地，使她得以大展拳脚。一切能买到的，她都要弄到手：储存食物的真空袋，“Zepter”牌餐具，特氟龙锅，盛调味品的华丽的瓶瓶罐罐……尽管如此，她节日的餐桌上永远是全套的俄罗斯家常菜肴，从不标新立异，有俄式大拌菜、肉冻、奥利维沙拉、鸡肉馅饼……总之，维霞阿姨的家就像一个盛得满满当当的大碗，若不是有忠诚的、乐于助人的西尔瓦，碗里的美食三个月也吃不完。西尔瓦也住在这个院子，每当邻居大声招呼：“西尔瓦！”窗子里就闪现出他狮子鬃毛般的头发和套着罗马长衫的庞大身躯。不明就里的行人往往驻足，困惑地四下张望。在这外表完美得无懈可击的生命有机体深处，究竟是什么搅乱了那密密层层的内分泌腺的丛林？这个热情的美男子，为什么一生都胆怯地躲避着爱情的欢愉与痛苦？对此，所有人都无从知晓。正如维霞阿姨用委婉而严厉的口吻说的那样，这事我们管不着。

大约过了十分钟，西尔瓦捧着飘鱼干急匆匆地跑进来。茶壶里的水已经烧得滚开，像发了怒似的，嘶嘶地喷出热气。茶杯已经摆好，面包也切好了。丽萨拿出一个铁盒，盒子周身环绕着中国彩画，画的是玫瑰色的黎明。她取出些绿茶，又从冰箱里找到乳酪、香肠、奶渣饼……

“先给我倒杯热茶，”西尔瓦在前厅吩咐道，“都冻僵了，这天气，把人冻成狗！”

他不停地发号施令，一分钟也不闲着。不过，吩咐完，他就立刻亲自付诸行动。他刚跨过餐厅的门槛，就给每个人倒了茶，随后瘫倒在桌旁，扯下一块奶渣饼，兴致勃勃地大嚼起来。餐厅很小，他几乎独自挤占了全部空间，尤其是指手画脚的时候——他一说话就情不自禁地手舞足蹈。

“她想拆掉这面墙，”他一边说着，一边用拳头在墙上轻轻捶了几下，一大块奶渣饼在他的腮帮子里翻滚，“这样就能装修成美式餐厅。我一点也不明白，咱们要美式餐厅干吗？这面墙啊，就该留着，不能拆。知道它有多厚实吗？有两块半砖那么厚！她把炉子也拆了，可真能折腾……这是什么房子？这是切雷肖夫公寓①！造房子的不是建筑师，是包工头儿，是商人……”

西尔瓦继续说着，切下一大块白面包，在上面均匀地涂了一层黄油，手法娴熟而平稳，就像手持刮刀的泥瓦匠。之后，他不顾大家的推辞，给每个人都做了一份儿。他是个天生的指挥者，永远热情洋溢，忙个不停。

“他投资建造公租房，于是就有了现在的这栋楼！知道他是怎么给窗框验货的吗——快吃面包呀，丽萨，你老是那么文静，多拘束。这样不行，这么大的人了，一点成年人的样子都没有……”

“西尔瓦！接着说窗框的事吧！”彼佳打断了他。

“好嘞！人们把窗框运到他跟前，他从大车上抓起一个，命人从二楼

---

① 切雷肖夫公寓：萨马拉最早的公共出租房，由当地富商切雷肖夫出资建造，建于1899年。

扔下去，要是摔坏了，整批货全部返厂！那些木质零件不仅要刷一层清漆，还得装进大桶，泡几个钟头。砖自然是一块块烧出来的，可怎么验货呢？泡在水里！老天保佑，可别泡裂了，不然整批货又得返厂。那砖烧得可真是漂亮！总共三种颜色——铁锈红、正红和鲜红。就说这座房子吧……”他爱惜地用手掌摩挲着墙面，“用的是正红的墙砖，只不过刷上了涂料——彼佳，你怎么戴着那么大一个耳环，瞧，把耳朵都坠坏啦。你简直是个……从复活节岛来的呆瓜。”

彼佳微微一笑，碰了碰耳垂和坠坏了的耳朵，解释道：“这上面挂一根傀儡提线，可以多安排一些附加动作，明白吗？十根手指不够用……”

喝完第二杯茶，西尔瓦断定大家的身子都暖和过来了，可以进入下一个环节：喝啤酒，吃飘鱼干。

他跳起来，去取啤酒——餐厅空间不够，因此冰箱放置在客厅。

彼佳望了一眼窗外。暮霭渐浓，周遭笼罩着苍茫的灰蓝色。院子里的路灯像一个年迈的醉汉刚从沉睡中醒来，发出昏暗的光。灯光明灭，仿佛在打盹。幽暗的庭院里，凛冽的空气中，家家户户的窗子相继苏醒，亮起黄色的、淡蓝的、橘红的光……

丽萨倚在餐厅小沙发的一角，蜷起双腿，看样子是打起了瞌睡。

“孩子，”他用温柔的声音轻轻地说，“你去躺下睡吧……恐怕，这顿饭还得吃好久。”

她没应声，也没动弹。一分钟后，她的腿从沙发上滑下来，摸索着找到拖鞋，慢吞吞、无精打采地向卧室走去。这一天下来已经筋疲力尽，他不安地想，坐飞机，转机，然后从库鲁莫奇一路赶到这儿，可西尔瓦像疯了似的，兴冲冲地一个劲儿唠叨……他蓦地忆起，昨天，她睡衣上的小红鱼在他头顶来来回回地游，于是有火花迸溅在他心上。他又想起她在露台上吃早餐的样子。她坐在他对面，修长的眉毛好似缎带，拢着忧郁的思绪。那对眉毛那么美，仿佛是有生命的。它们被分毫不差地复制到了埃丽斯身上。当然，若是用丽萨的头发来做，就再理想不过了，可是……不过，他还是巧妙地克服了困难：剪下卡拉格兹的毛，涂上颜料，做了好久的实验，终于找到了最精准的色调。

“嘿，啤酒来了！”西尔瓦两手各拎一捆啤酒，出现在他面前，“我跟你说，你们捷克的啤酒不够劲儿。瞧这个，可得记住了：‘冯·瓦卡诺黑啤’！还有这个，‘冯·瓦卡诺白啤’！你想喝哪个？”

“无所谓……我不太能喝。”

“得了吧，胡扯，你可是流浪艺术家呀！你尝尝。知道为什么叫这个名字吗？你想，这外国名字听起来挺叛逆，是不是和那个……蓬帕杜夫人的感觉差不多？”

他把酒倒进高脚啤酒杯（维霞的碗柜里真是应有尽有，唉，维霞呀，维霞），扯开包飘鱼干的纸包，把鱼倒在餐布上。

“阿尔弗莱德·菲利普·冯·瓦卡诺，世袭贵族，虽然是个奥地利人，可他是——哎，丽萨跑哪儿去了，累瘫了？你这个小宝贝可真弱呀——是这么回事，阿尔弗莱德·菲利普是个实在人。”

西尔瓦摆出歌剧男高音一般庄重的神色，挺直肩膀，举起酒杯：“来吧，啤酒也好，让我们为维霞干杯，缅怀我那难忘的老朋友。”

这下他肯定又要哭起来了，彼佳无聊地想。不过他猜错了。西尔瓦是个无可救药的夜猫子，晚上十点，他才刚刚兴奋起来，搞不好还能唱一段咏叹调。

他们同时举杯，默默喝光杯里的酒。不过，让沉默持续一分钟以上，是西尔瓦无论如何也做不到的。

“拿一条鱼……会吃吗？瞧，学着点儿，记住我的好……”

西尔瓦干净利落地将飘鱼撕开，用熟稔的动作拧下鱼头，从底下一扯，脊柱和内脏就被扯了出来。整条鱼像敞开的外套似的分成两半，只有背部的鱼鳍还连在一起。

“不是所有人都爱吃鱼皮，”西尔瓦咬下一块鱼皮，甩开腮帮使劲儿地嚼，“烤之前，鳞已经刮干净了，我个人很喜欢吃鱼皮。吃点儿吧，小子……我刚才说什么来着，这位奥地利维也纳的贵族冯·瓦卡诺深入研究了我们日古廖夫啤酒的配方。‘日古廖夫啤酒’是米高扬后来才这么叫的，最初它叫‘维也纳啤酒’……”

彼佳看了一眼时间——明天一早要去公证处，得在赶飞机之前让西尔瓦在委托书上签字，把房子卖掉。可显然夜生活刚刚开始，恐怕还得听他普及许多历史知识。西尔瓦·朱塞佩奇热爱自己的城市，还是别扫他的兴了，不应该，也没必要。

“这么一来，阿尔弗莱德·菲利普就在一八八〇年创建了自己的啤酒股份公司……等等，该喝第二轮啦。这回知道我们要为谁干杯吗？我们要祝福丽萨过得越来越好，祝你们再有个孩子……”

“算了，”彼佳生硬地打断了他，“别折腾啦，她肯定睡着了。”

“也对！”西尔瓦回过神来，一脸担心的样子，压低声音说，“对不起，我犯糊涂啦……瞧，我接着把冯·瓦卡诺的故事讲完，怎么样？他加入了俄罗斯国籍，为此这个文质彬彬的外国人冒了好大的险！他特别热爱萨马拉，又是个大慈善家，还是萨马拉杜马的议员，身上的头衔五花八门。他还收藏名画和各种各样的珍品——现在他的藏品都给了艾尔米塔什博物馆，那些继承人屁都得不到……你能想象吗，一九一五年，这位德高望重的萨马拉公民，可以说，是社会砥柱！——彼佳，怎么说才对，‘社会砥柱’，还是‘社会顶梁柱’？”他一本正经地问。

“都一样。”彼佳同样一本正经地回答。

“——居然被指控为间谍罪，”西尔瓦风风火火地说着，脸上由于兴奋而泛起红晕，“流放布祖卢克！这还是沙皇时期的事，对不对？后来又对苏维埃政权反咬一口！这些沙皇都是滑头，我就受不了这一点。昨天你还是共产党，今天又成了保皇党！呸！受不了！”

“给我满上。”

“嗬，行啊，你可真是好样的！现在我们为……你说，该为什么干杯了？”

“什么也不为，只管倒上，干了。”

“不错……唉，彼佳，你干吗不留在我们这儿！干吗在那边飘着，你是俄罗斯人啊，你的祖国在这儿，不在那边。这里有家，也能找着工作——有咱们帮你，还能找不着差事！你的手那么巧，我见过你做的木偶。你可以在中学教劳动，教画画。知道这儿的夏天多美吗，啊？伏尔加河，多么雄伟壮观！我有个邻居叫帕里奇，得过痨病，切了一叶肺，就这样他还游过了伏尔加河，水流那么急，那么多的旋涡……”

“朱塞佩奇……”

“别，你等一会儿，让我说完！难道你要把历史这么悠久的房子卖掉吗，啊？那你就太蠢了！你知不知道很久以前这里住的是谁，啊？一个独身女人，波兰人，叫列奥卡季。我发誓我说的都是真的。再吃一块鱼，快！一位又善良又可爱的女士，提包里装满了糖块——我见过的波兰女人都这样。所以街坊四邻的孩子都对她喜欢得要命，叫她‘廖丽娅夫人’。我是怎么知道的？当然是听邻居说的。邻居的老太太活到九十三岁，还头脑清醒，能想象得到吗？她还记得善良的廖丽娅夫人呢。当初，她似乎是从华沙写来一封信，毛遂自荐，来冯·瓦卡诺家当家庭教师，孩子们长大以后，她就顺便留了下来，留在咱们萨马拉。据说，阿尔弗莱德·菲利普常来献殷勤……不过，他俩到底有没有私情，一点证据都没有，是个谜。最有意思的是，她什么工作都不做，却过得好好的——这个不重要。总之，用咱们当地的话说，她绝不是伏尔加河的小虾米。她二十年代才去世，一辈子都是个谜，懂吗？”

“听着，西尔瓦，我们明天得早起。”

“得了吧，我起得也不晚。我把闹钟调到了六点，每天都这样。以前我还和隔壁的傻子三点钟起来去河里捕鱼，那才算早呢——等等，我还在讲那个波兰女人，在讲列奥卡季呢！她的故事简直是一部侦探小说！有个值得注意的细节，她呀，有好多珠宝。哎，你等等，让我说完呀！整个萨马拉都迫不及待想看廖丽娅戴着哪件珠宝亮相，凡是举办舞会，都会向她发出邀请。萨马拉的富家太太们不知到这位廖丽娅那儿打听过多少次，说，卖给我一件吧，反正你多得很……可她每次都拒绝。不管怎么盘问，她的回答都是一个样，说这些珠宝是从祖母那儿继承下来的。她祖母大概是名门贵族，不是伯爵夫人，就是男爵夫人……”

“朱塞佩奇，以后再讲吧，我的两个眼皮都黏在一起了。”

“擦一把就清醒了。”西尔瓦用胸口抵住桌子，桌上的鱼头鱼尾已经堆成了一座小山。他笔挺的大鼻子向彼佳凑过去——哈，他若在《唐璜》的木偶戏中饰演莱波雷洛一定合适。他突然意味深长地说：“擦擦眼皮，好好想想，你和丽萨现在已经是这笔财宝的继承人啦。”

“这么好。”彼佳从桌前站起身，收拾起杯盘碗盏，放进洗碗池。他回头戏谑地看着西尔瓦，说：“财宝在哪儿呢，碗柜里吗?”

“你不信……”西尔瓦冷笑一声，“不过，所有人都知道，这座小房子里藏着宝藏。它们在这儿，就藏在这儿！你不知道维霞赶走过多少三教九流的探宝人，还有公家的寻宝队——有警察派来的，也有城市委员会派来的。他们找啊，找啊，可什么也没找到!”

“咱们明天再找。”彼佳用平静的口吻提议，“我送你，还是你自己回去?”

“送什么，两三步就到了。”西尔瓦一边嘟囔，一边笨重地站起身，“别忘了丽萨的护照……我明天过来找你们。”

路过客厅的时候，他突然在矮墙隔断前停住了脚步。墙上挂着壁毯，上面绣满了稀奇古怪的花纹。他伸开双臂，像渔夫在展示捕到的大鱼的尺寸，嘴里说道：“就是这儿。原来这里有个炉子……我猜，她就是在这里找到的。”

“谁?”彼佳迫不及待地问。他已经不再急着赶走这个热心肠的傻大个儿了。

“谁？维霞呗!”西尔瓦严肃地回答，“就是在拆炉子的时候找到的，我敢肯定。一开始，她雇了一批工人，可有一天突然大白天就把他们打发走了，然后又是拆砖头，又是揭瓷砖，折腾了半天，自己把炉子拆了，连我也没叫来帮忙。好长时间，都是她一个人弄的。我猜呀，就是在这儿，她……撞见宝贝了。也许是个保险柜，不过，还有可能是个密室。”

彼佳一下子笑了，说：“这是在演《金银岛》吗？我在秋明剧场演过这出戏，我演的是西尔弗船长。一只鹦鹉踩在他肩上，咧着尖嘴一个劲儿地嚷：‘八个里亚尔！八个里亚尔！八个里——亚——尔!!!’”

西尔瓦打了个寒战，闪到一旁——彼佳发出凄厉的叫声，仿佛瞬间变成了海盗肩上的鹦鹉。

“你就笑吧，笑吧，”他恼火地说，“来，接着作弄我呀，大明星。你不知道，有一回，我们邻居塔季扬娜在珠宝寄卖行碰到了维霞，她正在寄卖东西。当然了，塔季扬娜马上开溜，不过，一会儿又回去了——多有意思！你琢磨琢磨，维霞一辈子光明磊落，却不爱张扬，从不戴那些叮叮当当的玩意儿，她耳朵上连个耳洞都没有。可是突然间，她拿着这些宝石……塔季扬娜问寄卖行的女掌柜眼下寄卖的都有什么东西，结果得知是一枚古老的戒指，做工精美，沉甸甸的，镶着蓝宝石。女掌柜说，这个女人时不时会拿来些老式珠宝。你知道这是什么时候的事吗？是九十年代初，当时伊兰娜的未婚夫斯拉维克——唉，两人都死了，可怜哪——斯拉维克和一帮土匪陷入了债务纠纷。维霞为这事担惊受怕，恐怕连房子都保不住了……可突然间，好像所有麻烦都一笔勾销，抛到九霄云外去了。这是怎么回事？你见过那帮土匪饶过谁？我跟你说，维霞找到了列奥卡季的宝藏。相信我，她之前没这么多钱。”

“你怎么知道？”彼佳反驳道，他第一次对西尔瓦这些愚蠢、无用的醉话如此感兴趣，“她丈夫是军人，中校的待遇可是非常……”

西尔瓦愣住了，大张着嘴巴，站在那儿一动不动。

“丈夫？”他嘟嘟囔囔地说，“哪儿来的……丈夫？你这是说的哪门子醉话？你是说维霞？她一辈子从来没有什么丈夫。从维霞来这儿的第一天起，发生的事我都记得。我在火车站看见她，她从火车上下来，站在那里，像要上战场似的，只带了个不大的包裹。我看见这个姑娘站在那儿，孤身一人，不知所措的样子，就走了过去。从那之后，我们就成了朋友，是我把她安排进中学教家政的。的确，她来的时候是有身孕，可过了很长时间才发现，这之前她身上发生了什么事、有过什么样的身世……她跟谁都没讲过。我想，她这么做也没错，毕竟，又不关外人的事。”

“明白了。”彼佳说。可恰恰相反，他一下子完全糊涂了，因为维霞把身世亲自讲给他听的时候，说法与此截然不同。“就这样吧，西尔瓦。确实太晚了，咱们就说到这儿吧……”

西尔瓦终于走下门廊的台阶，沉重地踏在雪地上，驻足片刻，等回过神来，便踉踉跄跄地朝院子那头走去。彼佳关上门，转动门锁里的钥匙，深深地喘了口气。真不该喝得如此飘飘然……冯·瓦卡诺——慈善家，间谍。切雷肖夫——包工头，从二楼往下扔窗框。列奥卡季的珠宝，似乎是被维霞找到了……最重要的，是维霞那并不存在的丈夫，中校柯利亚（他似乎是背叛了维霞，和一个年轻姑娘搞在了一起，从那时起，家中就再也没有他的照片——“以免看了心烦”）——这些愚蠢的东西云遮雾罩地混在一起，把他的脑袋搅得一片混沌。尽管，他想，这些故事很有娱乐性，颇有木偶戏的风范。

应当尽快躺下，在沉睡中忘却这个夜晚，可以的话，应当好好酣睡一场。明天将是鞍马劳顿的一天，明天就要回家去了。尽管他把家中的一切都照应得面面俱到，可刚刚到家的那一刻，想必会和初次见面的那几分钟同样艰难。

丽萨睡在维霞那张宽阔的大床上，卧在大红的被子上，像猫一样蜷缩着身子。她可以保持同样的姿势，一直睡到天明。看来，她的药里有催眠剂。他站在她身旁，考虑是否该把她唤醒，让她换好衣服，改成符合常人习惯的睡姿。他不敢偷偷帮她换衣服——万一惊醒了呢？睡梦中的她总是让他提心吊胆，因为他永远都猜不到她会以怎样一种状态睁开双眼。

他从衣柜里找到一条厚毛毯，盖在妻子身上，自己也准备脱衣服。毛衣的领口已经褪到头顶，可不知为何，他又返回了客厅。

客厅里摆的是二十世纪六十年代最常见的家具——碗柜，沙发，两把圈椅，一个弯腿茶几，桌腿向四面叉开，一张圆形餐桌，椅子整整齐齐、挤挤挨挨地围在四周。

他走到隔断跟前，撩开壁毯的一角，弯起手指，迟疑地用指节敲打着墙面。接着，他不由得笑起来：你这个蠢货，你这个木偶似的小丑……还是睡觉去吧。财宝当然是存在的，这套房子就是你和丽萨的财宝，让你有机会稍稍喘口气，让你觉得生活还算有保障——哪怕这些都只是暂时的。你可以在布拉格城郊买套房子，比如，在克拉德诺[1]。

不过，事情还是有些蹊跷：当年，维霞阿姨从丽萨母亲的葬礼上径自消失了，突然消失，像失踪了一样……

已经过去许多年。许多年来，他一直试图从脑海中驱逐童年最为恐怖的一幕，如今早就疲惫不堪。那一幕化作无声的流动影像，纠缠了他一生。那一幕明媚得异乎寻常：晴空下的春日，有风在吹。

他和巴霞在人行道上走着，他一如既往地抬着头，端详着一座座"奥地利"楼房。壁龛里摆着圣人的小雕像，阳台的栏杆盘绕着镂空的铁艺花纹。高大的窗子，窗台上的天竺葵开着绯红的花朵。窗子后面是激烈澎湃、摄人心魄的生活。他总是连续不断地想象着细致入微的场景，嘴里嘟囔着每一位主人公的台词，时而压低声音，时而抬高嗓门，时而喃喃低语，时而高声尖叫……

可惜的是，家家户户窗扉紧掩，只有四楼的一扇窗是敞开的。仿佛是被幻想召唤出的一般，男孩看到一个活的"人偶"一动不动地站在窗台上。她穿着天蓝色的长衫，头发的色彩令人惊诧，像燃烧的篝火。她

---

① 克拉德诺：捷克城市，距离布拉格约25公里。

的背后，敞开的窗扇在风中颤抖，耀眼的阳光映在窗玻璃上。它们快活地战栗，光芒肆意流淌，像一对翅膀。就在彼佳抬头仰望的那一刻，“人偶”做出了诡异的动作——纵身一跳，仿佛将自己悬吊在空中。然而，她很快便落下来，伴随着一声轰响，像木头人一般重重地砸在马路上。

他和巴霞顿时目瞪口呆。巴霞把彼佳的手握得生疼，使劲儿把他向后挤，用自己的后背挡住眼前的惨状，抱住他的头，把他按在怀里……

可他挣脱开来，怀着兴奋的恐惧，望着那具静止不动的躯壳。她僵滞在石头上，姿势定格在落下的那一刻，仿佛被钉在了十字架上。原来，这个棕红头发的“人偶”是个身材娇小的女人。她躺在鹅卵石路面上，天蓝色的长衫像一团空气，轻盈地包裹着她脆弱而扭曲的身子。她的双腿雕饰得是那样美妙，一双赤足是那么小巧。

这时，从大门里跑出另一个棕红头发的姑娘，她发出无声的哀号，面色惨白，白得异乎寻常，白得透明……

左邻右舍从附近的楼房里蜂拥而出，窗子一扇接一扇地敞开，人们探出半个身子，仿佛坐在剧院的包厢里。他们交头接耳，竭力获取更好的视野，想要看清马路上的自杀者。最富有戏剧性、最肖似傀儡的莫过于一扇扇窗子之间冷眼旁观的雕像。这些石雕的男子仿佛从墙壁中生长出来，凝神俯瞰着人行道。它们成双成对地悬挂在房屋最顶层的窗子之间，正是它们用关切的目光陪伴了这个人偶般的自杀者从楼上坠落的全过程。

救护车很快就来了，接着是警察。他们用蓝布把这个女人盖了起来。一种明艳的蓝色，蓝得像春日的晴空。蓝布底下露出两绺棕红色的鬈发，仿佛在燃烧，好似金灿灿的火焰。一小汪红漆般的艳红的血，缓缓地渗出来。

后来他闭起眼睛，在闭合的眼帘那闪着金光的黑色屏风上，无止无休地回放着傀儡戏般的恐怖的一幕：一瞬间，他确信自己看到了人偶背后的提线。仿佛有个无形的傀儡师在最后关头迟疑不决，不知该把她抛向高空，让她化身为天使，还是让她坠落到地面，摔个粉身碎骨……也许，正是因此，男孩才在最初的那一刻觉得她似乎是向高空飞去。

他在庭院嘈杂的人声中清醒过来，发现自己已经坐在门厅的板凳上。他呆呆地坐着，后脑勺抵着墙壁。他是怎么来到这儿的？对了，昨晚他踉踉跄跄地关了灯，就立刻失去了知觉。面前有个可爱的鹿角形衣帽架，上面孤零零地挂着一条蓝色的三角巾，还有一把黑色的大伞，圆弧形的手柄牢牢地钩在上面，肃穆而悲伤。

院子里，覆满积雪的毛茸茸的黑暗中，传来年轻女人娇媚的笑声。不知是谁发出含混不清的女高音，回答她的是一个男人的大嗓门："这事你可一窍不通！"接着又是渺渺茫茫的笑，笑声的缝隙中漏出严寒的裂声和一声亲切的"你好"，不知是谁在向谁打招呼。声音渐远，飘到拱门下方，被寂静湮灭了……

突然间，尖利而短促的门铃声打破了这片沉寂。

彼佳打了个激灵，被这意外的声音惊得从板凳上一跃而起。他蹑手蹑脚地走向正门（甚至没从猫眼向外看看，反正一片漆黑，什么也辨不清），修长的耳朵贴在锁孔上，压低嗓门，厉声问道："谁？"

门外传来西尔瓦风风火火的声音："彼佳，开下门，不然我就把这事忘了。"

"西尔瓦，以后再说，明天吧！"彼佳气冲冲地回答，"别瞎闹了，会把丽萨吵醒的。快睡吧，我都躺下了。"

"别，等等呀，罗曼内奇[①]，这事和你有关！"西尔瓦透过门缝嘀咕着，"不然我扭头就忘啦。我在维霞家的地下室，在装土豆的口袋后面找到一样东西。说了你肯定不信，是个木偶。"

彼佳骂了两句，转动钥匙，开了门。严寒的气息如花岗岩石柱穿透门缝，侵入屋内。台阶上，站着西尔瓦·朱塞佩奇·莫列里。他腼腆而

① 彼佳的大名为彼得·罗曼内奇·乌克苏索夫。罗曼内奇是彼佳的父称。

庄严地微笑着，双手藏在背后，已经酩酊大醉。看得出来，尽管寒气逼人，他仍不清醒，可能回家后又小酌一番。

“说吧！”彼佳不耐烦地吼道，他几乎赤着身子，转眼便冻僵了，“你怎么就不能消停一会儿?”

“想看一眼吗?”西尔瓦走进门厅，双手依旧藏在背后，脸上挂着谜一般的微笑，“说了你肯定不信。是个惊喜。不知道对你有没有用，不过，还可以拿到寄卖行……总有人喜欢……”

说着，他把藏在背后的手伸了出来。

彼佳没有动，也没伸手去拿，胸膛和腹部的肌肉却径自抽搐起来，仿佛在等待一记重击。门厅里的三盏捷克壁灯只有一盏是亮的，不过，这样的光线已足以使他准确无误地认出眼前这样东西……

“你瞧!”西尔瓦幸福地说，“我把它拿给邻居家的小孙女玩了，后来就忘了。一群可爱的小姑娘……这会儿突然想起来了，哎哟，木偶什么的应该给彼佳呀！这个娃娃年头不少了吧？据说，有八十年了，甚至有一百年。看见没，个子还挺大，快一米了。没准儿也是廖丽娅太太留下来的。你猜它像谁？我觉得它就是冯·瓦卡诺本人，你觉得呢？你瞧瞧，这么严肃的脸，肚子这么大，不就是冯·瓦卡诺吗，一点儿没错!”

彼佳沉默地站在昏暗的门厅里，目不转睛地盯着西尔瓦手里的木偶。西尔瓦身后，严寒的雾气在半掩的门缝里飞旋，仿佛地府渗出的寒烟。

这不是什么冯·瓦卡诺。这不是别人，正是很久以前被偷走、被哀悼，几乎被遗忘，却又让他寻觅半生的科尔奇马利。

回家的路一如往常，从机场乘公交车到“戴伊维采站”，再乘出租

车，沿老城区蜿蜒的山路下坡，经过肖特克花园，来到小城区。山脚下，布拉格呈现出的是另一副亦真亦幻的面孔。整座城被大雪覆盖，整座城在疾风中飞旋，扬起迷蒙的雪屑。所有房屋的拱顶和尖顶，所有瓦房高耸的屋脊，所有教堂的钟楼和风向标，所有圣像、圣母像、天使像，还有曲折、狭窄、幽深如裂罅的街道上所有不堪重负的路灯……一切都湮没在急旋着的幽蓝雪雾之中。

华伦斯坦街——终于到家了，谢天谢地。

“终于到家了，谢天谢地。”他说。他付了车钱，尽力压抑着自己的声音中那不无讽刺的笑意。他竭力忍着，不去看丽萨，不去观察她的脸色，勉强地开着玩笑，掩饰心中的恐慌。

“明天再去接卡拉格兹，好吗?”他轻声询问着，把两个背包挎到肩上，甚至没有试图扶丽萨下车。他感觉得到，此时每一次轻微的触碰都有让她情绪失控的危险。“今天太疲惫了，天又冷，累死了……”

瞧，他们的老房子。石头拱门，两扇弧形的木质门板。下方开着一扇便门，弯弯的黄铜门把手像一片美妙、狭长的叶子，握在手心的感觉温润又亲切。

大门上方是古老的椭圆形浮雕，是这座房子的守护神——无论怎样的天气，那里的牧场都野花盛开，长着人面的黑色羊羔忧郁地栖息在草地上。

好吧，愿一切顺利。

他默默地跨进门，目不斜视地走进幽暗的门洞，走过低矮幽深的拱顶。过道那头是四面封闭的庭院，雪花纷纷扬扬，围困其中，好似密集、嘈杂的蜂群。院子一角，他家黑洞洞的房门似乎正独自等待，等待沉默的二人将门锁打开。

走到门前，他转过身去。丽萨还站在门洞里，一动不动，像个不知所措的孩子，脸上的神情让他于心不忍。格列利克医生说得没错，是有些早了，若为她的健康着想，就应该再等一段时间，再忍耐一下，每天清晨，继续让孤独的苦闷侵蚀自己的内心……

他如鲠在喉，咽了口气，朝她喊道："姑娘，你还打算站多久？快来，有人给你倒茶，喂！"

他打开锁，抖落鞋子上的雪，接着走进门，把走廊、餐厅、工作室、小卧室，连同浴室的灯一口气全部打开，让屋子里处处有灯光，处处有欢乐。这套房子在一楼，以前是马厩，向来昏暗无光，因此，他搬来的第一天，就给电路增加了几个接口，装上明亮的电灯。

他小心地卸下背包，放在工作室一角的橱柜旁。背包应当重新打理一番，不过要等丽萨睡熟后。还应当为那个秘而不宣的木偶找到藏身之地，等时机成熟，再神不知鬼不觉地把它带出家门。此外，应当先考虑是否让木偶起死回生。还应当，应当，应当……当务之急，应当重新学会两人共同生活，在这间墙上挂满木偶的小屋里，在玩偶的重重包围之下……满屋傀儡，只缺少一人。

哦，天哪，她在哪儿，究竟在哪儿？还立在门洞里？等等，别冲出去，你这蠢货！哪儿都别去，她自己会过来。那里很冷，她快冻僵了，马上就会走进家门。唉，又犯了一个错误：让唐达把卡拉格兹送回来才对。这狗儿会和她亲热，舔她的手，拖着木腿咚咚地满屋子跑，让一切都欢乐起来。

他迅速行动，给电茶壶倒满水，打开开关，然后冲向冰箱，从冷冻室里拿出面包，顺手往多士炉里塞进两片。再想想，咱们的巢穴还储存着什么东西？一瓶草莓酱，很好，几乎还没动过。黄油、奶酪……蔫了的黄瓜、软了的西红柿——见鬼去吧。对了，还有足足五个鸡蛋，差点忘了，真是个重大发现。现在，让它们全部躺进煎锅，牺牲献祭。

房门嘎地响了，他松了口气。

"丽萨！"他用准备晚餐时的最平常的口吻说，"鸡蛋吃煎的还是煮的？"

她沉默不语，像刚才一样，穿着外套，默默地站在工作室门口，似乎准备即刻转身离去。她用半是疯癫半是狂热的眼神四下打量——墙壁，屋角，几乎被木料、盒子、工具堆得满满当当的桌面，带格栅的大窗，还有通往后院的门，仿佛门外也可能藏着什么东西……

她猛地挪动步子，冲向橱柜，拉开柜门，把架子上的所有东西一股脑扫落在地。从柜子里滚下一叠叠图纸、纸浆做成的面具毛坯、盛铁钉的塑料盒子，顿时发出叮叮当当、窸窸窣窣的杂沓声响。

她在凌乱之中呆立片刻，随后，依旧默不作声，像一只沙沙作响的蝙蝠，飞遍了整个房间。她掀起床上的被褥，拽出些破旧的箱子，翻了个底朝天，又从储藏室拖出装着陈年杂物的塑料袋，把里面的破烂全部抖落在地板上。

在她发疯的这段时间，彼佳一直坐在工作室的桌前，叠着手臂，垂着头。

为什么每次都会陷入万念俱灰的绝望？为时尚早？不，这不是早晚的问题，鲍尔卡，你那些药片根本是杯水车薪。上一次亦是如此。他从一开始就对即将来临的混乱做足了心理准备。多么苦涩的讽刺啊！他那如定时炸弹般危险的背包竟成了躲过这场“大抄检”的唯一的漏网之鱼。也许，她以为自己对藏在背包深处的每样东西都了如指掌。

突然，灯熄了。

一瞬间，冬夜深邃的寂静挟着簌簌的雪落之声，猝然袭来。她像只受惊的蝙蝠扑腾起翅膀，撞在家具上，却依旧无声无息。

她像瓶中的蝴蝶，无声地挣扎。他跃起身来，朝她冲过去。他们在走廊里撞了个满怀，她从他胳膊底下钻出去，溜进工作室。他撵上她，抓住，扯下那件可恶的外套，把她紧紧地抱在怀里，用身躯将她包裹住。

“你怎么了，怎么了……”他慌乱地喃喃低语，“这是怎么了……怎么了……”

低语声戛然而止，复又响起，继而再一次停止，终于沉寂下去。他把一些温柔、胆怯、几乎毫无意义的感叹词吹进她的耳朵，这声音使她安心……渐渐地，她镇静下来，不再颤抖，伏在他的胸前，靠在他的臂弯。

"它不在这儿。"终于，他柔声说。

这几分钟，才是他生命中最苦涩，却又最幸福的瞬间。一生中，他从未向任何人承认过这个事实，即便是对自己。与此刻相比，那久别重逢的触碰和甜蜜的痛苦都不值一提。她回家了。他把她带了回来，她重新落入他的桎梏。

就这样，他们伫立了许久，仿佛时间没有尽头。他们的剪影浑然一体，映在宽阔的窗子上。枞树形的格栅外是一片凝滞的寂静，雪急急飘落，覆盖了庭院……

从不远处的圣米库拉什教堂传来浑厚、低沉的钟声，伴着响亮的轰鸣，从白雪覆盖的屋顶猝然滚落。接着是高音部，三只铜钟摇摆不停，尖细的鸣声向高空飞去，一响高过一响，铮铮锹锹，喋喋不休。

当万物归于沉寂，不知何处的积雪悄然碎裂。雪块顺着排水管滚落下来，发出柔和的沙沙声……

他的心在寂静中跳得疼痛而有力，眸子在黑暗中熠熠闪光。他的目光朝冰箱的方向摸索，触到两枚冰箱贴，磁铁固定着一张老照片。照片是黑白的，不然，画面里的三个人那红铜色的头发会炫目得令人难以承受。一对姐妹——如今他已知道，妹妹是个小偷——中间是丽萨，她还是个婴儿，胖嘟嘟的脸蛋，一脸傲慢，让人忍俊不禁。她的个子比坐在旁边的木偶家神还小。这个木偶大肚子，长鬓角，头戴小圆帽，穿着坎肩和收腰细褶长袍，笑眯眯的嘴，蓄着小胡子——它是保佑家中万事如意的守护神，科尔奇马利。

第二部

第四章

父亲是彼佳的第一个玩偶，而且是个残破的玩偶。每个孩子的爸爸都有两只手，罗姆卡却仅有一只，确切地说，是一又四分之一只。父亲有轻微的口吃，因此常用丰富的手势来弥补这个缺陷。他手舞足蹈的时候，那四分之一的手臂仿佛也在讲话。父亲的断臂是个小小的救援队。

在不幸降临之前，罗姆卡的闲暇时光全部在台球厅度过，因此，他的手一直保持着节奏感和匪夷所思的灵活性。他会用左手抛起一只洋葱，再用右臂的残肢把它接住，夹在腋下——自然，这得是他没喝醉的时候。还有纸牌，纸牌！他发牌，洗牌，出牌，如此干净利落，让双手健全的人都艳羡不已。右臂的残肢也能在牌桌上指点江山，把牌洗得格外均匀……这项表演有些可怖，却深入人心。

此外，他还是个游泳健将。小胳膊（彼佳厌恶“残肢”这个词，从不说出口，不像他那情绪躁动、言辞过激的母亲）在水中划得很快很快，像一只小马达。

父亲还是彼佳生命中第一个傀儡师。原因不在于他会用边角料制作玩具，而在于他能让玩具活起来。比如，他从口袋里掏出一块破旧的大手绢，抬起一条腿，把手绢铺在膝头，卷成一根小香肠，动作灵活得让人惊讶，然后用四分之一的断臂轻轻按住，有时也用下巴、鼻子。他娴熟地抻出一角，把两头扎牢，这样，一端就出现一条尾巴，另一端则钻出一对圆耳朵。

这只脏兮兮的小白鼠背上长着蓝色条纹，在蜷曲的手指神不知鬼不觉的驱赶下，顺着他的胳膊伶俐地爬了上去。小老鼠窜上他的肩膀，突然散了架，身体里孵化出一只苍蝇，就像刚刚破茧而出的蝴蝶，忧伤地垂着翅膀。父亲把它套在食指上，一边让它在彼佳的头顶飞来飞去，一边用低音若有所思地哼着小曲："给我一双小毡靴，再来一件小皮袄，还有暖和的长裤子，我能活到春天哟！"

他的手臂丢得滑稽，这辈子活得也荒唐。他冒冒失失地从丰饶的利沃夫来到萨哈林，路上还打了一架。当时正值寒冬，暴风雪肆虐，能见度为零。汽车（是一辆带篷的吉尔军用卡车）在雪地里抛了锚，他和战友试图把它推出来。战友推得并不卖力，更喜欢从旁指点，于是罗姆卡冲上去，要用"咱们的法子"给他一顿教训。扇了他两耳光，罗姆卡自己却失去平衡，摔在雪地上。这时，坐在方向盘后面的混蛋士兵猛地一倒车……

接下来，不幸沿着亘古不变的轨迹，接二连三，滚滚而至：在哈巴罗夫斯克做了一台复杂的手术，高位截肢，然后退役，完蛋——他总爱反反复复地这样讲。最后，他住进"上城区"一座五层小楼里的鸽子笼，在造纸厂谋了个传达室门卫的差事。（不过，他认为这是自己人生中最大的成功：这家造纸联合工厂最初由日本人创立，很快便成为托马里的城中心——小城在它周围拔地而起，拥有八千左右人口。城里有两所中学、医院、栈桥码头、山地滑雪场和一座小型公园，公园里长满落叶松，还有一个人工湖。）

此外，造纸厂里有游泳池、休息室，甚至还有台球厅。这该死的台球厅，成了他此生实现自我认同的最后方式。

大尉肩章上的金五星早就躺在碗柜的水晶碟子里，同纽扣、线头以及科斯特罗马和普斯科夫的城市纪念章混杂在一起。父亲常出门寻欢作乐，一去就是两三天。每逢这时，不管作何打扮，他必定会将“契卡－克格勃”的纪念章别在衣服上，就连运动服也不能幸免。他真诚地相信，盾牌上那柄铸金短剑能使他在一众赌徒之中获得更高的威望。

总之，前边防军大尉罗曼·彼得罗维奇·乌克苏索夫是个尖酸刻薄、孤注一掷的赌徒，性情暴躁，异常好斗。他只有一半俄罗斯血统，拥有古老渊源的高贵的诺夫哥罗德之血在他体内沉寂无声，只赐予他深蓝的眸子和敏锐的目光。不过到头来，他还是喝出了一双醉醺醺的眼睛。另一半易燃易爆的血统则向他体内注入了一种说不清道不明的异国情调，既似意乱情迷的意大利人，又似沉默恬静的奥塞梯人——外祖父不知从何处将这种特质带到他身上，形影不离地伴他度过一生。与此同时，积重难返的西乌克兰习气在他血管里涌动。千杯不醉的舅舅彼得罗·格拉茨基，还有母亲那一脉错综复杂、数不胜数的亲戚，都将千奇百怪的癖性注入他混沌的血管。这些躁动不安的暴徒！拜他们所赐，家族之血使全家苦不堪言，也使乌克苏索夫大尉本人不堪其扰。妻子卡佳总是辛酸地说，他摇摇欲坠的人生只有三根支柱，三个字母“б”——酒瓶、妓女和台球[1]。

从小时候起，彼佳就依稀记得一个乌烟瘴气的地下室：烟雾缭绕，充斥着污言秽语，一帮看客好奇地盯着罗姆卡的左手——他的左手握着台球杆，以右臂为支撑，将球稳稳地击入落球袋。

还有形形色色的女人，一窝蜂似的围在左右，将他值班时的漫漫长夜装点得活色生香。

“就像一群蜜蜂，”母亲的声音充满难以形容的疲惫，“像一群蜜蜂

① 俄文中，这三个词的首字母都是字母“б”。

围着矢车菊转。他只消瞅一眼，她们就扑上来，这个混蛋，连挤眉弄眼都用不着。”

在三个“6”的战役中，母亲溃不成军，终于和罗姆卡离婚，嫁给了当地报纸《共产主义朝霞》的编辑——文绉绉的米沙。父亲有意求和而不得。他每个星期露面三次，敲窗，也敲打米沙（不过，他从未动过母亲一指头，这个跳梁小丑最拿手的台词是：“谁动女人一指头，谁就遭天打雷劈！”）。总之，会上演一出滑稽剧，一出彻头彻尾的闹剧，一出荒唐的木偶戏，撒泼耍赖，浑然天成。

有一次，罗姆卡从幼儿园“拐”走了五岁的儿子，和一群苦役犯模样的流浪汉为伍，在托马里郊区游荡了三天三夜。

海岸的青草地好似地毯，不时掠过萱草花般的橘红色闪光——那是沿海铁路的灯光。漆黑的夜里，深红的月亮照在匕首上，映出寒光点点。海，岸边的篝火，装着木炭的背囊。潮湿的沙滩上躺着一条条海藻、一枚枚贝壳，贝壳的内壁泛着乳白色的珠光。这一切都深深地印在男孩的记忆中。

男孩还记得被判谋杀罪的谢廖佳——一个四十多岁的男人，却有一张孩子般的脸，神情木讷。那张脸似乎被脖子上的刀伤钉在了粗壮、暴戾、充满雄性气息的躯体上。他教给父亲如何便捷地腌制大马哈鱼，晚上则在篝火旁讲他从监狱回到渔民宿营地的故事——出狱后，他沿着荒寂无人的冬季海岸徒步三十多公里，身无分文，也没有干粮，只有藏在毡靴筒里面的一把小刀。

后来，警察找到了他们，把男孩送回母亲身边，把罗姆卡关进监牢。不过，最后还是把他放了出来，但严厉警告，前妻住处方圆一公里内都禁止他出现。

在警局公文上签字后，只过了二十分钟，罗姆卡就已经出现在前妻家中，把下班回家的编辑撵得满院子跑，怀着绝望的妒火追上他，抡起左拳，把他捶翻在地。

继父米沙在这场情敌的角逐中受了致命伤，第二天清晨就消失得无影无踪，甚至没有费心留一张字条说明情况。据说，他逃到了哈巴罗夫斯克，竟没有去撒马尔罕或其他地方，真奇怪。

罗姆卡在门槛上躺了三天三夜，初露面时神清气爽，胡子刮得干干净净，态度严肃。他充满悔意，仰面朝天，就地躺下，说："起不来了。"于是他便一直躺着，瞪着一双蓝得荒谬至极的眼睛，犀利的目光从那万恶的、千疮百孔的灵魂之底直愣愣地射出来。躺到第四天，卡佳终于投降了——许是无法跨越这样的目光，许是获得了发自内心的满足感，瞧，你说能拿他怎么办？于是生活继续下去，依旧是离婚前的老样子。罗姆卡本性难移，尽管在女人方面有所收敛，但喝起白盖伏特加[①]来仍是不可救药。

顺便说说白盖伏特加。一看见它，他便笑逐颜开，倍感亲切，风趣而殷勤地开着玩笑，一对蓝眼睛泛出更加温柔的光。而手，那只手仿佛蓄着千言万语，他单用左手就能娴熟地打开瓶盖。彼佳记得父亲只喝"莫斯科"牌伏特加。"首都"牌的瓶盖扭得太紧，单手开瓶不方便，而"莫斯科"的金属盖子只需拽住瓶盖的小尾巴，就能轻松拉开。罗姆卡把酒瓶竖在桌上，用右侧的"小胳膊"拥住它，就像搂住一个娇小优雅的女人。然后，他左手食指在上，拇指在下，猛地一按，瓶盖伴着一声脆响，飞到沙发底下。接着就奏响了他心爱的音乐：咕咚，咕咚，咕咚，咕咚……

他用血液中光明的一面爱着自己的儿子，爱得忘我，爱得戏剧性十足。他一辈子只打过儿子一次，那时彼佳已经上六年级，犯了一个弥天大错：动了罗姆卡的手。

哦，还是要讲得更详细些——再好好讲讲这只手！

---

① 白盖伏特加：俄罗斯伏特加的瓶盖一般有两种颜色——白盖和红盖，白盖品质更纯、更烈。

罗姆卡自然装了义肢，截肢后，在南萨哈林斯克就装好了。他说这“要了残疾人的命”。义肢重约五公斤，蜡一样惨白，死物那种白，用一条人造革皮带系在肩上。即便是逢年过节，罗姆卡也不戴它。他一生只戴过它一两次，比如，和卡佳拍结婚纪念照的时候，他戴着义肢在摄影棚里照了张五分钟快相。他说，对于五分钟快相来说，这玩意儿还挺上相。然而，他对“义肢”这个词忍无可忍，从不说出口，而是用其他方式委婉地表达，婉转之中流露出些许敬意，使这恐怖的死物也冠上了“手”这个崇高的名号。义肢藏在沙发床的床箱里，若是有人记性不好，不小心打开床箱，比如，去拿过冬的棉被，看到它的第一眼就可能被瞬间吓疯。小时候，彼佳也惧怕这只假手，六年级之前怕得要命。那时他还不懂——它也是傀儡的一部分。

起初，他试着克服心中的恐惧，猛地拉起沙发床的盖子，目光楔入那截义肢，目不转睛地死死盯着……终于，恐惧烟消云散。有一天，他把它拖了出来，用大衣裹住，带到了课堂上。数学课正在进行几何小测验，临近下课，患过小儿麻痹症的数学老师歪斜着身子，戴着凸镜片的老花镜，问：“谁准备好了，请举手！”彼佳从课桌底下拽出这个死尸一般惨白的、骇人的东西，举了起来……

观众的反应是赐予演员的最好褒奖：小姑娘们惊声尖叫，老师的脸涨得通红，花白的鬈发竖在头上，宛如一道圣光。然后，自然是关禁闭。禁闭室是校长办公室后面的一间阴暗的小储藏室，让每个学生都毛骨悚然，不过，彼佳除外。对他而言，禁闭室既舒适又可爱，因为这里的架子上储藏着——不，是随心所欲地堆放着来自物理、地理、解剖学实验室的废旧器材：脏兮兮的烧瓶，损坏了的天平，下颚吊在螺旋杆上的骷髅头，还有各种各样可爱至极的破烂玩意儿。里面的任何一样东西若是落在罗姆卡手里，都会变成真正的奇巧之作，一切都会活起来、动起来，载歌载舞。

真可惜，父亲不在这儿，彼佳想。

不过，父亲到底还是出现了，并把他从禁闭室拖了出来。原来，刚把彼佳关起来，校长就派一名好学生去了他家。这名好学生垂头丧气地拿着“黑券”①，慢吞吞地磨蹭了半天，大约四十分钟后，他仍在大门口徘徊不前，苦恼万分，思考如何在校长的盛怒和彼佳的父亲众所周知的臭脾气之间做出抉择。罗姆卡刚值完夜班，冷不丁被吵醒，来不及吃药，就向学校奔去，脸色惨白，怒不可遏。他后来坦白地说，自己一路上都在冥思苦想，不知是该揍儿子，还是揍校长。不过，远远望见学校的教学楼，他便给这个折磨人的难题找到了答案，决定对校长网开一面。

漫漫回家路，以及接下来诡奇的体罚方式让男孩记了一辈子。父亲左手揪住儿子的校服领子，拽着他的后脖颈，并用残存的一小截右臂将他引以为傲的惨白的假手夹在腋下。回到家，他用这个玩意儿痛打了彼佳，打着打着，义肢掉在地上，他弯腰捡起，重新向儿子身上砸去。男孩鬼哭狼嚎，不是因为被打得疼，而是由于一种兴奋的恐惧：一只假手在屋子里满天乱飞，不禁使人产生妖术般的错觉，仿佛这只手在自己打人！

彼佳被学校停课一周，感到非常幸福。

他学习不好，或者说，根本不学。刚上一年级，他的态度就已经很明确：无论什么力量都无法将他拽到黑板前答题。面对老师的提问，他变成个哑巴，瞪着一双呆滞的死鱼眼睛，闭口不答，仿佛身体里有个小人儿用密不透光的无形的幔帐蒙住了他的眼睛，用牢固的门闩锁住了他的舌头，不管外界的力量如何敲打，里面都一声不应。

卡佳被请到学校，教务主任和一位低年级女教师与她促膝长谈，劝她带这个问题男孩去看儿童心理医生，或送他去南萨哈林斯克的少管所。

① 黑券：《金银岛》中的海盗黑话，相当于最后通牒、死亡通知。

“他根本就不说话，”女教师温和地劝说道，“感叹词对于他来说都很困难。”

卡佳呆若木鸡地听着，惊骇万分，继而激动地竭力反驳，说儿子在家里总是用喋喋不休的废话烦她，躲都躲不及。然而，两位教师口径一致，证据确凿，她不得不懊丧地闭了嘴。难不成这两个人暗地里商量好了，非要撵走自己的儿子！

回家的路上，她稍稍平静下来，若有所思地回忆起儿子说话的场景，发现彼佳只有用橡皮泥捏小人儿的时候才会打开话匣子。有时，不出几天，厨房宽阔的窗台上就摆满了他的杰作，数不胜数的小人儿、小狗、小猫、小羊、母牛和马，还有骑自行车的、在人行道上走路的，还有拎铁桶的老婆婆，桶里装满小小的苹果和梨子……它们构成了一个村庄，甚至是一座城池。彼佳相信，到了夜里它们就会活过来，像真的人和动物一样生活，直到清晨。它们会在窗台上东奔西走，会吵架、斗殴、结婚、卖苹果……

她又想起来，的确，彼佳在家的时候，手里总握着一团橡皮泥。尽管逢年过节以及过生日的时候都会给他买几盒新的，可他的橡皮泥永远不够用。他不停地揉橡皮泥，飞快地捏出一个个小玩意儿，把它们和成一团，转眼间，又从这厚实的团块中拽出一个娃娃的手脚和头颅。卡佳大呼小叫地把他撵进卫生间——饭前必须好好洗手。洗过手，他寡言而冷漠地迅速吃完摆在面前的食物，又立刻冲向装橡皮泥的盒子。她又想起一件事，没错！她的儿子常常发表长篇大论的演说，辞藻华丽，表情丰富，还能模仿各种各样的声音——这是在“演戏”的时候：他的食指套着一只画着小脸的乒乓球（这样的小人儿，父亲给他做了整整一打，每一只都有不同的表情），换了一只又一只，把愁眉苦脸的换成喜笑颜开的，又把眉头紧锁、咧着大嘴的强盗换成笑嘻嘻的漂亮姑娘，每个人物都有符合身份的台词。

对于他时时刻刻都想捏泥、画画、拿乒乓球“演戏”的难以遏制的冲动，她从未觉得奇怪。她认为这是父亲不安分的血脉和她自己的艺术基因相融合的结果——毕竟，她是利沃夫艺术学校实用艺术专业的毕业生，还在托马里的儿童创造者之家教造型艺术课。

总之，沉重的思绪使她夜不能寐，疲惫不堪。第二天一早打发男孩上学时，她用各色橡皮泥揉成五彩缤纷的一团，塞到他手里，吩咐他橡皮泥不能离手，尤其是老师叫他去黑板前回答问题的时候。

这之后，彼佳的学业虽然没像卡佳梦想的那样飞速改善，却也逐步上了一个台阶——不管怎样，再也没人传那些骇人的闲话，也不再提起什么智障学校。

卡佳任教的那个儿童创造者之家坐落在海湾沿岸。不远处有一座古老的桥，是日本人建的，四根石柱，柱脚各守卫着一只大脑袋、宽胸脯、愁眉苦脸的花岗岩狮子。创造者之家也由日本人修建，与四四方方的苏联建筑迥然不同，是木质结构，拱形天花板，二楼有拱形窗户。辽阔的海湾以略带弧度的姿态映现在窗框里，栈桥码头旁的船只、空中的流云，都沿着这弧形，向着海平线的屏风无边无际地滑落下去。

卡佳给一帮年幼的小学生上课，总能想出“启发想象力”的有趣的点子。孩子们用照相纸剪出五角星，然后，把镂空的相纸放在彩灯红彤彤的灯光下。一道耀眼的光芒闪过，眼前就出现了一片星空！

说来也怪，母亲尽管有专业文凭，会画画，会创造美的事物，却不能像父亲一般赋予死物以生命。当然，她自己亦无法成为戏中傀儡。她是一个真正的人，可靠，善良，有着宽大强劲的手腕和长满雀斑的苍白的脸。每当她伤心难过，或者受了罗姆卡的委屈，便将这张脸埋在掌心，沉痛地在厨房里坐上许久。

母亲无论如何也做不出玩偶，罗姆卡则不然。

父亲死后，彼佳被混沌而峻厉的梦魇所纠缠，决定让父亲重生。从此以后，罗姆卡出现在彼佳的大部分演出当中，仿佛冲破了生命的桎梏，获得了久违的自由。他打台球，跳切乔特卡舞，挥着仅有的左手打架（让木偶打架斗殴也是彼佳的拿手好戏）。一次偶然的机会，有个观众走上前来，礼貌而关切地问：为什么不修好这只奇妙的独臂木偶？

一年级学年末，一个真正的傀儡师闯入了彼佳的生活。

招牌上写着："木偶戏，三十戈比即可入场！"下课后，一年级的孩子们被成群结队地带入礼堂，坐在前排。座位低矮，孩子们不得不伸长脖子向舞台张望。台上已经搭起了屏风，绿色的破旧帷幕上撒满了黯淡的小花，就像彼佳和父亲去海滩时铺的那种花布单。放音员谢苗内奇刚一播放音乐，就从后台走出一个其貌不扬的驼背叔叔，身穿褐色夹克衫，一瘸一拐地拖着一条腿，耷拉着肉乎乎的鼻子，布满皱纹的脑门上顶着一撮干糨糊似的白发。

他钻到屏风后面——屏风不高，只到他的腰际——立刻变得身姿挺拔。他的两只手上各坐着一个木偶，它们突然活起来，卖力地说着，笑着，跑着，闹着，唱着，和彼佳放在厨房窗台上的橡皮泥小人儿一个样，只不过这不是梦，也不是幻想，而是现实！

彼佳惊呆了……他几乎没有把台词听进耳朵，只是怪异地眨巴着眼睛，将整个舞台和木偶、演员的每个动作同时纳入眼中。他知道这一切的背后有个难以名状的东西如灯塔般高高耸立，它在跳动，也在他的体内汹涌翻腾，使他好几次情不自禁地叫出声来。这披着儿童剧外衣的魔法有着一种催人泪下的非真实感，使他感到震撼。出场的木偶共有三只，它们在屏风前保持着平衡，就像走在钢丝上，使整出戏都染上了惊悚的历险记色彩。

从木偶的尖叫和大厅里回荡的笑声来看，故事情节充满欢乐，富有教育意义，可彼佳觉得这些木偶只是在逢场作戏。它们自身，以及它们私底下的隐秘生活，要比戏台上的故事深邃得多。这是傀儡和演员之间的阴谋，演员用双手从无灵魂的傀儡那死寂的沉默中召唤出温暖、滑稽、动人的生之奥秘。周遭的一切——学校、教师、孩子、有着造纸联合工厂的小城、泥火山和儿童创造者之家后面空旷的大海，一切都孤独而清晰地存在着；这些阴谋家——演员和傀儡，他们却出入于另一个不可触及的世界，庸人总是拒斥这世界的入口。

演员比木偶更能吸引彼佳的注意力。演员从不躲藏，恰恰相反，他居高临下地掌控整场戏剧，用各种各样的声音絮絮叨叨，摇着头，和木偶一同蹦跳，保持着精准的节拍。他布满皱纹的脑门上的那撮头发好似白鸽的羽翼，也随着节拍蹦跳，肉乎乎的鼻子垂下来。傀儡师不时将锐利的目光投向观众（彼佳深信，他正直勾勾地盯着自己），这目光着实骇人。

演出结束后，大家吵吵嚷嚷地冲出礼堂，只有几个人留了下来，其中就有彼佳。他们想看看这个叔叔接下来要做什么。木偶戏演员麻利地把东西收拾好，把几位“主人公”塞进行囊，压得密密实实。令人称奇的是，所有东西，包括那块沙滩巾模样的破幔帐，都被妥妥地装进了背囊。走近一瞧，原来这位叔叔已经年迈苍老，近看愈发古怪。他依旧有节奏地晃着脑袋，小声嘀咕着什么，仿佛在自言自语。对于围观的孩子，他看都不看一眼，径自走向门口。突然间，他凶恶地向彼佳使了个眼色，让男孩愈发胆寒。

木偶戏演员走向大门，门口站着彼佳的妈妈。有时候，若是她碰巧出门，就去学校接彼佳放学，在街角买几个夹果酱的甜饼，然后漫无目的地闲逛。他们最常去的地方是海边山坡上的神社，那里人迹罕至，一片寂静。他们走向神社飞檐吊角的大门，两根孤零零的木柱，一根横梁，通向另一个亡去的世界。从这里看去，整个海湾都尽收眼底。

木偶戏演员离门口越来越近，妈妈突然喊道：“卡兹米尔·马特维耶维奇！”他停住脚步，仿佛绊了一下，头晃得更厉害了。他把背囊扔在地上，说：“卡霞?！天哪，是卡霞！卡特任卡！”

他们热情地拥抱起来……

于是这个古怪的傀儡师带着他的背囊出现在彼佳家中。

妈妈飞快地准备了晚餐——土豆煎扇贝，又从冰箱里取出罗姆卡最爱吃的下酒菜——辣味的韩式泡菜。他们大口地吃着，吃得不亦乐乎，如数家珍地报出许多彼佳闻所未闻的人名，大呼小叫，透过重重记忆向彼此点头致意。记忆中的一切都发生在母亲童年和青年时代的乐土——那座名为“利沃夫”的遥远的孤岛。

“还记得皮尼亚吗？傻瓜皮尼亚。”

“就是那个拖着一口袋砖头满街跑，逢人便说里面装的是金锭子的皮尼亚吗?”

“他还说自己以前是个大富翁。他好像还真有过一间杂货铺，不过后来因为抄家，被逼疯了……”

（客人说这话的当儿，母亲的目光从他脸上移开，飞快地朝彼佳瞥了一眼，又提心吊胆地向门外瞅了瞅——“边防军大尉”、打台球的恶棍罗姆卡随时可能在门口出现！）

“卡兹米尔·马特维耶维奇，还记得不，皮尼亚对女人可殷勤啦，总是跟在后面吹口哨。不过，他是觉得谁好看，才在人家屁股后头跑。”

“我跟你说，”客人附和道，“他的眼光还不赖。我在加利茨基市场上听见一个卖东西的女人对另一个说：‘你这老太婆还装嫩。’对方说：‘我可不老，皮尼亚还冲我吹口哨呢！’”

“还记得不，每做成一笔好买卖，我爸爸就喝一杯酒，还唱小曲，唱的是什么来着：

半夜来了两个人，

脸上挂了彩，

头发像草堆，
跟谁也不说话，
只管扇嘴巴，
只管扇嘴巴，
扇得真劲儿大……①”

“卡霞，知道吗，你父亲不是一般的木工，他和利沃夫成百上千做家具的木匠不一样。他是个艺术家！”

彼佳关于利沃夫城的幻想一部分来自母亲的故事，更重要的一部分，则来自她沙沙作响的钢笔在小本子上画出的可爱的线条画。想象中的利沃夫总是掩映在布满花纹、鬃毛般浓密的枝叶中。那些婆娑的树和萨哈林萧瑟的林木迥然不同，它们有着蓬松的树冠，将古城轻轻托起。城中遍布拱顶的教堂、钟塔和围着铁栏的小阳台。苍老的石狮子顶着醉醺醺的面孔，后腿支撑着身子，前腿抱着盾形的城徽。那里，叮当作响的电车环绕着花坛里的雕像平稳驶过。那里，幸福地栖居着头戴纱帽、雍容华贵的妇人，还有卖牛奶的小贩、扫院工、做巧克力的女工、卖蔬菜的商贩。那里，羽翼洁白的信鸽从高大的圆柱上翩然起飞，飞向诗人密茨凯维奇的铜像。那里，一个个可爱的形象汇成汹涌的旋涡，旋涡中，一张亲切朴实的脸格外夺目——那是最受妈妈爱戴的巴霞，他只在照片上见过她的模样。

“巴霞还好吗？”傀儡师（很久之后，彼佳才清晰地记住他那冗长的名字和父称）笑眯了眼，问道，“还记得吗，她总是说：‘莫瞅别人，就系你自己！’意思是，不能怪别人，都是你自己的错。她还信心满满地以为自己说的是纯正的俄语……”

① 原文为波兰语。

妈妈哽咽着，却面带微笑，还情不自禁地说起波兰语，直到罗姆卡回家来，不时插几句嘴，他们才如梦初醒般回过神来。罗姆卡一如既往地讨人嫌，满嘴胡言乱语，开些牛头不对马嘴的玩笑，极力想与客人攀谈，一个劲儿往他自己感兴趣的话题上引。木偶戏演员冷漠而礼貌地回答："不，我不喝酒。不了，谢谢，我不喝……"罗姆卡却步步紧逼，对这位滴酒不沾的客人百般挖苦，温柔地问："您得了胃溃疡吗？"——总之，一副寻衅滋事的架势。

入夜时分，罗姆卡喝得酣畅淋漓，自我感觉达到了巅峰，抑或坠入了深渊。趁着还没趴下，他绕过桌子椅子，奇迹般地避开一切障碍，步态竟然带着几丝优雅。他在餐厅的弹丸之地潇洒地驰骋，手里攥着一副纸牌（"啊，您是——演员？咱这儿的演员可是要多少有多少！"），执意要向卡兹米尔·马特维耶维奇表演四张"A"的独门绝技……

卡佳用怒火熊熊的目光瞪着他，眼里满是由来已久的无奈与憎恶。

对于这个穿着夹克衫却戴着"契卡—克格勃"纪念章的耀武扬威的醉鬼，客人完全有理由拒绝听他这套醉醺醺的胡话。这位傀儡师曾蹲了好长时间的监狱，可至今仍分辨不清苏维埃军队各兵种之间的微妙差别，遇到任何一个苏联军官，即便是因残疾退役的军官，他都宁愿躲着走。

后来，年迈的傀儡师决定迁居南萨哈林斯克。"我是个变色龙，"他说，"很容易融入周围的环境。"而且，他从没受过穷。他在人民剧院的某个巡回演出团工作，日渐习惯了那里的生活，建立了自己的人际关系网。作为久经沙场的老演员，自然声名远扬，有口皆碑，附近大大小小的中学和幼儿园常请他去演出，赚的钱足以糊口。就这样，他把木偶剧院装进行囊，走遍了萨哈林岛，如他所言，一切"顺其自然"："知道吗，卡霞，孩子就是孩子，到哪儿都一样……"

他习惯性地卖了个关子，话中有话：哪里是什么孩子！尤其是当地的孩子，他们大多是乖舛、贫穷、犯罪、纵酒的结晶，残忍而不幸，既不理解艺术，也不听从善的劝导，更无法走进这场想象力的游戏。

许多年后，彼佳才意识到自己与卡兹米尔·马特维耶维奇的共同之处。那人是猎人，是猎犬，他训练有素的嗅觉探寻的正是一切异在的阴郁醉人的气息。他终生都在探险的征程上按图索骥，永远都在寻觅通往彼世的缺口……

彼佳得到许可，与卡兹米尔·马特维耶维奇背囊里的木偶玩了整整一个晚上。他坐在地板上，专注而贪婪地端详着这些木偶，轻轻抚摸着、打量着，逐个把玩，轻声呢喃，一串串语词从他嘴里如洪流般奔涌而出。大人们如果侧耳细听，就会发现这些语词既不连贯，也无意义。然而，伴随它们的是连续不断的动作和场景，如同势不可当的旋涡："你好你好你为什么一直摆手来呀过来呀不你才是个自命不凡的混蛋让我给你点颜色看看哞哞哞你哭什么是你自己的错是你先扑上来的一下两下我用左手就能把你揍趴下来呀来呀试试看呀孩子们别打架……"

有一只木偶和另外两只截然不同——那两只简直是骗孩子的小把戏，他暗地里这样想。那两只木偶普普通通，一个小男孩，一个小女孩，扁平的脸充满热情，好像涉世未深、容易轻信他人的中学生。它们的身子是用氨纶面料做成的，缝满了五颜六色的布头。第三只木偶则不一样，它在剧中的名字叫淘气包。它全身破破烂烂，木头脑袋上戴着一顶红色小帽。它得意地龇着牙，点着头左摇右摆，凶恶的鹰钩鼻子晃来晃去。它背上鼓着一个大包，使它看上去像个驼背。红色长衫的前襟上缝着几把不成比例的小小的短剑，是用布头填上棉花做成的。它摇摇摆摆，显得戏谑而下流……面对这个天不怕地不怕、滑稽可笑又有些邪恶的小丑，彼佳既感到畏惧，又被它吸引，整个晚上都爱不释手——简直难舍难分！彼佳把它捧在掌心，每一次扭头，它脸上的表情都会发生变化，时而狡诈，时而阴险，时而快活，时而又现出不羁的醉态。它和罗姆卡有些相似——真奇怪！要知道罗姆卡是个美男子，而它是个丑八怪。不过，手指的每个细微动作都会使它的脸瞬间发生变化，真是骇人——没错，这一点的确肖似喜怒无常的父亲。

厨房里摆了一张折叠床。把客人安顿好，全家也睡下了，就连罗姆卡也不再胡闹。彼佳静静等待。周遭泛起缥缈的风声、窸窣声、鼾声，镂花纱帐婆娑的影子在洒满月光的窗台上簌簌颤抖。当一切细碎的声响达到平衡，融汇成绵长、寂静的夜，彼佳从小床上悄悄溜下来，光着脚，偷偷走近客人的背囊。他悄无声息地把背囊拎起来，掂了掂重量，试试能背着它走出多远。心中已经拟好了一个绝妙而周密的计划——他要把口袋藏起来，藏在院子角落的小棚子里。棚子是公用的，街坊四邻杂七杂八的东西都往这里塞。早晨，客人若是发现背囊丢了，就说夜里来了小偷，他亲眼所见，是两个剃着光头的逃犯，一副凶神恶煞的样子，他吓得不敢出声，也不敢动弹。

然而，客人猛然间转过身来，脸上毫无睡意，咄咄逼人的目光和在礼堂演出时一样犀利。他麻利地坐起身来，折叠床吱嘎作响，颤个不停。他小声问道："小子，你干吗？渴了？"

无奈之下，彼佳只好默默点头，拧开水龙头，接了一杯水。

"包里的娃娃都看仔细了？"客人又问。

彼佳再次点头。他本想把娃娃偷走藏起来，可这无辜的老头儿竟看不出他的坏心思，还如此亲切地同他交谈。彼佳又忐忑又愧疚，一句话也说不出来。

"说说看，你最喜欢哪一个？"

奇怪，卡兹米尔·马特维耶维奇在舞台上说一口流利、纯正的俄语，面对罗姆卡的种种非难也能用俄语对答如流，不卑不亢；和彼佳说话时，他却常常冒出几句波兰语，虽然并不超出男孩的理解范围。在语词的混合与回旋之中，彼佳嗅到一种隐秘的游戏。那是魔幻般的渴望，渴望含混、飞旋的思想，渴望引诱。整个晚上，他把玩着手中的木偶，凝视着它们的脸庞，胸中一直萦绕着这种懵懂的感觉……

老人穿着宽大的花短裤，坐在折叠床上，叉着腿，露出光溜溜、瘦巴巴的膝盖。无家可归的月亮赤条条地洒下银光，在厨房的檐下歇脚。他身上那条骇人的赤红色伤疤从左胸贯穿至干瘪的肋间，仿佛有人在这副躯壳上撒了一抔黏土。他坐在泠泠的月光里，看上去像个活死人，像残破的人偶。

“怎么，你怕我？”忽然，他温和地说，“怕我做什么，我只不过是个孤苦伶仃的老头儿。你一晚上都在玩我的娃娃，说实话，我挺高兴。咱们一块儿看看，我给你变个戏法，怎么样？”

彼佳眨眼间向背囊扑过去，把它拖到老人跟前，拉开那道长长的拉链。

“瞧，”他激动地说，“就是这个，长鼻子的。这个淘气包。”

傀儡师满意地笑了，把手伸进口袋，摸出那个木头脑袋、戴着小红帽、凶恶地龇着牙的木偶。

“好样的，”他轻轻地说，“很识货。别的娃娃都是我自己做的，给孩子们演出用的。我的功夫还不到家……而它——彼得鲁什卡，是大师的杰作。对了，它和你同名。你妈妈管你叫彼得鲁沙，我没说错吧？也就是说，大名是彼得……这就对了。让你吃惊的还在后头呢，彼得，这个淘气鬼的头和手是从你外公、卡佳的父亲那儿定做的。嘿，你外公可是个行家！我让他用椴木，你瞧，都是用椴木刨出来的。椴木这种木材最快活，最暖和，最适合做娃娃。”

“为什么他的脚这么……小？”

“嘿！这么着才自然！它坐在屏风顶上，小脚耷拉下来，跳起来方便，能嚷嚷，能打架，还能吹口哨。以前啊，它还经常骂骂咧咧，满嘴胡说八道，谁也不明白它说的是什么。它骑在屏风顶上，可神气了，所以这演出又叫‘骑马戏’。而且它是个手偶，像戴手套一样戴在演员手上。来，你试试，套在好使的那只手上，右手——你不是左撇子吧？把手伸出来……”

老头儿耐心地把木偶套在彼佳的右手上，絮絮叨叨地说：“把头套在食指和中指上，大拇指和无名指套在两边，好了……”

彼佳刚把这个大鼻子木偶套在手上，木偶的头便在他食指的活动下轻轻歪向一边，仿佛在侧耳倾听，带着嘲讽的诘问：里面怎么回事？还等什么？陡然间，男孩感觉到一股极具穿透力的灼灼热浪，从他的肩膀涌向彼得鲁什卡椴木做的头颅，仿佛他们由同一条静脉维系成整体，同样的血液在血管中奔流。

傀儡师继续说：“没关系，彼得鲁沙，看得出来，你的手很灵活，非常灵活，很快就能与木偶合二为一。最重要的是，摸清木偶的脾气，和它做朋友——虽然一般人都不大愿意和它这种人物交朋友。它是个任性的混蛋，是个大反派！看见没，它那张嘴！不过，孩子，它就是这种脾气！”

“它为什么叫彼得鲁什卡？”男孩小声问，生怕母亲被说话声惊醒，赶他上床，好让他别再“讨人嫌”，“它演的是淘气包，可为什么要叫……”

“不，不，它这种角色有很多不一样的名字：潘趣、汉斯乌斯特、卡什帕列克、波利什涅尔、浦尔契涅拉……他们都是小丑，为非作歹的坏蛋，诞生在哪个国家，就有哪个国家的叫法。在有的国家，他们不光有名，还有姓。你也有姓，对吧？你姓什么？”

“乌克苏索夫。”男孩压低嗓门说。

这话让对方吃了一惊。傀儡师愕然地张开嘴巴，仰面倒在吱嘎作响的折叠床上，用沙哑的声音喊道：“什么？什么？你说什么?!”

对方的反应让彼佳十分为难，仿佛这个普普通通、不大可口的姓氏（的确，学校的坏小子们时常作弄他，面容扭曲地朝地板啐上一口，说：

“呸，真酸，一股醋味儿！[1]”）有着什么不可告人的深意。

老头儿抓住他的手，急切地说：“乌克苏索夫，它本来的姓氏就是这个！听着，我的孩子，既然你没开玩笑，那么你就是它本尊——彼得鲁什卡，彼得·乌克苏索夫！”

老人仰着头，无声地笑着：“真是巧合，上帝啊，也太巧了！”

他流露出一种令人费解的狂喜，激动得几乎哭出来——真是个奇怪的叔叔。他抹抹眼睛，不住地摇着头，说：“好家伙！上帝选中了你……简直是魔法！千般万般的巧合！”

彼佳看了看自己的手，与他同名同姓的木偶正坐在他手上歪着嘴邪恶地笑。他垂下这只手，说：“我不想和它一样，它多么讨人厌呀。”

老头儿抓住他的肩膀，压低声音，火急火燎、上气不接下气地说了一通莫名其妙的话：“不，不，它不好也不坏。不是活的，也不是死的！它就是这样的角色……道德、名声，都与它无关，懂吗？它是个——鬼灵精！是个永生的精灵，来自地底的神秘世界。的确，它要滑头，搞破坏……可它无所不能，天不怕，地不怕。它已经游荡了几千几万年。它去过温内巴戈人的印第安部落，去过印度，去过波斯……驱动它的是一种非人间的力量，因此说话的声音也不是来自凡间。你来南萨哈林斯克吧，来我家做客，我给你看样东西——变声器。把它含在舌头下面，彼得鲁什卡就能发出沙哑的吼叫，就像来自地狱的阴风……你来，我让你听听这种声音！”

不知为何，傀儡师如此激动。月光微波荡漾，却像死了一般，从死寂的冥府幽幽地照出来。在男孩眼中，月光里的傀儡师好似中了魔法的彼得鲁什卡——鬼灵精邂逅了知己，于是活了过来。彼佳和他并排躺在折叠床上，把右手举到眼前，端详着这个头戴小红帽、有些驼背的惹祸精。它那魅惑的笑容里潜藏着骇人的吸引力，使人着迷，却又令人退避

① 乌克苏索夫的词根是“уксус”，本义为“醋”。

三舍。真是个谜。凝滞的狂笑，强大的威力。

“南萨哈林斯克好远，”男孩叹了口气，“离这儿八百多公里。”

傀儡师气势汹汹地说：“远什么，一点儿也不远！让你妈妈把你送上火车，我去车站接你，小事一桩！”

彼佳又看了看套在自己手上的大鼻子小丑，看了看它细长的、笑眯眯的黑眼睛，若有所思地问：“现实生活中……生活中有这样的人吗？这种……嗯……鬼灵精？这种身不由己的……来自地狱的人？”

傀儡师把长着一撮白发的脑袋歪向一旁，盯着男孩，仿佛在思考是否该回答他。

“有啊，”终于，他严肃地说，“而且很常见，天生的鬼灵精——你父亲就是。”

大约过了两周，假期的第一天，妈妈就决定送彼佳去南萨哈林斯克的卡兹米尔·马特维耶维奇家做客。当然不会让男孩独自远行，而是和住在同一单元的邻居萨沙伯伯结伴同去——他刚巧要出差。

萨沙伯伯六十五岁左右，酷爱山地滑雪，长得像个又矮又壮的火枪手。他答应照看自己的同伴。不过，哪用得着照看，彼佳又不是装在篮子里的婴儿。

彼佳爬上包着人造革、有着高大椅背的木质座椅。座椅两两相对，他的膝盖不得不和萨沙伯伯对面的人的膝盖抵在一起。他做的第一件事就是深吸一口气，深至腹腔底部，把此时此刻的幸福储存在体内。一路上，这幸福的感觉仿佛不停地冒出密集的气泡，险些把他的肚皮撑裂。狭长的老式火车一会儿向前猛冲，一会儿缓缓爬行，身后拖着嘶嘶的蒸汽声、呜呜的汽笛声和慵懒的车轮声。突然间，它嘶叫起来，所有的窗玻璃都兴高采烈地哐当作响，铁轨上铿锵的车轮声也更活跃了。

车窗外是流动的风景。左侧是海岸；右侧，绿色的平原随着奔跑的火车一望无际地铺展开来，河流伸向远方，泥火山带着一抹蔚蓝，在天边懒洋洋地发呆。大自然的气息如烈酒般侵入车厢：海，青草，落叶松。火车渐渐驶出回声隆隆的黑漆漆的隧道，黎明般的微光里蓦地闪烁起橘红色的光焰。那是河流的反光，是倏忽闪过的萧索的白桦林和云杉林，是炫目的浮云那彗星般的长尾巴。

“若是几百年前，火车从这一带开过去，”萨沙伯伯从报纸后面抬起头，摘下眼镜“细细端详”，“咱们就能从车窗里看见拉彼鲁兹①的帆船……”

继而，又是泥火山、森林、驼峰似的小站、云杉林中曲曲折折的小径。溪流上的木桥早就坍塌，只剩下几根苔痕斑驳的残柱。低矮的竹林一片萧瑟……火车驶过伊利因斯克车站，横穿萨哈林岛最狭长的地段，又驶过海岸村。那是一个小小的渔村，散落着寥寥几座渔家小屋，还有斯大林时期修建的脏兮兮的粉色二层小楼。左侧，公路旁是大片的连天蒿草，紫色的野蔷薇和橘色的萱草花在草丛中闪烁，好似悦目的火花。接着，草地也飞逝而去，眼前出现一片沙滩，还有鄂霍次克海深蓝的海面。右侧，无边无际的泰加林如汹涌的波浪，时而在丘陵上跃动，时而潜入树木葱茏的沟壑那婆娑的阴影，时而用落叶树和云杉林的巨浪舔舐着飞奔的火车。遥远的天边，泰加林后面，耸起一座座陡峻的岩峰，仿佛披着绿色的麂绒，峰顶的云絮如蓬松的额发。

世界在彼佳眼底奔淌、跳跃，在幽蓝浓绿的天地间穿行。他身后坐着两个大婶，嘴巴一刻不停，唠叨了一路，搅乱了整个迅疾飞奔的世界，搅乱了这飞驰的怒吼。

① 拉彼鲁兹（1741—1788）：法国航海家。

“今天咱们做一道芫荽[1]沙拉，可好吃啦，”一个大婶说，“九个鸡蛋，一听玉米粒罐头，一个葱头，还有灌肠、小香肠、土豆，再加一点儿蛋黄酱……”

“还有芫荽呢？”另一个饶有兴趣地问。

“芫荽？当然是切成末撒上去啦……”

突然，火车坠入一片寒冷的雾，在迷雾中摇摇摆摆地潜行，活像醉酒的罗姆卡，用充满挑衅的汽笛声向路上模糊难辨的行人大声吆喝。

萨沙伯伯强打精神，拉上皮质文件夹的拉链——接下来，一路上他都抱着它打盹，鼻尖一点一点，仿佛在嗅来嗅去，检验皮子是否新鲜。他把眼镜装进硬邦邦的眼镜盒，哐当一声合上盖子，说：“马上就到多林斯克了……你不累吗？你怎么迷迷瞪瞪的，都看不出你的表情。”

“什么……表情？”彼佳声音沙哑地问。他脑海中寂静地缭绕着喃喃低语的思绪，好似一团无上幸福的烟云。漫漫长路，他一直想象着卡兹米尔·马特维耶维奇的三只木偶，在幻想中与它们玩耍，上演一出又一出恐怖故事。主角当然是那个又快活又邪恶、既是强盗又是解放者的彼得鲁什卡——那个胆大包天的鬼灵精。男孩蜷着腿，身子直挺挺地坐了一路，也不去厕所，尽管很想去——他沉迷于脑海中的戏剧，不能自拔。

“嗯……就是感觉呀，”萨沙伯伯解释道，“开心，害怕，惊讶，幸福。你是感觉幸福还是害怕呢？”

男孩真诚地倾听着自己的内心，沉默了好长一会儿，最后坦率地说：“都有……”

卡兹米尔·马特维耶维奇住在铁道边的一座木房子里。那是一座歪斜的破旧房屋，斑驳的土坯墙，墙皮脱落，裸露出淤青的伤痕。窗上糊着玻璃纸，篱笆墙东倒西歪，散落在泥泞的沼泽土中。炉渣铺成的路基

---

[1] 俄语中，“芫荽”与“彼得鲁什卡”词形相同。

裂出一道道肮脏的花纹。到处是煤灰。深沟里生长着半死的牛蒡和飞廉，陈年败叶落在沟底。四处是游荡的醉鬼。

不过，他的房间很宽敞，上了三道牢固的锁，将邻居们拒之门外。房间打扫得很干净，正中央摆着一张松木大圆桌，桌面整洁，在昏暗的房中闪着幽光。桌上趴着一只毛茸茸的烟蓝色大猫，后背绷得紧紧的，脑袋却困倦地埋在肩头。（“往哪儿趴呢，你这混蛋!”卡兹米尔·马特维耶维奇厉声吆喝，见那猫竟没跳开，甚至动也不动，便走过去，把它温柔地抱在怀里，把自己的脸埋在烟蓝色的绒毛里。一时间，那撮硬邦邦的白发和温暖的绒毛混在一处。）

然而，最重要的，最重要的是，房间的四壁都挂满了木偶！男孩在门槛上凝然地望着，呆若木鸡，仿佛他不是乘火车来，而是跟着火车一路跑来的。墙上的木偶不是中学礼堂里那些幼稚的玩意儿，不是演“骑马戏”的手偶，而是吊在提线上的傀儡。坚固的十字架上的每一根提线都维系着这群生灵的头颅和手脚。（天哪，的确是一群千奇百怪的生灵！）老头儿管这些傀儡叫“我的娃娃”。

“别看了，”卡兹米尔·马特维耶维奇帮呆若木鸡的男孩脱下外套，“走了这么远的路，先吃饭。”

可男孩依旧站在原地，一语不发，喉头颤动着，眼睛直愣愣地环视着墙壁。

“我……”终于，他带着哭腔愧疚地说，“我尿裤子了……”

从此以后，他便常去老人家里做客。后来妈妈已经放心让他自己出门，并允许他整个假期都待在那里。这是他和妈妈之间的秘密。对于经常神秘失踪的儿子，惹是生非的罗姆卡也越发束手无策。彼佳的造访使卡兹米尔·马特维耶维奇活跃起来，他把木偶从墙上摘下，从流浪者随身携带、云游四方的行囊中取出，和彼佳一同玩耍，一摆弄就是几个小时。谈到手艺，老傀儡师滔滔不绝，却从不用波兰语——似乎是刻意为之。他认为，咱们的手艺（他早就认定彼佳也会成为傀儡师，从未有过片刻疑虑）应当听从国家通用语和孩子们母语的支配。

他让彼佳学习的头一门本事是忍耐：抬起手，举着木偶，无止无休地悬在半空。一开始很容易，可过去不到五分钟，就变得格外难熬，再坚持十分钟——简直痛苦难耐。从肩膀到胳臂似乎灌满了沉甸甸的苦水，这感觉蔓延到脊背，紧咬住肩胛骨，楔入脖颈……

“没关系，没关系。”卡兹米尔·马特维耶维奇说着，不时瞅一眼挂钟，“再坚持一分钟，就会轻松多啦……很快就会非常轻松，一举一动都会很自在。习惯了沉重，才能自在轻松。人在痛苦中是没办法思考的。孩子，傀儡师必须和斗士一样，有强劲的双臂。你知道西西里的傀儡有多重吗？哈！那种傀儡头顶上系的不是‘金线’，是铁条……怎么，这么快就讨饶啦？好吧，歇一会儿！”彼佳拿着木偶的手一下子耷拉下来……

老人勤俭持家，三手的萨拉托夫牌旧冰箱里总是储存着香肠和鱼。通心粉事先煮了许多，随时都能填饱肚子。有时，他从萨哈林街“建设者”俱乐部旁边的熟食店买来煮好的荞麦粥。他总是说，吃饱了才能干活，饥肠辘辘的演员的确富有诗意，但是令人伤心，百无一用。

坐在餐桌旁，他还是不住地谈起自己的“手艺”。他的发音方式赋予这个词某种沉甸甸的、自在自为的意义感，正如农学家在言谈中赋予“土壤”重量。

“傀儡……”他说，手中提着一个绸缎做的、镶着玻璃眼睛的天使——滑稽剧世界的灵魂和守护神。天使蓦地腾空，瞪着一对明镜般的大眼睛，悬在两人的餐盘上空。餐盘里，通心粉堆成了小山。“傀儡生来无依无靠，它只听从你的掌控。它的呼吸和生命都只依赖着你——吃根黄瓜，路边的老太婆卖的黄瓜可好吃了。吃，快吃，你太瘦啦，乌克苏索夫少爷——对，每分每秒都要感受傀儡的脉搏。你必须听到它们血管跳动的声音——你懂我的意思吗?”

彼佳嚼着通心粉，点着头。卡兹米尔·马特维耶维奇叹了口气，往他的盘子里加了根黄瓜，说：“我们应当爱傀儡，因为它太孤独。”

老人滔滔不绝地讲着，一刻不停。清晨醒来，彼佳看见他弓着腰站在盥洗池前，对着镜子，手里拿着剃须刷，脸上满是蓬松雪白的泡沫，活像一个堆了一半的雪人。

他断断续续地嘟囔着：“说到镜子，哼！有些人举着木偶站在镜子前面，一站就是几个小时，死死盯着那一边……愚蠢。要让我说，‘那一边’就是‘那一边’，不是‘这边’。演戏的时候，木偶应当在‘这边’，与我们的肩膀和心同在……”

这时，他觉察到男孩的目光，发现男孩正坐在窗下的折叠椅上，目不转睛地盯着他，于是激动地说：

“啊，早上好！不言不语地偷听我说话呢，是不是？你这小狐狸。那我就跟你说说。有些人告诉我，你得对着镜子练习。我回他们说，你盯着镜子，看见的是‘那边’，也就是说，你摆弄的是‘那边那个’木偶，不是手里这个。对于木偶戏，他们一窍不通！”

“他们”，指的是不久前新建的州立木偶剧院的青年演员。确切地说，是两个斗志昂扬的“西部牛仔”，均毕业于列宁格勒国立戏剧音乐电影学院，立志通过自己的演出使“萨哈林的傀儡戏改天换地”。这伙人赐给卡兹米尔·马特维耶维奇一个诨号，叫“卡拉巴斯”[①]，将他视为反对派、落后分子、“顽固自然主义”的拥护者。彼佳在道具室亲耳听

---

① 卡拉巴斯：阿·托尔斯泰的童话《布拉提诺历险记》中的人物，是一家木偶剧院的老板，又老又丑，贪婪邪恶。童话出版后，坊间相传，卡拉巴斯的原型是俄国导演、戏剧理论家梅耶荷德。

到过年轻导演鲁斯兰·谢尔盖耶维奇对艺术家尤里·普罗尼切夫说，早在革命前，“卡拉巴斯”就带着自己的木偶坐着四轮大车云游四方，在各个村庄拉着手风琴演戏。这都是胡言乱语！妈妈说，很久以前，她小时候，卡兹米尔·马特维耶维奇在利沃夫开着一家小型家庭剧院，叫“阜提努”，纪念同名的古希腊傀儡师——他无所畏惧，连罗马诸神都敢大肆嘲讽！卡兹米尔·马特维耶维奇的妻子、儿子、儿媳都在这家剧院演戏，可后来，他们不知所踪（你可千万别问起他的家人啊，儿子——妈妈说）。

一年后，彼佳已对各类傀儡的构造了如指掌，既懂得剧院正规剧团里的木偶，也认得卡兹米尔·马特维耶维奇家墙上挂着的那些。

唉，这完全是两类迥然不同的角色。

“我不是大师，”老人不止一次哀叹道，“我不会画画。草图都是一个叫亨雷克的人画的，然后我把它们拿到佩卡尔街，给雅科夫·萨摩伊洛维奇，也就是你外公，让他把毛坯刨出来。沿着佩卡尔街直走，就能走到雷恰科夫公墓。彼佳，知道吗，以前，利沃夫的葬礼都是按规矩办，送葬的人都是步行，一架灵车，几匹马，马身上插着出殡的翎子，伤心的人们跟在灵车后面慢慢地走。那时的人都努力领悟死亡的意义，不会坐在车斗里一窝蜂地跑——现在的人啊，都想赶紧把死人埋了，自己好去吃吃喝喝……我只是顺嘴说说，你别往心里去。我说到哪儿了，对，你外公雅科夫·萨摩伊洛维奇，他还帮忙做机关、做骨架——就是手偶内部的支架，木偶的脑袋就安在上面。瞧，这个彼得鲁什卡的骨架很简单，不过，有的木偶构造复杂，大大小小的机关都附在上面。有了骨架，木偶才会扭头、低头、抬头，还能张嘴、动耳朵！骨架是咱们的好帮手，彼佳……哈，雅科夫·萨摩伊洛维奇可是做骨架的好手。战前，他给我做过一个木偶，是亚盖洛王[①]，眼睛一睁一合，眉毛还能动，全靠骨架支

① 亚盖洛王：立陶宛公爵，后来成为波兰国王，1386 至 1434 年在位。

撑，可它只有一丁点大——只有拳头这么大。给木偶上色的也是亨雷克，当然是在我的监督之下……”

老人环视四壁，出自亨雷克手笔的彩绘木偶都在凝望着他，或友善，或暴戾，或忧伤，或温柔。他深深地叹了口气，接着说：“这是手偶……提线傀儡则是另一回事，和人的关系也完全不同。傀儡是最古老的人形，懂吗？古希腊有个哲学家叫柏拉图，他有成百上千的门生。我只有你一个徒弟，柏拉图有一千个！是这么回事，柏拉图把人看作神的傀儡，说，人身上也有数不清的提线，有的牵动善的一面，也有的牵动恶的一面。不过，人应当服从的只有代表理性的‘黄金提线’……提线傀儡控制起来很复杂，一切全靠勾牌和你的手指来维系。别忘了最关键的第七脊椎。这里是傀儡的腰部，里面嵌着一个小珠子，整个上半身的动作都听它的指挥。屁股是不动的。屁股不能展现灵魂，所以不在操纵范围之内。彼得鲁沙，傀儡五花八门，多得数不清，就像大地上的各个民族，有中国人，有黑人，有印度人，有英格兰人……每种傀儡都有自己的风俗习惯。比如说，印度有这样一种傀儡，傀儡师的脖子套着圆箍，手上拿着手杖，所有的提线都连在圆箍和手杖上面。

“再比如说，有一种平地傀儡，这是什么意思呢？这种傀儡身上穿着根水平的提线，一端系在你腿上，另一端系着一根木棍，再把木棍固定在地板上。这样，演出就能在平地上进行。演员不用手操纵木偶，而是用腿！手要做什么呢？手，用来拉手风琴，给演出伴奏，这样一来，连演奏手风琴的乐师都用不着啦。我们剧院里就有一架手风琴，一种机械风管乐器……”

剧院由工人俱乐部的几个房间改装而成，彼佳渐渐成了这里的常客，尽管那时的他还不在剧中扮演任何角色，却已经熟谙剧团里的所有木偶。他喜欢坐在道具室，看艺术家尤里·普罗尼切夫干活儿。艺术家用雕塑泥塑形，用木头销子把各个部分连接起来，用粗大的手指按出凹陷的眼窝，再加一小团泥巴，捏出鼻子、下巴或者眉头。然后，他神乎其技地摆弄着雕刀、刻刀和金属做的雕塑铲，挑选出合适的泥团，堆贴在毛坯上，最后伸开十指，将表面抹至平滑，温柔而精准，就像轻抚琴键的钢琴家……男孩贪婪地注视着艺术家的一举一动。他的双手悬停在毛坯上方，蓦地翘起小指，用指甲轻轻地向下一划，从即将成型的卡拉巴斯那肥大的鼻头上削下一片刨花般轻盈、轻盈到不易察觉的泥巴。正是这不易察觉的细微动作，使那个阴沉的大鼻子顷刻间变得威严、醒目。不过，这雕像总是让人心生疑虑：该不会是卡兹米尔·马特维耶维奇吧……

“春风得意的大鼻子就该是这样，对不对？”尤里冲着毛坯直点头，“听着，小老头儿，鼻子是性格，是抒情诗……木偶‘问候’观众时用的是鼻子。请注意，我做的所有木偶都有大鼻子。”

“那……眼睛呢？”彼佳问。

“眼睛，恰恰相反，不应太注重细节。眼珠、眉毛都不要，太多赘余反而会毁掉整体感觉的完整性。观众看到的是什么？看到的是眼睛的整体。用细节打破整体，这可使不得。”他张开十指，抚摸着雕塑泥，仿佛用一个无形的球体罩住了整个毛坯。他使了个眼色，说：“我们需要的是概括，小老头儿！概括性是一种很强的冲击波，直击观众的内心，就像篮球运动员用柔和的推力把化于无形的球掷向玄思的剧场。”

彼佳一连几个小时静静地坐在他旁边，的确像个小老头儿，沉默而麻利地把剪刀、砂纸、糨糊递给他，不愿错过每一个细微的步骤。他喜爱观察毛坯的制作过程。

尤里的格子衬衫上溅满了颜料。他挽起袖子，从盥洗室拖出一只盛满水的脸盆，开始和石膏。彼佳负责看着冒泡的石膏，尤里则给塑好的毛坯抹上一层凡士林……

“还冒泡呢？”他头也不回地问，“好好看着，别分神。我要的是酸奶油一样的石膏浆。”

很快，他便把一些简单的任务放心地交给男孩，比如，把纸撕成小块，浸在水里，再把水沥干，同糨糊搅拌在一起。他说，这样做出来的东西叫“纸浆”。然后，他把这种黏稠的糨糊浇在模子上，并在纱布上抹六七层，等待其自然风干。最后，尤里会对着光检查纸模的硬度和牢固性。

艺术家尤里是个古怪的列宁格勒人，穿着宽腿窄脚的方格裤子，像夏洛克·福尔摩斯一样叼着烟斗，脑袋剃得锃光瓦亮（他头骨的轮廓很完美，好似一颗做工精湛、刨得光光的木偶的头，让人情不自禁地想要抚摸，想要用手指在上面敲出清脆的马蹄声；使人想起光溜溜的台球，想起独臂的罗姆卡在绿茵茵的球桌上驱赶它的样子）。

尤里是和青年导演鲁斯兰·谢尔盖耶维奇一起来的。鲁斯兰的穿着打扮同样考究，不过是另外一种风格。他蓄着普希金式的连鬓胡子，气质也与诗人有些相像，至少，和诗人一样脾气暴躁。他不像尤里那样好心肠和讨人喜欢，解释起问题来格外神经质。排练的时候，他总是突然暴跳如雷，指责演员无法理解他的艺术宗旨，情绪转换快得吓人。

剧团的成员有六个上年纪的妇人，有“卡拉巴斯”卡兹米尔·马特维耶维奇，还有纺织中等技术学校学生、狂热的戏剧爱好者弗拉迪克。鲁斯兰说，这个剧团简直是对他的惩罚，成员都是一群扶不起的渣滓。可彼佳只听说过“奶渣加葡萄干”。他静静地坐在后台，导演狂暴的怒吼令他费解，比阴阳怪气耍酒疯的罗姆卡还让他恐惧。更过分的是，导演排练时总拿着一把铅笔刀，声称这刀能使他“放飞自我”（仿佛随时准备割开皮囊，剖开内脏上的脓疮）。每当陷入愤慨，他就威胁说要割烂所有的木偶。有一回，他当真割坏了一只木偶。大家都噤若寒蝉，开始埋头思考艺术，只有卡兹米尔·马特维耶维奇除外。老人镇静地对导演说：“我见识过希特勒，见识过集中营的看守和整窝的土匪。他们杀的都是活人，可没人会拿刀割破一只无辜的木偶。导演先生，大老爷！我瞧不起你，鲁斯兰·谢尔盖耶维奇！”

不过总的来说，剧院的气氛仍是欢乐怡人的。何况，首演之后，大家很快言归于好。

除了演员，剧团里还有女裁缝塔玛拉和研究木偶的机械师米龙·彼得罗维奇——大伙儿都叫他米洛沙。退休之前，他是采矿工程师。一天，一场暴雨把他赶进了俱乐部，在里面待得不耐烦，就买了张票去看木偶戏。演出结束，他出现在后台，说："兄弟们，随便给我安排个活儿吧，我想跟你们混……"

大家发现米洛沙是个天才机械师，研制的机关千变万化，神奇似魔法。短短几秒钟，他就能让提线木偶芙芙公主化身为女巫：轮廓柔和、略带疲惫的眼睛瞬间变得眼窝深陷，眼球外翻，瞪起白花花的大眼珠，瞳孔则化为两个凶恶的黑点；优雅的小嘴咧成血盆大口，在一脸震惊的观众的眼皮底下露出獠牙……米洛沙能把所有机关都巧妙地安置在木偶的骨架上。

演出时，屏幔后面自有一番天地，忙得热火朝天。演员和木偶一同陷入纠纷，玩弄阴谋，伺机报复。有出戏的背景音乐需要放一两分钟的华尔兹，这些豪放不羁的演员就一定会在屏幔后面跳一段华尔兹舞。胖胖的达妮卡时常捉弄年轻腼腆的弗拉迪克。每当他举着刺猬教训兔子，说："你别冲我动耳朵，先撒泡尿照照自己！"达妮卡就瞅准时机，拉开他裤子的拉链。还有一场戏，大家演着演着，突然狂笑不止，谁也不知道是什么在作祟，于是就出现了诡异的一幕：台上的木偶突然痉挛般地颤抖起来，观众一头雾水，哑口无言。

若是有人不小心跑到后台，准会觉得屏幔后面这群怪里怪气的人是一窝疯子。每当艺术家拿来新的木偶，每个人都要拿在手里细细端详，抚摸、评价一番。此时，若是哪个不速之客在导演办公室的门外听上一听，定会以为自己闯进了疯人院。

"眼珠子掉出来了……"

"耳朵掉了……"

后台的每一次对话、每一件大事都会让彼佳激动得彻夜失眠，那些充满异域风情的迷人的名字更使他心驰神往。千奇百怪的名字是尤里告诉大家的。他跑回彼得堡探望父母，半年一次，总能碰上某些奇妙的巡回演出团。比如，他看了法国人菲利普·香缇的木偶小品，回来以后两个多月，张口闭口说的都是这位大师。他说大师的手、鼻子、下巴、身体的每个部位都会参与到演出当中，表演得绘声绘色：大师最拿手的著名音乐会上，鸵鸟在一旁伴舞；顽皮的蟒蛇扭来扭去，在风琴相机前搔首弄姿；最主要的是，还有不安分的反抗者——皮埃罗。

"菲利普·香缇带着木偶从黑暗中现身了！"尤里一边讲，一边信步走到房间中央，一会儿饰演菲利普·香缇，一会儿饰演傀儡，"皮埃罗突然发现，自己被人操纵着。它想，我才是自己的主人！于是它开始抬杠，不想屈服于任何人，不愿承认任何人的权威。它说，我是独立自主的，只听从自己的头脑。皮埃罗和演员间的矛盾激化到顶点，它把提线一根接一根地扯断，身子渐渐垂下去。一根，两根，三根……左臂耷拉下去了，然后是膝盖、脚掌……就这样，它扯断了所有的提线！最后，只剩下头上那根'金线'，大家绝对想不到，香缇用这一根线的傀儡要出了怎样的把戏！他没松手，仍然叫它活着，动着，它仍然在挣扎反抗！这时，香缇像主宰者一样把木偶放在地上，说：'你选择死亡吗？成全你！'说完就走了。他下了台，这个冷酷无情的上帝！傀儡躺在地上，没了灵魂，没了生命……但是！"尤里竖起大拇指，"它没有屈服！"

尤里模仿着扭曲的傀儡，彼佳坐在道具室的小板凳上，聚精会神地盯着尤里，心中想的却是父亲。这一切说的正是他。他一根接一根地扯断了生命的所有提线，也扯断了将他和妻儿、家庭维系在一起的爱之提线，只剩下头顶的"金线"。他悬在这最后一根纤细的提线上，摇摇欲坠……

演出时，男孩自始至终站在后台，在阴影中翕动着嘴唇，颤动着手指，向前迈几步，向后退几步。不知不觉中，他已经能保持着手臂抬起的姿势伫立很久很久。

“练站姿呢?”大学生弗拉迪克从他身旁跑过，小声说，“没错，就这么立着。日本文乐的新手头五年根本不准登台，只能在后台观摩大师的演出。”

男孩已经懂得，傀儡世界同整个地球一样包罗万象，多姿多彩，人口密集。有不同的国家、不同的民族；有花，有树，有走兽飞禽，有云，有雨雪。这个世界蕴蓄着生之奥秘。那是另一种生命，它的奥秘必须上下求索才能觅得，它绝不会向所有人敞开大门，即便是专业的傀儡师。它只偏爱被命运之神眷顾的着魔忘我之人……

有一次，卡兹米尔·马特维耶维奇把柜子的两扇门都敞开了（通常这意味着他将像考古学家一般探索柜子里的各个包袱），至少一刻钟，他都趴在那里，只露出穿着灰色运动裤、得了风湿的干瘪的屁股。终于，他拽出个戴帽子的女郎。这女郎一动不动，不是傀儡，只是个普通的玩偶。

彼佳早就知道，这种玩偶是内景陈设或家居装饰，尽管也在“玩偶政府”登过记，有自己的国籍，享有权利，却不能像剧院傀儡一样获得生命。对于傀儡世界的这部分居民，彼佳一直持冷漠态度。说实话，看见卡兹米尔·马特维耶维奇对这个娃娃如此宝贝，他甚至有些惊讶。

“瞧瞧这位女士，”卡兹米尔·马特维耶维奇说，他挺直身子，喘着粗气，红通通的脸上挂着谜一般的笑，“不过别着急，仔细看，好好看。你觉得这是什么?”

“嗯……很明显。”男孩回答。

“不，什么很明显!”老人喊道，依旧满脸通红，看上去好像在发怒，“永远不要这么讲!只有蠢货，只有各行各业的专家才这么说……”

他把女郎稳稳地摆在桌上，一言不发，挥了挥手，把彼佳叫到跟前。

彼佳拿起这个娃娃，仔细查看——它很古老，工艺精湛。脸和手腕由乳白色陶瓷制成，遍布蛛网般的纤细裂纹。脚上穿着精致的鞣皮小鞋，鞋上缀着珠子。一手拿着折扇，另一只手稍稍弯曲，握着一只极其小巧却极其逼真的钱包，形状像一本合起来的书，搭扣是一只金色的蝴蝶。妈妈称这种钱包为“坤包”。肩上披着狐皮，就像一只真正的狐狸，一对漆黑的玻璃珠装点出它那死去的眼睛。精工细作的彩绸衬衫，胸脯高耸。一切都非同寻常，精致，迷人。只有面容是败笔：争强好斗的嘴巴张得大大的，鼻子像高高翘起的鞋尖。那顶帽子也很难看，笨重，庞大，和娃娃的身材不成比例……

“这是个‘机关匣’，”卡兹米尔·马特维耶维奇俯视着彼佳，轻声说，“记住，机——关——匣。以后用得着。它和一般的娃娃有什么区别呢？区别在于它身上的秘密。总有些细节让人感到蹊跷，但不是那种吸引眼球的怪异，不是为了引起别人的兴趣，而是合乎逻辑的怪异。你看，这个女郎是什么风格？是怪诞。知道什么是怪诞吧？怪诞就是太过可笑。当一切太滑稽、太荒唐，就能构成讽刺。看它穿着打扮的细节——比如，这顶帽子。想想看，哪个娃娃会戴这么大的帽子？我们可能会觉得，这有什么问题，这可是件怪诞风格的作品呀！看看它的鼻子，看看它的大嘴。它不是贵族太太，拿着坤包也白搭。这是个市井泼妇。她们总穿最时髦、最贵的衣服，可还是显得不伦不类。说回到这顶可疑的大帽子……‘啊，这娃娃是你的吗？’过境的时候总有人这么问我，‘里面装的是什么？’‘什么都没有，老爷，’我回答，‘什么也没有，同志，不信您自己查。’于是他检查了一遍，甚至把这可怜的娃娃布头做的小肚子都拆开来看，可里面只有锯末。他碰了一鼻子灰。虽然他是个畜生，可还是向我道了歉。这下你明白了吧？奥秘在于这顶帽子。你再看看，猜猜里面的秘密是什么。”

彼佳又仔细观察一番，尽量不放过任何一个细节，把布做的胳膊、腿、躯干都按了一遍，又专心研究了娃娃的帽子，还有缠在帽顶上的酒红色缎带，那带子上缀着许多小巧的陶瓷小花，红的，黄的，紫的……都不对。帽子无疑是个整体，也是陶瓷做的，上面糊满了绸缎。

“没有任何秘密，”彼佳为难地说。接着，他肯定地重复道：“没错，没有任何秘密！”

“现在，你按一按那朵紫色的小花。按两次，但不要连着按，用力揿下去，中间停一会儿，就像片警按门铃一样。”

就在他松开手指的那一刻，一个看不见却感觉相当牢固的小锁发出细微的咔嗒声，高耸的帽子突然如盒盖般向后弹开！哦，太精彩了！这正是个匣子，里面藏着……一颗闪着珍珠光泽的纽扣。

“这就对了，”卡兹米尔·马特维耶维奇拖长了声音狡黠地说，面颊、额头和大鼻子泛着油光，十分满足，“这就对了。不过，里面可以藏的东西太多了，钻石项链、机密文件，还可以藏——毒品。”

老人家中的每一只木偶彼佳都熟记在心，闭着眼睛也认得出来。然而，当他试着让木偶活起来，却立刻碰了钉子——不管怎样都无济于事。一分钟前，木偶还在老人手上活蹦乱跳，到了彼佳手里却立即停止呼吸，瘫软成一堆顶着木头脑袋的破布。

“手别乱挥！”卡兹米尔·马特维耶维奇喊道，“只有烂演员才拿着木偶乱甩。不要手舞足蹈，慢慢找感觉。观众会追踪演员的一举一动，就像猫借着水洼里的倒影窥伺麻雀。观众的注意力，也要由你掌控。把他们的目光握在手里，就像握住一串甜美的葡萄，慢慢地……慢慢地挤出汁来，一滴，两滴……慢，再慢……停！头一点点地向两边转，想想玛什卡是怎么动的，它只让肩胛骨在皮肤下面似有似无地动几下。想想猫的样子，猫，一个多余的动作都没有！注意停顿！跟着猫学会停顿！”

老人也有所偏爱：他更爱演“骑马戏”的手偶，对牵线傀儡则爱得少些，尽管他称它们为“上流社会，傀儡世界的贵族”。剧团的杖头木偶不多，只有一两个。老人说，只有摆大动作，才需要木杖。

“卡兹米尔·马特维耶维奇，”尤里·普罗尼切夫善意地提醒道（排演结束后，他常常不小心成为马特维耶维奇“高级培训班”系列讲座的旁听者），“别惊扰孩子内心的安宁，别夺走他幸福的童年。干吗用这么严格的训练来折磨他？你说的这些他连一半都听不懂，对不对，彼得鲁沙？也许他想当宇航员呢……”

不过，他只是在嘲讽，在取笑这个怪老头儿。他看得清清楚楚。他在男孩身上看到了自己的影子，看到了对傀儡爱不释手的自己，看到了自己与生俱来的天赋。

彼佳坐在道具室，一连几个小时守在尤里旁边，看他工作，默默观察每个动作。而尤里，也许是出于无聊，也许是在男孩贪婪的目光中获得了极大满足，往往也会打开话匣子，展开深奥的长篇大论。跟他的“讲座”比起来，马特维耶维奇说的那些话简直像十月儿童队[①]队歌一样直白。

“话剧不擅于操纵意象，和木偶戏不一样，小老头儿，”尤里说，“话剧缺乏感染力。为什么？因为木偶是理解生活、理解精神状态的最好方式。追踪自己的思想，小老头儿……木偶戏与话剧有何不同？木偶可以传达隐喻。这是个希腊词语，知道是什么意思吗？咱们举个例子，比如：‘啊！’一个木偶说，‘我的脑袋终于开窍了！’它的脑壳就真可能打开，脑子不翼而飞。再比如：《鬼磨坊》里的鬼说：‘这就是——二鬼偷油！’这时候，它就分裂成两只一模一样的鬼。就是这样。我们经常问，为什么话剧演员要不了木偶戏？因为他们是自己在激动，在沸腾，自己在‘演’！木偶却是独立自主的，在话剧演员手里，它们活不过来。

“应当戴上假面，丝丝入扣地扮演木偶，声音也和木偶融为一体。同样，傀儡师的造型技巧更像芭蕾，而不像话剧。知道什么是造型技巧吗？是表达心绪状态的动作序列——是我们的全部精髓。让木偶指引你的动

① 十月儿童队：苏联时期，7 至 9 岁的儿童在加入少先队之前要先组成“十月儿童队”。

作，它想要做什么，都会给你提示。木偶的灵魂会贯穿你的手臂，与你的身体、步态融为一体。这，就是演员与木偶最崇高的亲近。我记得塔什干艺术节上，当地剧院的一个演员看到旅馆窗外有一小群人走向旁边的酒铺，就说：‘瞧，傀儡师们买酒去了。’他怎么看出来的？通过手势和步态，通过造型！”

“你把孩子搞糊涂了，”从幔帐后面传来胖胖的达妮卡的声音，她正娴熟地往裙子里面套紧身裤——低矮的帐子什么都遮不住，“不是通过造型看出来的，是因为那帮人进了酒铺……”

“嘘，小红帽，别出声！”艺术家头也不回地说，“最早的流浪傀儡师就是最早的分裂派……”尤里思索着，不知不觉沉浸在自己的思绪当中，因此根本无心给男孩做出基本的解释，“你问为什么这么说？我会回答，因为这是最古老的艺术形式。演员躲在屏风后面，躲在傀儡背后，懂吗？这样一来，就能借木偶之口畅所欲言，管他沙皇，还是主教，都臭骂一顿，骂个痛快！傀儡比人更勇敢，更坦率，更强大。因此，小老头儿，如果你想做木偶这一行，就得学会疯狂，学会动脑筋，学会换一种思维方式。不疯魔演不好傀儡戏，懂吗？”

“懂！”这个脸色苍白、头发乌黑的男孩用一对晶莹的眸子盯着艺术家，坚定地回答。艺术家说的大部分词句他都无法理解，然而，疯狂，对，还有疯魔——这两个词他心领神会。母亲管父亲叫酒疯子、台球疯子、疯子嫖客，尤其是当他夜里断肢疼痛难忍，在煎熬中徘徊，并向她哀声讨要私房钱的时候。

“懂，懂……”尤里戏谑地模仿着他的腔调，“你懂什么，呆瓜！给你一卢布，到熟食铺子买几个肉馅饼来，好吧？”

隔壁熟食铺子飘来馅饼的香气和发霉的油脂味，混着颜料、糨糊、木材、清漆、阿尼林油的气味，掺杂着幕布和后台霉湿的尘土味，汇成一团刺鼻、浑浊的空气。这就是独特而醉人的“剧院气息”。这气息钻进彼佳的鼻孔，追随他回家，夜夜缭绕在他身侧。每当这时，他往往梦见自己站在半空，站在傀儡师世代跋涉的危径之上，手握勾牌，“黄金提线”套在中指，幸福感在胸腔里沸腾，心灵在快乐中膨胀。他知道，知道！幸福正朝他走来，因为傀儡就在他手中。它深藏不露，暂时伪装成无生命的样子，静待时机，等待共同的血贯穿他的手臂，将它和他融为一体。

陡然间，奇迹发生了，傀儡活了过来！它动了起来，完全听从他的意志。一股热浪在他的手臂中奔涌，向傀儡涌去。它信赖地朝他仰起脸，小小的手掌贴在胸口上，纤细的指头不住地颤抖……他感觉到它的心在跳动！也许下一个瞬间，它就会开口说话！

然而，耳边传来的却是卡兹米尔·马特维耶维奇的怒吼：“别分神！跟着我的节奏，老老实实地走，走，别乱跳！你都快飞起来了！……”

二十世纪九十年代中期，南萨哈林斯克机场的跑道还无法容纳大型喷气式客机，只有两架伊尔－18飞往哈巴罗夫斯克，然后飞往莫斯科，途中在新西伯利亚或克拉斯诺亚尔斯克加一次油。到了莫斯科，航线就四通八达了，哪怕是去利沃夫，也能说走就走。

八月末，暑假即将结束时，返程的经历是痛苦的。由于天气恶劣，旅客往往会在哈巴罗夫斯克滞留几天几夜，夜宿机场，横七竖八地躺在包袱和行李箱上。然而，如萨沙伯伯所说，很遗憾，“通往伟大帝国辽阔天地的康庄大道”只有这一条。

萨沙伯伯经常乘飞机去哈巴罗夫斯克参加大大小小的会议。他同意把彼佳带到机场，送上去往莫斯科的航班，托付给一个同去利沃夫的热心肠旅伴，之后便撒手不管，说：“接下来，我也无能为力了……”

接下来，迎接彼佳的是他挚爱的巴霞，雄壮伟岸的巴霞。她还特意寄来机票钱，说，卡佳家的“大小伙子”快十岁了，可她却只见过孩子的小相片，真是笑话！巴霞对苏联式的正常生活一知半解，常在集市上被人偷走钱包，却要冒着分不清机场和车站、弄混航班、认错人的危险，亲自迎接自己的“宝贝孩子”。

临行时，妈妈喜极而泣，仿佛即将远行的是她自己，仿佛她即将回到故乡的怀抱，见到亲爱的故人。她多想回到童年，依偎着巴霞，大哭一场，把藏在心里的话吐个畅快淋漓。这么多年，在长途电话冷漠的噪声中，她总是欲言又止。

卡佳五岁时没了母亲。父亲经营着一家小家具厂，他魁梧、严厉，是个“享有美誉的高级木工”（招牌上就是这么写的），却突然做了一个让左邻右舍大为震惊的决定：他没有寻觅勤俭持家、能解决生活之所需的贤内助，而是径自娶了傻巴霞——一个有碍观瞻、过分淳朴、过分善良、呆头呆脑的傻大个儿。事实证明，他没有吃亏。巴霞有一颗充满依恋的孩子般的心，对贸然闯入她生命的丈夫满怀感激，对待小女儿谦恭又温柔，缝缝补补，拆拆洗洗，喂她吃最最可口的菜肴，十五岁之前一直亲自给她洗澡。

只是巴霞的幸福生活没有持续太久，正如童话里说的，整三年。先是家具工厂（其实是雅科夫·热林斯基木工作坊）被手脚麻利的新政府收归国有。尽管当局提议让厂主留在作坊里继续当细木工，厂主本人似乎也选择妥协，可绝望深入骨髓，无法释怀。新的职业生涯开始的第三天清晨，他死在了昔日的办公室，亲手制作的家具将尸体重重包围。死亡来得那样突然，他还来不及褪下常礼服，换上工作衣，只抬起擎着礼帽的手，准备将帽子挂上衣架，魁梧的身躯却轰然倒地。

接着，佩卡尔街上的大房子也被新来的领导班子征用，于是巴霞带着小女儿回到了萨克萨甘斯基大街的那座楼房继续当扫院工，热林斯卡娅太太的称呼再也无人提起。

整整两个月，卡佳都在准备礼物，通过当售货员的熟人搞到商店的处理品，想让儿子把杂七杂八的东西都带去，无奈行李限重。再说，就算能带上飞机，面对那么多次中转，一个小男孩又如何扛着重物跑来跑去？然而看到那一块块“美妙无比”的桌布，她仍是热血沸腾，从邻居家东借西借，凑来十卢布，跑去商店门前排队，买回来后又追悔莫及地问儿子：“彼得鲁沙……还有一块小桌布，没事吧？只有三百克重，不，四百克……带上也不会太沉。背得动吧？”

儿子回答：“这有什么，我可有劲儿啦，你瞧。”

说着，男孩卷起衬衫袖子，瘦得像芦柴棒似的小胳膊上竟当真鼓起几块结实的肌肉疙瘩。

一切安排妥当，尽管中间发生了些不愉快的插曲：去苏联民航局售票窗口买票的前一天晚上，母子俩发现罗姆卡这个狡猾的混蛋竟嗅到了他们秘藏的珍宝——脏衣篓里一条破被套的边角，藏着巴霞寄来的钱。五天不到，他呼朋唤友，在酒吧和酒庄把钱挥霍一空。

多亏了萨沙伯伯一家。

发现机票钱不翼而飞的那天傍晚，传来一阵敲门声，起初敲得小心翼翼，后来越敲越响。然而，痛苦使卡佳对一切声音充耳不闻。终于，来客把门推开，径自走了进来，原来是蓄着大胡子的小个子火枪手萨沙伯伯和他粗壮的妻子塔玛拉。他俩并排坐在餐厅的沙发上，塔玛拉阿姨爆发出一阵怒吼——她早就憋了一肚子气：“卡佳，不光是你家厨房窗户外面，整个哈巴罗夫斯克都能听见你哭了！这到底是怎么回事！看看你自己！你以前可是个大美人，看他把你折腾成了什么样子！”

这时，萨沙伯伯挥挥手，客气而坚决地制止了妻子的吼叫，温和地说：“这钱你拿着，卡佳。不用一下子还清，等发了工资……手头宽松了再说。”

第一次坐飞机的印象已经模糊不清，彼佳只记得当时心情非常激动。大地被远远抛在身下，旱田像条纹饰带，倏忽闪过，小船好似漂在水上的花瓣。接着，舷窗蒙上一层冰冷的雾，看似寒冷，却又像沸腾的蒸汽。飞机如泅水般从浓雾中浮出来，男孩看到泡沫飞溅的云层宛如苍茫无际的平原，又像波涛翻滚的大海……然后，记忆中只留下一些臭气熏天的纸袋，他对着袋子频频呕吐，吐了个翻江倒海。萨沙伯伯拎着一个又一个纸袋冲向厕所，又跑回男孩身旁，惊慌失措地盯着他苍白的脸，喃喃地说："小可爱，你这是怎么搞的？接下来要怎么飞……"

不过没关系，没关系，最终还是平安到达了目的地。涂着鲜艳的红嘴唇、一头鬈发的漂亮阿姨，也就是受萨沙伯伯之托照顾了他一路的"热心肠旅伴"，将筋疲力尽的彼佳领到利沃夫机场的到达厅，金属栏杆后面密密麻麻的人群使他连连躲避。这时，人群中冲出一个瘦骨嶙峋、头发花白的高个子，披着一条绒毯，穿着高帮男士皮鞋。她推开拥挤的人群，一边跺脚，一边喊："彼得廖克，彼得鲁沙！"这人正是巴霞。

来机场前，薇拉·列奥波尔多夫娜家那个尖酸刻薄的女婿给巴霞讲解了一番，可她一句也没听懂。为确保接机顺利进行，她头一天就带着绒毯赶到了机场，把毯子铺在地上睡了一夜，睡得还挺香。一大早她就开始接机，心急如焚地迎接了所有航班的所有乘客之后，终于见到了"自己的宝贝孩子"。

萨克萨甘斯基大街有座楼房，当地人称其为"高级波兰楼"。楼里有个半地下室小房间，巴霞就住在这里。以前，这房间是扫院工的宿舍，原本很宽敞，卡佳就在这里长大成人。后来，住宅办事处把它改装成厕所、浴室、炉灶一应俱全的小公寓，使房间变得拥挤不堪。这里常年光线昏暗，并不是由于天窗太小，而是因为摆满了木桶、瓦罐、小花盆，栽种着光怪陆离的花草——无花果、爬山虎、棕榈树……房间里植物丛生，有的从天花板和五斗柜上垂下枝条，有的默默伫立在墙脚，有的在衣柜顶上挤挤挨挨地生长，枝蔓盘绕在气派的大床那两只弯月形的尖角上（这张床是巴霞从佩卡尔街的房子里抢救出来的雅科夫·热林斯基的唯一作品），还有的在浴缸边沿勉强跻身。巴霞是个园艺家，在她双手的照料下，植物舒枝展叶，蔓延，开花，欣欣向荣，几乎侵占了小房间的每一寸空间。巴霞身上满蓄着创世纪造物主的神力，用温柔的爱浇灌着这些生灵。

因此，小房间宛如一间温室，潮湿，闷热，飘荡着甜丝丝的醉人气息。有时，空气里混入罂粟籽馅饼和肉排的香味，更令人意乱神迷。

炉灶上常摆着一只煮衣物的大桶，烟雾袅袅。巴霞不靠救济金过活，她给人洗熨衣服，要价低廉，洗得却格外用心。每当热气蒸腾，彼佳就觉得自己来到了亚马孙河岸边，置身于热带雨林迷离的雾气中，仿佛向花丛和藤蔓中一瞧，就能窥见藏在茂密枝叶中的花斑蟒蛇……

巴霞的小房间塞满了好玩的外国玩意儿，使男孩幻想出无穷无尽的故事。古老的陶瓷盥洗盆爱上了黑铁熨斗，有着风姿绰约的双腿的玻璃煤油灯妒火中烧，饱受爱情之苦……最吸引他的是，房间的角落矗立着一只镶琉璃砖的墨绿色炉子，戴着王冠，身上还有一扇青铜小门，在幽深的暗影中威严地闪着光。这是座中了魔法的城堡，彼佳让棕榈树环绕在它周围，让藤本植物缠绕在它身上，升起吊桥，以防敌人夜袭。在彼佳的想象中，这座城堡成了西班牙公爵古老家族的宅邸。他整天表演惊悚剧，在他的故事里，这个家族缺少一位继承人，哪怕是个糟糕透顶的继承人。一天夜里，有个仙女在公爵夫人的梳妆台上留下了一枚小小的镀金核桃……

他们的交谈方式别具一格。巴霞能听懂俄语，却不会说；男孩不会讲波兰语，却能听懂一点点——虽然巴霞的语言并不能算作地道的波兰语。谈话就这样进行着，有时混乱不堪，却永远心意相通。巴霞还留在昔日那个“波兰世界”，她按旧时的方式称呼每一条街道，常去波兰天主堂，乘电车路过教堂时总要画十字。她说起话来也很可笑，管流氓叫“巴恰尔”，称水坑为“巴尤尔”，充满鄙夷地把茶水叫作“维罗妮卡的尿”。几乎每讲一句话之前，她都用抑扬顿挫的利沃夫方言来一段经典的楔子——“哟哦咿……”

巴霞不仅爱惜旧物，还爱珍藏旧时的海报和广告传单。五斗柜上方的墙壁上钉着“甜酒之王，皇家供酒商”——创始于一七八二年的巴切夫斯基甜酒厂的传单。

几年后，彼佳已经能够读懂波兰语，看到上面写着“上等甜酒，口感细腻，正宗波兰伏特加，水果精酿果子露酒，品质绝佳”，不禁为之忧伤叹息。

来这里的第一个星期，彼佳每天都和巴霞去斯特雷大公园散步。明净的池塘倒映着曼妙的白天鹅，温室里盛开着千奇百怪的鲜花。每个黄昏，管乐队温柔而得意地吹出施特劳斯的华尔兹舞曲，椴树、栗树的浓荫下，金龟子喧闹地飞舞。人们举家出游，秩序井然地漫步，小姑娘们则玩着老鹰捉小鸡的游戏，高声欢叫，你呼我应。她们穿着缀有彩球的雪白长筒袜和格子裙，盛装打扮，像要去剧院似的。

他和巴霞还去了山上的城堡。刚一登上露台，城市的全景图就在眼前展开，让彼佳一生都对这里心驰神往。这才是真正的城市——魔法般的傀儡之城。真正的城市应当坐落在山岗上，穹顶耸入天空，教堂的尖顶和高塔直插云天。树木浑圆的树冠如沸腾的汪洋，盛开的丁香那淡紫、雪白的波浪在绿海中翻滚。电车叮叮当当的颤音如散落的珠子，鞋跟敲打在坎坷不平的鹅卵石路面上，发出铿锵的跫音……

一生中，他常常梦到这里的电车。平滑的集电弓好似渐次展开的卷轴：米茨凯维奇广场，主教大教堂，然后继续向远方行驶，驶向高处，来到俄罗斯街一带，远处便浮现出加尔默罗隐修会天主堂那峻峭的轮廓。

一周后，彼佳完全融入了这里的生活，甚至能给巴霞打下手了。他可以脖子上挂一串木质晾衣夹，帮巴霞在阁楼上晾衣物。巴霞拽着床单这一头，彼佳抓住另一头，像跳小步舞似的倒着走，把床单展平，角对角折起来，这样才能保证接下来熨烫得平整。

终于，巴霞允许他“自己逛逛”，并在他口袋里塞上一枚真正的卢布，说：“喜欢啥就买啥。”真幸福，因为他的心驰神往之地正是那片叫作“市场”的宽阔的长方形广场。他在那里游荡了一整天，信步走入近旁的街道，绕着喷泉转了一圈又一圈。不管朝哪个方向移动，喷泉上方总是挂着一道小小的扇状彩虹，各个地方、各个角度都闪着绚丽的光。

建筑物上处处有石雕。这些头像、全身像好似一个个人偶，嵌在房屋正面、窗棂上方、高脚杯似的雕花小阳台浑圆的基座上、壁龛中、柱廊上……这使他激动，甚至震惊，仿佛戏剧挣脱了剧院的桎梏，冲上街头，一统天下，整座城市不知不觉卷入一场魔法游戏。

他在眉头凸起、鬃毛凌乱的石狮前久久徘徊，在一对对天使头像前逡巡流连。天使的脸庞被展开的双翅紧紧拥着，就像古典油画上的侯爵小姐或伯爵小姐用挺拔的褶皱花边托住下颚。

男孩为之倾倒，为之折服，幸福极了。他终于来到了理想的宜居之地，真正的傀儡之城就该如此。善良、充满魔力的巴霞也该是这般风貌，宛如傀儡戏中的人物。

他买了两只“托什诺季克”[1]，每只四戈比，这是一种夹杂碎的馅饼，非常好吃，一点也不恶心；还在玩具店买了整整两盒橡皮泥，可以玩上好长时间。白天遇见心仪的人物，晚上就把他捏出来。比如，一个大胡子男人，坚如磐石的肩膀上扛着一把板斧，穿着长靴的腿剽悍地迈向前方，右臂举着板斧，肱二头肌绷得紧紧的，他龇着牙，仿佛怒火攻心，正破口大骂。

巴霞坐在两株枝叶扶疏的无花果树之间的沙发椅上，给一条床单缝边，不时向男孩投去充满柔情爱意的目光：看他一个人玩得多好，多么可爱，不胡闹，不骄纵[2]……多么温顺的孩子，和卡佳小时候一模一样。

第二天，这个“温顺的孩子”就上演了一出令人震惊的闹剧。

清晨，男孩出去玩耍，巴霞则动手洗斯坦尼斯拉夫·柯布连斯基先生的衬衣。衬衣明天一早就应当浆洗、熨烫完毕，送到主顾手中，可她整整一个礼拜都没干活儿，只顾陪彼佳四处游玩，现在的确该收收心了。

洗衣的工作紧锣密鼓地进行。清水涓涓地流，汗津津的巴霞几乎光着身子，把斯坦尼斯拉夫先生的衬衣浸在浴缸里，又是涮，又是拧。一如既往，整个劳动过程始终伴随着巴霞走调的演唱，唱的是她最心爱的两支曲子：一支是战前流行的甜蜜美妙的探戈——《只说三个字，我爱你……》；另一支是战前备受欢迎的喜剧广播节目主持人谢普卡和托尼卡在《利沃夫欢乐调频》[3] 中演唱的著名歌曲。谢普卡和托尼卡在手风琴

---

① 托什诺季克：俄语“тошнотик”的音译，本义为“令人作呕的街边小吃”。

② 原文为波兰语。

③ 《利沃夫欢乐调频》：利沃夫波兰语广播电台的一档喜剧节目，1933 至 1939 年间每周日播出，主持人谢普卡和托尼卡以利沃夫方言的广播著称，备受欢迎。

的伴奏下动情地唱着：“你若转世投胎，就投生到利沃夫来。”[①] 巴霞拖着浓重而悠长的利沃夫口音，也学着唱：“到利沃夫来……”

过了大约半小时，她听见有人大力踹门。

巴霞匆忙披上薇拉·列奥波尔多夫娜家女婿的旧衬衫跑去开门——她在家总穿这件衣服，布料不粘身子，胸部透气良好，不闷热。无论何时，只要敲门声一响，她立刻跑去开门，从不问来者何人、为何事来访。干吗要问呢？把门打开，真相自然揭晓。

门外站着彼佳，由于激动、兴奋而气喘吁吁，脸色通红，满头大汗，怀里抱着个刚满周岁的婴儿——一个长着金红色鬈发的小姑娘。看样子，他抱着小姑娘跑了老远的路，已经累坏了，不过仍拼命抱住她，像抱小狗似的牢牢抓着她的小肚子。小姑娘很有耐心，也很有活力，默默地蹬着胖乎乎的小腿，扭动着身子，试图从这纠缠自己的魔爪中挣脱出来，滑到地上。

“巴霞！”男孩又是惊慌又是开心地喊，“你看！看，多美妙的小娃娃，小发卷儿多有趣！她是个真娃娃！现在她是我的了！”

他用膝盖轻轻推了推从臂弯里滑下来的小姑娘，径自从面如死灰的巴霞身边走过去，把她抬进屋，像卸货似的放在沙发上，一屁股坐在旁边。可是他惊骇地发现，他的猎物竟能自己从沙发上溜下来，爬到一边，于是又把她抱在怀里。

“她被扔在商店旁边了，等着被领养……”他透过那丛绯红的鬈发，瞥见巴霞呆若木鸡的脸，慌忙解释，试图平息那逐渐增强的恐惧感，免得她放声号叫，“当然啦，谁也不想要她，只好把她带到托马里去。现在她一辈子都要和我在一起啦！”

“我、我、我的老天爷呀！”巴霞最终还是放声号叫起来，不由自主地把胳膊在空中乱挥，仿佛在寻找依靠，“你这是闹什么呢?！这可是维

---

① 原文为波兰语。

尔科夫斯基律师的小女儿……他们会打死你的，彼得廖克!”

她一把抓起这个沉甸甸的小娃娃，撒腿就跑，身上还穿着那件男式衬衫，衣冠不整，边跑边问这孩子是从哪儿抱来的。男孩像挨了揍的狗崽，迈着小碎步怯生生地跟在后面。

不幸中的万幸，保姆还在商店附近寻找。她哭号着在商店门口和街道拐角之间狂奔，拽着行人的袖子苦苦哀求，哪怕回答一声究竟有没有看见一个婴儿……这姑娘吓破了胆，既不敢回家，也没想到报警，气喘吁吁，鬼哭狼嚎，坚信婴儿被茨冈人偷走了，绝望得几乎昏过去。后来，小女孩由巴霞抱着，尽管身上湿漉漉的，却活蹦乱跳、安然无恙地出现在她面前，她的歇斯底里症这才正式发作。只见她浑身抽搐，抖个不停，如释重负的幸福感使她放声大哭，画着十字，把耶稣、圣母和所有叫得出名字的圣人感谢了个遍。巴霞不得不继续把婴儿抱在手里，免得这个冒冒失失的姑娘激动过头，弄翻小推车，把孩子摔着。

随后举行了一场简短的谈判，当事双方（一方叫声凄厉，一方和风细雨）达成共识，决定将事情私了。巴霞解释说，“乖孩子”很体贴，担心婴儿“像看家小狗一样”被抛弃，怕她被人掳走……被谁？这还用说，自然是茨冈人。

回去的路上，善良的巴霞死死攥住彼佳的手，劝他清醒，苦口婆心地试图使他明白，不会有人随便把活娃娃扔在街上，何况是这么漂亮的娃娃（巴霞说，看见没，她身上的小裙子多体面，一戈比可买不来），更何况是大户人家的娃娃……不会被抛弃的。为了不让孩子太伤心，巴霞又说，明天他们要去一座特别漂亮的房子里做客，那家人特别棒，他们家还有个特别棒的小男孩鲍尔卡，他有世界上最棒的小汽车，商店里根本买不到……她不停地出长气，不时改口说俄语：“别瞅别人，就系你自己，就系你自己……”显然，她认为这么说更有说服力，谁也别怪，都是你自己的错。

彼佳默不作声地跟在一旁。他没有哭。为什么要哭呢，他已经是大人了。不过看得出来，一个固执的念头已经摄住了他的心魄。

“我能偶尔找她玩吗?”突然，他停住脚步，问道。

巴霞也停住了脚步，猛然间痛心疾首地意识到，这个“温顺”的孩子根本不像自己想象的那么驯良。他那颗小小的童心里包裹着一枚坚实、沉重、蛮横的内核，不会向任何人屈服。

“不行，”她坚决地说，“怎么找她玩呢?这么个小不点儿，和她玩有什么意思，她连话都不会说。明天咱们找鲍利亚玩，他和你一般大，他……他有……”

她专注地盯着男孩的眼睛，那双眸子漠然而澄澈，却无法从中读出任何东西。继而，她满怀同情地笑了：“孩子，你是想让她做你的小妹妹吧?”①

“不，”他面无笑容地回答，依旧沉浸在自己的思绪中，“不，她要做我的傀儡，做女主角。”

后来，彼佳在鲍利亚家的院子里演木偶戏，远近的孩童无不慕名而来。此外，他每天晚上都把白天遇到的人物形象用橡皮泥捏出来，一捏就是几小时，如成年人般专注，执着得令人震惊。可心思单纯的巴霞做梦也没想到，这一切都没能使他把曾经偷来的那个婴儿抛诸脑后。恰恰相反，若是巴霞仔细查看，就会发现，那些泥人当中总有小女孩的身影，还有女孩的母亲，扭曲的身体僵滞地俯卧在地——她从窗口跃向苍穹，却没能飞到天上。巴霞若是得知自己的宝贝孩子每天早晨都去伊万·弗兰克街和绿街拐角处的那栋刚发生过惨剧的房子，准会吓晕过去。每天一早，彼佳都默默地站在大门的阴影中，等待着新来的保姆带小姑娘出来散步。新来的保姆是个胖胖的短腿老妇人，大脑袋勉强高过小推车的车篷。他尾随其后，来到柯斯秋卡公园，坐在对面的长椅上，每天都待

① 原文为波兰语。

上差不多一个小时，一边观察她们的一举一动，一边拿着橡皮泥，捏了揉，揉了捏，捏出一只只亦真亦幻的神奇动物。这段时间里，小姑娘通常处于睡着的状态，不过偶尔也会醒来。保姆抱着她，有时还会把她放到地上，让她像小醉鬼似的走几步。她开心极了，跺着软绵绵、胖乎乎的小脚，蹦蹦跳跳，欢叫声在小公园光影斑驳的空气中回荡。

终于，他的机会来了。保姆大概急着上厕所，她慌忙环顾四周，推起小推车，载着熟睡的小姑娘，从彼佳面前走过。她瞧见林荫路尽头有个年轻妈妈，便朝她走去，打算把小姑娘托付给她照看三五分钟——只要不是孩子母亲那种女人，交给谁都信得过。

彼佳从长椅上一跃而起，走到她背后，彬彬有礼地说："我可以照顾丽萨!"

"你认识丽萨?"保姆一边惊讶地问，一边转过那颗满头鬈发、像马戏团角斗士一样的大脑袋。

"当然啦，"男孩摆出一副模范学生的姿态，匆匆回答，"我是您的邻居，巴霞太太的外孙。"

保姆还是犹豫不决，不过，从这儿走到林荫道尽头，再从那儿跋涉到公园另一头的洗手间，这段路程显然够她受的。

"好吧，"她终于下定决心，"你就在旁边坐一会儿，好吗?她正睡觉，千万别吵醒她。她要是睡不够，闹得可厉害了。不过要是万一她醒了，就把这个玩具给她玩。我去去就来!"

过了大约十分钟，保姆回来了，眼前的一幕格外安静祥和。小姑娘还在酣睡，她那自告奋勇的保镖坐在长椅上，还在捏橡皮泥。

"噢，捏得可真好，"保姆在一旁坐下，赞不绝口，"你简直是个天才。"

男孩抬起头，面颊苍白，脸上的神情像大人一样成熟，分外明亮的眼睛望着树梢，说："我要给丽萨做一只猴子，明年夏天带过来。我不在的时候，让猴子和她做朋友。"

“真的吗?”保姆深受感动,“你真是个可爱的孩子……”

她想捏捏男孩的脸蛋,可刚一抬手,却不知为何又把手垂了下来。她叹了口气,说:“丽萨真可怜,她现在是个孤儿了。她的姨妈也不知跑到哪里去了……不幸的一家,不幸的孩子……”这时,她忽然意识到不应当给一个陌生男孩子讲这些,便连连点头,赞许地说:“当然了,她收到礼物会很开心的。只不过,你明白吗……丽萨还这么小,不懂事,你和她玩多没意思。”

“不会的,”这个古怪的男孩平静地说,“我会等她长大,到时我来接她走。”

保姆哈哈大笑起来,笑声响亮动听,就像木偶戏里的角色发出的。她说:“真想不到!这么说倒正合适……”

彼佳沿着林荫路向大门走去的时候,还能听到背后传来时断时续、抑扬顿挫的笑声。

那之后,每天清晨他都出现在公园的小径上,保姆会把小推车交给他。他小心翼翼地用胸膛抵着车把手,推着熟睡的丽萨走来走去,保姆则心满意足地读几页书。小推车在阳光汹涌的洪流中漂泊,穿过一道道翠绿、橘红的光束,游过孔雀笼,游过小凉亭。每到黄昏时分,凉亭里的乐师们都会鼓起圆滚滚的腮帮,用小喇叭吹出大腹便便、气喘吁吁的波尔卡舞曲。熟睡的小姑娘那浓密的鬈发仿佛一个个熊熊燃烧的火红的光圈,两抹红铜色的眉毛显得成熟而意味深长。她闭着双眼,阳光落在她脸上,弯月形的长睫毛在光束里一闪一闪……

她是个奇妙的生灵,一个魔法般的活生生的玩偶,和梦中的娃娃一个样。接下来只需等她长大,等她开口说话,朝他仰起脸,说个不停……

一年后,坐在公园里的已是另外一个女人(这家的保姆都做不长久),她一只眼睛不时望望在沙箱里玩耍的孩子,另一只眼睛数着手里的毛活儿织了多少针。忽然,她蓦地回过神来,抬起头:一个十岁左右的小男孩在太阳斑驳的光影中穿梭，沿着林荫道朝这边跑来，手里握着个纸包。他径直跑向沙箱，一个两岁的小女孩正在那里拿着小铲和小桶挖沙子，火红的头发宛如烈焰，远远看去，红得耀眼。

“丽萨！”男孩欢叫着跑到近前。他越过沙箱的围栏，双膝跪倒在沙地上，匆匆打开纸包，拿出一只尾巴长长的粉红色玩具，兴冲冲地说：“丽萨，这是马丁！”

保姆从椅子上欠起身，看见了一只猴子，长着一对招风耳，一双棕色的玻璃眼珠……不，这简直是只活猴子。它戴着细毡礼帽，像一位细高挑的绅士。不过除了帽子，它身上再没有别的衣服了，光溜溜的脚掌好似人脚。它活泼又亲切地向小姑娘伸出两只爪子，鞠了一躬，用柔和的低音彬彬有礼地说：“你好啊，丽萨，我是你最好的朋友马丁。”

小姑娘愣了一两秒钟，手里的小铲和小桶滑落在地，怔怔地盯着眼前的猴子。猴子摇着尾巴，在男孩的膝头跺着脚，可爱极了。

“马丁！”她欣喜若狂地喊起来，伸出沾满沙粒的小手，温柔而急切地呼唤着，“马丁，马丁！”

岁月流逝，彼佳与父亲渐行渐远。升入高年级，他虽然对父亲比以往更了解，却往往几个月连话也不说。有时，妈妈说一句话、做一件事，他竟能事先猜出父亲的反应，不禁想要立刻把罗姆卡套在手上，继续这场演出。抑或，只要他想，随时都能收场谢幕。有时，他感到自己有种诡谲而致命的权威，凌驾于父亲之上，俯瞰他的整个生命……中学毕业后，他去彼得堡读书，在学校和剧院间辗转，有时还去利沃夫探望丽萨。在路上，乘着火车或飞机，他有时蓦地想到父亲，尖锐的痛苦便猛然袭来，近乎生理上的疼痛瞬间攫住他的身心。随后，不祥的预感纠缠不休，那是一种遭遇灭顶之灾的感觉。

一天夜里，铃声大作，有人打来长途电话。彼佳还在沉睡，他张皇地寻遍了飞逝的梦境中每一个偏僻的角落，便已知道这铃声意味着什么。他绝望地拿起听筒。

电话里，卡佳用若无其事的口吻说："儿子……"片刻滞涩的停顿之后，仿佛有人突然扼住了她的喉咙并同样突然地松了手，她爆发出一声疲惫而枯槁的哀号。彼佳愣住了。

"死了。"他肯定地说。而她惊叫起来，似乎为他猜中了谜底而欢呼："啊哈，死了，被杀了！彼佳，有人杀了他，他终于完蛋了！"

她像个上了发条的玩具，不断重复着这句话："完蛋了，完蛋了，有人杀了他！"声音越来越迅疾，音调越来越高，仿佛企图地用这声音把自己打昏，好让魂魄跃出躯壳，飞离这场噩梦，在昏迷中醉生梦死。

这一夜过后，又一天夜里，罗姆卡已经下葬，母子二人坐在厨房里，没有开灯。卡佳虽然下定决心不让儿子知道那些"丑恶的细节"，可无论怎么克制，还是忍不住开了口。她说，杀死他父亲的有两个人，一个是父亲最后的姘头津卡的丈夫，另一个是津卡的兄弟。他们带着刀径直闯进门厅，据说是想吓唬吓唬他，可罗姆卡似乎开始挖苦对方，满口污言秽语，最要命的是，他开始跳乔切特卡舞。还记得吗，彼得鲁沙？他跳得有多好！身子柔韧得像条鳗鱼，脚板踢得呱嗒响……

"他一边搞怪，一边说顺口溜，出言不逊。这还不够，他阴阳怪气地对人家冷嘲热讽，还啐唾沫……你知道他就是这副德行。这下好了，两人当中的一个（事后，他俩一直往对方身上推，这些恶棍）朝他的驼背扑过去，一刀捅了进去。"母亲哭哭啼啼地讲着，"可他像没事人似的，越跳越欢，跳得热火朝天，背后插着刀，又是笑又是喊：'谢幕啦，完蛋啦！'他浑身是血，可还是疯了似的跳，就像……就像被你那些提线吊着。太可怕了，儿子，人们现在到处传，说死人在跳舞……"

月亮又给窗台镀上一层蜜色的谄媚的光。一切恰似那个夜晚——厨房吱嘎作响的折叠床上坐着个老人，他在男孩面前撕开一道金灿灿的裂缝，让他窥见了迷人的天堂。父亲的便帽趴在月光中，好似一只黑色的螃蟹。不知是谁前来哀悼，把它从衣帽架上取下，忘记放回原处。它趴在那儿，像极了活物，正在顺从地等待不安分的主人回到它身旁，仿佛主人一旦意识到自己光着脑袋，就一定会回来，把它抓起，帽檐扣到眼眉上，还会把他那矢车菊一样的蓝眼睛眨了又眨。不，那对眸子已经浑浊，醉意深至眼底……

“鬼灵精。”儿子含混地说。片刻沉默之后，他怀着沉重的无名的苦闷，又说了一遍：“鬼灵精……”

第五章

电茶壶像个老人似的叹了口气，仿佛忆起了陈年往事，发了两三秒钟的愁，陡然间精神一振，用低沉的嗓音嘟囔起来，接着越来越光火，越来越情深意切，终于开始沸腾，时而迸发出嘶哑的怒吼，最后变成声嘶力竭的尖叫……不过，马上有人制止了这个吵闹的家伙。

应当趁天还没亮，趁丽萨还没醒，赶紧出门去。尽管这段时间丽萨睡得久、睡得沉，但他还是不敢将科尔奇马利曝于光天化日之下。倘若她发现失踪的家神就在自家厨房里，后果将不堪设想。

有个念头固执地盘踞在他心中——快点把背包连同里面那要命的物件请出家门。好比一个人死去，就连死者的至亲也会在潜意识中迫切地想要把尸体抬出门，快些入土为安。在萨马拉的时候，当他看见热心肠的西尔瓦手里拿着这只木偶，就已经有了这种感觉。不可思议！

当时西尔瓦刚一走，身后的门刚掩上，他就像杀人犯或帮凶一样匆忙把背包拽到房间中央，把里面的毛衣、背心尽数倒在地毯上。来不及细看，他便飞速地将科尔奇马利塞了进去，并把掏出来的东西又扔进背包，就像用泥土掩埋死尸。他甚至打起了寒战，仿佛突然害了病。翌日清晨，他觉得西尔瓦举着木偶、得意扬扬的那一幕恍若一场混沌的迷梦，于是甚至背着丽萨，把背包偷偷拿进浴室，重又摸索被衣物埋葬的科尔奇马利。是真的……然而无论之前怎样拖延，此时此刻都要“开棺验尸”，因为科尔奇马利不是个普通的木偶。对此他深信不疑。

“知道什么是怪诞吧，孩子？怪诞就是太过可笑。当一切太滑稽、太荒唐，就能构成讽刺。”木偶的大肚子的确充满讽刺意味，几乎把上衣和缀着长长一排象牙纽扣的坎肩撑裂开来，仿佛一把手术刀就会使一切真相大白！

他从桌沿上取下一盏夹式小台灯——家里到处是这种台灯，他喜欢这种朦胧而亲切的灯光。他把台灯移到房间偏僻的角落，固定在炉灶上方的架子上，就像僧侣在陋室点燃孤零零的烛火。随着脚步的移动，灯光画出一道平滑的弧线，墙上的傀儡静静地吊在提线上，面容和身形在明灭的光影中闪现又消失。一切都会好的，我的孩子……一切已经好起来了。

台灯散发着宜人的光，光圈从他手上爬到盛着砂糖、咖啡豆、肉桂和豆蔻的玻璃罐上，沉默无言的傀儡在他身后被黑暗吞噬。

制作傀儡时，他仿佛在恋爱，充满温柔的激情。爱和激情一点点噬咬他的心灵，愈发强烈，直至化作交响乐终曲弦乐的一声轰鸣……当然，这指的是属于自己的傀儡，而不是为普罗查兹卡艺术馆制作的那些耀武扬威的商品（不过没什么好抱怨的，这些商品卖得很好，供他吃饱穿暖，度过寒冬）。

起先你要酝酿许久，别急着画草图。傀儡人格的诞生好比孩童出世，起初一片混沌，你们互不相识；突然，你得知对方的性别，它的整个形象、它个性的轮廓也陡然间清晰地浮现在你眼前。比如，它毛毛躁躁，总想插话，短小的胳膊，贪婪的双手，纤弱的小腿，宽大的脚丫……

有时，名字比这一切来得更早。譬如，“法尤莫契卡”出现在梦中，他不请自来，带着灌肠管似的长鼻子径自闯进睡梦。他眨着一对促狭的小眼睛，脸上挂着梦幻般的笑，嘴巴咧到耳根，问：“能让法尤莫契卡嗅嗅鼻烟吗？”彼佳醒来时，脸上挂着同样的笑，嘴巴咧到耳根，跑进工作室，赶紧把这小坏蛋画了下来。

而“小骷髅”恰恰相反，它的形象扑朔迷离，总是一闪而过。它是个胆小鬼，却爱搔首弄姿、装腔作势。起初，浮现在彼佳眼前的只是它那滑稽的骨盆，它正弓着腰转呼啦圈。好长一段时间，彼佳都想象不出它的面部表情。当然了，它本就不该有任何面部表情，那光秃秃的头骨和脸可扯不上一点关系。后来，偶然的一瞬……上帝啊，请原谅，事情发生在一个遍体鳞伤的夜晚。他和丽萨吵架又和好，随后又爆发了更加可怕的争吵，二人安静下来时，已是清晨。她像个受伤的孩子，爬到他身上，伸开双臂，无力地趴在上面，头发盖着他的脸。他们就这样躺着，抱着，生命中再没有比这更美好的时刻……就在这一刻，他想到小骷髅的头盖骨是可以掀开的。原来这个家伙如此狡猾，不择手段地搞来好多战利品，全堆在头盖骨的“小匣子”里。尽管如此，它照旧怡然自得地耷拉着下巴颏。问题就这么解决了。小骷髅不知羞耻地晃着大腿，滴溜溜地转着大眼珠，一对深蓝色的瞳仁放出犀利的光。它从一位先生的口袋里掏出手帕或钱夹子，塞进自己的脑壳，表情舒爽至极。观众几乎笑昏过去。与此同时，它啪的一声咬紧下巴颏，忧郁地垂下头，摇身一变，变成个害羞的小伙子。羞愧的小骷髅轻轻地晃着臀部（当然，第七脊椎的事我们没有忘，但木偶的屁股可以动，卡兹米尔·马特维耶维奇，您说得不对，屁股也能展现灵魂的一举一动），走到那位先生跟前，温顺地垂下脑袋，掀开头盖骨，无声地邀请对方在一大堆赃物中翻找属于自己的东西。这时，观众深受感动，径直把零钱扔进它的“储藏柜”。就这样，小骷髅为自己的创造者带来一笔不菲的收益。

彼佳在工作室里静悄悄地挪着步子，把咖啡粉撒进土耳其咖啡壶，又从电茶壶里倒了些水，放在炉灶上。

对了，还有“马车夫”。瞧，他就挂在墙上，微微扭着脸。（我亲爱的，我最亲密的朋友，你说得没错，很久都没带你去散心了。）他的现身之处是一家古老的捷克酒馆。酒过三巡，他从门口走进来，胸膛宽阔有力，腿却很短。他走近吧台，爬上高脚凳，用浑厚的男低音说：“老规矩，给佩皮切克来一大杯。”

酒保端来一只装着一公升比尔森黑啤的大酒杯，摆在他面前。彼佳立刻意识到，这就是他的木偶，他的新木偶已出现在他面前。这是个手偶，软绵绵的脑袋垂在胸前，有极强的自尊心、极大的野心，却像个涉世未深的雏儿，对别人言听计从……彼佳取出便签本，在酒桌旁就地开始工作。

“澳大利亚蟾蜍小姐”的诞生则是另一种情况。她从一开始就知道自己想要什么，执意要一颗蛤蟆脑袋。确定方案的过程充满艰辛，他绞尽脑汁，设计了许多草图，为她那婀娜的身躯挑选一颗合适的蛤蟆头。他甚至不顾直觉的召唤，用毛坯做了一颗女人的头颅……我们这只还没有名字的蟾蜍却不断请求，甚至命令主人把蛤蟆脑袋赐给自己。终于，他让步了。匪夷所思的蛤蟆头接在这具曼妙的躯体上的那一刻，焕然一新的蟾蜍小姐赫然诞生。上帝哦，她的舞姿多么美妙！她的萨满舞跳得多么出色！那“咕咕呱呱”的糟糕叫声竟和她匹配得天衣无缝！

她在公司晚会上取得了空前的成功。人们向她提问，她为人们占卜——大体上询问的都是办公室恋情。她咧着大嘴，沉思片刻，嘿嘿干笑几声，自己也逐渐被心中的念头感染，把这半是猥琐半是猜疑的笑声像播种一样播撒到周围。猛然间，她眯起又大又鼓的蛤蟆眼，合上老长老长的睫毛。一番理直气壮的判词之后，现场突然安静，同事一度陷入尴尬。她的谶语宛如晴天霹雳，从办公室上空轰然滚过……

下了一整夜的雪，此时，万籁无声。漆黑的窗外，深邃的雪夜宛如一条巨龙，在院子里张牙舞爪。蓬松的雪堆像一条锁链，束缚着它的身子，房间里寂静的灯光给这具身躯涂上淡黄的光晕。玻璃窗上，雪花似缭乱纷飞的牛虻，又似晶莹的玩偶跳着环舞。彼佳透明的剪影在曼舞的雪花中移动，手里擎着咖啡壶。

不，这事一点也不可笑。他即使背对着那只背包，背对着房间阴暗的角落，也能感觉到那个大肚子木偶的存在。

今夜我要让你对我倾吐衷肠，我的老兄。

此时，他努力不去想维霞阿姨，不去想烂醉的西尔瓦说的那番话。归根结底，每个人都会尽一己之所能同臆想做斗争，抑或放纵心魔，想入非非。你安息吧，维霞，维霞……没人想要翻找家谱，惊扰你那逝去已久的女儿。没人想要猜测，你为何偷走了科尔奇马利。没人想要猜测，当你那不幸的姐姐躺进棺椁，葬入雷恰科夫公墓古老的家族墓室中的那一刻，你为何奔向车站，坐上最近一班火车。安息吧，维霞，你这《圣经》里的好女儿拉结，偷走了父亲拉班的家族神像，你也和她一样，葬在远离祖坟的他乡……

小时候，彼佳每次来利沃夫，必定与巴霞同去雷恰科夫公墓悼念外公。他暗地里把雷恰科夫公墓的大理石墓室视为一座座小小的城堡。悲伤的圣母，螺旋的石柱，竖琴，打开的书，还有仿佛不经意间落在石柱基座上歇脚的小天使……他觉得这是世上最具傀儡气质的公墓。他坚信，这些小房子里的居民会在深夜走出家门，在曲折幽暗的林荫路上徘徊，在高大的山毛榉、栗树和椴树之间表演扣人心弦的戏剧。有一次，他建议巴霞夜里带他去上坟——那该多有趣！可巴霞瞅了他一眼，慌忙退避，哆里哆嗦地画起了十字，于是彼得廖克决定不再惹老太太心烦……

今夜彻夜无眠。确切地说，傍晚时分，他像个跑累了的孩子，在丽萨身旁和衣躺下，躺了半个钟头，警觉地等待着她睡着的那一刻。终于，她经不住鞍马劳顿的疲惫、安眠药的药效和回家的折磨，筋疲力尽，昏昏睡去。这时，他便可以回到被她折腾得混乱不堪的现场，收拾残局。之后，他从地板上拾起一个个小零件，装进盒子，忙了一整夜。他在房间里游荡，像个梦游者，把东西分门别类，安放在不同的架子上，讪笑着反复对自己说，不过顺手为之，不然其他时候怎有机会收拾得这样仔细！

终于等来了那一刻，墙上的挂钟哼起了《亲爱的奥古斯丁》。

这挂钟是他的骄傲，是他从布鲁塞尔的跳蚤市场淘来的。起初，它躺在破旧的纸箱里，和一些匪夷所思、五花八门的破烂混在一起。经过一番不无痛苦的整修，唐达成功让这架古老的德国挂钟起死回生。如今它不仅走得准，还定时把一个害了伤风的小牧童派往人间，对着世界唱出沙哑的小曲。

他拿起听筒，拨通了电话。

“唐达，”他小声说，“我现在出门，大概四十分钟后到。”

“噢，老天爷！”听筒那头瘪着嗓子哼哼唧唧地说，“你来干吗，蠢货！大半夜不睡觉，真是个疯子……”

没错，唐达睡得晚，有时会工作到凌晨。这时候吵醒他确实卑鄙，不过……

“给你看点儿有意思的东西。”他和气地说。

“你这卑鄙小人。”对方说着，挂了电话。

出门前，他去小卧室看了看，在门口一动不动地站了五六分钟，端详着熟睡的妻子。丽萨还保持着入睡时的姿势，仰面躺着，双臂枕在脑后，像婴儿似的握紧了拳头，嘴巴抿得紧紧的，形容凄绝，似乎在向天神示威。

华伦斯坦街的大脑袋六棱路灯散发着幽光，舞台灯般的光辉仿佛使这雪夜漾起雾蒙蒙的阳光。一辆崭新的电车顶着一张鲶鱼脸，宛如深水世界的居民，在冰封的水下城市里潜行，从街角探出身，在轨道上嗅个不停……布拉格不习惯这弥漫的雪幕，痴了，聋了，在纷飞的雪花中瑟缩，在汹涌的空气动荡的湍流中倾着身子。

据说，这个严冬使整个欧洲积雪成堆。

他向右拐，拐上坎帕岛的方向，沿着沃耶诺维花园挂着沉重壁灯的白墙前行。他走过魅力咖啡馆和乌帕瓦酒店，走过大门紧锁的玻璃店和纪念品商店，走过一家古老的波希米亚小餐馆——门上贴满了美酒佳肴的招贴画，白天，这里总是门户大开，广纳宾客——然后，他来到一座不大的广场，黑铁长椅上覆满了蓬松的积雪……

（广场的角落，砖墙上有个深深的壁槽，他的两个“朋友”在里面蜗居过活。这是两个大垃圾箱，里面的垃圾琳琅满目。周围住宅区家境殷实的居民和餐馆、商铺的服务员常把有用的东西送往这里，因而能淘到不少做木偶的好材料，比如旧衣服、坏家电，都可以改装成木偶零件。最好用的是氨纶床垫——这是傀儡师赖以生存的必需品，成色绝佳的氨纶，是躯体的原料、事业的给养。来附近的垃圾池淘金，时间必须选在夜里，因为白天精明强干的茨冈人总是推着小推车，把这里洗劫一空。）

广场沿斜坡伸展向一条狭窄的街道，街道在十字路口分出两条支路。

覆满积雪的屋顶鳞次栉比，参差错落，阁楼高耸，塔楼、风向标林立，布拉格城堡那密密丛丛的瞭望塔直入云端。泛黄的天空雪霰纷飞，雪雾迷蒙。高塔笼罩着瑰异的幽光，耸入天空，睥睨城市的屋宇。

这条路他很熟，几乎天天走——他常去唐达的工作室干活，总是这个时候出门。今天，也许是由于大雪天气，一切都那么陌生，似乎凶险重重。因此，当巡警骑着马无声地出现在街角时，他不由得闪到墙根，心怦怦跳个不停。

两匹腿脚纤细的高头大马，一黑一白，在雪夜的缄默中冷漠地逡巡。它们驮着背上的骑手，头挨着头，稳重而威严地走在冰雪覆盖的街道中央。飞扬的雪屑在马蹄周围盘旋，马儿似乎悬浮在路面上方。

他久久地目送着他们远去，定了定心神，不由得欣赏起这傀儡戏般惊悚而宏伟的一幕。两个骑士向沃耶诺维花园的方向拐了个弯，兀自消失在街角，正如现身时那般突然。

他从小城区桥头堡的拱门下方走过，沿莫斯特卡街走到圣米库拉什教堂，左拐，来到加尔默罗街。这是一条宽阔的街道，有电车线。这里坐落着胜利之后圣母堂，里面有圣婴耶稣的塑像，做工奇巧，有时他会走进教堂看上一眼。

他喜欢布拉格教堂和塔楼那熏黑的石砖，它们饱受风吹雨打，泛着枯黄色。他喜欢青砖灰瓦的屋顶那陡峭的斜坡，喜欢大胡子国王、神甫的石雕和它们衣衫的每一道褶皱，雕花的权杖和皇冠镀着熠熠闪光的黄金，居高临下地照耀着石板路上黑白相间的棋盘格。

他是多么热爱布拉格的建筑，把屋宇上那些石雕的“居民”当作至亲。它们高高在上，俯瞰着行人的头顶。成百上千、成千上万的面孔：圣人与魔鬼，福纳斯①，人鱼与基基莫拉②，狮子、鹰和松鸡，龙、羊羔和马，鳄鱼与蛇，游鱼、水母与海螺。还有各个阶层、各个群落的人们：商人背着鼓鼓囊囊的钱袋，火枪手佩着细剑，小市民与古板的显贵比肩，富家小姐拿着梳子梳理高高的发髻，仆人叉着腰，绅士风度翩翩……

忽然，他在一个熟悉的阳台前停住脚步。阳台的三根支柱上，三张容貌各异的面孔露出神秘的微笑，中间是一副男性面孔，两边是女人。看得出来，它们按照真人的相貌雕制而成，每张脸上的笑容都各有特色，一个泛着酒窝，一个缩着下巴，一个双唇紧闭，样子很委屈……

不计其数的石像大军如石头的旋涡，席卷着门窗、阳台、门廊、飘窗和柱头。各种各样的动物、鬼怪潜藏在褶皱、壁龛中，躲在房檐、遮阳棚、屋顶下方，有时神不知鬼不觉地向行人龇着獠牙，吐出尖而长的舌头，做着鬼脸——这能让彼佳开心好几个钟头。还有椭圆浮雕、蜷曲的花边、瓦顶遮阳棚下方那曲曲折折的饰带——这一切竟是为了装饰七楼某座阁楼的小圆窗。远远望去，烦琐的细节难以辨认……布拉格，你有多么丰沛的精力，你是多么慷慨地挥洒着狂欢节之乐！

他经过了一座暗灰色的房屋，总有两个尖鼻子、宽颧骨的男子带着僵滞的专注，把阳台扛在不堪重负的肩上，不知要把它运往何方。他来

---

① 福纳斯：罗马神话中的牧神。

② 基基莫拉：俄罗斯民间传说中的邪恶女妖，栖身在房屋、沼泽中，给人们带来不幸，常以老太婆的形象示人。

到十字路口，街角一座建筑的侧墙上，左数第三扇窗子下面默默居住着一个不死的生灵……换言之，这是一张孩童的脸，笑得合不拢嘴，安详地合着眼帘。这张孩童的脸，生来是为着永恒地笑。

他每次都和它打招呼，即使有人同行也不例外。他并不抬头，只是喃喃自语："你好啊，儿子！"有时同伴以为他在对自己说话，面对这样的疑问，他总是避而不答。

普罗查兹卡家族的工作室位于加尔默罗街的一座古旧的四层楼房里，在顶层，是一套宽敞的三居室。这类房子如今被称为"钦扎克"[①]，多用于出租。只有唐达在此独居，"最适合单身小伙子搞名堂"——唐达的妈妈玛格达友好地说。可这纯粹是胡说八道。唐达是个细高个儿，瘦得没谱，总穿着一条略显短小的裤子，系着宽宽的红腰带。他年少秃顶，几乎没下巴，蓄着淡褐色的楔形小胡子，疏于打理。唐达蔑视女人，连他的姐妹也不能幸免。她们在场时，他总是爱答不理，阴沉着脸，一副不耐烦的样子，让对方明白，该留他一个人清静，别找不愉快。

门铃响了，他光着膀子打开门，腰上耷拉着红腰带，嘴里叼着牙刷，面部表情有如僵尸。他嘟嘟囔囔地钻进浴室。房间里传来木头假肢疯狂敲击地面的声音，我们那位在家犬大战中百战百胜的残疾将军尖叫一声，欣喜若狂地蹿了出来。

彼佳立刻把背包扔在地上，叫道："卡拉格兹！我的好小子，你真棒！"他蹲下身，让小狗扑到自己身上。卡拉格兹用舌头狂热地舔着他的脸，仿佛在帮他打肥皂泡，滑溜溜的几乎可以刮胡子了。这只尖耳朵、黑白花长毛小狗的心中蓄满了粗暴的爱，花了好长时间才学会与唐达和

① 钦扎克：捷克语"Činžáky"的音译，意为"公寓"。

平相处，现在见到主人，差点喜极而泣。

当初，彼佳在电车轨道上发现了它，那时它满身血污，昏迷不醒。那时彼佳来布拉格尚不足一个星期，身上所有的钱都给了兽医帮小狗看病做手术，可仍然不够，小狗得了败血症，在医院住了整整一个月。尽管卡拉格兹很快便学会了用三条腿一瘸一拐地走路，彼佳还是给它做了一条义肢，细皮带十字交叉缠在胸膛，把假腿巧妙地固定在身上，和沙皇尼古拉的军队里系武装带的老兵一样神气。若是把小狗抱在怀里，这条木腿便竖起来，活像毛瑟枪的枪管，卡拉格兹则歪着头，仿佛在瞄准射击。

“你这个厚颜无耻之徒，”伴着哗哗的水声，唐达在浴室里喊道，“为了补偿我，你得给我煮咖啡。”

“他说得没错，”彼佳站起身，轻声说，“走吧，卡拉格兹，咱们得讨小霸王欢心才对。”

这座疏于料理的老宅到处都是傀儡——三个大房间、两扇半圆形的飘窗、走廊乃至大半个厨房都是傀儡的天下。它们宛如一支不计其数、兴高采烈的闹哄哄的大军，挂在墙上，吊在挂钩和金属、木质的格栅形架子上。有的是成品，已经上好了油彩，涂好了清漆；有的还露着光秃秃的木头。它们被拆开，编号，躺在箱子、篮子、盒子里，摞成高高的一堆，包装完毕，准备发往世界各国。唐达的网店已经营了五年，业绩良好。他的房子里到处是花花绿绿的包裹，里面塞满了破布头，堆成小山。有时，街上的电车驶到轨道接头处，大地震颤，成捆或成袋的布头便突然从高处的架子上静悄悄、软绵绵地滑落下来。彼佳或唐达便爬上高脚凳，一边咒骂，一边挥舞着拳头，把“逃犯”塞回原处。墙边的所有桌子和架子上都摆满了装清漆和颜料的瓶瓶罐罐，还有几只花瓶，几束枯槁多刺的西伯利亚白芷参着色彩斑驳的毛蓬蓬的花穗。中间那间房里，彼佳的桌子靠墙摆放，上面摆着钳工台和其他工具。他和唐达都在这里工作，有时一连几个钟头一语不发。高高的天花板上贴着一张世界地图，是威尼斯公爵府那张著名的十六世纪地图的翻版。

唐达是傀儡戏世家普罗查兹卡家族的长孙。这个家族在布拉格经营着两家最好的傀儡商店，唐达自豪地称之为“艺术馆”。他的父亲兹德涅克·普罗查兹卡、妹妹玛卢什卡和特蕾莎、母亲玛格达，甚至外祖母汉娜，一家人都是傀儡师和艺术家。

这是一个二十多年前从寒酸的小商铺成长起来的傀儡帝国。二十世纪九十年代初，兹德涅克和玛格达将布拉格六十多位工匠和傀儡师联合起来，合作得很愉快，因为普罗查兹卡家从不唯利是图，不拖欠工钱，从商之道以果敢、精明著称。为了帮工匠们多赚些外快，他们面向财大气粗的游客，组织了许多“艺术工作室”和“高级培训班”。即便是最艰难的时日，他们也能别出心裁，如鱼得水。

他们的俄语说得不错，因为外祖母汉娜是来自基辅的犹太人。这位老婆婆是个颇具传奇色彩的人物，年轻时是基辅木偶剧院的演员。某日，在纳粹开枪的前一瞬，她瞅准时机，跃进了娘子谷的壕沟。后来，她从沟里爬出来，全身糊满了泥浆和血污，不知去往何方，只能在占领区的乌克兰村庄游荡。我们的上帝，我们的造物主，我们的宇宙以及其他未经探测、杂七杂八的天体的主人，我们伟大的主宰啊！他在弹指间那么轻易地夺去几百万人的性命，却不知为何对这只疯癫的羔羊关照有加，不止一次使她幸免于难。至于汉娜的俄罗斯籍丈夫，德军占领基辅的头几天，他就因窝藏犹太妻子被盖世太保枪杀。

战后，汉娜回到剧院，继续演木偶戏，为那些白雪公主、小狐狸、小兔子配音。她算不上杰出的傀儡师，却拥有水晶般清脆的童声，这项才能对木偶戏事业难能可贵。有时她小酌一杯，飘飘欲仙，便会用快乐的小兔子特有的尖细嗓音乐呵呵地讲起人生中最恐怖的那段经历，在座的人无不惊骇，连血管里的血都几乎随之凝固。

六十年代末，汉娜追随唯一的女儿玛格达来到布拉格。玛格达也是基辅木偶剧院的演员，一九六二年，她来布拉格巡演，爱上了魅力十足的兹德涅克·普罗查兹卡，布拉格国家木偶剧院的艺术家。玛格达从小习惯一切问题自己解决，并替小女孩似的母亲包办一切，于是雷厉风行，说干就干。不出两个星期，她便麻利地怀上了大儿子唐达，一举攻克双重堡垒——既平复了轻浮的兹德涅克惶恐的心情，又消除了监视剧团的便衣警察的戒心。顺便说一句，使普罗查兹卡家族企业蒸蒸日上，使近百个工匠衣食无忧的那一整套硕果累累的生意经，全部出自这位聒噪、勇猛、善良的妇人之手。

汉娜如今已八十九岁高龄，不仅经营着坎帕岛的家庭小商铺，用完美无瑕的水晶般的嗓音招揽顾客，把买卖做得风生水起，还缝制一些小东西，给木偶组装形形色色的小零件，比如，在无所不能的卡什帕列克、古尔维涅克、斯佩波尔[①]脸上的小圆洞里塞进一只只木头鼻子。

"卑鄙小人，"唐达用和解的口吻说，他扣紧衬衫扣子，挽起袖子，露出纤长的手臂，"你这杂种，不过咖啡煮得还不错。我四点才睡！"

"我根本没睡，"彼佳回答，"快喝，还得要你帮忙。"

说着，他不由得向门厅走去，卡拉格兹快活地跟着他笃笃笃地跑。他把背包拿进屋，立刻把背心短裤抖了一地。

"这是什么意思？"唐达面不改色地问，"离家出走？不要老婆了？"

彼佳默不作声，双手探进背包底层，小心翼翼地捧出一只木偶。木偶戴着乌黑的小圆帽，鬓角垂着两条真人毛发制成的棕色小辫子[②]，脸上油漆剥落。他第一次在自然光线下端详这只木偶。冬季凛冽的天光笼着凌乱斑驳的雪色，从厨房的高窗侵入室内。

唐达放下咖啡杯，用毛巾擦了擦手。

---

① 卡什帕列克、古尔维涅克、斯佩波尔都是捷克传统木偶戏中的经典角色。

② 将鬓发扎成小辫子是犹太男子的传统发式。

“把顶灯打开。”他嘟囔了一声，面无表情，这意味着他对此事极感兴趣。

彼佳咔嗒一声打开开关，荧光灯幽暗的光线使他很不满意，于是跑到另一个房间取来一盏明亮的工作灯。两人清走餐桌上的杂物，对着木偶默默地俯下身……

强光之下，科尔奇马利的啤酒肚显得格外鼓胀，仿佛有意为之。它的整张面孔也伤痕累累，鼻头和脸颊油漆剥落，小圆帽污渍斑斑，闪着黯淡的油光。右侧的鬓发摇摇欲坠，还缺了一道眉毛。嘴角一抹冷笑，唇中央裂开一个黑洞，仿佛有个邪恶的淘气鬼钉了一枚大钉子又拔了出来。坎肩、紧腰长衫和及膝短裤上布满了一块块黑幽幽的霉斑——总之形容寒酸凄凉。这么说，维霞一直把这珍贵的家神藏在地下室，久无问津。难道是它拂了她的愿，伤了她的心？抑或原因恰恰相反，必须匿影藏形，让谁也看不见，谁也猜不透谜底？可这究竟是怎样一个谜？

科尔奇马利的木质脑袋和骨节粗大的手腕做工精湛。右手握着一只烟斗，黄铜烟嘴长长的；脚上的鞋子由真皮缝制而成，钉着鞋掌，镶着绿幽幽的青铜搭扣。这类木偶的身体通常选用结实的布料，用锯末填得满满的，然而，科尔奇马利的躯干摸起来却硬邦邦、沉甸甸，衣衫密密实实地贴在身上。

“年头不少了，”唐达终于赞许地说，“是个古董，好玩意儿。从哪儿搞到的？”

“说来话长。”彼佳不情愿地回答，“我想……把它拆开。”

“你糊涂了吧？”唐达惊讶地说，“这家伙的身子是木头做的，难道把它锯开不成？你要对木偶下杀手？它只需要稍加修补，去了油彩，重新涂底漆，重新上色，兴许能在古董沙龙卖个好价钱。”

他转身去喝那杯凉透了的咖啡，彼佳则把科尔奇马利放到桌上，默默打量了几分钟。他不再用手摸，而是左看看，右看看，甚至双臂交叉，环抱在胸前，似乎试图说服唐达放弃那唯利是图的念头。

其实，他是想安抚自己急不可待、狂跳不止的心……（“这娃娃是您的吗?”过境的时候总有人这么问，“里面装的是什么?”“什么都没有，老爷，”我回答，“什么也没有，同志，不信您自己查。”）

那好，让我们查一查。让我们坦诚相见。

首先，他像抚摸钢琴琴键似的，用手指在那一粒粒凸出的象牙扣子上拂过，随后，用力揿下每粒纽扣，一下，两下……侧耳倾听，努力捕捉木偶密闭的躯体中每一丝细微的声响。短按两下，长按两下……短按一下，长按两下……两下，一下，再两下……真见鬼，简直像摩斯电码，猴年马月才能试出结果!

你为什么要抱希望?他扪心自问。这只神秘的饕餮难道会对初次见面的人敞开胸怀，说，先生，快来，到我肚子里来……

他已经彻底冷静下来，甚至走到厨房，给自己和唐达分别煮了一杯咖啡。他们谈天说地，说到可怕的严冬、稀少的游人、见鬼的经济危机和下滑的业绩……不过，仍有一些巡回演出的订单，比如，奥卡尔城堡圣某某节巡演，克拉德诺的“普莱斯”[①]舞会表演，还有母亲节那天在克日沃克拉德城堡举办的木偶艺术节。杂技演员、木偶戏演员、民间艺术团一如既往地齐聚一堂，总之，将是财源滚滚。还有梅尔尼克的红酒节，具体情况记不清了，这一单是玛格达签下的……对了，趁我还没忘，“黑屋”的达格玛·克拉托赫维洛娃正找你。一批苏格兰傀儡师要来捷克，她想和你联系，商量一下时间，订一场埃丽斯的演出。

“三年前埃丽斯的节目在爱丁堡演过。”彼佳回答。

“知道，知道。不过，他们大概是看了你的演出，想请你做节目。那边提到什么夏季艺术节，以前可没听说过……”

彼佳端着咖啡杯站在窗边向楼下瞧，院子狭小而深邃，盛满了缭乱

① 普莱斯：捷克语“ples”的音译，意为“舞会”。

的积雪，宛如一杯奶油鸡尾酒。三件色彩绚烂的衣衫在风中打雪仗，两件鲜红，一件深蓝。

“唐达，你有没有听说过‘机关匣’?”

“藏东西用的吗?”

“差不多……是一种能隐藏秘密的人偶。不过得摸清隐藏秘密的方式，知道怎么揭开谜底。有时候折腾一百年也白搭。”

“无所谓，”唐达泰然自若地回答，随手把咖啡杯放进水池，“总不能把这老头儿砸了，没用。”

“我也不想这样……”彼佳若有所思地附和道，“不过还得看它的表现。”

话说回来，你又为什么认定它的肚子里藏着秘密？彼佳又一次问自己。它也许就像卡兹米尔·马特维耶维奇的机关匣一样，里面只藏着一颗珠光纽扣或是其他微不足道的小玩意儿，而你究竟在寻找什么？为什么认定这个木偶不是普通的旧玩具？为什么会觉得它对那个家族有着非同寻常的意义？只因为维霞那么古怪、那么匆忙而果决地带着它逃出家门？为什么她不带钱（因为按照西尔瓦的说法，她站在月台上，孤苦伶仃），不带珠宝，不带家什，偏偏带了这个旧娃娃？莫非，科尔奇马利本身有着某种含义，抑或拥有科尔奇马利这件事本身意义非凡？如果是这样的话，为何这些年它被当成没用的东西，丢在地下室，扔在一口袋土豆后面，被抛弃，被遗忘？

他已经不能不思忖维霞的一举一动……比如，丽萨父亲葬礼的第二天她就打来电话，如今看来甚是蹊跷。更为蹊跷的是，尽管他的直觉准得吓人，当年此事却并未使他产生警觉。显然，维霞阿姨通过某种渠道关注着家中的一举一动，可她又是怎么做到的？维尔科夫斯基家族的秘密鬼都理不清！

他回到桌旁，整整两个小时都在绞尽脑汁地摆弄着木偶身上的象牙扣子，摸索、尝试各种各样的触碰方式，仿佛在创作单调的曲谱与和声。他闭起眼睛，倾听着手指的律动，好似盲人钢琴家……对于他的每次尝试，木偶都报以幸灾乐祸的沉默。科尔奇马利伤痕累累的嘴角浮现出一抹微笑，仿佛只要一时兴起，就能从嘴巴的窟窿里吐出一把珍藏已久的秘密钥匙。是谁曾试图挖开这个孔洞？莫非是维霞？莫非她找不到开启秘密的钥匙，绝望之下，才弄伤了这个木偶？

终于，他疲惫地挺直身子，双手按摩着颈部发麻的肌肉，接着抱起倔头倔脑的科尔奇马利，把它放在桌上，背靠墙壁。

“怎么样？”唐达头也不回地问。他正在给一位骑士上色。骑士身披铠甲，挺着胸膛，四肢细弱颀长——你好啊，堂吉诃德，我们的镇店之宝，我们英勇的老将！骑士的身体已经制作完毕，死气沉沉地挂在钩子上，等待着头颅的降临，看上去颇为恐怖。桌上，几只小罐子摆在工匠面前，瓶口敞着，里面各插着一支纤细的画笔。

“你的‘芝麻开门’怎么样了？你可真喜欢编间谍故事。照我说，木偶就是木偶，没那么多秘密。”

“这个大肚子肯定藏着东西！”彼佳沮丧地反驳。

“这可不一定。”

彼佳从桌旁站起身。卡拉格兹一直耐心地坐在椅子底下，这会儿一下子跳起来，乖巧地摇着尾巴。它觉得是时候去散散心了。

“好吧，好吧，”主人含糊地说，“我没意见，大家先去放放水。”

他走进洗手间。小狗明白大家即将去放风，在门口兴奋地直蹦，木腿踩得咚咚响，伴着老式抽水马桶那怨气冲天的水声，发出谄媚的尖叫。

两个伙伴慢慢悠悠地来到走廊，他穿好外套，拉开叮当作响的门闩，嘴里嘟囔着什么，还不时发出兴高采烈、急不可耐的呼喊：“雪！雪啊，狗子！你见过钻石一样亮晶晶的雪吗！……”最后，大门砰的一声响，只留下古旧的金属链在门板千疮百孔的人造革上悠闲地晃来晃去。

唐达吹着口哨，拿起细细的画笔，蘸一蘸颜料，在瓶口轻轻一按，把骑士左半边的小黑胡延长了一点点。他向一旁闪了闪身子，哼了几声，再次伏案，给嘴唇添了一道皱纹，打破了面部的对称感——这才像话。这样一来，一丝捉摸不定的苦涩便浮现在骑士优雅的面容上。接着，他搁下画笔，把上完油彩的头放在空鸡蛋盒的凹槽里，让它自然风干，然后扭头望了望坐在桌上的科尔奇马利。它微张着嘴，似乎正想破口大骂或诅咒某人，却突然陷入沉思，忘了说辞。唐达不禁莞尔，若是外婆汉娜在，肯定会给它点提示：杂种、娼妇、蠢货、狗屎、孽畜——外婆给外孙准备的这类“吉言”总是取之不尽。有趣的是，尽管木偶在微笑，目光却残忍而专注。唐达一生中接触的木偶为数不少，其中不乏古董，但从未见过残破之躯蕴藏着如此根深蒂固的戾气。愈是远观，愈是凌厉，那道缺失的眉毛也为这位老人平添了几许……怎么说呢……凶残。

他从桌旁站起身，走到科尔奇马利跟前，弯下腰，把脸凑过去。一时间，他们默默无言，面面相觑。

“犹太老爷，”终于，唐达毕恭毕敬地说，“您干吗一肚子气呀①，犹太老爷？”来自基辅的外婆汉娜从小教导他要礼貌待人。

他把抽屉拉开，在里面翻找了一会儿。这座住宅里的抽屉数不胜数，心之所愿，必有回响，且能提供若干解决方案。很快他就找到了想要的东西——一把尖利的鞋锥。唐达用抹布将锥子擦净，小心翼翼地刺进科尔奇马利嘴唇间的窟窿。锥子轻松穿透木偶的脑袋，触到了后脑壳。原来，木偶的头颅是空心的，由两个半球黏合在一起——比起实木脑袋，这样的结构需要更为烦琐的工序。这又是为什么？

彼佳回来后，唐达说这是白白浪费时间，还不如把木偶好好修整一番，拿到古董沙龙卖个好价钱。父亲和他都认识至少两位严肃收藏家，他们很乐意收藏这种木偶。

① 原文为捷克语。

“别犯傻啦，”唐达说，“赶紧干正事。你看它又破又脏，只有烟嘴还是锃亮的。”

“烟嘴，的确……”彼佳心不在焉地重复着唐达的话，蹲下身，用一块破毛毯卖力地擦着地上的水渍——兴奋的小狗踩了满地雪水。

“我这就回去了，今天不想干活儿。丽萨肯定也醒了……”

“啊，她还好吧？”唐达敷衍地问。他知道，每当有人问起丽萨，彼佳总是选择性失聪。这回，彼佳却听得真切，回答说：“挺好……只不过我不想留她一个人太久。对了，能给她找点事儿干吗？别让她闲着。”

“好说，给她几只‘DIY’小马。”

“DIY”套装是唐达的实体店和网店中最畅销的产品。这个绝妙的点子要归功于玛格达，精湛的做工则出自兹德涅克之手，买家只需按照套装提供的图纸把木偶组装起来。起初只卖卡什帕列克和斯佩波尔，后来，“DIY”木偶家族迅速壮大，动物木偶、“刺猬婆婆”和无奇不有的“丑八怪”尤其受欢迎。需求有增无减，因为这实属馈赠佳品，老少皆宜，何况，价格也很贴心——毕竟不是手工雕琢，而是流水线作业。

彼佳走进隔壁的房间。以前，兹德涅克常来常往的时候，工作室就设在这里。架子上摆着一个个纸箱，里面装着木偶残缺不全的肢体。彼佳忙活了五六分钟，挑选了一些零件，又把它们塞进背包，左思右想，摆弄了十来分钟，以便在顶部给卡拉格兹留出合适的位置。长长的背包成了小狗别具一格的轿子，它尤其喜欢在主人背上端详周围的世界。

此时，小狗明白自己要回家了，兴奋地挥着爪子。彼佳擦拭着它湿漉漉的后背，冲着它毛茸茸的耳朵低声说出了那个神圣的名字，并且故作神秘地说了三次：“丽萨，卡拉格兹！丽萨，丽萨！”对于小狗来说，这个名字非同凡响——它是无上幸福的诺言。卡拉格兹拼命克制着兴奋的咕哝声，把木腿跺得笃笃响，随时准备蹿进背包。

“雪还下吗？”唐达漫不经心地问。他背对窗户，懒得转身。

“停了。”彼佳回答。冬日的阳光蓦地照进屋内，仿佛为了证实他所言无误。阳光里，工作室满是污渍的木质地板已被擦拭得异常洁净。

事情就发生在此时此刻。不知何故，也许仍是因为街头那叮当作响、震天动地的电车，总之，科尔奇马利顺着墙根滑了下来，跌了个仰面朝天。彼佳已经穿戴整齐，站在走廊上，这个位置使科尔奇马利在他眼前呈现出前所未见的模样。太阳窥探进屋内的那一瞬，疲惫的阳光落在科尔奇马利手里攥着的烟袋上。黄铜烟嘴发出黯淡的光，木偶的嘴巴深处竟也闪烁起同样的光点——里面有个铜环。

彼佳一个箭步跃到桌前，抓住木偶握着烟袋的手，用轻柔的动作把烟嘴准确无误地塞进嘴唇中间的小洞，拧了一下，如同转动锁孔里的钥匙。科尔奇马利圆滚滚的脖颈里传来细微的回响，老头儿仿佛咳嗽了一声。接着，坎肩上的那排象牙纽扣一下子弹开了，扣子旁边原本缀着一道花边，遮住衣服的针脚，此时却裂开一条缝。彼佳小心翼翼地把缝隙掰开，里面装着一排小小的合页，发出锈钝的吱嘎声。（很久没有上油了，唉，太过久远，大概有一百多年了吧！）唐达被又喊又叫、扑向工作台的彼佳吓了一跳，也蹦了起来，在彼佳身后转圈子，嘴里咕哝着什么，咂着舌，提些含混不清的建议。

“慢点儿，别拽……小心！别弄坏了！那是什么？什么？”

“不知道啊，”彼佳一边嘟囔，一边用手指摸索着肚子里的东西，“像是一块布头……”

他像一名产科医生，奋力抢救困在母亲肚子里的婴孩。

他的手指稍稍用力，把那道垂直的缝隙撑大了一些。突然间，木偶的肚子像两扇门板似的弹向两侧，挂在小小的合页上，露出衬有深蓝色天鹅绒的腹腔，底部放着一小卷粗麻布。

两人对着这卷麻布困惑地端详了几秒钟。

“这就完了？”唐达扬起棕色的眉毛，嘲讽地问。

彼佳沉默了，不知为何，他迟迟不敢触碰这份奇特的收获。

“白费了一天，真是不值。”唐达说着，又回到工作台前。

彼佳把那卷布头从打开的腹腔中取出，发现里面裹着一件硬物。他把麻布摊开，展平，惊讶地哼了一声："你瞧！"

他扬起右手，食指上套着个小小的手套木偶：尖鼻子，木脑袋，穿着破旧的袍子。小人儿的额头上粘着一绺麻絮做成的红发，已经褪了色。

"卡什帕列克！"唐达激动地喊。

"是彼得鲁什卡。"彼佳纠正说，"是个古老的木偶。只是我不明白这究竟是什么意思。"

"很简单，是个哲理：大山临盆，生个耗子[①]。"唐达说，"别唠叨了，让我清净一会儿。"

大约过了十分钟，彼佳仍一头雾水，只能将科尔奇马利复归原位，把那小小的囚徒重新锁进它的囚室。科尔奇马利又若无其事地坐在了桌上，满不在乎地靠着墙，脸上挂着得意的笑，仿佛在说："怎么样，兄弟，找到了吗？"而卡拉格兹已经心力交瘁，端坐在背包里，像个印度王公。这时，唐达起身跟在他们后面，准备关门。他站在门槛上，漫不经心地提了一句：

"那老头儿肚子里的卡什帕列克……我似乎在哪儿见过。"

"哪儿？"彼佳在门口站住，面色凝重地转过身来，"它在里面待了一百多年，不见得有人把它拿出来过。它代表着某种内涵，也许是一封信……究竟是什么意思，谁也说不清……"他沉吟片刻，用脚抵住门，思索是现在就对这神秘的木偶展开讨论，还是先回去独自理清头绪，"唐达，是这样，这是丽萨家祖传的木偶。是她祖母，也许是曾祖母传下来的，所以……先别声张，好吗？丽萨不知道木偶在我手里，我也不确定是否该让她知情，懂吗？"

"啥也不懂，你的事我就没弄明白过。"唐达说，"知道啦，知道啦。

---

① 出自拉封丹寓言中的《大山临盆》。故事讲的是一座大山即将临盆，天崩地裂，死伤无数，最后只生出来一只小耗子。形容雷声大，雨点小。

行了，快走吧，倒霉鬼，我还有一堆活儿要干呢。”

天空展开了一场风驰电掣的大扫除，灰色的天幕裂开一个个蔚蓝的疮孔。日光从孔洞中清扫出阴霾，把凌厉的光芒均匀地洒向大地，让城市肃穆，行人清醒。仿佛有人将扫帚轻轻一挥，拂去了圣米库拉什教堂青铜穹顶和塔顶上的积雪，小城区瓦房的屋顶上那层密实的冰壳却仍安然无恙。人行道上的白雪被踩得很硬实，但还未结冰。彼佳背着卡拉格兹，在雪地上走向查理大桥小城区塔楼的拱门。小狗兴高采烈，伸出粗糙的舌头，一会儿舔舔主人戴耳环的耳朵，一会儿舔舔他的小辫子和毛衣领子里露出的脖颈。它的木腿竖在彼佳耳畔，好似老式火枪的枪筒。它咧着嘴笑个不停，一团团雾气从口中静悄悄地喷出来，宛如子弹射出后的硝烟。

那么，关于这些神秘的木偶，《戈尔多夫斯基百科全书》① 会怎么说？回家得好好翻一翻。记得书上提到过一个非洲部落的恐怖故事：人们把死去的酋长做成傀儡，像操纵提线木偶一样操纵死尸——一种可爱的习俗，以此向神灵献殷勤。还有什么？还有道家术士的一种手艺——用傀儡驱赶恶灵……还有苏门答腊岛马来人的巫术仪式，巫师对人偶做什么，人身上就有同样的反应……等一等，可这与科尔奇马利又有什么关系？虽说在它的肚子里发现了一个小小的彼得鲁什卡，但这并不意味着它是祭祀傀儡。也许，这小娃娃只是古老家族的传家宝？那么，又是怎样一个机灵鬼设计出了这个鬼气森森的套娃？

目的何在？

① 《戈尔多夫斯基百科全书》：即鲍里斯·帕夫洛维奇·戈尔多夫斯基编写的《傀儡百科全书》。

查理大桥上有人做买卖，有人揽生意，有人解闷，有人画画，有人奏乐，每一寸砖石的风采都向世人展现得淋漓尽致。十六个宏伟的桥拱由粗糙的岩石砌成，如一把巨齿梳矗立在深邃的河底，伏尔塔瓦河沉郁的冬水在梳齿间汩汩地流。宽阔的石桥上白雪皑皑，两侧是花岗岩围栏。桥上是艺术家的天地，有画家、乐师、傀儡师；陶艺师和木雕师则好似一支精锐部队。他们有的坐在帆布小马扎上，有的叼着烟，在卖纪念品的货摊和画架周围徘徊。

查理大桥是一条半公里长的步行街，一群游客在不紧不慢地踱步。此时此刻，桥上不像夏季那般游人如织，可对于清冷的冬日来说，却也热闹得惊人。

桥中央是臬玻穆的若望雕像，雕像下方有个人在起劲儿地歌唱，想必是洪扎。

“咱们去去就回，好吗?”彼佳微微扭过头去说，“然后马上回家，找丽萨!”

小狗立刻表示同意，不失时机地用舌头舔了一下主人的耳朵。彼佳觉得耳朵发痒，不禁“啊”了一声，大笑起来。“跟你在一块儿我都快聋了!”说罢，他擦了擦耳朵上的口水。

洪扎坐在帆布马扎上唱得不亦乐乎。老里沙在不远处耍弄自己的长毛猴子，洪扎的歌唱淹没了他那短促、机械的手摇风琴声。确切地说，是卡拉OK在“歌唱”，而洪扎顶着一头蓬乱的卷发，穿着大毛衣和单薄的绒布裤子，脚踩一双老式登山鞋（右脚上用细绳系着一只拨浪鼓，时而也能派上用场)，随意篡改调门，极尽敷衍塞责之能事。他脚下的积雪有些许融化，破旧的古楚尔毯子上摆着一只玩具手鼓。洪扎的膝间夹着一只铃鼓，他挥着两只戴露指手套的大手，敲着铃鼓，打着拍子，间或抓起手鼓，像萨满巫师那样摇两下。节奏并不能满足他伤悲的欲望，于是他眯起眼睛，陶醉地哀号起来，摇头晃脑，咧开大嘴，露出满口白森森的齐整的牙齿。

这个蠢货有四个孩子，妻子是个有学问的怪人，似乎已经拿到三张高等教育文凭，但一辈子没上过一天班。

受难者臬玻穆的若望耷拉着脑袋，头顶围绕着金色星星的光环。他居高临下地俯瞰着洪扎，满面倦容，表情一言难尽，仿佛在哀求路人发发慈悲，帮他收拾脚下这个让人忍无可忍的家伙，比如，把他扔进河里——若望本人也曾遭受同样的待遇。

彼佳背着卡拉格兹在洪扎面前停住脚步，等待着低音炮把轰轰烈烈的乐句唱完。歌唱家睁开双眼，彼佳随即朝他递了个眼色。

“哟嗬，彼佳！”洪扎兴冲冲地喊，口中呼出一团白气，好似火山喷出蘑菇云，“来一个，把绝活亮出来！”

说罢，他俯下身，咔嚓咔嚓揿了一通按钮，寻找光碟上那支合适的曲子。这是他们两个的老把戏：洪扎带着寒碜的设备枯坐半晌，生意惨淡，一旦看见彼佳出现在桥上，便立刻把曲子切成金格·莱恩哈特的《小步舞曲》。好心的彼佳伴着音乐翩翩起舞，不出几分钟，观众就会围拢过来。人们会蜂拥而上，刚亮出头一个舞步，远处的游客就会被吸引到跟前。观众虽然口味不同，对洪扎所说的“绝活”却都很买账。有时时间宽裕，彼佳就从旁边的伊尔扎那里借来一只粗糙不堪的提线木偶，开始即兴表演。伊尔扎在巴度亚的圣安多尼雕像脚下做活，他的木偶是个忧郁的吉他手，拿着一把花花绿绿的胶合板吉他，拨弄着仅有的两根琴弦。不过，这一回彼佳朝背后的小狗努努嘴，摇头拒绝表演。

“来一个，来一个嘛！”洪扎嚷嚷着求他赏光。显然，今天他的收入少得可怜。音箱奏响了《小步舞曲》。

奇怪，前奏的这几个节拍，这几组上行音符，总能对彼佳产生奇效，好比耍蛇人吹起笛子，眼镜蛇就翩然起舞。他的身子恰似听到笛声的眼镜蛇，伴着《小步舞曲》的旋律缓缓摇摆，肩上背着沉甸甸的背包，卡拉格兹高高在上，好似一个盯着海平线眺望的水手，假腿好像望远镜，聪明的小狗不时把乌溜溜的大眼珠凑上去。彼佳徜徉在音乐中，拢着无形的埃丽斯，挽着她的臂弯旋转，放手，再一把将她拉入怀中……

一如往常，人们越聚越多，自动围成一个圈。一如往常，表演结束后，观众报以欢呼和掌声，落在洪扎面前的小盒子里的也不再只有硬币散钱。

跳完一曲，彼佳漫不经心地朝我们的音乐家挥了挥手，在空气中划拉了几下："收工了，敛钱吧！"说罢，他继续赶路。他向傀儡师伊尔扎点头道别，伊尔扎孤零零地立在风中，穿着连帽衫，风帽压到眉毛，还戴着一副太阳镜，显得颇为古怪。他的木偶——忧郁的吉他手伴着低音炮的音乐匀速拨动两根琴弦：啪啦——啪啦，啪啦——啪啦。可惜这木偶平庸无奇。伊尔扎甚至没有摘下手套，这可怜虫都冻僵了，冻木了。

彼佳朝小城区塔楼的方向走去，本该在到达塔楼之前向右拐，可是路过通往坎帕岛的坡道时，他放慢了脚步，走过去却又回转身，下了台阶。莫非舞蹈的魔力还未消退……对了，还有苏格兰人的邀请，他默默为自己开脱——万一明天就要演出呢？恰好借这个机会检查一下机关是否运转正常。就看一眼，就一分钟，毕竟，丽萨可能还没睡醒……他急匆匆地向小狗保证："就一分钟，不，两分钟，然后立刻回家。"说罢，他走下台阶，来到坎帕岛。

夏天，他经常带小木偶来演出，小小的提线傀儡，孩子们非常喜欢。木偶爬上他们肩头，拥抱他们，用多种多样、滑稽幽默的自创语言和他们交流。

最受欢迎的木偶是一个武士。他龇牙咧嘴，面目狰狞，挥着武士刀狂放不羁地跳着舞。最后，他剖腹自杀，不知所措地望着自己裂开的肚皮。他的肚子里滚出五颜六色的玻璃球，它们高声呼喊："万岁！"孩子们扑上去就捡。

他走过林荫路，树木就栽种在石子路上；走过一排排黑铁长椅，长椅的线条呈现出好看的弧形；走过一栋栋巴洛克房屋，它们沿伏尔塔瓦河修建，形成一道围墙。他走向唐达家的商店——不，是“艺术馆”。想必汉娜已经打开店门。这位老太太可不是早起的鸟儿，尽管全家怨气冲天，开门营业的时间还是不会早于十二点。

店铺坐落在两条街道交汇的拐角处，有两个房间、一间储藏室，临街的两面墙上都设有大大的橱窗，橱窗里摆着、挂着本店出品的木偶，琳琅满目。门前的台阶上立着个硕大的稻草娃娃，弓腰驼背，笑得合不拢嘴。这是兹德涅克和唐达的大作，行人路过，无不蠢蠢欲动，想上前去摸摸。唐达在它的身体里安装了一个极其狡猾的小机关，由光电池驱动——游客一旦伸手去摸，稻草娃娃的大嘴便一开一合，上牙打下牙，磨得咯咯直响。

正当又一对兴奋不已的小情侣准备对娃娃下手时，胖墩墩的汉娜突然出现在台阶上：“别碰，先生，这娃娃不卖，它是做广告用的。不过，先生，你们为什么不进来看看，店里有好多好玩的东西，我们的工匠是布拉格最棒的傀儡师……”她说的全都是事实。如果顾客闭上眼睛只用耳朵听，这位脸上沟壑纵横的老塞壬[1]那温柔热情的嗓音就更显甜美，仅凭三寸不烂之舌就能从任何人那里榨取一大笔钱财。

没错，我们去去就回，卡拉格兹，我发誓。要是没开门，我们扭头就走，去华伦斯坦街，去“小黑羊之家”，回到丽萨身旁，听轮船的汽笛声在空气中回荡。

啊哈，门开着！“Open-Otevřeno”的牌子挂在玻璃门上，歪歪斜斜，却亲切可爱。然而店里空无一人。古老的收银台还是马萨里克[2]时代的样式，唐达不遗余力地把它修葺一新。此时，它像个大胸脯的女人，孤零零地等待着客人的光顾。看来，玩忽职守的老太太又离开了收银台，跑

---

① 塞壬：希腊神话中的海妖，拥有天籁般的歌喉。

② 马萨里克：指捷克斯洛伐克首任总统托马斯·马萨里克（1850—1937）。

到隔壁喝咖啡，店铺却门户大开，任人洗劫。难道要向玛格达告状不成？彼佳心中自有一番顾虑。

他打开门，门上的小铃铛发出惊讶的丁零声。也许把铃铛换成汽笛才有用，这群马大哈！玻璃门只打开半扇，他背着背包，从狭窄的缝隙小心翼翼地挤进去，生怕碰落四处挂着的木偶。他走进屋，撂下背包，让卡拉格兹钻出来。

“汉娜！”他喊，“在吗？”

从最里面的房间传来白雪公主般的美妙声音，声音打在瓷砖墙上，发出沉闷的回响。显然，汉娜在洗手间。

“彼佳，是你吗？”

“是我……”

“让人家好生待一会儿！”

“安心坐着吧。”彼佳说着，绕过收银台，径直向储藏室走去。

四级台阶通向一个八米见方的半地下室小房间，光线昏暗，里面勉强挤下一台缝纫机、一个双孔煤气灶和一架高凳梯。不过，正对门的墙边立着一件家什，有整面墙那么宽，尺寸介于大型五斗柜和小型石棺之间；橡木材质，刻着浮雕花纹，阔叶树、葡萄藤虬曲盘绕，上面布满了大抽屉，每个抽屉抽拉起来都很困难，似乎不愿沿着沟槽滑动半步。我们还是称其为“柜子”吧。（玛格达声称：“这着实是件老古董，是从城堡里搬出来的。”不过，她没说究竟是哪座城堡。）

每个抽屉都盛着碎布头、小珠子、纽扣、木偶的玻璃眼珠、花边，还有小块的皮料、锦缎、麂皮，若想拿到手，便少不了一场吱嘎作响、尖利刺耳的硬仗。有时得用锤子敲，偶尔还要动用紧急维修工。这件家什比五斗柜高，与石棺相比又矮了一些。这座“齐古拉特祭祀塔”最适合存放那可怜的人儿……

“你疯了吗？”彼佳暗自问道，他总是习惯扪心自问，“不行，你的确是疯了。莫非你以为她在等你，想你，为你心痛?”

“现在就来检查检查。”他一边自言自语，一边挪过高凳梯，踩上第三层踏板。均匀的日光从天花板下方的小窗照射进来，照亮了柜子宽大的顶盖，上面躺着一个长长的椭圆形半透明布包，宛如石棺上的雕像。

被逐出家门的小可怜，它孤零零地躺在这里。距离它头顶不到半米的地方，游人的腿脚在窗外来来去去。

彼佳一语不发，麻利地解开带子，用急不可待的手指摊开包裹。他听见假腿敲击木质地板的声音，那是卡拉格兹习惯性地在房间里兜圈子。它是这里的常客，丽萨不在的这段凄凉的日子，它总是形影不离地陪伴着男主人。只不过，彼佳不准它出现在埃丽斯的演出现场，因为它一见彼佳拥着肖似丽萨的人儿翩然起舞，就会开心得发疯；然而当他们回到后台，小狗飞奔着扑向“女主人”，高兴劲儿顿时消失得无影无踪。这个不明物的身上缺少了一样重要的东西——丽萨的气味。

(上帝啊，我可怜的狗儿，我们两个都被这一切折磨疯了……)

如今，我们这位先生总算在交际场上走了运！一场激动人心的约会正向他招手……

掀开最后一层包裹，他愣了一会儿，清癯的脸上浮现出虚弱的微笑。在着手检验傀儡的机关之前，他伸出手掌，小心翼翼地抚摸着横陈在面前的这具娇小的女性躯体：如此小巧，沉默无言，充满信赖，完全听命于他的权威。

“喂，你还好吗，我的孩子?”他喃喃地说。

不安分的狗儿把木腿踩得太响，他没觉察到周围的变化，也没听见声音。一个臃肿的老妇人出现在他背后，透过门缝向里窥探。她静静地站着，一语不发，凝视着彼佳的后背，脸上的表情难以名状，有怜惜，有斥责，还有……无尽的悲哀。

深夜，手机响了。

彼佳愤怒地从床上爬起来，心跳得厉害。忽然，他意识到丽萨就在身旁，家中一切安然无恙。他在黑暗中晕头转向，凭声音猜测着手机的位置，伸手在架子上摸索了两三秒钟。不管打电话的是谁，这倒霉家伙都该天诛地灭。

不过他忍住没发作。他终于摸到了手机，狠狠抓在手里，按下接听键，哑着嗓子嘟囔了一句："讲!"

"那话怎么说的……以牙还牙，对不对?"自然，电话那头是唐达，"还怎么说来着，以什么还什么?"

"去你的……"

卡拉格兹懒洋洋地卧在他和丽萨之间（丽萨回来的这几天，小狗寸步不离），抬起头，疑惑地打了个哈欠。彼佳摸了摸它的耳朵，把它乱蓬蓬的脑袋重新安放在枕头上。

他光着脚探到丽萨的小拖鞋，担心把她惊醒，便不再寻找自己的鞋，就这样一瘸一拐地向工作室走去，好似一个头发蓬乱的芭蕾舞演员，踮起脚尖，醉醺醺地迈着舞步。他吃力地走到工作台前，摸黑轻轻按下一盏夹式小台灯的开关，瘫坐在椅子上。

"说吧，什么事?"

"我就说在哪儿见过那个小卡什帕列克，现在终于想起来了。"

"我跟你说过，你搞错了。"

"我看见的当然不是你那个，不过和它差不多。记得一共有……有八个——不对，有九个。"

"你胡扯什么呢，唐达?什么八个九个?"

“快去洗洗你那张蠢脸，”唐达心平气和地回答，“你以为我大半夜打电话，就为了说些乱七八糟的废话？”

“你等会儿……”彼佳撂下电话，走到盥洗池跟前，喝了几大口冷水，又洗了把脸。

手头没有毛巾，于是他湿漉漉地拿起电话，胸前水流如注。

“说吧！”

“在柏林。”

“说清楚！”他发了脾气，“什么在柏林？什么时候？谁？”

“好吧，看来你清醒了，蠢货，要不你说我听？——是这么回事，还记得不，去年我和我老爹去了一趟柏林，在那儿待了三个礼拜。”

“嗯……是一份修古董的私人订单？我记得。”

“没错，是个大工程，两套私人藏品，都是很古老的木偶。对方是个大叔，捷克人，是个历史学家，研究古希腊和罗马史，在柏林待了很长时间了。他特别可爱，一头鬈发，跟茨冈人似的。他的藏品可太丰富了，一部分是他父亲传下来的，整面墙都是玻璃展柜，我就是在那儿看见的。那些小东西站成一排，我还纳闷，为什么长得都一样，还这么不起眼，一点儿意思也没有。主人说那是传家宝，是他的后代亲手做的……用俄语怎么说来着，后代？后裔？”

“不是后代，是祖先吧。”彼佳若有所思地说。

“无所谓，只不过突然想起来了。依我看，可以把那小东西卖给他，你说对不？”

“你有他电话吗？”

“我老爹可能有。怎么样，要不要卖？”

“不。”

“你是疯还是傻啊？外面那个大的可以在古董沙龙脱手，肚子里这个小东西也能单独卖个价钱。”

“我已经告诉你了！”彼佳恼火地打断了唐达的话，“我什么也不卖！

就算我想卖，也身不由己。就这样吧，明天再说！”说罢，他气冲冲地挂了电话。

就在这时，灯亮了，强光使他晕眩。一时间，他眯起眼，再睁开眼睛时，看到丽萨站在面前。

她仍穿着那套睡衣，一群珊瑚色的小红鱼微笑着环绕着她的身躯，脚上是他的大拖鞋，按开关的手停在半空。

“你要卖什么？”她一字一顿地问。她脸色苍白，眼底渗出狂乱的神情，瞳孔放大，眼眸漆黑。

他默默地望着她，暗自把鲍里斯开的那些无用的药全部诅咒了一番。她像松鼠啃坚果一样嗑着这些药，可都是白费力气。她那准得可怕的直觉，简直使人无处遁形！从昨天起……不，还在萨马拉的时候她就觉察到了异样，一直折腾来折腾去。

“你！到底卖什么？不准卖！”

“什么也不卖。”他眯起眼睛，笑着对她说，“你都听见了，一字不差，不——卖。”

三条腿的卡拉格兹一瘸一拐地从卧室爬出来，好似一个彻夜畅饮、酗酒过度的独腿伤病员，听见公共厨房传来激烈的争吵，便扶着墙根朝那里爬去。

“那你为什么要躲着我，压着嗓子说话，好像快被人掐死了似的！”

大拖鞋沙沙作响，她步步紧逼，接着猛地停住脚步，嘴角扭曲，满脸痛苦。这突兀的表情只维持了一刹那，她的脸总是瞬息万变。

“你哭了！”她双手扼住自己的咽喉，仿佛在奋力挣脱一双钳住她脖颈的无形的手掌，这个动作总使他陷入莫名的惊恐。“你在哭，”她又说，“你哭了……我看见了。那么，这是真的！”

“什么，什么是真的？”他神经质地轻笑一声，“这是水，我只是稍微洗了把脸。”

"我猜得没错，我全明白了！"她喃喃地说着，露出癫狂的笑，"你们说的……是关于她的事，对吗？你无论如何不能卖的是她！"

"丽萨！"他一下子站起身，吼道，"你疯了！天哪，真是笑话，这是水，丽萨，水！我为什么要哭！"

可是，她已经在工作室发起疯来，根本听不到他急切的吼声。她从他怀里挣脱出来，在四壁之间撞来撞去，碰掉了墙上的木偶，像上了发条似的重复着一句话："你哭了，你哭了，我看见了！有人提议要卖掉她，可你……你亲口说的，我听见了：'不能卖，不想卖！'你不能和她分开……你爱她，我成了你生活的累赘……"

"天哪，丽萨！不是这样，完全是另外一回事，根本不是这样！"

他们冲对方吼叫着，一声高过一声。和往常一样，他彻底忘记了她还没完全康复，要有耐心，耐心……他仿佛轰然陷入晕厥，瞬间把格列利克医生的叮咛抛诸脑后。他愤怒，哀求，双手时而抹着脸颊和胸膛，时而颤抖着向她伸出去，问："人的眼泪怎么可能流这样多，你疯了吗？静一静，我把一切都解释给你听……冷静，就一分钟，我向你解释！可你根本不想听！"

她猛地停在屋子中央，继而后退几步，后背撞到墙上，僵住了，用绝望的眼神望着他。突然，她朝他探过身子，用喑哑的声音哀求说："马丁……"

他的心蓦地揪了起来。

她双膝一软，跪坐在地上，拥住他的双腿，抱紧，贴在自己脸颊上。她悄声呢喃，呼唤着已经多年未曾喊出口的名字：

"我的马丁，马丁……卖掉她！求你了，卖掉她！不，最好是毁了她！一切就都结束了……一切都会过去，一切都会消失，晦暗、恐惧……痛苦就会结束！杀了她，马丁！我会继续演出，好不好？我会重新走上那个该死的舞台，只求你杀了她！"

她略带沙哑的声音，她抱紧他膝盖的炙热、纤细、颤抖的手，她疯狂而可怜的低语……这一切使他的心整个地陷入麻木。

他脸色苍白，白得像死尸。他扬起脖颈，感觉再过一秒钟，他就会杀了她，自己也随之气绝身亡。他感到胸口的血管即刻就要炸裂，吼道："丽萨！"

他仰着头，脖颈上青筋暴起，咆哮似冬季荒凉原野的野狼。他的鼻子发出粗重的呼吸声，接着又呼号起来，痛苦地摆着头。随后，他也瘫坐在地板上，抓住她的肩膀，摇晃着，似要诉说什么……

他们只顾哭着，喊着，不给对方诉说的机会。他们已无力再向对方做任何解释，只是紧紧抱在一起，颤作一团。不幸的小狗在周围跳来跳去，发出呜咽和尖叫，试图挤到他们中间，安慰他们，舔干他们湿漉漉的眼泪。

过了十多分钟，二人都已筋疲力尽。他们躺在工作室冰冷的地板上，瘫倒在坠落下来的傀儡中间，那些傀儡散落得到处都是，保持着怪诞的姿势，像极了活人……夜的静寂之中，只有惊慌失措的卡拉格兹忙个不停，时而发出哀怨的叫声，时而殷勤地舔着挚爱的主人的脸，时而蜷缩在他们的头颅之间，耐心而苦闷地等待一切恢复原样，等待木偶变回死物，而人恢复生机。

"我找到了科尔奇马利……"终于，彼佳低声说。

她沉默无言。

过了一会儿，他又说："科尔奇马利找到了，丽萨，我和唐达谈的就是这件事。就这么简单——起来吧，你会着凉的。"

见她纹丝不动，他便爬起来，抓住她的两只手，像小时候一样把她拉起来，说了一声："起！"他搂住她的腰，像牧童抱羊羔似的将她扛在肩上，带回卧室。

他坐在她脚边，把事情原原本本讲给她听。从西尔瓦讲起，讲他虽然喝得烂醉，却及时想起拿给邻居小女孩玩耍的木偶，最后讲到科尔奇马利肚子里紧锁的机关弹开的那一声脆响。

他把事情的经过讲述完毕，丽萨依旧沉默。她凝视着窗外，没有看自己的丈夫一眼。窗外是另一座院子，宽敞，四方形。他们的住宅对面，路灯彻夜发着令人腻烦的黄光，因此他们平常总是掩上窗帘，昨天却忘了，因为太过疲惫，在爱情里沉溺得太深……昨天的黄昏多么美妙。幸福的卡拉格兹，温柔的丽萨，几盒“DIY”套装被拆得七零八落，彼佳只花了两三秒就用螺丝把里面的零件拼成几个歪瓜裂枣却平易近人的丑娃娃。它们用各种各样的嗓音宣读滑稽幽默的欢迎词，吵架斗殴，带着浓重的口音吞吞吐吐地向丽萨表白。丽萨终于忍不住爆发出歇斯底里的大笑，一个劲儿地求饶：“快停下，傻瓜，我快不行了！”

那是多么美妙的一个夜晚。

路灯的灯光直直地落在被子上，床头则隐没在夜的阴影中，丽萨的头一动不动地靠在枕上。

终于，她动弹了一下，目光离开窗子。他不由得一愣，丽萨的目光里竟饱含苦楚，没有一丝惊讶，也没有任何歇斯底里的痕迹。

“也就是说，都是维霞干的。”她倦怠地说。

彼佳点点头：“可她未必知道木偶肚子里的机关。很可能她一无所知。这样一来就彻底不明白了——这木偶对她有什么用处？”

她沉默了片刻，最后，鼓足力量说：“知道吗，不知为什么，我总觉得……觉得科尔奇马利能生女婴。”

“什么?！丽萨，你别吓我。”

“我说的不是……我想说的不是那个意思……”她吞吞吐吐起来，心中想着措辞，嘴上犹疑不决，似乎在仔细斟酌闪现在脑海中的念头，无法坦言。终于，她迟疑地说：“总之……我怀疑科尔奇马利能让家里生下女婴。”

“你怎么会有这种想法，天哪……”

“根据事实推断出来的，”她急切地回答，“在我家里，它被当成家族的守护神，保佑诸事顺遂，这不是没有原因的。父亲把科尔奇马利叫作‘送子之神’。”

“好吧，也许只是因为它有个大肚子……这个木偶是怪诞派的作品，叫‘机关匣’，可能……”

“你还记得吗，”丽萨打断了他的话，“我父亲临死前一直神志不清，我在病房里守了两天两夜，直到他去世。那段时间，他直到弥留之际都在重复同一句话：‘成群结队的红发女人，皆为寻找送子之神……’我很吃惊，这简直是胡话，彻头彻尾的胡话，可他又为什么说出这样诡异的话来？他当时中了风，眼歪嘴斜，像个婴孩似的咿咿呀呀讲话，口齿不清，直喘粗气。有时他会安静半小时，突然又张开扭曲得吓人的嘴：‘成群结队的……红发女人……’我坐在旁边，差点吓得发疯。也许，这句话让他很不安，很痛苦？可我父亲是个唯美派，是个浪荡子，任何东西都很难真正触动他……他在昏迷中究竟在寻找什么，在幻觉中看到了什么人？……”

她叹了口气，沉思片刻，又说：“这样一来就能讲通了：维霞把科尔奇马利藏了起来，为的是让自己生下女儿。她的行为完全可以理解。可我们生的是男孩，怕是还蒙在鼓里。”

“天哪，丽萨，你胡说什么！”彼佳捂住头，喊道，“和这件事又有什么关系！说什么耸人听闻的蠢话……”

“耸人听闻？”丽萨镇静而冷漠地打断了他。她靠在枕头上，晃晃脑袋，冷笑一声：“你这么快就忘记了自己的儿子。”

他抓住她的手，紧紧握着。丽萨安静下来，可是只过了一两分钟，她便猛地坐起来，用胳膊肘支撑着身体，朝他探过脸去，像做梦似的，露出病态的微笑。

“你还记得他笑起来的样子吗？”她发出迅疾的低语，“记得吗？那么突然，猛地笑起来，就像突然看见了……”

“闭嘴！”他压低了声音吼道。他感到窒息，愈发痛苦地握紧了她的手。她沉默地栽倒在枕头上。就这样，他们手握着手，一动不动，久久地躺在昏黄的灯光里。路灯好似恶龙的眼睛，从窗外窥伺着。

寂静之中，挂钟用嘶哑的声音唱起《亲爱的奥古斯丁》。四方形的庭院当中，茫茫白雾缓缓消散。半小时后，唯一的一盏路灯也熄灭了。

枕上，丽萨的脸庞从灰暗的阴影深处缓缓浮现，依稀现出浮雕般的颧骨，苍白的额头沁出汗珠，她的眼窝幽深，干涩的、发狂的眼睛终于闪出泪花。

他在她身旁躺下，等她平静下来。

如今，她终于回来了，他想。如今，她真的回来了……

她很轻快地哭出声来，哭得如释重负，单调而轻柔地重复着那个名字。她从小就这么呼唤他，此时唤的不知是他，还是自己。

"马丁……马丁……马丁……"

她一遍又一遍地呼唤，仿佛他并没有躺在身旁拥抱着她，而是留在了过去，留在故乡的城市。那时，他俩只是孩子。

仿佛他落在后头，拼命追赶，却赶不上她的脚步。她一遍又一遍地呼唤，几近无声地呼唤，怀着固执而决绝的希望。

第六章

今天，护士席拉问我："您的小妻子还好吗，医生?"

说罢，她自己倒发了慌——我的脸色想必很难看。

尽管离婚多年，"妻子"这个字眼在我脑海中唤起的形象依旧只有玛雅一个人。照我当裁缝的祖父的话来说，这个金发女郎就像整匹锦缎裁成的华服，无论是日益增长的年龄还是丰满的体形，都无损于她的美。她绝不能用"小"来形容，个头与我相仿。流逝的时间赋予她的唯有成熟的风韵，成熟之中透出些许酸楚的苦涩。她年轻时就爱反复地讲："我的脖子适合围皮草，还要戴些珠宝才行。"我无法给她这些，尤其是初来乍到的那几年（何况以色列气候温和，皮草并非必需之物）。后来，她也厌倦了我……

"看在爱过的分上，亲爱的，行个方便。"[1] 当爱已消逝，我们总是这么说，意思是，拜拜了……

算了，老兄，你就认了吧。她好歹念及"旧情"，常来拜访，你还想怎样?

她说起话来快活而坦率，称之为"过夜"。唉，对于一个六十八岁老男人可能会遇到的糟心事，这姑娘毫无心理准备。尽管他是个相貌堂堂的将军，还是大型军工企业的经理，有些不愉快的事依旧在所难免。就是这样。他高尚，热情，日进斗金，只有一件事无法使她满足。而我，能满足她的唯有这一点。尽管我的心、我的理智——再用个更崇高的词汇——我的清誉，不断劝我赶紧把这亚马孙女郎掐着脖子撵出门去，我

① 原文为乌克兰语。

的肩膀、我的胳臂却不允许我这么做——她总是把头如此舒适地靠在我肩上……

算了吧，医生，跟你说过，把她撵出门去！想一想她头头是道、振振有词地陈述离婚理由时的那副模样！她激动地直喊："我跟你说了，你倒是答呀，辩倒我呀！"（说这话时，她自然没有拼个你死我活的意思，倒像是论文答辩。）

没关系，医生，勇敢些，开心些……别装可怜。离婚后，你又经历了几段激动人心的罗曼史，不是吗？你摸着良心想一想，一个男人只要不算老，没老婆便自有没老婆的好处。

至于我的"小妻子"是谁，我竟一下子没反应过来。当然，世上没有不透风的墙，医院里有两个朋友知道事情的真相。不过，这段尴尬的故事应该尚未传入护士的耳朵。

于是，我极力掩饰着窘迫的神情，对席拉说："谢谢，亲爱的[①]，她很好。"

接着，我陷入了沉思……

我从没喜欢过丽萨——我指的是心灵的悸动、倾慕、欲望这些方面。显然，两性之间的吸引力取决于自身的生理条件。我个子太高，长得也快，十三岁就穿父亲的鞋子和毛衣，而丽萨这样小巧的女子根本无法引起我的注意。

我曾开玩笑说，我可不希望看自己的恋人时还得拿着放大镜。然而我必须承认，她那娇小的身躯中确有种纤弱的美，就像玻璃橱窗里精致的瓷碗。她的身材曼妙匀称，有一对美丽的纤足，戴着银戒指的小手宛如花瓣。她嗓音低沉，与身材不大相称。我认为她的声音美得像虚线，每个词后面都仿佛有个惊叹号。当然，还有她那头浓密的红铜色鬈发，

---

① 原文为希伯来语。

在这道光环的映衬下，她那白皙的脸更显得剔透，仿佛有灯光从皮肤底下照射出来……

罢了，还是不要像描绘浮雕宝石或珠宝首饰一般描述这个女人了吧。总之，我在她身上从未感受到任何属于人、属于个体的特质。

我常被她惹毛，我和彼佳青少年时代的那几个朋友也不堪其扰。少年生命中的夏日时光尤其美妙，她却总在旁边碍手碍脚，简直令人讨厌。可又能拿她怎么办呢！

彼佳和她形影不离，无论看电影还是踢足球。若是能说服保姆伊娃，他便整天带着她在城里闲逛。伊娃是照看丽萨的众多保姆之中最出色的一个，从她三岁带到七岁。彼佳之所以也认为伊娃出色，是因为她风流多情，常带情郎回家，怕小姑娘搅了她的好事，便利用男主人常年不在家的便利条件，让丽萨去和彼得廖克玩，玩上一整天也没关系。就这样，保姆把小姑娘托付给了他。彼佳对这个小女孩怀有一种非正常的迷恋，爱得发狂，任何一个心理医生都可能将其诊断为心理疾病。

记得有一天，我们这帮孩子坐在斯洛瓦茨基街的馅饼铺子里。这是个可爱的去处，我们常来。店主是个亚美尼亚人，大家都说："到亚美尼亚人那儿去。"他自己看店，可能还亲自下厨……天知道，不记得了。我只记得那里的发面馅饼令人叹为观止：薄薄的皮，红彤彤的边，圆滚滚的肚子里满是葡萄干。喝的是加牛奶的咖啡：牛奶直接倒进咖啡机，咖啡机有细长的龙头，扭开龙头，饮品就淌出来。

在馅饼铺子集结完毕，我们准备第三次去影院看《孤注一掷》[1]。时间快要来不及了，五岁的丽萨仍坐在店里大吃特吃，用小手把葡萄干一颗一颗从馅饼肚子里掏出来，不紧不慢地扔进嘴里。丽萨慢吞吞的吃相总让彼佳觉得有愧于大伙儿，于是自告奋勇先去买票。情况十万火急，电影马上就要开始了。

---

① 《孤注一掷》：简·方达主演的美国电影，首映于1969年。

他把丽萨留给我们照看，让我目不转睛地盯着她，还得发誓。

“她能出什么事?”塔拉西克轻描淡写地说，“笨蛋，快吃！快迟到了，都是因为你!”

彼佳一溜烟跑走了。不多不少只过了一分钟，他又出现在门口。

“拉着她的手!”他慌慌张张地冲我喊，“她那么小，当心被人贩子塞进口袋里抓走!”

说罢，又消失了。

直到现在，我眼前仍能浮现出这个荒唐少年的脸。他伸长脖颈，眼底写着不在场的这一分钟可能发生的种种不幸。他越过桌旁食客们的头顶冲我高喊，试图再一次用目光触摸那颗满是红铜色鬈发的小脑袋，再一次投去关切、爱抚的一瞥……

恐怕我对他还是知之甚少，他身上的许多事情我无法想象。即便读了他从托马里写来的信，即便他在风暴的呼啸声和簌簌的雪落声中敞开心扉，我对他仍是一知半解。譬如，没有那令他狂热眷恋的人儿的陪伴，他在萨哈林如何度日？从秋到冬，冬去春来，三个季度的漫漫时光他如何独自消磨？他怎样在不为人知的角落忍受寂寞的痛苦，独面生命与灵魂的巨大创口？他不善言辞，想必无法对任何人一吐为快……见鬼，究竟是什么维持着这种异乎寻常的忠诚?

我只知道，他心中有个信念——每个夏天都到利沃夫来。为此他打着好几份零工，小时候替邮局送信，大一些了，就在钓鱼营地干活。

后来，我成了丽萨的主治医生，注定遭逢的一切也都已发生。生命匆匆逝去过半，我仍时常思索他们二人的命运。他们歇斯底里、亡命徒般的病态关系意味着什么？不，确切地说，是怎样一种存在？不久前我才明白。我们曾嘲笑彼佳那乳臭未干的小恋人，揶揄他们，笑他们傻。如今我却要说，我们这些看客其实三生有幸，得以在崇高的悲剧爱情的荫蔽下成长。

总之，丽萨着实令我们扫兴，尤其是长大之后。小时候，她是个相当讨人喜欢的小孩。五岁之前，她总是趴在彼佳的背上。彼佳抓住她的手（大伙儿真该看看，她把小手伸给他的时候，脸上闪耀着何等信赖的光芒），搂住她的腰，把她甩到背上——这已经成了他们轻车熟路的表演。他喊一声："丽萨，起！"便像骆驼似的跋涉起来。她的手臂总搂住他纤细的脖颈。他可以这样走上一整天，走多远都若无其事，似乎背着她踢足球也无所谓。他常满不在乎地说，她轻得就像一片羽毛。哄她开心也很简单，只需买一根巧克力冰棒。她快活而温顺地舔着冰棒，巧克力冰碴落在他的脖子上。

就在满十四岁的那一年，她突然从一个小女孩、一个万年小不点儿长成了大姑娘。她的身材依旧娇小，容貌却今非昔比。

值得一提的是，有一次，彼佳来利沃夫，执意带她去参加若夫特涅夫街芭蕾舞学校的入学考试。当时，大家劝他放小姑娘一马，再等一两年，"瞧她还是个小不点儿"。可他跑去找校长，坚持让招生委员会重新考虑。这段故事如今听来匪夷所思，可当年他却达到了自己的目的，他的固执让大人们也为之震惊。丽萨得以入学，取得了优异的成绩，后来考进"库尔卡"（就是文化教育专科学校。那里的舞蹈专业不错，教民族舞，但彼佳认为，中学教的"古典舞"才是正统），在利沃夫高堡杂耍剧场里跳过舞。

十四岁那年，她成了个任性的捣蛋鬼，妩媚而叛逆。她身姿挺拔，面容清秀，习惯用命令的口吻说话，嗓音像成年女人那样深沉。最主要的是，仿佛有一把无形的钥匙轻轻一转，改变了二人之间力量的对比。她不再屈服于他，而他，无条件地向她俯首称臣。

在两人的生命中，这是一个微妙的时期。他已满二十三岁，在列宁格勒戏剧音乐电影学院学习，同时攻读两个专业——傀儡戏和艺术。他才华横溢，风流倜傥，蓄着浪漫的、莎士比亚式的胡须，肌肉强健。有时他参加聚会，在众人的劝说下跳一支舞，便立刻使姑娘们为之疯狂。不过，这对他和她的关系有害无益。

总之，他在彼得堡的生活跌宕不宁。

有一次，我忍不住去找彼佳，在彼得堡待了两三天。本来我打算在彼得堡的表兄家借宿，结果只在某天早晨去他家和一帮亲戚喝了杯茶，又在火车启程前半个小时见了一次面，其余时间都在彼佳那里度过。有时我在木偶戏教研室闲逛，有时看他排练、演出，或是在大大小小的聚会上谈天说地。而睡眠时间只剩了三四个小时，我们在彼佳宿舍里的折叠床上一正一反，躺下就睡。床铺摇摇晃晃，似乎打个喷嚏就能把床板震塌。

奇怪，他对政治毫无兴趣，对所谓的“社会生活”也漠不关心。他对社会怀有一种深深的不屑，恐怕对人亦是如此。然而令人费解的是，他对那个年代社会生活的主旋律竟有如此惊人的感知和如此天才的把握……简而言之，他做了两个木偶，两个手套木偶。据我的理解，这两个角色足以替代俄罗斯木偶戏的传统形象彼得鲁什卡。或者说，他把彼得鲁什卡分解成了两个人物——阿塔斯和吉尔德克。

阿塔斯是个毛毛躁躁、神经兮兮的胖子，不断发起某某“计划”，总为改革而斗争。他发表演说，慷慨陈词，大声疾呼，针砭时弊，向观众致意，却毫无例外地陷入充满喜剧色彩的愚蠢僵局。他讲起话来像说绕口令，心潮澎湃，口齿不清，时而呼号，时而尖叫，酷似当时那些疯疯癫癫的演说家。吉尔德克阴郁而沉闷，嘴脸好似一条长长的蠕虫，便帽压到眉毛上。他畏首畏尾，认定国家和人民将遭遇恐怖、灾难和死亡。他话不多，却吐字清晰，掷地有声。两个人都是酒鬼，每出戏结尾他们都喝得酩酊大醉，争论不休，以致大打出手。这对活宝上演的滑稽戏简直能让人笑出眼泪，笑到肚子疼，笑到大小便失禁。我亲眼所见，观众嘤嘤地呻吟，一个劲儿地擤鼻涕。

细节我已经记不清了，只记得最好笑的是醒酒所那场戏。阿塔斯的一言一行俨然是个国务活动家，事出偶然才被警察带到醒酒所，吉尔德克则是个十足的流浪汉。他们同时从宿醉中醒来，精神萎靡，躺在同一张床上，盖着同一条被子。接着，他们展开对话，从宿醉后的恶心谈到世界哲学概论。我都快笑疯了——我本来就爱笑，早在上中学时，我的幽默感就已不同凡响。

一次演出后，我问他如何构思出这样脍炙人口的对白。他回答，根本不用构思，只不过是在模仿自己的父亲，模仿他酒醉后滔滔不绝的“演说”。“好吧，这是其中一个”，我说，“那另一个呢?”“另一个也是我父亲，彼佳若无其事地回答，“只不过是不同的时间段，不同的状态罢了。”

彼佳带着两个肆无忌惮的活宝，不放过一切演出的机会，舞台通常是那种不太正式的简易木板台。有时也可以在某某文化宫租一间大厅，若是能规范言行，有的节目还有机会上电视。

总之，在那个年代，彼佳的事业如日中天。丽萨呢，默默无闻，不过是个骄纵的十四岁少女，刁蛮任性，只知道打扮，惹人生厌。

记得一年秋天，彼佳要离开利沃夫，我开着老爹的“日古利”送他和丽萨去机场。（去机场已经成了我们的家常便饭。哦，这座古希腊风格的机场有着古希腊风格的柱式和回廊，头上还顶着一座小而滑稽的三层塔……）

彼佳已经把行李交付托运，却无论如何无法登机，因为丽萨不放他走。我被折腾得疲惫不堪，只想出去抽支烟，盼着他赶紧消失在护栏后面。何况穿制服的大妈已经喊了三遍："列宁格勒！登机了！列宁格勒即将停止登机！"在这最后关头，丽萨的歇斯底里症彻底爆发，她不管不顾，带着哭腔冲他大喊："带我走，马丁！带我离开这儿！"

彼佳的眼神茫然无措，愧疚地嘟囔着什么，试图去拥抱她，安抚她，哄她开心。她从他的怀抱里挣脱出来，跑到一旁，跺着脚，继续朝他大喊，满脸是泪，披头散发，对任何人的劝阻都置之不理。

"混蛋！马丁，混蛋！别把我丢在这儿！"

当年的我是个轻佻的登徒子，这一幕却结结实实地给我上了一课。就在那天我恍然大悟，女人之所以成为女人，并不是因为造化挥动了生理特征的指挥棒，而是由于她感觉到自己在男人面前拥有致命的威力。

我相信，所有目睹这出闹剧的人都看得一头雾水。这二人是什么关系？不是朋友，不是恋人——她还那么小。要说是兄妹也不大像……这简直是一颗灵魂裂成了两半，痛苦地剥离、碎裂。显然，这是一颗病态的灵魂，混沌不安，充满幻想和激情。

仔细想想，这也许构成了丽萨童年的创伤。他总要离去，总要丢下她不管。事实就是如此，他们的童年和少年已成定局——他迫不得已，总是要离去的。

人到中年，他们互换了角色。是她率先离去，是她抛下了他。

我指的是她头一次来我的医院就诊这件事。

起初，我成功找到了治疗方法，她的症状很快得到缓解。

当她的病情有了些许起色，人际交往也逐渐恢复正常，我便时常带她去城里逛两三个小时，散散心，聊聊天，换换口味，因为即便医院的伙食还算不错，一连吃上几个星期也难免倒胃口。何况，我们医院那群病号绝对无法使人怡情养性。简而言之，我想把丽萨带到医院的高墙外观察一段时间。

我在隐柯林[1]挑选了一家可爱的小餐馆，故意开始讨论菜肴和调味汁，借此机会观察她如何与侍者交谈，是否对食物、陈设和周围的人感兴趣。总之，我想看看她的反应。

从那时起我才慢慢地了解了真正的她。说实话，这只小猫突然向我袒露心扉的那一刻，我竟不知所措。我不得不羞愧地承认，一直以来我都把丽萨视作彼佳的附属物。在我的印象中，她是我和彼佳之间友谊的绊脚石，也许就是这样的成见使我无法看清她的真面目，也无缘聆听她的心声……

事实上，她涉猎甚广，出口成章。她对音乐有自己的理解，但那些大众喜闻乐见的经典曲目绝不是她的心头好。漂泊的日子里，她把微薄的收入拿来买画册，坚持让彼佳搬着它们在一座座城市间辗转。原来她心思敏锐，细腻，善感。倘若她觉察不到来自对方的嘲讽——更确切地说，倘若在谈话过程中感觉不到对方身上那种男性特有的殷勤的讽刺，她便会卸下防备，认真倾听，用心交谈。每当这时，她别具一格的思想往往使我惊讶。

然而，病情恶化初期，她能够诉说的唯有自己的痛苦——也就是他。张口闭口都是他，他们的生活，他们的纠葛。他们漂泊人生的长卷在我面前展开——我竟对此知之甚少。他们在一座座剧院间无尽地辗转，收入微薄，周遭永远是外省的凌虐、醉态和饥馑……

他们的经历听来令人痛心，但我竭力让她尽可能多地倾诉。心理医生们常说，“骨鲠在喉，不吐不快”。老天作证，在倾诉这件事上，你永远不知道对方何时能把骨鲠吐尽，呕出灵魂的鲜血。

在满脑子挥之不去的执念当中，她最爱讲的是他对傀儡狂热的爱，

---

① 隐柯林：耶路撒冷西南郊的一个小村镇，风景优美。

换言之，是他的癫狂。

“鲍利亚，你知道吗，”她用兴奋的声音说，“你知道他为什么要给卡拉格兹装上那条愚蠢的假腿？”

她停顿了一会儿，而我漫不经心地笑着，浏览酒水单上的饮品，希望把她的注意力从病态的话题引到别的东西上去。最后，她还是一吐为快：“因为要是没有假腿，这只狗就是只普通的动物，是个三条腿的残废。装上假腿，它就成了一个傀儡。他只对傀儡感兴趣，明白吗，鲍利亚？你说，这是不是病态的征兆？”

当然，她的话语自有其荒谬、偏颇之处，但有时却流露出刺骨的苦痛，使我的心蓦地揪成一团，一时间竟忘了我是她的主治医生。

“起初，他按照我的样子做了个傀儡，”一次，她对我说，“后来，他的手艺越来越精湛，把傀儡当成了我……”

我们坐在卡尔玛餐厅有玻璃顶棚的露台上。这家餐厅位于耶路撒冷近郊一个风景宜人的村镇，从宽敞的窗子可以看见坐落在山坡上的天国修道院。山峦林木丰茂，宛如一只蓬松、翠绿的皮酒囊，修道院的穹隆则像金灿灿的瓶塞。

“他不需要我，鲍利亚，这个人需要的只有傀儡。他的帝国里没有活人的位置……”

她沉吟片刻，用纤细的手指把桌布抚平整。彼佳告诉过我，他根据日本民间传说排演了一出戏，制作了一个最出色的杖头木偶——泊居。他把丽萨的双手复制下来，为木偶做了一双无与伦比的手。突然，她抬起眼帘，面无表情地说：“你治好了我的病，鲍利亚。可是你仔细想想，真正的疯子，真正的狂人——是他。”

“你知道吗，”借着一次“外出就餐”的机会，她对我说，“婚后整整一个半月，我们过得就像两个苦行僧。每个热恋中的正常男人都会渴望做的事，他却无论如何下不了决心——哦，不，”她举起一只手，苦笑着摇摇头，“他很健康。也别跟我说什么胆怯的爱情，这种虚情假意的胡话只会让我恶心，他那通装疯卖傻的废话就更别提了。他说，他担心我太小，你瞧，我是个小不点儿，身子弱，像个孩子……”她冷笑一声，继续说：“我的身体一直很好，只是个子小，根本不碍事。原谅我把话说得太直，可我还是要说给你听，事实就是这样，他钳住我的脖子，让我喘不过气来。他就连睡觉时也把牙齿咬得咯咯响，他担心和他的人偶分开。毕竟，他不想把我变成一个真正活着的女人，不想承认我是个活生生的人。闭嘴，鲍利亚，我知道你总是护着他！”

我缄默不语。我早就猜到了症结所在。

多年以前，我们在亚美尼亚街的咖啡馆促膝长谈，我劝他“别急，再观望观望”，“重新权衡一番”云云，仿佛讨论的不是他多年以来刻骨铭心的恋情，而是舞会上的一次艳遇。（老天有眼，直至今日，想起那次坦诚而下作的谈话我就追悔莫及！）他突然打断了我的话，声称他终归要带丽萨离开利沃夫。

“具体情况你并不清楚，”他喃喃地说，“有些细节你不知道。”

“OK！”我耸耸肩（当时，我每讲两三个字都要傻乎乎地说一句“OK”），“那就带她走好了，可为什么非要盖上婚姻登记处的章子？”

他专注而揶揄地凝视着我的眼睛，问：“怎么，你不知道婚姻登记处的重要性？女人必须有妻子的名分，不能当情妇。”

这时，我犯了个天大的错误：“可你们在一起已经这么久了！你们，难道说……也就是说，到现在还没……”

“你想问我是不是恋童癖？”他冷冷地打断了我，仰身靠在椅背上，“不是！”

我张口结舌。

那时候她早已不是孩童，但我明白，他的这番话是对这些年我们异样的目光、愚痴的嘲讽、会心的默许和一切无言而含混的暗示的答复。他在心中默默隐忍，等她长大。

如今终于明白了。起初我觉得他精神有问题，所作所为皆是丧心病狂的疯癫之举，现在看来，他只是把这一切当成自己的天职。他只是从童年起就把生命奉献给了她，就像木偶戏中高傲的骑士，披盔戴甲，擎着一只无用的矛，腿脚瘦长，双臂舞得眼花缭乱，纸浆糊成的脸上，满面愁容……

又能如何？我暗自思忖。莫非我们要重演罗密欧与朱丽叶的悲剧，以爱之名自杀身亡？这般情形不只是发生在舞台上。是的，我对自己说。然而，即便罗密欧与朱丽叶以及普天下所有悲情的恋人终成眷属，两三年后，他们的生活将作何光景，又有谁知道呢……

是年秋天，十月。

她在医院住了将近两个月。我看得出来，她强烈地思念着他，尽管从不问他是否打来电话，是否有他的新消息，也不过问他有怎样的安排，过得如何。可她已经写了许多怨气冲天的分手信，无止无休地和我谈论同一个话题——她应该怎样独立生活。

这是个好兆头，说明她正逐渐恢复正常。后来我才知道，他们彼此折磨、相互摧残，可那无处不在、剑拔弩张的永恒的战争却恰恰是恋人的准则，是他们的爱情那炽热的温度。任何一种情感都能积蓄到白热化的程度，直至沸腾，将二人灼烧至一度烫伤。至于丽萨躁狂的性情，我至今没能找到良方。她的狂热使两人之间燃起一种莎士比亚式的激情，一切情感的威力都被放大了几十倍。这同样与傀儡戏不无干系——请原谅我一再这么讲。

就拿他们的痛苦遭遇来说吧，无须多言，诞下一个畸形的男婴，这无疑是家庭的巨大不幸，但那孩子一出生就夭折了，没有留下太多回忆……

我在一个悲剧横生的国家生活多年。多少父母在战争与恐怖袭击中痛失活泼可爱的孩子，多少妻子哀悼早逝的丈夫，多少孩子忘却了父亲的音容。我习惯在苦难中看到坚韧，看到对新生命的执着追求。

这两人却没能走出自己的不幸，他们继续生活在患病的男婴无言的阴影之中。据我所见，每当两人遽然攥紧双手，这便意味着患有“彼得鲁什卡综合征”的儿子的形象在他们的言语或思想中一闪而过。一个人率先坠入痛苦，另一个紧随其后。

我暗自认为，在这件事上，彼佳难辞其咎。他向来是这副德行：永远的忠贞不渝的侍奉者，只不过这次捍卫的是记忆；永远的苦行僧，只可惜他的神圣一文不值。

总之，我想通过某些方式使丽萨开心起来，比如，带她走进大自然，“感受美”。

一个周末，我从医院接她出来，带她去恩戈地[1]。当然不是去那片有着枯槁的植被、陡峭的石坡、三两只山羊和水流纤细的瀑布的自然保护区，而是去恩戈地农庄的植物园。每当我在书中读到“天堂”这个词，脑海中浮现出的总是这座植物园。

天气炎热、干燥。蓝天与黄沙之中，死海波光粼粼的水面从道路转弯处一闪而过，如湛蓝的油画颜料涂抹而成的巨大色块，辉映着蓝天，使天穹蓝得愈发浓烈。

清晨出门时，丽萨的神情有些阴郁，此时却沉静下来，露出微笑，聊起这里炽烈无情的阳光。她说这里的太阳总是给人一记又一记耳光，打得人眼泪直流，眼睛刺痛，使人涣散了眼神，使世界在目光中走形。

① 恩戈地：死海西岸沙漠中的一块绿洲，位于以色列境内，《圣经》中译作“隐基底”。

我们谈起各地的景致，谈到日光以千姿百态的方式充盈着各处的空间。于是一如往常，话题转向我们童年生活过的城市。一路上，我们回忆起比肩多年的故人、多舛的命运和无常的人生，郊外远足的邈远回忆也随之涌上心头。

“还记得布留霍维奇①吗？”丽萨问。她眯起眼睛，抬手挡住阳光，手掌被光线照着，宛如剔透的红宝石。她的头发浓密而丰盈，流淌着丝绸般的瑰丽红光。这就是她的盛装。我的脑海中浮现出《圣经》式的田园牧歌，一时间，我竟失了神。

布留霍维奇。是的，这是一片遍布针叶林的疗养区，林间湖泊闪烁，离城区约二十公里，有许多疗养院、夏令营，还有可以野炊烧烤的农场。上帝哦，布留霍维奇在记忆中隐没了多少年！

“从列姆科夫斯基站上车，还记得吗？还有那家著名的羊肉饼店，小得不得了，没有餐巾，只有一卷卫生纸，盘子、杯子都是纸做的，连坐的地方也没有，大家都站着吃。”

“可他们的羊肉馅饼烤得真叫棒！”我猛然间回过神来，“哎，多美妙的小馅饼，酥脆多汁……吃完以后，衣服得赶紧拿去洗，每次汤汁都溅我一身。记得不，那儿还卖正宗的盐腌黄瓜。”

“怎么不记得，那可是他们的秘制黄瓜……”

我们的往昔少有交集，共同的回忆似乎只存在于公共场所。街道、花园……也许还有童年的时光，有她在男孩瘦削的脊梁上消磨的一个个夏天。往昔在我们身旁无形地穿梭，右侧是逼仄的山岩，左侧是炫目的碧海蓝天。车子拐上路旁的羊肠小道，山路蜿蜒盘旋，越盘越高，通向深山。原本死寂的荒山里，一群罗曼蒂克的梦想家哺育出水草丰茂、焕发着光泽、散发着芬芳的梦幻天堂。

---

① 布留霍维奇：利沃夫近郊的村镇，附近有自然保护区，森林繁茂，风景优美。

那是一群稀奇古怪、良莠不齐的外来客，美艳者如精雕细琢的美人，丑陋者似玻璃瓶里的畸形标本，各色人等，一应俱全。他们对山石千锤百凿，只盼这荒山能回应他们的辛劳与厚意。然而，唯有遍地的仙人掌展示着千奇百怪的身姿，棕榈树失落地摇曳着扇状的羽翼，某种热带树木举着低矮而沉重的树冠，垂着绯红的蓓蕾，下方是光怪陆离的七色灌木，白的、紫的，绚丽缤纷。

最不可思议的是“波巴布树”——游客们都这么叫，其实它们有更体面的学名。这种树树干颜色鲜亮，遍布盘曲环绕的木质纤维，就像年迈的搬运工青筋暴起的手臂。枝叶好似树根，垂落在地，就这样在土里扎根。它们好似一株长着许多腿脚的巨树，又像一道令人难以通行的天然屏障，像一团卡在漏勺里的、石化了的通心粉……

庞然大物丛生的须发和满身的棘刺构成斑斓的花纹，农庄里的猫在镂空的孔洞间游荡。它们的疆域辽阔而自由，早就扩张至富足天堂的边极。

“他们这里还有座动物园。”我突然想了起来，“当然比不上莫斯科动物园和柏林动物园，可有灰色山峦的衬托，倒是别有一番景致。想看看吗?”

哦，她想，她什么都想尝试。山坡上的弹丸之地，寥寥几个畜栏和兽笼，我们却逛了足足一个半小时，盯着“多彩”的动物世界看了又看。天知道这艘农庄里的挪亚方舟经历了什么，那些可怜的动物已被骄阳晒得半死。

只有孔雀光鲜亮丽，膘肥体壮——一大群雄孔雀，叫声好似发怒的野猫，胸脯像蓝宝石，沉甸甸的扇形尾巴像祖母绿，上面点缀着一串串黄水晶。这里还住着几只浣熊。两三只古板的羊驼活像迂腐的家庭女教师。三只灰头土脸的鳄鱼在酷暑中呆若木鸡。一只猴子忧心忡忡地啃着一块耀眼的小东西，拳头攥得死死的，令人动容。一群黄蓝相间的鹦鹉栖息在喧闹的小圆亭里，亭子里装饰着藤编的小屋、小篮子、小秋千。此外，还有几只大乌龟。

丽萨和最老的那只乌龟合了一张影。老龟的脑袋时而疲惫地耷拉下来，垂在它凸起的颈甲上。大自然真有远见，赐予它这样舒适的“垫子”。老龟那光秃秃、皮糙肉厚的脑袋让人想起那个戴领结的报幕老头儿：他坐在后台的椅子上，等待上台报幕，却总是在不经意的一瞬间突然打起盹儿来。

丽萨突然转过脸来，脸上熠熠生辉。她带着神秘的喜悦对我说：“他们都是活的！”

她多么幸福啊！如此满怀感激，把这座园子的一草一木铭记在心的游客未必能找到第二个。我把仙人掌和灌木丛指给她看，她赞不绝口，目不暇接，充满好奇，开心极了。在服用大量镇静药物的状态下，她还能有这样的反应，实在令我惊讶。

最后，我们走出动物园，在干燥多风的酷暑中爬上山坡，向农庄的餐厅走去。山坡下方是深邃的海，明亮、炫目的波光在海面上雀跃。山顶上耸立着一块庞大的岩石，仿佛一只烟灰色的巨兽。岩石上幽暗的洞穴则好似漆黑的眼眸，凝视着周遭的荒原。这块岩石有个女性化的名字——茨鲁雅。

这时，我感到一丝异样。鬼知道我这是怎么了！也许是热浪使我变得忧郁，头脑发昏，也许是中了妖术……

丽萨走在我前头，沿着陡峭的山路，不假思索地向上攀爬。她穿着一双儿童运动鞋，脚步轻盈、灵巧。此时的她不像病人，而是一个普通女子，穿着牛仔裤和天蓝色的吊带衫，身姿柔软而曼妙……她纤巧的身躯蓦然触动了我的心灵。可怜的女孩，我想，这可怜的女孩生了病，在一个陌生的国家，周围是陌生的语言，没有立锥之地，凭着决绝的勇敢开始异想天开的“独立生活”（她真的相信这所谓的独立吗？）我不禁有了安抚她的冲动，想让她感受到哪怕是稍纵即逝的一丁点温暖。

也许我是在自欺欺人，也许是我这个孤独的傻瓜突然妄想得到一丝暖意。总之，我沿着小径追上她，触碰了她的肩膀。

我们可以凭借主观意愿对这个动作做出各种各样的解读，比如，唤她停下，把某只鸟儿或蜥蜴指给她看，或者只是帮她拿掉从枝头落到她肩上的一瓣落花……

人们彼此触碰时的心理是一门学问，研究起来肯定很有意思。成百上千次观察、倾听与交谈中，我们都会发生肢体接触。她充满信赖，泰然处之——每个病人与主治医生之间的接触都是如此。然而，不知我这个动作、我搭在她肩上的那只手有什么特别之处，我们竟同时停下脚步，愣在原地。她看透了我的心思，而我立刻意识到这徒劳的冲动是多么愚蠢，只觉得热血上涌，满面通红。

她没有躲开，没有甩开我的手，也没有生气，只是转过身，直视着我的眼睛，平静地说："没用的，鲍利亚。我试过……他塑造了我的人格，只为把我据为己有。"

她站在高处，我第一次仰视她的脸。这是一个别样的视角，是男性在生命的隐秘瞬间对女性容颜的亘古的仰望。这时，仿佛有一盆冷水劈头盖脸地浇下来。我想到彼佳，想到他如今度过的日日夜夜……

片刻之后，我们继续攀登，并立刻扯起无关紧要的话题，以此打破尴尬的沉默。

这座农庄的主要经济来源是旅游业。

酒店的小房屋散落在热带植物的绿海之中，露出斑驳的瓦顶。餐厅身形庞大，像一只飞碟，栖落在山峦的暗影里。村外似乎有个露天泳池，拍水声依稀可闻。酒店入口处的木板台上是一个夏季露天咖啡馆，那里有两株巨大的波巴布树，树荫里摆着几张藤编小桌。

丽萨决定去酒店大堂看上一眼。据我对女性心理的有限了解，她会在琳琅满目的纪念品柜台前流连许久。于是我挑了一张小桌，在波巴布树的阴凉里坐下，向走上前来的女服务员要了菜单。

女服务员似乎一分钟前刚从泳池里爬出来，头发湿得直淌水，水流顺着她赤裸的肩膀和露脐吊带衫滑下，流淌在平坦的小腹上。也许她在游泳池兼职，当救生员。

仙人球和槟榔树的缝隙中露出波光粼粼的大海和约旦境内玫瑰色的群山。公路傍着山岩，弯弯曲曲，在烈日下闪着黄铜般的光。

尽管这些年我已经习惯以格列利克医生的身份对自己犯下的种种错误进行自我疏导，可是一想起与丽萨之间的短暂插曲，想起我那自负而可怜的愚蠢行径，我心中便懊恼不已。

我摘下墨镜，强烈的日光使我眯起双眼，闭合的眼睑上映出一片橘色的幻影。我静坐片刻，开始浏览菜单，极力让自己镇静下来——算了，医生，这不算什么稀奇事，毕竟是老朋友了！上次来，我在这里用过餐，记得这里的焗蘑菇美味至极。

这时，下方的停车场有几个人呼喊着彼此道别。其中三个坐进一辆灰色的“富士”离去了，余下的一个在他们身后挥了挥手，便穿过一丛丛仙人掌，沿着小径爬上山来。那人走到半山腰，抬起头，又一次热情倍增地挥起双手。怎么回事，他的朋友原路返回了吗？不对，原来那人是在朝我挥手，没错，就是朝我。我这防火瞭望塔一样的身材就是这种下场：还没注意到别人的存在，对方就隔着老远率先认出了我。上帝保佑，这时候千万不要迟疑，必须立刻报以欢呼，并举起双手，不然对方准会生气。因此，我虽然还没认出来人是海法市瑞本医院的泽夫医生，却还是莞尔一笑，友好地抬起巨爪。

我和泽夫医生每年都会在研讨会上碰面。有一次，我们在特拉维夫酒店的一场豪华招待会上相遇，亲切交谈了二十多分钟。后来，在一个不常往来的朋友家里，我们又在同一张桌上进餐。此人身强体壮，精力充沛，颇有魅力，虽然年近七十，却毫不逊于查理·卓别林，一对蓝眼睛总是不经意间闪耀出年轻学生般的活泼神气。他友善，随和，礼貌待人，这种品质在本地人当中实属罕见。不过，如果我没记错的话，他的确不是本地人，似乎是从东欧某地移民而来——这是很久以前的事了，大概是十五年前。

“哦嗬！啊哈！格列利克医生！”泽夫笑着向我走来。他皮肤油亮，黑得可怕，红肿的蓝眼睛布满血丝。我立刻知道，他已经在这里待了大概两三天，通过水疗和日光浴吸收了大剂量的阳光和海水。

“命运待我不薄，从不让我闲着，刚把朋友送走，就遇上了您。您可是个好伙伴！”

“可惜，”我一边回答，一边欣欣然同他握手，把对面的椅子拉出来给他坐，“可惜，我不能和您做伴。确切地说，我只能陪您一个小时。”

“真遗憾，”他说着，把椅子稍微挪了挪，在树影错落的花纹中就座，“我来这儿治疗我的牛皮癣，无聊死了，两天读了三本书。我把一帮朋友从耶路撒冷骗到这儿，别提多开心了。他们都是建筑师，特别可爱，这一天过得可真美妙……没准儿您还认识他们呢，他们也从莫斯科来，是您的同胞。我没弄错吧，您是从莫斯科来的吧，格列利克医生？”

“鲍里斯，叫我鲍里斯就行。”不知为何，这里的人念我的名字时，往往把重音放在第一个音节①，我总是一板一眼地帮对方纠正错误，“错了，我从利沃夫来。”

他默默地往椅背上一靠，扬起眉头，仿佛听到了什么不得了的大新闻。他沉默片刻，最后意味深长地说：“啊哈……哦嗬……您说是从利沃夫来？我居然不知道！”

“可这又有什么区别呢？”我笑着问。

他报以微笑，说：“没什么，的确没什么区别！”

---

① 按照俄语发音，“鲍里斯”的重音应当在第二个音节。

突然，他凑到我跟前，鬼鬼祟祟地说："没区别。只不过，您肯定懂波兰语吧，嗯？"

"敢问老爷，"我回答，"老爷是从利沃夫来的吧？老爷还记得利沃夫的方言吗？[①]"

我们不约而同地笑了起来……

咖啡馆朝向我们的这一面有个便利店窗口，里面摆着宽大的柜台。窗子好似画框，年轻女服务员在里面疲惫地忙碌着，给游客拿香烟、果汁、干果和别的小东西。游客有的半裸，有的几乎一丝不挂，被热浪烤得筋疲力尽，颇有伊甸园的风范。这里的客人至少有百分之八十是来晒日光浴的，想借此治疗自己被德国、瑞典或其他国家的阴霾弄出来的牛皮癣，可此地的阳光并不廉价，必须想方设法通过别的渠道来补偿。

两个满脸皱纹的老太婆穿着短裤，露着细长的小腿，用德语吵吵嚷嚷着，在柜台前挑选了好半天。后来，她们总算走了，窗口的女服务员朝我笑了笑，做了个手势，意思是问菜点得怎样了。这是当地人的常用手势：转几下手腕，仿佛在空气里旋进一个无形的灯泡。我摇摇头。

显然，丽萨已经被橱窗里的纪念品和小玩意儿彻底吸引，一时半会儿是出不来了。而我希望她能亲自坐下来看看菜单，挑挑拣拣，点点菜，与周围的世界交流一番，比如，和农庄里的这只美人鱼聊聊天。

"您去过利沃夫吗？"我问。

"噢……"泽夫医生伸手在自己灰白的头顶上抹了一把。他有一颗浑圆的大脑袋，理着平头，太阳穴上长着斑斑点点的牛皮癣。他从短裤的后兜里掏出一盒香烟，扔在桌上，然后又翻遍全身上下的衣兜，寻找打火机。

"利沃夫！这个……您有没有……看没看见……忘记带出来了！噢，

---

① 原文为波兰语。

谢谢您！——对，我在那儿住过一段时间，不过我出生在哈萨克斯坦。我父亲是英国间谍，可他嘴太碎，爱胡说八道，结果被流放到中亚。您要是感兴趣，我回头跟您细说，”说到这里，他精神一振，“可这却救了他的命，当然也救了我。您知道利沃夫的犹太人下场有多悲惨，被德国人连根铲除，虽然最早的屠杀是本地人干的——迫害犹太人是个古老的传统。利沃夫这样的城市可不多，既有犹太区，又有集中营……不说也罢，这些事大家都知道……”

他惬意地努起嘴唇，像要接吻似的，把叼在嘴上的烟卷凑到我手中的打火机尖尖的火苗上。他吸烟，吐气，烟柱袅袅飘到空中，触到波巴布树低垂的枝丫，惊起枝头的鸟雀，灰白的残烟在枝杈间缭绕了许久。

“的确，虽然一般不会声张，”我一边说，一边也抽起了烟，“您知道吗，苏联时期的利沃夫一味逃避过去。我们那个时代，亚诺夫斯卡集中营成了一个警犬养殖基地，集中营的板房也派上了用场。”

他点点头，若有所思地吐着烟，把盛胡椒的玻璃小瓶拿在手里把玩，那瓶子的形状像国际象棋里的战车。接着他扭过脸去，朝女服务员使了个眼色。姑娘报以微笑，梳理着湿漉漉的额发，不紧不慢地走过来。

“一瓶矿泉水，”他说，“我只是不想让你闲着。”

女服务员哼了一声，扭过身走了。她风情万种地迈着晒得黝黑、像船桨一般修长的双腿，我们的目光则一路尾随。

“是啊，利沃夫……”他总算转移了视线，把烟灰掸进烟灰缸，“谜一样的城市……潮湿的气候，肺结核病，石块，狭窄的街道……虔诚的信仰交织着隐秘的罪恶——典型的中世纪道德。我还记得，坐电车的时候，总会碰见大妈吵嘴。突然，窗外出现一座教堂，她们居然开始恭敬地画十字！而且常会看见一些神秘的角落，有些偏僻的小胡同简直能吓死人……”

可我遇见的利沃夫却是一座欧洲小城，充满波兰风情，散发着无与伦比的魅力。我还记得那洁净的马路，路旁的蔷薇花，街头漫步的修女，其中不乏“加尔默罗隐修会”的赤脚修女。马路上走的还是四轮马车，细碎的蹬音欢乐动听，声声入耳。马尾巴是扎起来的，屁股后头系着一块帆布挡板，马粪直接滑入铁桶……

即便是最酷热的天气，这里依旧有微风拂过山顶，拨动波巴布树硬邦邦的枯枝，发出叮咚的声响。不过也许是鸟儿，它们用时而清越时而细密，时而高亢时而婉转的歌声，在农庄上空编织出一顶无形却致密的声之穹隆。千百种细微的声音在树冠上萦绕，枝丫也为之震颤，把纤细的枯枝和蜷缩成环状的小虫纷纷抖落在桌上。

“直到今天，我还能记起利沃夫人疯疯癫癫的模样。”他接着说，“这个城市很容易使人发疯：空间有限，太多激情、太多思想、太多欲望得不到满足。这座城市诱生了萨赫-马索克的幻想和迷梦，本应成为这幻梦的化身，可这里的居民在梦里浸泡了几个世纪，就像发酵的葡萄酒，他们又能如何？不得不承认，这酒的配方足够浓烈：三分之一波兰人，三分之一犹太人，还有罗辛人、德国人、亚美尼亚人、茨冈人……如此拘束、逼仄的空间，生命力却迸发得如此强劲！语言呢，富有旋律感，不是纯粹的波兰语，而是利沃夫式的波兰语……”

他渴望谈谈利沃夫，我们是同乡这个消息显然使他颇为欣喜。然而，我们其实不算真正的同乡。据我的理解，唯有在同一座城市、同一个年代长大的人才算真正的同乡，因为地域的实质与风貌变化莫测，恰如时代的白云苍狗。

“不过，”我反驳说，“您也知道，人口的更迭是一个复杂而缓慢的过程。就拿我父亲来说，他出生在敖德萨，从来不把利沃夫当故乡。可我在利沃夫出生、长大，哪条小巷在哪儿，我闭着眼睛都找得到。而且，有时总有各种各样的东西扮演脐带的角色，比如说，卖牛奶的女贩把铁桶碰得叮当响，旁边的咖啡馆飘出咖啡的香气，波兰保姆给你唱战前的老歌……再说，犹太人永远不会习惯人口的更迭……”

“犹太人，”他打断了我，蓝眼睛猛然间闪耀起灼灼亮光，“在大屠杀中存活下来的极少数的犹太人，他们畏惧这座城市就像畏惧黑死病，他们恨这座城！战后第一年，疏散人口回城，意第绪语剧院的演员都惊呆了：这座城市变成了空城。著名演员伊达·卡缅斯卡娅差点发疯，她在街上一边游荡，一边自言自语，一直在寻找什么人，却怎么也找不到……我还有一个熟人，战争期间，她被修女藏在圣尤里大教堂，如今已经来到以色列。她告诉我，她根本不敢回利沃夫，不敢在利沃夫的街上走，因为觉得就像走在坟场里。您肯定听说过‘死亡探戈’，德国人把音乐学院的教授和乐师抓过来，让他们围成一圈，强迫他们演奏一首著名的探戈，继而将他们一个接一个地杀死，就像海顿的《告别交响曲》。还记得吗，乐师一支接一支地把蜡烛吹灭，离开舞台，直到只剩下最后一支孤零零的蜡烛、最后一把小提琴……可是，最后的光，最后的音乐也消失了。”

有着修长美腿的女服务员走过来，依旧懒洋洋地笑着，在桌上放了一瓶矿泉水、两只高脚杯。她肩膀上的水已经晾干，但是戴脐环的迷人的肚脐上还挂着一大滴水珠，在太阳底下闪着彩虹般的光。

“不要别的了吗?”她问。

“你可以歇一会儿了，”泽夫医生一本正经地回答，“不过留点神，到时候我叫你……”

“真是个好姑娘，”他目送她离开，“像我的小孙女阿比盖尔。现在的年轻人，真要是由着他们的性子来，准会把身上最后一块布头也给扯下来。”

“流亡的波兰人也不着急回去，”我说，“已经丢掉的东西，谁会愿意回头再看？他们走的时候一身轻，把财产都丢下了，只带走了御寒的衣服、古画和利沃夫的方言。离开的时候眼泪汪汪，说：‘Lwow jeszcze bede nasz……'[1] 我父亲就是随斯维尔德洛夫斯克机械厂来到利沃夫的。他说，战后，城市委员会发的住房证上没有地址，让大家随便挑。到处是波兰人遗弃的房屋，里面的家具、碗碟、各种家什一应俱全。我父亲的朋友，机械厂的总工程师，用十五个圆面包给自己的女儿换了一架'贝希斯坦'牌白色三角钢琴。不过他们很幸运，遇上的都是正派人。我们的邻居玛尼亚就不一样了，她搬进去的那座宅子，以前住着的是一对波兰兄弟，这家的媳妇在走之前说自家的瓷器绝无仅有，非要让玛尼亚掏钱。'多少给一点儿吧，'她央求说，'我把全部家当都给你留下了。多少给一点儿吧！'可那时候每个人手头都不宽裕，玛尼亚更是身无分文。于是，波兰女人把自己的瓷器砸了个稀碎，砸得一丝不苟，拿起一个，摔在地上，再拿起一个，再摔……这事让玛尼亚一辈子耿耿于怀。"

"哦，确实，确实……"泽夫医生抽完了烟，在烟灰缸里摁灭了烟头，"给您点杯咖啡？"

"不用了，谢谢。我是和一个女伴一起来的，想在这儿请她吃顿饭。只不过，我怀疑她路过珠宝店的橱窗，迈不动步子了。过五分钟她要再不来，我还得去找她。"

泽夫医生若有所思地凝视着远方。仙人掌尖刺丛生的缝隙中闪耀着一抹浓艳的蓝色。

"您还是个小伙子呀，"他叹了口气，笑着说，"五十年代中期的事我还记忆犹新，那时候您还没出生呢，对吗？我们已经到了做'阿飞'的年纪，'蓝爵士'乐队从华沙来我们这儿巡演。'George'旅店里的电梯还是老式升降机，里面包着红天鹅绒，摆着小椅子，还有电梯司机。街上还能遇见怪模怪样的波兰太太，脸色苍白得要命。还有一件乐事，就是专门去利沃夫找当地的裁缝订制西服和大衣，当时那是一种时髦……千真万确！"他叹了口气，又一次抬起手，在花白的头顶上抹了一把，仿

[1] 波兰语，意为"利沃夫还会是我们的"。——作者原注

佛在检查自己的头发是否还在。可以想象，曾几何时，那毛发稀疏的头顶还生长着蓬松浓密的头发。他接着说："后来，我们随母亲去了华沙，当时大批人口移民到波兰。在华沙待了没多久，我们就来到了以色列，因为波兰的反犹主义越来越猖獗，说实话……"

他突然沉默了，似乎碰到了难题。他的脸整个儿地一颤，蓝眼睛瞬间变得幽暗、深沉，他用这双眼睛沉默地凝视着我的身后。

我扭过头去。原来是丽萨出了纪念品商店，向我们的餐桌走来，沉默的泽夫医生凝视着的人正是她。

"怎么了?"我问。

"没什么，"他回答，"没什么。"

丽萨迟疑地走过来，就像到黑板前答题的小学生——在生人面前她总是局促不安。她在我身旁站定，我说："丽萨，认识一下，这是我的同事泽夫医生，从海法来。你可以和他说英语。"

"我跟他说些什么呢?"她一边问，一边惊慌地朝泽夫医生看了一眼，礼貌地笑笑。她已经做好心理准备执行我的任何指示，倘若我吩咐，她会努力把谈话继续下去。

我笑着宽慰她说："要是不想说，就什么也不用说。"接着，我保持着微笑，用希伯来语对泽夫医生说："这是我的病人，一个老朋友的妻子。她还要治疗很久才能康复。她怕生，在陌生人面前有些紧张。"

泽夫点点头，表示理解。他没有伸手示好，而是冲着丽萨莞尔一笑："嗨，丽萨，Nice to meet you（很高兴见到你）。"

和懂行的人打交道感觉真好。

我拉出一把椅子，让她坐下："坐吧，看看菜单。你想吃点儿什么?先给你要一杯水，还是喝果汁?"

"别，先等等，我什么也不想吃。"她的神情腼腆而不安，"是这样，那边的银饰太美了，非常精致。我和售货员谈了一会儿……一位可爱的阿姨，英语说得特别好。她说，这里的银匠是伊朗沙赫宫廷珠宝匠的后代!”

天哪，我完全忽略了一个事实：这个可怜的孩子身上一分钱也没有!

“喜欢就买!”说罢，我掏出钱包。

“不!不!别这样!”她发自内心地喊了起来，并抓住了我的手，“那里的东西贵得吓人!”

“这有什么，刷信用卡。一定要买一件!”

“求你别这样……”

“你别推辞，这是命令，我是医生!”

于是又回到了肢体接触的时刻：我们毫无压力地抓住对方的手，差点打起来。泽夫医生聚精会神地注视着这场难以理解的争斗。不，有什么难以理解的？根据他的经历来判断，他的俄语应该说得很流利。

终于，她让了步，拿过信用卡，问：“可是……这个怎么用?”

“把它给售货员阿姨，她知道怎么用。你在收据上打个钩，对了，记得要分期付款，好吗?”

于是她兴高采烈地跑去买她分期付款的银饰，而我心满意足，朝她的背影喊道：“买件好的，把伊朗沙赫比下去!”

泽夫医生专注地盯着丽萨的背影，然后默默地从烟盒里抽出一根香烟，抽了起来。突然，他问：“这姑娘……也是利沃夫人吧?”

“您猜对了。”

“我不是猜的。”他面无表情地反驳说，挥手驱散面前的烟雾，“我见过她。她姓维尔科夫斯卡，对吗?”

“没错……”

坦白地说，我着实吃了一惊。当然，世界很小，但怎么可能小到这种程度！海法来的教授居然认识丽萨。

“很简单，”他看见我呆若木鸡的样子，笑着说，“她简直和她母亲一模一样。您大概不知道，当年我爱上了她母亲，爱得发狂，爱得很绝望。她的头发独一无二的颜色，那么小巧的身材，还有……那么美的声音。当时我们是邻居，她比我大一些……不过，这不重要。”

我沉默了一会儿，喝了口水，扭头朝纪念品商店的门口望了一眼。

“您大概不知道，泽夫医生，”我压低声音说，“他们家发生了一桩可怕的悲剧。丽萨的母亲自杀了，她死的时候丽萨刚满周岁。”

泽夫医生把没抽完的烟压进烟灰缸。

“我都知道，”他神色凝重地回答，“而且知道的比我想要的还多——我叔叔是城里有名的律师，扎尔曼·舒帕克，听说过吗？别的暂且不谈，他那张刀子嘴可是远近闻名。他说话刻薄，给还健在的朋友写恶作剧的墓志铭，也给死敌起要命的绰号，简直成了利沃夫的城市传说。这人不简单，谈不上心善，更算不得什么圣人。出于种种原因，他被迫留在这个城市。他的独生女嫁给了一个乌克兰人，因此，扎尔曼叔叔就老死在利沃夫，去世的时候八十九岁。临死前我还去看望了他，那时候，我已经离开利沃夫三十二年。

“九十年代，他女儿还是来到了以色列，带着三个儿子和自己的乌克兰丈夫……是这样，我叔叔特别迷普列费兰斯牌[①]，玩个不停，越输越想玩。因为这事，我婶婶气得直挠头，把最后几绺白头发都薅光了。我叔叔那帮狐朋狗友几乎每天晚上都在家里攒局，多少年了，他的搭档始终没变过，输赢都是那混蛋。”

“您指的是谁？”我问。

“还能是谁？他呀，他——维尔科夫斯基！”泽夫怒气冲冲地说，“塔德乌什·维尔科夫斯基，人们都叫他泰迪。他可是匹黑马，英俊潇洒，很有二十年代电影明星的派头。知道吧，小胡子，偏分头，黑头发，无精打采的眼神，总之是个下流胚、花花公子、滑头。或者用咱们利沃夫的方言说，是个‘人精’。不过，你不能否认，他聪明，有文化。他已经不年轻了。他父亲替波兰人经营一家石膏厂，家里很有钱。他们的宅

① 普列费兰斯牌：一种纸牌游戏。

子在恩格斯街，非常气派，红砖褐瓦，房顶上还有风向标，不记得啦？也是，俄罗斯人一来，他们马上倾家荡产……

“而且，人们常说他家包括他本人与德占当局有说不清道不明的关系，不过我可不敢信口胡说，具体情况我也不怎么清楚。最令人称奇的是另一件事：他四十六岁那年，趁着人口互换的乱子，径自跑到波兰去了——有钱的波兰人都走了。可是，你能想象吗，几年后他又回来了！怎么回来的，有什么目的……他是以什么理由、怎么跑回来的？最主要的是，为什么回来？当时很少有人愿意和俄罗斯人周旋。事情很蹊跷，莫非他是被迫而来，是某某组织在背后捣鬼？这事我同样摸不着头脑。很可能他是个双面间谍，要不怎么可能天不怕地不怕。”

泽夫医生回头瞅了瞅纪念品商店的大门，显然，他不想当着丽萨的面揭“恶棍”维尔科夫斯基的老底。与此同时，他又迫不及待地想继续这个话题。现在我记起来了，彼佳从萨哈林写来的那封信也把维尔科夫斯基的形象描述得相当龌龊。（看来的确应当找找这封信，把暴风雪传递的消息再读一遍！）

“他回来的目的可能是想当他那两个没爹没娘的侄女的监护人，”医生转过身来，继续说，“她们住在祖母那儿，大的叫雅娜，家里人都叫她雅尼亚，小的叫柳德维卡，小名维霞。所以……”

“等等！”我惊恐地叫道，“他是她们的叔叔？怎么回事……您是想说，他娶了自己的侄女?!”

泽夫医生冷笑一声，瞅了我一眼，说：“就是这么回事。您那么吃惊干吗，您不觉得这完全是《圣经》式的情节吗？仔细想想，当监护人这件事才诡异——把老太太和小姑娘接到波兰去不就行了？难道说有东西丢在了苏联？真是个谜……我不知道幕后有什么勾当，也不知道他跟什么人一伙，当然也未必有人能搞清真相。老太太很快就死了，他们叔侄三个一起生活，监护人……和两个小姑娘。雅娜刚满十八岁，他就娶了她，然后很快发了福，老了。他们两个可谓一个天上，一个地下，可她，竟然爱他爱得发疯。而我呢……说来也怪，我没有爱上和我同岁的维霞——她虽然多嘴多舌，但是又活泼又机灵——我偏偏爱上了雅娜。可能是年少多愁，在她身上感觉到了某种……悲剧色彩。我不是说她忧郁、孤僻，不，恰恰相反，她的笑容美得令人惊艳。起初一抹笑挂在嘴角上，好像淡淡的惊讶，然后整张脸都笑开了，还有眼睛，就连金色的眉毛也笑了起来。欧洲教堂的彩绘玻璃上常常可以看到这样的形象：一个女天使[1]，满头火焰似的红发。这是天庭最光明也最恐怖的形象。我在她身上看到一种征兆——可这预示着什么？某种未完成的使命？某个人不可告人的罪孽？就是这样，虽然她爱笑，可她身上有种在劫难逃的东西，明白吗？她注定成为牺牲品。”

“可是，有可能……”我半信半疑地说，“有可能是因为后来的悲剧事件给您造成了这种印象。”

“不是！”他立即反驳，“我一直都有这种感觉。我总想救她。记得我还是个小男孩的时候，大约十四岁……我站在大门边等母亲回来，准备去她表兄家里做客。突然，门开了，雅娜走了出来。乍一看去的那一瞬间，她身上总是光芒四射，当然是因为头发的颜色太过鲜亮，那是一种罕见的金红色。可这回，她全身都光彩照人。

“‘啊，库巴！’她说——库巴是我的小名，我的全名叫雅科夫。‘库巴，今天我满十七岁了！’

“她太迷人了，就像玻璃彩画里的天使。她穿着一件薄衫，不，不是纯白的，是老式花边的那种颜色……她身上总有种古旧、珍贵、疏离的气质，就好像外界的变化，苏联也好，人世也罢，都与她没有丝毫干系。与世隔绝，懂吗？就像来自另一个年代。现在你若问我她上的哪所中学，我恐怕答不上来，不过她似乎是上过学的。

“她周身都散发着一种疏离的、独特的气质——这会儿我突然想起来

---

① 女天使：指天使长、炽天使加百列，《圣经·旧约》中能找到其性别为女性的暗示。

了，她们姐妹两个上的都是马术学校，想不到吧？她们有个远亲，战前是开马场的，后来马场变成了马术俱乐部。我认为，维尔科夫斯基很赞成骑马，发福之前，他也曾是个好骑手。有一回，我看见他们三个骑马回家，华丽的阵势差点儿晃瞎我的眼。尤其是两个女骑手……天哪，简直是一场梦。两个姑娘穿着骑马服：马裤，上衣，还有骑马专用的靴子——我对马术一窍不通，不知道他们管那种靴子叫什么。没错，两个火红头发的亚马逊女战士，骑着巧克力色的骏马……”

他眯起眼睛，湛蓝的眼眸闪烁着青春之光，仿佛透过时光凝视着那遥远的一幕。

“我去过他们家几次，有时候是母亲让我去的，有时候是我去找维霞——我们从小就是好朋友。他们住在伊万·弗兰克街一栋楼房的顶层，三间屋子，一个厨房。也许您还记得那栋楼，外观平平无奇，只有顶层装饰着一排雕塑，雕的都是男人，却两两成双——看上去很突兀，令人费解。他们成双成对地站在窗子之间，探出上半身，头和肩膀完全探出墙外，悬在半空，盯着下方的人行道，好像努力想要看清底下有什么。一群偷窥者，不言不语，不怀好意。”

“我记得清清楚楚，”我回答，“我家的私人牙医也住在那栋楼。不过我从没觉得那些雕像有任何神秘之处。”

“不是神秘，”他纠正我的话，“是不怀好意。”

我感到奇怪，却没有同他争论。我倒觉得牙医莫迪·赫尔德的住处非常有趣，因为那里的钻牙机总是转个不停。工作时间，它一边震动，一边像矿坑里的鹤嘴锄一般发出隆隆声响，几乎整条街都能听得见。夜幕降临，为了能够偷偷工作，主人给它蒙上一件中式长袍，罩上一只五十年代流行的布制大灯罩，上面还披着流苏。

“接着说，他们家是战前那种典型的波兰公寓，笨重的老式家具，厚厚的窗帘，黑漆漆的古画，还有利沃夫产的陶瓷盥洗池，还记得吗？房子里到处弥漫着肉桂的气味。

“就在那儿，在一台座钟的玻璃罩后面，我看见了那个玩偶。我愣住了。那是个令人惊奇的娃娃，模样显然是个老犹太人，小圆帽，犹太长袍，长鬈发，浑然天成，做工是那么精细！它的脸又是那么阴郁，表情意味深长，毫无戏仿的意味，只是肚子大得离谱，不过也没有任何可笑之处。还记得，我羡慕地问：‘维霞，你们为什么要摆个犹太娃娃在这儿？’

“她不假思索地说：‘压根儿不是犹太娃娃，是我们的娃娃！我们的送子女神！’

“我大笑起来，问：‘怎么是女神？这分明是个男人！’

“她生气了，回答说：‘不关你的事，蠢货，我说是女神就是女神！’”

一辆公交车穿过丛生的仙人掌，从山路转弯处吃力地爬上来。这趟车往返于农庄和海滨诊疗所之间，此时停在了旅店门前。车上涌出一群被太阳晒得黝黑、被热矿水泡得油亮的乘客。我和泽夫医生沉默半晌，目送前来疗养的游客各自回房。他们把帽檐压得很低，显然被度假时光折磨得疲惫不堪。

“最有意思的是，”公交车走后，泽夫医生接着说，“有一回打牌，我叔叔扎尔曼把这个玩偶从泰迪那里赢了过来。他说，他当时有个狂热的念头，无论如何都要把这个玩意儿搞到手。瞧，他终于赢了，总算达到了目的！木偶在我家的玻璃碗橱里摆了三年，我堂姐经常摆弄着玩——就是那个一大把年纪还带着乌克兰丈夫移民到这里来的堂姐。维尔科夫斯基家的两姐妹丢了‘女神’，难过得要命。后来，雅娜做了母亲，可是很不幸，她一连生下两个病孩子，两个都夭折了……我劝叔叔把木偶还回去，可他执意不肯。不过，过了两三年，泰迪还是把娃娃赢了回去，木偶又回到了维尔科夫斯基家里。只是那件犹太长袍玩着玩着就不知道被我堂姐丢在哪里了，那时候她还太小，怎么找她赔呢？没过多久，我和妈妈也搬走了……”

我们的桌子此时几乎完全暴露在阳光之下，但泽夫医生似乎不为所动，坐在那里若有所思地用手掌支着下巴，暗红色的额头闪闪发光。他微微翕动嘴唇，仿佛重复着多年前回荡在耳边的话语。这话不知向谁诉说，最终消散在利沃夫干燥的空气中。突然，他用波兰语说："库巴，今天是我的生日，我满十七岁了……"

接着，他回过神来，说："过去了一辈子，明白吗？可我还是能清楚地看见雅娜的样子，门开了，一个天使从门里走出来。"

他话音刚落，丽萨便从纪念品店的门口走出来，就像一个巧合。从那歉疚而满足的笑容来判断，她拥有了一件伊朗沙赫都羡慕不已的宝贝。

泽夫医生从桌旁站起身，说："我不能再看她的脸了。我的心现在还疼，也许少年时代的恋情就是这么让人痛心。"

接着，他用英语祝我和丽萨用餐愉快，祝我们有一个美妙的夜晚，祝我们一路顺风。

"见到您很愉快，格列利克医生。"

"鲍里斯，"我说，"以后就这么叫。"

"鲍里斯，没问题……方便的话，给我留个电话？"

"这是自然，雅科夫，我也很乐意把您的电话存下来。"

我们交换了电话号码，他头也不回地走了，沿着林木之间的小路走回自己的小屋。

返回耶路撒冷时，天已经黑了。我盯着蜿蜒的山路，专心开车，丽萨摆弄着新买的宝石坠子，一会儿戴上，一会儿摘下，一会儿举到眼前，欣赏宝石那精致的棱角。她说个不停，买到的宝贝使她心情极佳——这是一次成功的远游，我不禁沾沾自喜。

“我觉得这是绿松石，”她说，“可售货员管它叫‘埃拉特石’，为什么呢?”

“这是当地产的一种石头，非常漂亮，有红的、蓝的、绿的。”

“不过你看，我的这块颜色最少见！像孔雀的胸脯，是不是?”

“没错，是个奇妙的玩意儿。现在它归你了，我真替你高兴。”

“最重要的是，”她继续说，“它身上有一种天然的奇妙图案，是个踮着脚尖跳舞的芭蕾少女……就像是用笔画出来的。你注意到了吗?”

“芭蕾少女？嗯……”我瞟了一眼，又立刻把目光移开，专心看路。后面跟着一辆轻捷的小车，已经两次试图超车，一点也不担心迎面遇上同样的亡命徒。“我回头再看，好吗，丽萨?”

她又把宝石坠子套在脖子上，把头靠在椅背上，晃了几下，调整到舒适的位置，说：“所以我才从好多奇妙的东西里挑中了它。它让我想起……你知道，这是我生活中很重要的一部分——小时候我在去芭蕾学校的电车上，在把杆旁边，都是这么站着。塔季扬娜·米哈伊洛夫娜总是大吼：‘丽萨，臀部收一收！腹部挺直！肚子收一收！后背挺直，蠢货！抬头！’音乐一响，她就像唱歌一样，用温柔的声音说：‘注意姿势规——范，优——美，伸展，擦地，下蹲，半蹲……’然后突然大吼一声：‘丽萨，臀部！’学跳足尖舞的时候就更别提了！得穿着足尖鞋走呀，跑呀，站呀，而且买到的鞋还不合脚。我的脚压根儿买不到合适的舞鞋，于是得缝上厚厚一层绲边，把它们压弯、压软，直到适应……脚磨得直淌血。我把舞鞋塞进包里，带着上学，似乎是为了在课间练上一会儿，可事实上，自然是为了在同学们面前炫耀。好在芭蕾让我成了学校里的风云人物。”

“我记得你上过电视……”

究竟是谁在夏天给她买舞鞋，是谁帮她把鞋压弯、压软，是谁替她备好了整整一年要用的舞鞋……我决定不在她面前提起这些事。

“那时候所有人都只看一个电视台，所有人都看见你了，我也看见了。你就是学校的大明星。”

“啊哈！”她满意地笑笑，眯起眼睛，透过低垂的眼帘望着前方的路。

“丽萨，”我说，“你……完全不记得你母亲了吗？”为什么问起这个，我自己也不明白。

她并没有感到吃惊，甚至连头也没动一下。

“声音，”她平静地回答，“我一辈子都记得我母亲的声音，所以维霞打来电话的时候，我吓坏了。她们的声音惊人地相似，音色深沉，很动听。只不过维霞的口气有些生硬——那时候维霞已经在萨马拉生活了很多年。”

她沉默了，不再叽叽喳喳地讲话，我没再惊动她。终于，她睡着了。毕竟经历了医院有条不紊的生活，这一天于她而言太过充实了些。

我默默地沿着海岸线驾车前行，追逐着车灯的光束。干燥的风中弥漫着咸涩的海腥味、野草的气味、炽热的岩石和海枣种植园的气息。汽车转了个弯，驶入新修的高速公路，两旁的路灯瞪着锐利的眼睛。

丽萨枕着椅背睡着了，侧影好似彩绘玻璃上的天使。路灯的黄光如波浪一般在她的脸颊上流淌，她仿佛乘着小船在灯光中漂泊、摇荡——这一幕散发着某种迷人的魔力。

还应该带她去地中海看看，我想，赤着脚在沙滩上漫步，放松身心……我灵机一动，打算订两个房间，在海边的别墅里过夜，夜夜枕着海浪声入眠。于是我的目光又一次停留在她天使般的侧影上。灯光沿着犹地亚沙漠幽暗的岗丘徐徐摇曳，她的剪影在流光中平静地起伏。没错，天使这个比喻恰如其分，因为天国的信使常在此地逡巡……

汽车驶至上坡路，离耶路撒冷越来越近，我不断扭过头去，凝视那透明的侧影。突然，我回过神来。

别这样，我严厉地对自己说。别这样，蠢货！哪儿也别去，你这是白费力。她的疗程很快就会结束，让她的丈夫来接她，带她走。

我回顾刚刚过去的这一天，发现丽萨虽然赞叹不已地欣赏着周围的一切，并固执地避开他的名字，嘴上说的却都是他的事。来自海地和塔希提的珍奇灌木绽放着艳丽的花朵，在她心中唤起的却是另一番图景：接连不断的痛苦争吵，还有他们共同的回忆——巡演和居无定所的生活。当我准备表达自己的愤慨时，有个念头一闪而过，仿佛给了我一记重重的耳光。她的记忆中倘若没了他，她自己便也不复存在。她的生命中永远有他的身影，他是她的导师，她的暴君，她的奴仆。她没有别的领路人，他便成了造物主。这个小女孩的监护人只有不靠谱的老爹和一群疯疯癫癫的保姆，而真正将她养育成人的是我那疯狂、专横、温柔而神经质的不幸的朋友……

我正在上楼，听见新手机响起细碎婉转的铃声。我从衣兜里掏出钥匙，插进锁孔。这时铃声大作，木琴叮叮当当响了一阵，似乎疲惫了，然而只停歇片刻，又急切地抬高了嗓门。

“鲍里斯？”

我没料到他会这么快打来电话。今天我们相谈甚欢，但我累了，想喝点东西，放放水，赶紧躺下。上帝保佑，让我好好睡一觉。

“鲍里斯，抱歉一直缠着您。您累了吧……”

“我刚回家。”

“那……好吧，先不打扰您了。”

骗人，从说话的口吻来判断，他根本不想让我挂电话。可以感觉到，他的语气中有些许遗憾、些许慌乱。

“我真是蠢透了，一直追着您打电话，惹您烦了吧？”他说。

“等等，雅科夫……感觉您有些话非说不可，没关系，我和您聊。等我一分钟，最多一分钟。”

我用脚尖踩着鞋后帮，把鞋子脱下来，又探出脚，在电话桌旁熟练地找到拖鞋。

这时，我看见了一双高跟鞋。（又是崭新的！）它们歪歪斜斜地叠在一起，胡乱扔在衣架下面。真见鬼，她又不打招呼就来！她总是一副志在必得的神气，坚信不会有别的女人取代她的位置。真是放肆！等上一会儿，见我不回来，就大模大样地往我床上一躺，以为我一进门就会迫不及待地把她叫醒。不，亲爱的，你想错了，你就等着吧……

“雅科夫？”我压低声音说，“现在我能陪您聊啦。”

他小心翼翼地问：“您的女伴呢……她和您在一起吗？”

我火冒三丈：“我记得我跟您说过，她是我朋友的妻子，是我的病人，不是情妇。”

“对，对，抱歉！我这个电话打得真不是时候，我也是不知深浅……不过最主要的是，一切都是徒劳，一切都迟了。我的意思是，很多年前就结束了……”他用一个谦谦君子的悲伤口吻说。他似乎陷入了进退维谷的僵局，但他知道，与其逃避，不如继续。“请您相信我，我睡不着，也无心读书，怎么也忘不掉。”

他愧疚地笑笑，加快语速说：“今天这次见面让我心神不宁，您的……您朋友的妻子……和雅娜一模一样，仿佛她又活了过来，活生生地站在我面前。您知道吗，有些话我没来得及和您讲，这些心事一股脑涌上来，如鲠在喉……我觉得应当给您打电话，一吐为快。我还没来得及把最主要的事讲给您听。我和扎尔曼叔叔最后一次见面时，从他那里听说了这些事，多少年了，它们一直折磨着我。直到今天看见了雅娜的女儿，我似乎听到了她的怨言，她说，你为什么沉默？等你走了，这出悲剧就会随你一同消失。换个角度想，也许恰恰相反，究竟该不该让她女儿知道？我绞尽脑汁……最后决定还是给您打个电话，把真相告诉您，至于怎么办，您说了算。”

我摸黑走进厨房，拧开水龙头，让凝滞了一天的自来水流淌出来。我接了满满一杯水，大口地喝起来。

“问题在于，”电话那头说，“塔德乌什·维尔科夫斯基打牌输了老婆。”

我一下子呛到了，咳嗽起来。我那令人难忘的祖母突然清晰地浮现在眼前，她转过身来，满面怒容。我不禁想起多年以前的那次谈话。

“我还以为……这是长舌妇们传出来的谣言。”

“事情就发生在我叔叔扎尔曼家。那天晚上，他们齐聚一堂，打算玩一把大的。我叔叔说，牌桌上有个大官，也许是上校，也许是个什么将军，明白吗？就不该和这号人玩牌……我叔叔拿出一瓶上好的白兰地，大伙儿越喝越尽兴，泰迪更是有些飘飘然了。前半夜，他输了一大笔钱，后来想扳回一局，却输得一戈比都不剩，把房子也赔进去了。我叔叔说，他脸色惨白，白得吓人，耷拉着眼皮，下巴直哆嗦。他说，他已经输得精光，没有东西可以下注了。这时候，大官说话了，也许是上校，也许是个将军，他咂巴着烟卷，懒洋洋地眯着眼说：‘噢，不，您说得不对，维尔科夫斯基，您有的是资本。您还有一件真正的宝贝——您妻子。来一局赌山羊，您说呢？恐怕只有这一个法子能救您了……’

“泰迪跳了起来，抓住自己的领带用力一扯，咳嗽了一声，快步走到阳台上，似乎想呼吸一下新鲜空气。虽然雨下得特别大，他还是在外面站了很久。他淋着雨站在阳台上，半天也没有回屋。其他人则在灯火通明的房间里喝白兰地，围坐在桌旁，在台灯的灯光里等他回来。”

我猛然间回忆起在牙医家见过的一场四人牌局。有一回，祖母派我送去一包东西，犒劳我们的牙医。一进门，我便陷入了一种烟雾缭绕、酒气熏天、神秘莫测的危险氛围。最古怪的是，牌桌上每个人的耳朵后面都夹着一支铅笔，桌上摆着一张纸，他们喊出的话我一个字都听不懂。

"跟牌要跟A!"

"手里留个'七'!"

"老婆和台布是普列费兰斯的死对头![1]"

"没辙就出方块!"

莫迪把我拽到了放着钻牙机的那间"办公室",机器已经披上了它的中式长袍。我飞快地把包裹递给他,夺路而逃,因为我的双眼已经被烟雾熏得眼泪汪汪。我如释重负地来到门厅,身后飘来牌友们的喊声。

"打牌不抽烟怎么行!"

"就冲这招,该给你记一只烛台![2]"

我们家没人打牌。我的成长环境与此大相径庭,我是听着奥根斯基的《告别祖国》和克莱门蒂的奏鸣曲、听着母亲学生的演奏长大的……因此牙医赫尔德家烟雾缭绕的客厅长久地留在我的记忆中。然而,当我意外地回忆起那个夜晚时,突然明白,莫迪完全有可能是牌局中的第四个玩家。

"大约过了一刻钟,泰迪回来了,淋了个透湿,直打哆嗦。他在桌旁坐下,答应赌这一局……"泽夫医生剧烈地咳嗽了几声,喘了口气。听得出来,他小心翼翼地擤了一把鼻涕。

我打开阳台门,拿着电话到阳台上透透气,抬头看见月亮的冷面在近旁的山丘上空飘着。沙漠蒸腾的气流簌簌颤抖,朦胧的云絮缓缓飘浮。光影微妙地变幻着,月亮的脸却始终那么阴郁,带着些许嫌恶的神情,斑驳的暗影好似牛皮癣的斑痕。

"鲍里斯,您知道拿妻子下赌注的牌是怎么玩的吗?"泽夫医生轻声说,"他们一对一地赌,管这叫'赌山羊'。牌分成三叠,第三叠由跟牌

① 普列费兰斯牌需要在没有台布的光滑桌面上进行,以保证出牌顺畅。
② 烛台在普列费兰斯牌当中是表示惩罚的记号。

的人来拿，因此跟牌的要同时拿两组牌。他们面对面坐下来——塔德乌什·维尔科夫斯基和那位上校——也可能是将军，鬼知道这个杂种到底是谁……于是泰迪输了老婆。红头发的天使，天庭最光明的象征，就这样被输给了……”

“不……等等，究竟是什么意思?”我低声问，“是要她嫁给那个人吗?”

“得了吧!”他轻蔑而愤慨地说，“谁会跟别人的老婆过一辈子？只需让她伺候一个晚上，睡一夜……至于以后如何如何，那都是胡扯。他们的‘秘密基地’——或者还有其他叫法——想必没有她的容身之地，可沙发床哪里都能找得到。让他按照某某地址把人送过去，事情就结了。至于输掉的其他东西，对方大手一挥，也不再跟他计较。”

“真是荒唐，对不起!”我喊道，“对不起，这听起来简直……简直不现实。恐怕您叔叔是在胡编乱造，他不是最擅长写碑文起绰号这类把戏？我们不能不考虑现实，这不是占领区的监狱，也不是骠骑兵耍酒疯!我们说的是律师，是守法公民，他的妻子是个活生生的女人，独立的个体……”

“别生气，小伙子，”泽夫医生平静地说，“看来，您离开这个国家的时候还太年轻。此外，您说雅娜是独立的个体？那您就大错特错了。”

我们都沉默了。阳台下方就是公路，车辆沿着峡谷行驶，发出低沉的轰鸣。附近的山岗上，清真寺高塔闪烁着碧绿的灯光，颤抖的光环悬在幽暗的夜空中。我们这场谈话的每一个字都向那绿色的光环飞去，飞向冷若冰霜的月亮那颧骨尖尖的鄙夷的脸，每一个字都那么轻，那么虚幻、缥缈而陌生……

“世界充满罪恶，”他依旧平静地说，“《圣经》就是这么写的。这句话永远不会过时……您知道吗，他把事情的原委告诉她的时候，说只有她能救这个家，而她只需要陪那个恶棍过一个晚上。救救这个家吧。女人听不得这样的话。于是她答应了。”

“您怎么知道?!”我忍不住反驳，“这都是臆想，您叔叔不可能亲眼看见!”

我莫名地不寒而栗。奇怪，这个故事陈旧而不可信，却让我如此不安。丽萨的身影突兀地浮现在我眼前——她沿着山径向上攀爬，娇小、柔弱；无助的女人，病态的灵魂。

“事情的关键在于……”泽夫医生慢吞吞地说着，仿佛在思考是否该把致命的证据说给我听，“关键在于，维尔科夫斯基家和我叔叔家的女仆是同一个人。叔叔说，是个罗辛姑娘，名字我不记得了。她给维尔科夫斯基家当保姆，照看他家的小女孩，就是今天和您一起去农庄玩的那个，同时，还去我叔叔家做清洁。就是这个姑娘无意之中成了目击者……她在儿童卧室过夜，一般九点钟左右就和小女孩一块儿躺下。可是那天晚上小女孩哭闹个不停，很晚才睡，后来又下起了大雨，雨哗哗地打在窗棂上，保姆刚睡着就被吵醒了。后来她说，是泰迪的声音吵醒了她，他鬼哭狼嚎……”

“鬼哭狼嚎?”我疑惑不解地重复道。

“没错，这是她的原话。她爬起来，把门打开一条缝，透过缝隙看见了他们俩。他跪在妻子脚边，抓着她的手，边哭边求她挽回他的名誉。就是这么说的，‘挽回他的名誉’……真把自己当成正人君子了。您能想象吗? 他没有把真相告诉她，对那桩龌龊的金钱交易只字不提，却用名誉来逼迫她。名誉是这些道貌岸然的混蛋的遮羞布。女仆说，女主人一动不动地站在那儿，面如死灰。这是她的原话，一字不差：‘她站在那儿，面如死灰。’”他顿了顿，似乎要给我时间想象这个画面。

“后来雅娜收拾了一下，换上衣服，孤身一人，默默地冲到雨里，早晨才回来……”泽夫医生若有所思地补充道，“扎尔曼叔叔认为，雅娜·维尔科夫斯卡娅后来的自杀给女仆带来强烈的冲击，因此这一幕给她留下的印象才如此深刻。可我也能清晰地看到雅娜那张脸，仿佛是亲眼所见。她的眼神里写着死亡，嘴角写着死亡，额头写着死亡……”

我们都沉默了。

他吸了一口气，不知是叹息还是哽咽，然后继续说：“好吧，故事讲完了。我把事情告诉了您，终于轻松了，好像一块石头落了地。接下来怎么办，您请便……”

可我……我又能怎么办？无论如何我也不敢让丽萨的心灵背上如此重负——是我在照料她的健康，照料她那颗本就脆弱的灵魂。不，不！我甚至不想告诉彼佳，他们自己身上的悲剧已经足够多了。

我从碗柜里拿出一瓶威士忌，是上次休假时从免税店里买的。我拎着酒来到阳台，坐在一张满是灰尘的塑料椅子上，大概从春天起，上面的尘埃就没擦过。那个女人在我床上睡着，她终究还是没能等到我。见鬼，直到现在我还爱着她。我枯坐到凌晨五点，沉浸在悲伤的醉意中。我凝视着月亮的轨迹，它在天穹中漂泊，走向灭亡；星光战栗，好似细碎的烟霭。

黄昏时分的天体那么大，那么红，充满血色。而它缓缓升起，变得苍白，变得凉薄，像一小块冰，愈发透明，愈发悲哀。它预感到灭亡，等待着在劫难逃的清晨。

它渐渐消隐，隐没在黎明前的苦闷之中。它无声地恸哭，哀悼自己的绝望。

它的眼中蓄着死亡，嘴角噙着死亡，额头写着死亡。

第三部

第七章

他上一次去柏林是三年前，随费尔曼兄弟剧团演出。

费尔曼兄弟的新剧《Lik-2-Lok》（又名《怪兽岛之梦》）在欧洲巡演，彼佳有两台独立的节目，其中一台仍是埃丽斯的舞蹈，但表现方式颇为怪诞。

导演罗伯特·费尔曼带他们排练了两次，用手指打着拍子，像挥舞翅膀一样摆动着胳膊肘，在《小步舞曲》熟悉的旋律中陶醉地晃着下巴。最后，他说："很遗憾，您的舞蹈和这出戏不搭调……但舞是很不错的！"

突然，他灵机一动，说："要不这样，是否能构思一场……魔女之宴？那种放浪形骸、狂放不羁、群魔乱舞的场景，就像……"他在空中打了个响指，仿佛敲响了一副无形的响板，"就像一场情欲纷飞的梦……得有一头怪兽，明白吗？因为我们的主题是怪兽、妖魔，懂吗？"

第二天排练时，彼佳披上了一张猩猩皮——这是罗伯特的主意。罗伯特心满意足，信誓旦旦地说，这会让演出相当出彩，只有这样，舞蹈才“最终爆发出浓烈的情欲，将凡夫俗子那臭烘烘的虚伪面具撕个粉碎”。感谢诸神，丽萨没有看见这场演出。

那年夏天，他不得不与她分离两个月——费尔曼兄弟的合同条件苛刻，几乎没有休息日。不过，凭着这场披着毛皮的舞蹈，一个夏天他就赚了好大一笔钱。观众疯了似的涌进马戏团橘红格子的帐篷，因此不得不临时加场，挤占了原本就少得可怜的空闲时间。

他回来后，还是发现丽萨没了人样。走之前，他似乎已经考虑周全，给她找了许多事情做，买了一大堆好看的影碟，还拜托唐达每天早晨打来电话，给她加油打气。他自己也利用空闲时间打了不少电话，有时上场前的几分钟还在忐忑地倾听着电话那头凌乱而沙哑的声音。他常把同一个问题重复三四次，妄图从她的声音中榨取哪怕是一分钟的安慰、一点点幼稚而盲目的希望。

汉娜对他说：“彼佳，你别再出远门了，钱是赚不完的。这个女孩病得厉害，最好一分钟也别离开。谁知道她会做出什么傻事！”

原来，丽萨趁唐达不在，两次闯进加尔默罗街的工作室，把那里翻了个底朝天。唐达阴沉着脸说，她在找它。

她满城游荡，到处找它，汉娜说。起初他并不想听这些，后来，汉娜说到有一天丽萨在查理大桥上找了整整半天，拦住游客，缠住卖纪念品的小贩，一个劲儿地问：“看见我妹妹了吗，长得和我一模一样……”他顿时毛骨悚然。

“你怎么看？”汉娜问，“她是不是猜到东西藏在我这儿了？”

他说：“汉娜，闭嘴。”

他绝望地闭上眼睛，想象着疯疯癫癫的妻子漫无目的地寻找，似乎想再一次确认自己的推断：他正带着它在欧洲各个城市巡演，在舞台上出双入对，每天都把它拥进怀抱。他痛苦地回想起她歇斯底里的呐喊：

“魔鬼的孽子！滑溜溜的死尸，它的眼睛也是死的！女巫，插足的妖女！”

他回到家的第二天就按照那该死的老规矩，带丽萨去了耶路撒冷。

他也因此拒绝了费尔曼兄弟的第二期巡演合同，从此他只让埃丽斯在为期一两天的短期巡演中亮相。比如艺术节和“城市纪念日”演出，或者去附近的几座城堡——涅拉赫瑟维斯城堡、利博霍维塞城堡、佩恩斯坦城堡。简易木板舞台就搭建在城堡庄园里，那里人山人海，满目琳琅。身穿中世纪官服的鹰监手臂上栖息着驯顺的老鹰，踩高跷的魔术师从光怪陆离的斗篷里掏出一只只公鸡和兔子。集市上的陶器五光十色。无忧无虑的人们狼吞虎咽地嚼着肉桂卷，喝着蘑菇汤、蜂蜜酒和家酿葡萄酒，啤酒就更不用说了。

在集市上做活往往收入微薄，只能搞几场仓促的表演，顺便卖几只木偶。不过普罗查兹卡工作坊还有一份不多的薪水，夏天在查理大桥和坎帕岛卖艺也能赚几个钱。这一切加起来能勉强维持生计。

彼佳出了中央火车站，决定花钱叫辆出租车——瓦茨拉夫·拉特教授住在柏林东部的哈克市场，在亚历山大广场附近。

街道和人行道上撒满了暗灰色的碎石子，柏林在风雪交加的严寒中黯然失色——整个欧洲都是如此。广场上在举办圣诞集市，一座座蜜糖色的小木屋排得密密麻麻、整整齐齐，给灰暗的城市增添了一抹亮色。圣诞小屋出现得一年比一年早，不难想象，也许过不了多久，迫不及待的市民从九月就可以开始兴高采烈地购买杏仁饼和面包圈了。

车站广场上矗立着一棵圣诞树。喧闹的音乐不知疲倦地追逐着驼背的旋转木马，一台灯火通明的大烤箱制作出不计其数的肉排和本地特有的咖喱香肠。亮闪闪的圣诞彩球映着一张张扭曲的脸——汗津津的额头，肥大的鼻子，蠕动的嘴巴如歪斜的黑洞，将成吨的圣诞美食碾成齑粉。

集市宛如小小的村落，货摊则好似一只只傀儡戏箱。肉桂、丁香和炒巴旦木的浓烈香气在凛冽的空气中弥漫，交织成一张馥郁的网。热红酒暖融融的热气飘向灰蒙蒙的天空——世上没有比它更好的热饮了，一杯下肚就能驱散腹中的寒气。

出租车司机是个年迈的德国人，又矮又壮，结实的身躯套着一件鼓鼓囊囊的坎肩，一对招风耳生了冻疮。他一路上喋喋不休，彼佳只会傻乎乎地支吾几声："啊，Ja，Ja[1]……"于是不得不忍受对方的长篇大论。根据频繁出现的"Scheisse!"[2] 来推断，对方是在抱怨天气。后来他听烦了，便用极富穿透力的女高音"唱"起了《埃达》的咏叹调。司机大叔差点撞上前方车辆的保险杠，他一面用颤抖的手把收音机的按钮揿了一个遍，一面瞪着后视镜里的乘客。乘客若无其事，脸上挂着客气的微笑，嘴唇紧闭，而咏叹调依旧在回荡。绿灯亮了，汽车却一动不动，像一头倔驴……

"该走了，蠢货!"彼佳用俄语亲切地说。于是一路无言。失魂落魄的司机虎视眈眈地盯着他，直到下车。

奥古斯特大街……如果指的是那位罗马皇帝，那么这个地址与研究古希腊罗马史的教授倒是很相配。彼佳记得这里的夏天别有一番景致：石砌的马路，老式路灯，悬铃木的树冠修剪得很整齐。建筑物色彩清新，好似粉笔画。夏季的黄昏，坐在人行道旁的露天咖啡馆，舒缓的音乐在空气中飘荡。德语低沉的音调伴着唇齿间的窸窣和汩汩的喉音，缭绕着罂粟籽和杏仁糖似的甜软气息。

现在的奥古斯特街冰封霜冻，好似鸟儿竖起羽毛，又像皮袄的长襟，

---

① Ja：德语，意为"是"。

② Scheisse：德语，常用于骂人和表达不满情绪。

在风雪中散发着冰霜的寒气。

“不，夏日一去不复返，不复返……”是哪首歌里唱的呢？大概是马斯奈的《哀歌》。

彼佳踩着宽阔的台阶来到大门前，刚准备按下房间号，却犹豫了。

一路上他把即将展开的对话设想了一遍又一遍，反复思考着对策和措辞。飞驰的火车上，一切都显得有条不紊。（“在必要的情况下，我就向他解释……如果他问起……不，我应当说，这件事我不想谈……”）而此时此刻，他觉得事先准备的话题在一个学者面前显得荒唐而有失妥当，好比耍木偶戏的学徒利用午休时间在炼钢厂车间变戏法。当然，他的职业生涯中的确有过这样的经历。

他和教授在电话里聊过几句，对方似乎是个幽默风趣的人。

“您就打算用这样的英语和我谈专业问题吗？”他刚说了两句开场白，一个快活的男中音就打断了他的话，对方说的是俄语，“您还是用捷克语吧。”

“我的捷克语比英语强不了多少。”彼佳回答。电话另一头传来爽朗的笑声。

“看得出来，您精通多国外语。”他说，“好吧，不为难您啦，我向来舍己为人。我太太是俄罗斯人，我忍了她三十年，也不在乎多这一会儿……”

房门砰的一下开了。刹那间，彼佳暗自惊呼：瓦茨拉夫·拉特教授才是个真正的“活傀儡”！房间很暖和，他站在过道里，却披着一条棕红色的加拿大绒毯，穿着皮鞋，戴着橘红色的针织手套。他的个子奇高无比，即便穿着厚厚的冬衣，身材仍显单薄，牛仔裤紧裹在腿上，使他看上去活像一只仙鹤。

“哦，不，不！”他做出一副悲伤的怪相，连声哀叹，“谁能想到从事您这个行业的人也能如此准时？!”

彼佳张口结舌，面对这样的问候方式不知该做何反应，于是他肆无忌惮地打量着对方。教授稀疏的白发打着卷，张牙舞爪地堆在头上，乌黑的眼睛神采奕奕、生机勃勃，贪婪的目光紧紧盯住眼底的一切，手臂一刻不停地挥舞着。

“把风帽摘下来吧！”拉特喊道，接着像指挥家一样挥起双臂，做了个“tutti”① 的动作，“停！别摘！您活像中世纪的炼金术师，简直是造魔像的勒夫拉比。魔像不就是个大型傀儡吗，对吧？”

“没错，”彼佳回答，“我早就怀疑，魔像其实是一种复杂的机械。”拉特听闻此话，兴奋地拍了拍手。彼佳继续说：“古中国和古埃及的术士早就会制造机械傀儡，公元前四世纪，阿契塔制造的机械鸽就能‘不费吹灰之力地起飞、降落’，而中世纪布拉格的犹太区有那么多奇巧匠人，却为什么没造出这样的机械……”

这时，拉特教授突然喊：“止步！”说着，他走到门外，砰的一声关上房门，搂住彼佳的肩膀，悄声问：“那您不打算溜到老新犹太会堂的阁楼里去，看看是不是真像旅游小册子里说的那样有魔像的碎片？”

“有这个打算，”彼佳心平气和地回答，“但还得规划规划。”

“这么说，”拉特一边兴奋地大喊，一边拽着他走下楼梯，“咱们是一丘之貉啦！不过，现在我们要向糕点铺进军！我正要去买糕点，从学校回来的路上忘记买了。说到底，我毕竟是个老教授，难道不能有健忘的权利？希望再去一趟还来得及……现在您没得选了，只能陪我去啦。等等！”他正要推开大门，却突然把手垂下，“上帝保佑，您不会以为我是不放心家里的藏品才拉您出来的吧？”

“放心，”彼佳反唇相讥，“我今天是来踩点的，不开工。”

教授哈哈大笑，拍了拍他的肩膀，说：“走吧，活宝！”

不知为何，他们一路小跑（也许是天气太冷，也许是拉特教授步子迈得太大），到了点心铺，手忙脚乱地选了个大蛋糕，又一通小跑，原路

---

① tutti：指挥家在示意交响乐队开始合奏时的手势。

返回。来回只花了大约一刻钟，彼佳却收获了一大堆各式各样的新消息。拉特教授和出租车司机一样是话痨，然而，二者最大的不同在于，拉特教授说出的每一句话都让彼佳有记下来的冲动，想要写在纸上，记在心里，付诸行动——比如，做成木偶。

"看来，我一辈子注定和您这个行业的人打交道……"他说话的时候，口中不断喷出哈气，让彼佳不禁想起往返于托马里和南萨哈林之间的老式日本汽船。"前几天，我还给一个女作家的新书赠了一段卷首词。她写了一本关于疯子傀儡师的长篇小说，想用尤里·奥列沙[1]的《随感偶拾》里的著名引言，您一定听说过：'他就是傀儡，表演得丝丝入扣。太过逼真，以至于他的搭档忘记了他是傀儡，放开手，径自走开，他竟轰然倒地。'可我说：'不，亲爱的，别用这句，太肤浅。我们需要的是深刻、神秘、恐怖……'因为说到底，从古时起傀儡就被认为是来自彼世、来自死亡世界的形象，对不对？古墓里经常能够发现傀儡，古希腊戏剧也是这样，戏的末尾经常出现陈尸台——从后门搬来一座台子，上面躺着一具尸体，比如，阿伽门农的尸体。不过，所谓的尸体只是一具四肢会动、穿着衣服的木质模型——注意，是木质的。这是个象征：傀儡内部制成槽状，和棺材一模一样，而树木的根须扎进土里，连接着地府的神秘世界。换句话说，最初的傀儡是死亡世界的象征……"

说这话的时候，他们刚巧走进点心铺子。店铺很小，却无所不包。小小的铺子似乎被各色各样的糕点和面包撑得肚子滚圆、面色红润。胖胖的女售货员也似发了酵的面团，蓬松柔软。教授立刻干脆利落地说起德语，用轻快活泼的语调挑起糕点来。

拉特教授一边用俄语和彼佳交谈，一边用德语同售货员说着俏皮话，就像一个游刃有余的杂耍艺人，手里的球加了一个又一个，却依旧能若

[1] 尤里·奥列沙（1899—1960）：苏联作家，著有《三个胖国王》《嫉妒》等。

无其事地和背后的人聊天，一旦有球掉下来，他还能用脚接住。给他打下手真是一件乐事。

“这简直是埃及的惩罚[1]！”他用俄语喊道，“怎么可能在‘Streuselkuchen’[2]、‘Käsekuchen’[3] 和‘Mohnkuchen’[4] 之间轻松做出选择？！还有，‘Apfelstrudel’[5] 怎么办？”他询问着客人的意见，狡黠的黑眼睛里流露出痛苦的神情。

“好吧，我们还是选‘Mohnkuchen’吧！”关于糕点的谈话终于结束了。他从冷淡的售货员那里抓过蛋糕盒，推开糕点铺笨重的大门，继续之前的话题，于是他的脸又一次淹没在一团团浓重的哈气之中。

“接着说卷首词的事。我想到的是哪一段呢？我为她的小说精挑细选，最终选了一段最鲜美可口的文字，绝对让人垂涎三尺，意犹未尽！您听着：

> “一日，我凭一己之力将空气变成水，将水变成血。我让血凝缩，化为肉体。借此，我创造了一个生命，一个男孩，也创造出比神之造物更崇高的杰作，因为造物主用泥土塑人，而我用空气，相比之下艰难得多……
>
> “想必我们已经知道，他（行邪术的西门）所说的男孩正是被他戕害的牺牲品。他将他杀死，又掳走灵魂，为自己服役。

“您觉得这段怎样，是不是一针见血？一针见血地道破了这门魔鬼的手艺的真谛。灵魂，灵魂，服役！无法回头，无路可退，至死不渝。当

---

① 埃及的惩罚：《圣经·旧约》中的典故。埃及法老为压制以色列人的势力，加重了对他们的迫害。上帝听到以色列人的哀号，便借摩西之手，向法老施行十项惩罚，带以色列人逃出埃及。

② Streuselkuchen：德语，意为“蜜橘蛋糕”。

③ Käsekuchen：德语，意为“奶酪蛋糕”。

④ Mohnkuchen：德语，意为“罂粟籽蛋糕”。

⑤ Apfelstrudel：德语，意为“维也纳苹果卷”。

然，希望这位女士的小说别玷污我这段绝妙的引言。”

拉特教授的黑眼睛成了灰暗街道上最明亮的色块。纷飞的雪屑如灰烬般落在他的卷发上。他的头发很轻，在寒风中张牙舞爪。他不停地仰头，将雪屑抖落在脸上、肩上，像一匹戴嚼子的马。

“咦，您怎么不走了?”

“这段话出自哪里?”彼佳问。他依旧停在原地。

教授大笑起来，拽了拽同伴的袖子，说：“走吧，快回家，我快冻死了！亲爱的，这段引文出自《认亲记》，是公元二世纪的一部小说，二世纪！是《伪革利免书》中的一卷。这套文献卷帙浩繁，全部归于罗马主教革利免名下。革利免是圣彼得的门徒，很可能真实存在，并且在罗马当过某个宗教团体的领袖，但是……”

他们走进大门，没坐电梯，开始爬楼。教授的家在四楼。显然，他是健康生活方式的忠实信徒，努力克制自己，才没有一步两个台阶地往上冲。不过，他走走停停，以便强调重点，竖起的食指差点戳到同伴的鼻子。

“但是！革利免绝对没写过小说。这是典型的亚历山大文献，也就是说，是遗留下来的古犹太文献。此外，据说这位主教葬在克里米亚，因此属于东正教——这会儿您可以把中世纪的斗篷脱下来了，不然我总是觉得您心怀不轨。”

“哪里能读到这些……文献?”彼佳脱下外衣的风帽，问。

“怎么读，老弟?”教授笑着说，“哪种语言?”接着，他停住脚步，俯下身，轻轻握住彼佳的手，说：“别生气，书是用希腊文写成的，然后译成拉丁文，不见得有俄文版——您颅骨的轮廓真有趣，您的整个外在都散发着彼岸的气息。眼睛非常明亮，莫非它们是通往虚无之地的深渊?‘他没有影子！’[①] 把身子侧过去……哦，多么有特色的鼻子，这线条刚

① 出自布尔加科夫的长篇小说《大师与玛格丽特》，是书中的人物里姆斯基在看到魔鬼沃兰德时发出的惊呼。

硬的罗马式的下巴，还有这神秘莫测的微笑……您自己就可以扮演彼得鲁什卡，奇妙的鬼灵精！您不介意吧？为什么这个耳朵比另一个长？真别致。是工作需要吗？”

“是因为耳环，是我操纵木偶的辅助工具。我的傀儡永远比一般的木偶多一条线。”

“天才！我们接着说革利免主教。我在特列契亚科夫画廊附近那座巴洛克风格的圣革利免大教堂工作过，在那儿整理一堆古籍。我找到了许多惊世之作，比如，温克尔曼[①]考古资料的初版，记录着庞贝古城的考古发现。封面是小牛皮的，还嵌着那不勒斯波旁王国的金百合。我从一堆东西当中把它翻了出来。怎么样，像不像小说里的情节？”

他从上衣口袋里掏出一串钥匙，眯起眼睛，开始寻找需要的那一把，仿佛进的是陌生人的房间。他接连把三四把钥匙插进锁孔，都失败了，但他心平气和，接着试下一把。

“那座教堂是列宁图书馆的书库，堆满了从各个地方没收来的书，都堆到天花板了。我想，从一九一七年开始搜罗来的文献大概都在这儿，比如说，沙霍夫斯基公爵的私人藏书、教区的藏书……我跟您讲，真是一大堆，乱七八糟的一大堆，数都数不清！有时候上级发起‘除尘’活动，列宁图书馆的工作人员差不多全体出动，拿着抹布来擦书。我个人的工作是按主题给书籍分门别类。忘记说了，教堂看守是个酒鬼，后来他喝得烂醉，在澡堂里淹死了。”

他们终于进了门，在碍手碍脚的狭小过道里脱起外套来。教授给了彼佳一双软和的棉拖鞋。

“照我说，让每位客人穿自己的鞋进屋就好了，”教授说，“可是我太太偏要按俄罗斯的规矩来。”

---

① 温克尔曼（1717—1768）：普鲁士考古学家。

“您太太呢？”彼佳问，“出门了吗？”

“不，她去世了。”教授依旧笑呵呵地回答。

“哦，对不起……我不知道……”

“道歉做什么，别往心里去！我太太度过了精彩而幸福的一生，换了四任丈夫——我是第四任，是最老实的，其余那几个更要命。”

他一边说，一边把买来的东西拿进餐厅，摆在桌上。从门口望去，餐厅是地地道道的莫斯科风格：架子上、橱柜里挤挤挨挨地摆满了格热尔陶器，墙上挂着五颜六色的彩画，墙角摆着带转角的木质长椅。

“她是我在莫大[①]的老师，比我大好多岁。我们在一起的时光很快活，去许多地方旅行，有许多共同的爱好。回忆起她那张酸溜溜的脸，我一点儿也不感到郁闷。”

他出现在门口，两手抵着门框，似乎想要把门洞撑大一些。

“请吧，乌克苏索夫老爷……哦，对不起，您的姓氏和酸溜溜的脸没有一点关系，只不过是双关语的巧合！好吧，听您吩咐，是把您当客人，还是当自家人？先喝一杯咖啡，还是直奔主题……”

“直奔主题！”彼佳连忙回答。刚进门，他的目光就已经迫不及待地向大厅瞄去，透过敞开的门看见一排排玻璃展柜，里面的木偶让人眼花缭乱。

教授利落地说了个“请”字，让他先走。

彼佳来到门前，看见一座由三个房间贯通而成的连列厅，全部用来摆放包罗万象的藏品，令人叹为观止。

“啊！我……”他发出一声惊叹。

“对对，我的朋友，别害羞，别忍着，”教授得意地附和说，“专业人士发自内心的赞叹只能通过欢欣鼓舞的俄罗斯国骂来表达！请允许我给您鼓鼓劲儿，尽情地表达自己的感情吧！说脏话对于彼得鲁什卡来说

① 莫大：国立莫斯科大学。

无伤大雅。古罗马人对此类禁忌话语非常尊敬，它们甚至是葬礼的一部分。一般来说，粗话是对死神的驳斥。死亡是否能被战胜这个问题，那个时代的人们还没彻底弄清楚，毕竟，死而复生的情况的确存在。”

瓦茨拉夫·拉特见客人呆若木鸡地站在原地，手足无措，便拉住他的衣袖，把他拽到左侧墙角处的展柜：“从这里开始参观。这些都是我父亲收集的最古老的藏品。他是个机械工程师，在我看来，他画画还算不错，当然，画画只是业余爱好，但还是有一定的才华。以前他负责外事工作，因此我们去了很多地方，不管去哪儿，他做的第一件事就是去搜寻当地的木偶。他爱惜地把它们称为‘小木偶’。后来我才知道，真正的傀儡师和工匠多么爱用这个字眼来称呼自己的木偶。”

他小心地打开展柜的玻璃门，说：“瞧瞧这一对，王子和公主。来自印度尼西亚，十九世纪的作品。您看它们身上有多少柔情蜜意！如此脆弱的身躯、纤细的小手，瘦得惹人怜惜……它们多么腼腆地低着头，羞怯的爱情多么纯洁。这对木偶保护得很好。我请普罗查兹卡父子来修复藏品。我认为，瞧这里，它们的王冠该镀一层新的金粉，但是兹德涅克劝阻了我。现在我意识到他是对的，黯淡的金色比刺目的金光更美。”

他温情脉脉地望着这对木偶，从沉思中缓缓地走出，来到旁边的展柜。

“现在请您看看这个——我的宠儿，矿山之灵提奥。很可爱吧？”

“玻利维亚的？”

“没错。狡诈的神情，面孔俊俏得像小姑娘，眉毛修长，一对杏眼，手里却紧握着一根大棍子，蹲下身子，随时准备发起攻击。木偶总是具有矛盾的二重性。注意衣服上的刺绣、珠花和玻璃饰品，多么细腻繁复，简直巧夺天工！就连它的小翅膀也点缀着宝石！我担心油彩会损坏，就让兹德涅克稍稍修复了一下，因此它现在看上去焕然一新。”

接着，他把彼佳招呼到另一只木偶跟前：“这个来自缅甸的机灵鬼您可千万不要错过，它可能是怪兽国的王子，也可能是别的人物。看它蓝绿相间的羽毛，色泽的变幻多么奇妙。父亲从德里一个木偶戏演员的遗孀手中把它买了回来，亲手修复得完好如初。这是……大概是一九三五年发生的事。”

教授兴奋得手舞足蹈，两腿拧成了麻花，在架子和玻璃柜之间轻盈而谨慎地穿行。伴随着流利、纯正，对于一个外国人来说极富表现力的俄语，他的动作好似复调音乐中的芭蕾舞，又像一道飞舞的阿拉伯花纹，与这群来自“魔幻”世界（他不止一次说到“魔幻”这个词）的生灵契合得天衣无缝。

“的确，一辈子同木偶打交道的人绝对算不上百分之百的正常人，对不对？我给您看样东西，不过希望您能守口如瓶。我把这个木偶像窝藏游击队员一样藏了起来，还不到炫耀的时候。”

他弯下腰，从玻璃柜底下取出一个扁平的匣子，打开盖子，径自赏玩起来。这是个用于室内装饰的古老玩偶，手和脸是陶瓷做的，非常精致。这类玩偶大多数是上世纪初欧洲工匠的作品。

“平平无奇，对不对？”他使了个眼色，“但是，如果您知道它为谁所有，就不会觉得它平庸了。没错，它就是艺术家科柯施卡[①]那只举世闻名的玩偶，正是传说被他摧毁的那只。您看，它的长相酷似阿尔玛·马勒——作曲家马勒的遗孀，科柯施卡和她有过一段恋情。他向她表白心迹并求婚，可这个心明眼亮的女人及时看穿了他的真面目，发觉他不大正常，便拒绝了他。而科柯施卡已经彻底疯了，他坚信自己会飞！绝望的画家买了这个玩偶，与它形影不离，甚至带着它混迹于上流社会！后来，朋友们都认为这很不体面，于是有一天，这个玩偶突然失踪了。啊哈，失踪了！”

---

① 科柯施卡：奥地利画家、剧作家，与音乐家马勒的遗孀阿尔玛相恋，定做了一个与真人同等大小、容貌酷似阿尔玛的玩偶。相传，科柯施卡在一次酒醉后砸毁了它。

教授爆发出马嘶一般的洪亮笑声。

“我从一个匿名者那里买了这个玩偶，郑重承诺不在任何沙龙展出，甚至不能摆在自己的收藏室，直至……不知为什么他在合同上写的期限是二〇一五年。”说着，他狡黠地笑了，“他说什么就是什么吧，虽然听起来有点愚蠢。科柯施卡一九八〇年就死了，不会太介意的……不过，我的藏品之中最丰富的当然是捷克木偶。而且，有两个是约瑟夫·斯库帕[1]的大手笔——确切地说，是诺谢克按照他设计的图纸制作的。我父亲和斯库帕是老相识，设计机关的时候，我父亲还帮了点小忙……”

教授打开柜门，笑呵呵地请客人欣赏里面坐着的一只大眼睛木偶。

“这只木偶是斯佩波尔，在盖世太保那里待过。您知道吧，《明天，你好!》这出戏演出结束后，斯库帕被捕，关在比尔森监狱，而他的木偶由盖世太保监管，藏在一个保险柜里。来，认识一下，这是我们著名的囚徒。对了……”他向一旁侧了侧身子，仿佛想换一个角度审视对方。他用活泼、激动、热情的目光打量着彼佳，说：“兹德涅克·普罗查兹卡告诉我，您是个天才。他说的可是事实?”

“多少算是吧。”彼佳平静地回答。

“那就让我们开开眼!”主人提了要求，“我知道，即兴表演是不情之请，不过，还是……我看见傀儡师的手闲着就浑身难受，总是想给他们找点儿事干!”他热情地伸开自己颀长的双臂，转了一圈，说：“随便挑!”

彼佳环顾四周，犹豫不决。

放眼望去，精挑细选的藏品之中没有一处败笔，周围尽是不同地域、不同时代的大师的杰作。无论挑选哪一只木偶，都必须磨合一段时间才能感受到手臂中那股使它们血脉相连的永恒热浪……

“好，那就试试这只吧。”他朝墙角的展柜点了点头，里面摆着一只

---

① 约瑟夫·斯库帕（1892—1957）：捷克木偶戏艺术家、导演。

又高又大的提线傀儡，“是浮士德博士吗？”

“没错！”教授连忙回答。他冲上去打开玻璃柜门，把木偶小心翼翼地取出来。木偶穿着肥大的黑色长袍，戴着黑色贝雷帽，五官绘制得很精细——鹰钩鼻，黑色的山羊胡，神色阴郁。教授说：“正是博士本尊。来自维也纳木偶剧院，十九世纪末的作品。”

傀儡很大，很沉，头顶有金属杆，上面还连着一根沉甸甸的水平操纵杆，拿起来很顺手。彼佳像抱小孩似的把它抱在怀里，又像对待小孩子似的，让它坐在桌上。他把所有的线理顺、展平，摆弄了几下，手指微微颤动，好似鱼儿在渔网中慢吞吞地扑腾着身子。

布拉格扎特卡街上的国家木偶剧院上演《唐璜》，用的便是类似的提线傀儡。戏台很窄，很高，可升降的法式帷幔布满花纹般的水渍，垂着滑稽的流苏。包厢由约瑟夫·斯库帕设计，上面有华丽的金色浮雕。

扮演唐璜的木偶与浮士德颇为相似，脸颊瘦削，郁郁寡欢，愁眉紧锁，蓄着黑胡子，同样戴着一顶黑色贝雷帽。这只木偶还可以扮演梅菲斯特、诺查丹玛斯[①]，还有中世纪滑稽剧中邪恶的公证人，因此销路很好。虽说是畅销货，但比例匀称，平衡性极佳。

彼佳不太喜欢大型傀儡，因为它们不像轻便的小傀儡那般灵动。不过，虽说用于纯粹的商业演出，也不该有太多怨言，毕竟它们常在有名望的大剧院里亮相，而且一连十几年都在孜孜不倦地榨取游客的钱财。剧院的演员但凡有个头疼脑热，都会请他去救场，对于这种工作他来者不拒——好歹有钱赚。

他右手提着勾牌，像马鞍上的骑手，左手铺成扇形，仿佛在弹奏竖琴。不经意间，双手微微颤动，向傀儡传递着微妙的讯息，就像一个母亲对着孩子的额头吹送轻柔的气息，把他从睡梦中唤醒，唯恐他受惊。

① 诺查丹玛斯（1503—1566）：法国预言家、占星师。

生命温柔地注入傀儡的躯体。它的一只手抽搐了一下，似乎感觉到了疼痛，头扬起来，眼睛眨了眨，木讷而沮丧的表情被痛苦的神情取代。它犹疑而疲惫地颤动着双腿，木屐沙沙作响……

这个过程蕴含着某种非自然的、颇为恐怖的东西，俨然像死者复活。每一秒，生命都变得愈发蓬勃，在木偶的躯壳中稳健地穿梭。猛然间奇迹发生了：一分钟前，木偶还冷漠地瘫软在彼佳怀里，此时却遽然一震，缩成团，然后一跃而起，摇身一变，成了活人。整个过程神不知鬼不觉，难以捉摸，令人费解。浮士德博士抬起头，环顾四周，脸上写满了痛苦的沉思。接着，他微微点头，和着思绪的节拍，用浑厚的男低音慢悠悠地唱起来：

我将神学烂熟于心，
哲学也钻研殆尽，
法学让我冥思苦读，
此外，我还通晓医术。

奇妙之处在于，木偶并没有太过明显的动作，却依旧能感觉到它体内奔涌不息的生命。似乎是由于冬季散漫的天光：日光侵入窗子，笼罩着室内的物体。没有影子。人和傀儡的轮廓在含混的微光中消融，被赋予一种均匀、黯淡的不确定性……整个房间都荡漾着朦胧的幽光，宛如水底世界。傀儡悬在细线上，就像困在网中的缄默的溺水者。它轻轻摇晃，不经意间做出许多迟疑、彷徨的微妙动作，酷似人的一举一动。随着傀儡师手指的颤动，它的容貌与神情瞬息万变。

突然，浮士德猛地举起右臂，怀着愤懑的心情仰天长叹：

虽然我无事不知，
却依旧那么愚蠢。

拉特教授起初有些惊慌——当人们发现事情出乎意料时，总会感到手足无措。接着，他瞪大了黑眼睛，轻轻发出一声赞叹："上帝啊，它是活的，真见鬼！我不明白您是怎么做到的，这简直可怕！站在您旁边，我觉得毛骨悚然……"

听到他的话，浮士德蓦地转过身去，似乎发现房间里还有旁人，颇为惊讶。它向教授轻蔑地鞠了一躬，继续吟唱。显然，这段唱词是针对教授的：

> 我还要问你一个问题：
> 心中为何有这种恐惧？
> 当你陷于死者的囹圄，
> 被死尸的残骸包围，
> 上帝赐予的生命力也被褫夺，
> 你如何承受住这一切，
> 在幽禁中也未曾枯萎？

"太震撼了！太震撼了！用我妻子的话来讲——看傻了！还有台词，台词！这个角色的所有台词您都背得过？"

"好多年前的事了，"彼佳若无其事地说，"以前我在库尔干剧院演过浮士德，现在只记得只言片语。"

这时，傀儡自觉受了冷落，恼羞成怒，朝彼佳抬起脸，扬起尖尖的鼻子，果断伸出手去，蛮横地拽了拽彼佳的裤腿。彼佳亲切地点点头，说："哦，那是自然，我的心肝儿！"忽然，他开始用德语念白，浮士德身上的神秘和忧郁顿时一扫而光。木偶摇身一变，从德高望重的中世纪学者变成了一个话痨的土耳其小贩（他们通常经营一间小铺，卖五到七欧元一只的烤鸡），举止和口音也惟妙惟肖。它像彼佳今天遇见的那个出租车司机一样口若悬河，一句话一个“Scheisse”。突然，我们的土耳其人发现礼拜时间到了，便扑通一声双膝跪倒……拉特教授已笑出眼泪，笑得筋疲力尽，摆着手直求饶。

接下来的一个半小时里，二人疯疯癫癫地在一个又一个展柜之间穿行，打开门，端详、抚摸架子上的木偶，有时还取出来把玩。他们争论不休，不时打断对方的话，抓住对方的手。他们滔滔不绝，不拘小节，固执己见，却不断爆发出爽朗的笑声，聊得不亦乐乎。有时，他们原路返回，想再看一眼十八世纪末的亚眠傀儡拉弗洛尔（这个角色与彼得鲁什卡相似，穿着淡紫色的天鹅绒坎肩、短裤和红白条纹的长筒袜），或者把十五世纪末的中国瓷娃娃再次挨个儿抚摸一遍（这是一套造型滑稽的陶瓷摆件，每个小人儿只有五厘米那么高）。他们像美食家一般兴致勃勃地嗅着一尊英国蜡像，脸上露出陶醉的神情。这尊蜡像是教授在阿姆斯特丹的跳蚤市场上淘来的，时间是一九……七二年，亲爱的，请上眼！

“这是谢多夫[①]的彼得鲁什卡吗？”彼佳用手指叩着玻璃，赞叹道。

“没错，没错，而且是老谢多夫的作品。稍等，我把灯打开，天快黑了……”

墙上有一大排开关，像电脑键盘。教授噼噼啪啪揿了一通，四壁、屋顶和角落便渐次亮起灯光。静谧的光照亮了展柜内部，傀儡们似乎活跃起来，向前探着身子，梳妆打扮，仿佛都想登台演出，哪怕一分钟也好。亲爱的，你们闲坐得太久了。

“帕维尔·伊万诺维奇·谢多夫，没错，没错。我从莫斯科的一户人家那里把它赎了出来，把我太太给我租别墅的钱花掉好大一笔。它落在这家人手里纯属意外。我看见它的时候，它就坐在他们家小孙子的枕头上。它迟早会毁在那孩子手里，而我是它的救星！现在它生活得多幸福！”

① 谢多夫：全名为帕维尔·伊万诺维奇·谢多夫，19世纪俄罗斯著名的傀儡戏表演艺术家。

总而言之，瓦茨拉夫·拉特教授用颤抖的双手欣喜若狂地继承了父亲的藏品。在他无微不至的照料下，它们得到保存和修复，不仅完好如初，自成体系，充实壮大，而且诗意盎然。

下一个展柜勉强置身于两扇高大的窗子之间。窗子临街，窗外是枯木的枝丫。黄昏降临，奥古斯特街在冬季的暮霭中泛着灰色。展柜空荡荡的，也许是因为宽阔的架子上只摆着一排小小的台座。彼佳暗自数了数，一共九个，上面坐着九只巴掌大小的彼得鲁什卡，粗布长袍，木质脑袋，尖鼻子，雕工细腻，绘制生动，显然出自同一工匠之手。科尔奇马利肚子里的那只木偶与它们如出一辙——那贪婪的腹腔企图将它吞噬，却始终未能得逞。

只不过如今看来，它们之间确有一处不同：科尔奇马利肚子里的婴孩头上有一绺陈旧的、褪了色的红发，拉特教授收藏的木偶却没有，这说明前者的性别是女性。

教授见彼佳打住了话头，讷然不语，只管盯住那排滑稽的小人儿细细端详，于是也停住脚步，露出惊喜的笑容，说："您知道吗，所有人都对我的丑娃娃视而不见，您却是个例外。客人们通常对那些珠光宝气、绫罗绸缎、五光十色的精品更感兴趣，"他朝旁边的展柜努了努嘴，"却忽略了最关键的东西。"

"它们有什么特别之处？"彼佳竭力克制着自己激动的声音，问。

"啊，它们，是我父亲所有藏品的开端和渊源！不过说来话长，咱们边吃边谈。咖啡就不喝了，还是喝……"

"我带酒来了，"彼佳连忙接下话茬，"您喝威士忌吗？"

"我什么都喝，"教授信誓旦旦地说，"我说过，读研究生的时候，我的同侪都是吃喝玩乐的好手。不过，先参观完再说吧。走吧，下一个房间是非洲和北美洲的……"

“‘Mohnku-u-chen’……”瓦茨拉夫·拉特开心地哼着小曲，给电茶壶加满水，“罂粟籽蛋糕，绝妙的组合！德国人在烘焙方面很有一套。不过，对于您这样的贵客，彼佳，应当再打个鸡蛋犒劳一番。”

“别忙活啦，瓦茨拉夫！”彼佳慌忙制止（经过长达一个半小时的详尽而陶醉的参观，他们已经习惯直呼对方的名字——虽然还未熟络到以“你”相称的地步），“不用了，时间宝贵，我今天就得回去。咱们谈正事吧。”

“那就请坐吧，请您钻到角落里去。首先，只有那里的皮子还没磨出破洞；其次，我总是把客人撵到墙角。窗边更舒适，这是我妻子最喜欢的位置。您瞧，我们窗下的蓝杉多漂亮！瞧那副宽肩膀，多么匀称的身材。天气晴朗的时候，鸟儿总是在这里开研讨会，又是作报告，又是打辩论，都是吵架能手……”

电茶壶嘶嘶地沸腾起来。教授从柜子里取出杯子、碟子、矮脚酒杯，开始切蛋糕。教授系着一条黄围裙，胸前有一棵翠绿的棕榈树披散着圆拱形的枝叶，这使他看上去好像一只干瘦的木偶，让人心生怜惜。他细高身材，灵巧，精致，心中仿佛永远回荡着狐步舞曲的旋律，螺旋状的灰白色鬈发随着音乐的节拍轻盈地颤抖。他打开彼佳带来的那瓶威士忌，把酒倒进矮脚杯。

“好吧，您说的正事是……”

“先别急，”彼佳提醒他说，“您答应过要把小彼得鲁什卡的特别之处讲给我听。”

“啊，对，对……是答应过，”教授抬起头，凝视着这位锱铢必较的客人，“您真爱刨根问底！好吧，既然答应了，讲讲也无妨！只不过，这是一个很长的家族故事……就像《巴斯克维尔的猎犬》，虽然并没有什么猎犬。不过我得警告您，要是您胆敢喊一句‘不可能’，那么就算我对您青睐有加，也会立刻将您赶出家门。准备好了吗？”

他用一把小银铲铲起一大块黄澄澄、掺杂着些许紫色的蓬松的蛋糕，颤颤巍巍、小心翼翼地把它移向彼佳的碟子，抖动着嘴唇，像哄孩子似的说着：“别掉，别掉……”终于，蛋糕在目的地顺利着陆，教授如释重负地吁了一口气。

“说到这些怪模怪样的小彼得鲁什卡……从哪里开始讲起呢？让我们拉开帷幕：时间是十九世纪中期，故事发生在摩拉维亚、波希米亚、加利西亚的偏远小城，背景是奥匈帝国，人类历史上最伟大的帝国……”

他沉思片刻，犹豫了一会儿，突然把头发一甩，说：“不，不是从这儿开始的！”

接着，他又坚定地重复了几遍：“不是从这儿开始的，不是。重来一遍，让背景和环境去见鬼吧。您只需想象一位同行，一个孤独的傀儡师，背着装满道具的行囊——比如，一只装满木偶的箱子，当然还有折叠屏风。他独自走街串巷，路过一座座城堡和庄园，赚几个零星散钱。天气好的时候，也许收入不菲——那个时代的老百姓娱乐活动少，因此木偶戏总能吸引不少人。大伙儿都爱看大喊大叫的彼得鲁什卡，当然，不同的地方有不同的叫法。不过能有几天好天气？动不动就阴雨连绵，要么冻死人，大多数时候只能挣几戈比。对了，若是走运，还能遇上那种住在城堡里的大家族，有孩子，有家奴，逢年过节必请傀儡师。一待就是一两周，有时还能住个把月，吃喝不愁，住的是温暖的房间，不用在木板棚过夜……”

教授伸手从彼佳头顶的架子上取下一台古老的咖啡磨，朝里面扔了一把咖啡豆，把它抵在胸前，转动手柄，开始研磨。他抬高声音，竭力压过咖啡豆清脆的碎裂声：“马上就好！正宗的土耳其咖啡！这个小玩意儿是赫尔曼·黑塞①送给我的礼物！”

---

① 赫尔曼·黑塞（1877—1962）：德国作家，著有《荒原狼》《玻璃球游戏》等，1946 年获诺贝尔文学奖。

老咖啡磨火力十足，几粒咖啡豆从没扣紧的盖子底下迸溅出来，打在彼佳身上，教授也使劲眯起眼睛，显然熟知它的脾性。终于，一切复归沉寂，咖啡磨的腹腔里落满了棕黑色的粉末，一股醉人的芳香飘到彼佳的鼻子里。“老伙计真给面子。”瓦茨拉夫满意地说。

“我妻子死前受了很久的煎熬，”他笑着说，接着用小勺把咖啡粉舀进锃亮的铜质土耳其咖啡壶，“她以为和死神走得越近，就越能习惯死亡，可到头来也没能习惯，没能习惯。她对我说：‘瓦夏……’她不叫我瓦茨拉夫，叫瓦夏，不过都一样。‘瓦夏，’她说，‘等死真无聊。那边肯定也无聊得很。怎么能和咱们的老咖啡磨分开？清晨醒来看不到它黄铜肚子上太阳的反光，我该如何是好？’”

他擎着热气腾腾的咖啡壶，给客人的杯子斟满咖啡。白色的蒸汽笼罩着他的脸，他兀自微笑着，垂着眼帘，顾不上擦去孩童般的眼泪，泪珠嵌在他鼻唇间的皱纹深处。

“她刚刚去世？”彼佳轻声问。

“对，”瓦茨拉夫简短地回答，“五年前……咖啡怎么样？”他向客人竖起大拇指，说：“藏品和咖啡是我引以为傲的两样东西——我们刚才说到哪儿了？对了，您已经见识过了这排小小的淘气鬼！事情是这样的，我母亲的家族有一个祖传的木偶，一个滑稽的淘气包。不光我母亲的母亲——我外婆记得它，就连我曾外祖母也记得它。我曾外祖母说，小时候，她父亲给她做了这个木偶，眼看着就做好了，只花了半个小时。那时候，他是远近闻名的玩具匠，有六个师傅在他的作坊里干活儿。而且，据我所知，他是个有趣的家伙，年轻时背着木偶戏的行头云游四方。这些木偶都是他亲手做的——当年艺术和手艺还没分家……

“天地无涯，在年轻人眼中，在流浪汉眼里，世界尤其广阔。他在客栈留宿，如果能得到允许，就在城堡里家奴的下房中过夜。这个幽默风趣的多情种不知俘获了多少姑娘和太太的芳心。他在某个小城待上一周或一两个月，就会做一个类似的木偶给情人留作纪念——您也看见了，浩浩荡荡一大排。所以，我丝毫不为自己的祖先感到羞耻。不，还是有那么一点羞耻的感觉，因为，您也猜得到，有时他给姑娘留下的'纪念'不单是玩具，还有更加实在的东西——我是从他别的后代那里听说的……”拉特打开一罐油橄榄，送到客人面前，说，“尝尝吧，希腊橄榄，非常可口。我们为谁干杯呢？为我的祖先干杯吧！怎么说呢，为他那不知疲倦的铁腰板！”

彼佳没碰教授递过来的橄榄，而是问：“不过……这么多木偶是从哪儿来的，您四下搜罗来的吗？”

“不是我，主要是我父亲。您知道吗，这简直是个奇迹！似乎不是我们在寻找曾曾外祖父的爱情信物，而是它们自己来到我们面前的……事情还要从一九四八年说起。有一天，一位客人来观摩父亲的藏品（当时，它们还没有现在这么体面），盯着我们的老彼得鲁什卡看了又看，说：'我在华沙的朋友家里见过一个一模一样的。'我父亲心想，哟嗬，那该认识认识！我父亲是个地道的严肃收藏家，一向精力旺盛，勇往直前。可以想象，他立刻动身去了华沙，并且满载而归。至于对方索要了多少金子才同意卖掉这件传家宝，我和妈妈问都没问。您知道第三只木偶是在哪儿找到的吗？在捷克克鲁姆洛夫[①]。父亲在当地的木偶戏爱好者协会做过讲座，他从自己的藏品里挑了五六只木偶拿过去展示，当然也带上了我们的小彼得鲁什卡——它特别爱旅行。讲座结束后，一名女听众跑过来说：'教授先生，我送您一件礼物。不久前，我的一个好友去世了，她孤身一人，所以由我们给她料理后事、整理遗物。我的房间太小，东西几乎全部送人了，只留下一个这样的木偶当作纪念。我知道这是她家保存多年的老物件，可现在我觉得，它应当由您来收藏……'”

瓦茨拉夫又给两人的酒杯倒满威士忌。

“说到这儿，我提议为无处不在、无孔不入的发烧友们干杯。”说

---

① 捷克克鲁姆洛夫：又名“波希米亚克鲁姆洛夫”，是捷克南部的一个小镇。

着，他将餐叉刺进罂粟籽蛋糕滑嫩而富有光泽的侧壁，切下一块，“要是缺了他们那股讨人厌的狂热劲儿，鬼知道这世道会变成什么样子！专业人士总苦着脸，心胸狭窄、自私、善妒，他们则热情澎湃，他们……算啦，不说这些废话，喝就是了，威士忌就该爽快地喝。您怎么干坐着，跟相媳妇似的？黄油、奶酪，尽管敞开了吃啊。这种小面包叫‘brötchen’[①] ……对了，我记得这件事发生后，我父亲飞也似的回来了。那么，他想了一个什么点子呢？他在几家地方报纸上登了一则启事，瞧，这就是组织才能。只有这些名不见经传的小报，当地居民才会一字不落地读完。他勤快得很，像播种似的把消息撒遍了捷克、德国、奥地利的地方报纸。种子破土发芽，冲破了时间的堤坝！热情洋溢的祖先那爱情的军舰从彼岸向我们驶来——确切地说，是军舰的残骸。毕竟过去了这么多年，我敢说，飘到我们身边的只是吉光片羽……这段故事也满可以写进小说，对不对？”

他住了声，陷入沉默，仿佛在思考是否该把故事讲下去。他的两只手落寞地搭在桌沿上，像被遗忘在那里似的，使他看上去像个抚摸键盘的钢琴家。显然，他决定就此作罢，毕竟，沉默是他的权利。

多么修长的手，客人心中暗想。修长而富有表现力，造化的精雕细琢，全然不像为科研工作而生。

“您弹钢琴吗？”

“上帝保佑，”教授回过神来，“年轻的时候弹过吉他，唱过几首离经叛道的小曲，我妻子说，我的嗓音得天独厚。来，老弟，我给您满上，第几杯来着？忘啦……上帝保佑这不是最后一杯。蛋糕怎么没吃完？”

“还有一位客人呢，给他留一点。”彼佳直勾勾地盯着瓦茨拉夫，一本正经地回答。突然，不知从何处传来一个极具穿透力的声音。桌子底下似乎藏着个人，用尖细的嗓音气势汹汹地说：“放开！放开我！让我出

---

① brötchen：德语，一种德式小面包。

去见见天日，你这混蛋!”

这个玩笑是致命的。教授从椅子上一跃而起，慌忙四下张望，在黄围裙的衬托下，一对黑眼睛显得更加惊慌失措。于是彼佳决定不再折磨对方，敞开衣襟，用下巴指了指衣服的内兜，只见一个蛮横的小东西正探头探脑地向外瞧，仿佛从戏台的帷幔后面钻出来似的。它继续嚷嚷："我都憋了一整天了，坐立不安！快被你压死了、闷死了！你这只蠢猪，恶棍，败类，小气鬼！只知道自己吃蛋糕，也不给彼得鲁什卡分一点儿!”

拉特教授一屁股坐在椅子上，哑口无言地盯着这个拼命想从口袋里窜出来的小小囚徒。

“天哪,”终于，他用力地按着胸口，喃喃地说，“您还会腹语！您该提醒我一下……”他向桌子对面的彼佳俯过身去，小心翼翼地用两根手指拽住对方上衣的翻领，说：“可以吗?”接着，他把小人儿从口袋里取出来，嘟囔着说：“没错，没错……看来，的确像是我们的木偶。”他从窗台上摸到一副眼镜，在透镜的帮助下，愈发肯定了自己的观点，又惊又喜地说：“不错，和我们的是一套。只不过他……真奇怪，应该是‘她’，对不对？真不愧是我的祖先！好样的，小滑头！自己动手，永垂不朽！这么说，这就是您要找我谈的正事……”

“不完全是,”彼佳回答，“这只是事情的一半，说实话，剩下的一半不知您能否帮得上忙。”

“您想把它卖掉?”拉特教授迫不及待地打断了他的话。

彼佳摇摇头，说：“虽然我尊重您的收藏事业，但是这个不能卖。它是我妻子的家族传下来的，只是传家宝的一部分。瓦茨拉夫!”他忽然伏在桌上，险些打翻酒杯，也不管上衣会不会被罂粟籽弄脏，“您是否听说过这样一个木偶？是个老犹太人，穿着传统服饰，鬓角留着小辫儿，挺着个大肚子……这个奇怪的小家伙就是在它的肚子里找到的。”

接下来发生的事完全出乎彼佳的意料。瓦茨拉夫·拉特握紧双拳，猛地往桌子上一捶，蛋糕盘为之一颤，他鼻梁上的眼镜滑落在桌上，小银铲则径直飞向墙角。他大喊一声："科尔奇马利！"

他的说话声，不，是嘶喊声中汇集着无比复杂的情感：震惊、狂喜、激动，似乎还有虔敬的恐惧："这么说，他确实存在?！确实存在?！"

他一跃而起，挥舞着拳头，似乎准备将彼佳暴打一顿。忽然，他冲出餐厅，在房间、走廊里狂奔，脚下嗒嗒作响，像一匹脱缰的野马。

过了大约五分钟，他回来了，在客人对面站定，双手撑着桌子，朝对方俯下身，神秘兮兮地问："是红的吗?"

"什么?"彼佳慌忙躲到一旁。

"您妻子，"教授依旧压低声音，神秘兮兮地说，"您妻子，是红的吗?"

"呃，您指的是……哦……是的！"

瓦茨拉夫在彼佳对面坐下，极力克制着激动的情绪，说："这么说，是埃丽扎的后代！"

忽然，他喊了起来："窃贼！窃贼！你们全家都是窃贼！"

彼佳惶恐地缩成一团。确实，他和教授喝了点酒，而且喝得不少，但还不至于到……发酒疯的地步。上帝保佑，千万别在堆满糕点和格热尔瓷器的餐厅里打起来。

"听我说，瓦茨拉夫，"他战战兢兢地说，"您先克制一下自己。咱们两个都静一静……见鬼，不如再喝一杯！"

"您没事儿，"教授喃喃地说着，把酒瓶的瓶颈在杯沿上碰得叮当直响，"您好得很，您是个酒缸。我不行，我有慢性……"

"我不是酒缸，"彼佳反驳说，"我老爹是，基因是最好的疫苗。别兜圈子了，瓦茨拉夫。科尔奇马利在我这儿，任何人都不会给，但我有权知道事情的真相。当然，您曾曾外祖父的露水姻缘……还有他留下的爱情信物都很精彩，但这不是问题的关键，对不对？来吧，请您把真相抖出来吧。"

“抖你个鬼……”瓦茨拉夫叹了口气，“真该把您的木偶骗到手，再把您毒死，或者砍掉您的脑袋。不过算您走运，我当然不需要科尔奇马利。”

“为什么?”

“因为，”他端起酒杯，一饮而尽，“因为只有育龄夫妻才需要科尔奇马利的帮助。它能生女儿。”

“什么?”彼佳惊叫道，“您从哪儿听说的？简直一派胡言！它怎么能生？它生什么……”

“不，我表达得不太准确。它——这么说吧，它能保佑那些不幸的家族生下女性后裔，让受过诅咒的家族之血变成涓涓细流，就像儿歌里唱的那样：‘泉水出山啦，块块鹅卵石，一片黄沙地……’它是家族的守护神，明白吗？就是这样！您自己最清楚，科尔奇马利不是就在您手里吗?”

“我什么也不知道!”彼佳有些语无伦次，“瓦茨拉夫，听着，我的时间不够了，再过半小时就得走，得赶火车回布拉格。不能把我妻子一个人丢在家里，她身子不大好。科尔奇马利是最近几天才找到的，在亲戚家偶然发现的，她死得很突然……这不重要，不重要，说来话长，都是废话！我们当然可以扯扯皮，讲讲故事，谈谈迷信这个话题，但我们都是成年人，而且是男人，不是婆娘。我真的没时间了。听着，”彼佳咽了口唾沫，喉头一阵痉挛，“我有过一个儿子，他……他夭折了。”

“那还用说，”教授苦笑着，喃喃地说，“他一出生就患有‘天使综合征’，又叫‘微笑木偶综合征’。这种病还有一个滑稽的名字——‘彼得鲁什卡综合征’。我猜得对吗?”

彼佳沉默地靠在墙上，呆坐在原地，眼帘低垂，牙关紧咬，僵住的脸像一张灰色的面具。

“看来我猜对了，”教授叹了口气，“原来，您妻子的‘送子神’也被偷走了。‘成群结队的红发女人，皆为寻找送子之神。’”他引用了不知谁说的一句话，站起身，走到窗前，伫立许久，一直凝视着玻璃窗，对着影子喃喃自语。

“好吧！上帝保佑，我就把听来的故事原封不动地讲给您听。您知道吗，就像那种模糊不清的老照片，被后人用 photoshop 翻新，用现代设备冲印出来，作为血脉之源、家族之根，作为记忆的源头，贴在家庭相簿的首页。模糊的脸看不清轮廓和五官，能分辨出的只有胡须和夹鼻眼镜，不过曾祖父手杖的镶头倒是闪闪发亮，像新的一样……希望半个小时能讲完。不过请您注意，这个故事是从我外婆那里听来的，她浑身都是戏，是个不可救药的幻想家。本来，我一辈子都以为这故事是她以某种可怕的家族遗传病——是这么说吧——为原型，编出来的，不过现在看来一切都是真的。”

他把双手伸进那团不安分的灰白卷发，神经质地挠了一阵儿，似乎想要刨出这棵故事之树的根须，也许还想从乱发中汲取稍纵即逝的灵感。玻璃窗上的影子也抬起尖瘦的胳膊肘，做出完全一致的动作，映出拉特教授仓皇的内心。

“一切都是真的，简直可怕……故事是这样的，主人公是个傀儡师，时间是十九世纪，历史背景和时代环境就不深究了，咱们也用不着，这是个相当个人化的故事。这个流浪汉叫弗朗茨，至于姓什么……奇怪，他的姓氏竟没有在家族记忆中留存下来。不过，说怪也不怪，因为这个家族的血脉是由女性延续下来的。女人自古随夫姓，因此，这位祖先的姓氏就在变化之中被遗忘，脉络也就断了。大概是一八四〇年前后，他在流浪途中来到一座叫布罗德的小城——在伦贝格近郊，也就是今天的利沃夫，在那儿遇见当地一个科尔奇马利[1]的女儿。不仅仅是遇见，而且一见钟情。不难想象，女孩是个一等一的美人。他平生第一次真正坠入爱河，因此决定为了她一辈子留在这座小城，放弃木偶戏的手艺，不再

① “科尔奇马利”的本义是东欧一带的酒店老板。

演杂耍，而是安家落户，做些正经活计，好好地过日子。不过，姑娘不能——也许是不想为他改变信仰（他是个被德意志强迫同化的捷克人），她父亲更是坚决反对，将他拒之门外。老头儿是个暴躁、阴郁的人，从不给人好脸色，何况是这样一个满嘴跑火车的小丑、戏子。您觉得年轻人会怎么做呢？还能怎么办，她已经怀孕了。于是他们决定逃跑，跑得越远越好，这是相当常见的逃脱之法。于是他们私奔了……喝，接着喝！您愣着干吗？故事还长着呢……”

教授从窗边走开，抓起酒杯，将威士忌一饮而尽，用两根手指从罐头盒里夹出一颗李子那么大的肉质肥厚的黑橄榄，扔进嘴里，细细咀嚼起来：“知道吗，吞两三颗橄榄核对肾有好处。好了，好了，别生气，我不是故意岔开话题，只是突然想起来了。咱们接着讲。这对私奔的小情侣刚走到邻村的客栈，就被抓了回去——一大早，科尔奇马利发现女儿失踪了，恍然大悟，他跑到大公那里告状，大公派一帮牵着狗的喽啰去捉拿他们，就这样，姑娘被她暴跳如雷的父亲抓回了家，傀儡师则奇迹般地溜走了（也有可能是追踪者发了慈悲，放走了他——也许前一天晚上，他们还被他的演出逗得狂笑不止：‘老婆，你裙子底下藏着什么？哇，原来是医生！老爷，您用那又粗又长的烟袋治什么病呢？哈哈哈哈！照着他脑壳来一下！死了！来吧，老婆，搭把手，把尸体藏起来呀……’）。”瓦茨拉夫·拉特把椅子转了个个儿，骑在上面，抱住高高的椅背。

“现在让我们来想象一下当时的情形：科尔奇马利又羞又恼，不能自已，尤其是得知女儿肚子里怀着那男人的野种，他的私生子[①]……科尔奇马利的丑事已经闹得满城风雨，成为人们津津乐道的谈资。您见过哪位科尔奇马利受到过人们的爱戴？何况这位还长着一张阎王脸！于是——注意了，故事马上迎来惊人的转折。于是，老头儿用一种可怕的犹太咒语当众诅咒了那个下流胚，另外……”教授的身子向后一仰，伸开腿脚，

① 原文为希伯来语。

两条腿太过颀长，径直钻到桌下，碰到了彼佳的脚，“另外，您听说过没有，卡巴拉教有一种诅咒仪式，非常古老，极端致命，叫‘普尔萨·德·努拉’。似乎是通过这种仪式直接向天庭指控某人的某桩罪孽，要求施以最严酷的惩罚。不过，要想诅咒灵验，必须有两个条件：第一，需要十名熟知仪式程序的成年男子；第二，诅咒只对犹太人有效——不然希特勒也蹦跶不了几天。自然，咱们的科尔奇马利压根儿不懂卡巴拉教，也不知道咒语，不过很可能……痛苦和愤怒再加上极端的绝望，汇聚成一股强大的力量，竟使他说出的话语有了诅咒的效力。或者换一种更为崇高的表达方式：他的哀号，他泣血的哭诉传入了上帝的耳朵！”

餐厅里早早掌了灯，台灯温暖的幽光笼罩着主人和客人的身躯。

暮霭沉沉，淹没了幽寂的庭院。家家户户亮起灯光，暮色中欣欣然撒满了明亮的窗影。窗里的瓦茨拉夫·拉特教授不住地点头、摆手，指着客人的鼻子，耸着瘦削的肩，讲述着奇异的故事，身影在杉树的枝梢上摇荡。

“接下来发生的事就是未知了，相当于戏剧的幕间休息。想再喝一杯吗？不想？那我接着讲。我们的幕间休息持续了大约十五年，这期间发生的事我们一无所知——傀儡师继续流浪，把木偶戏台设在广场、集市、客栈、城堡庄园，唯独想方设法绕开那座小城。关于科尔奇马利的诅咒与复仇的谣言绕来绕去已经传到了他的耳朵里，干吗要冒险呢？他饱受相思之苦，这点不假，但是要论亲疏远近，归根结底，再美的女人也不比自己的屁股亲……

“年近五十，他感到身心俱疲，决定找个地方落户，安稳度日。有个小城叫斯塔尼斯拉夫，他便在那里安顿下来，买房置地，还搭了间木板房，开起了玩具工坊。生意蒸蒸日上，他是个出色的工匠，显然也是个天才机械师，总之是个多面手。他做的玩具老少皆宜。后来，他物色了一个姿色犹存、无儿无女的小寡妇，决定结婚生子。故事似乎变得司空见惯、乏味无聊起来，不过别忘了科尔奇马利！您还记得吧，他泣血的哭诉最终还是传入了上帝的耳朵！小寡妇如期临盆，产下一子，可这孩子生得十分诡异，他面带微笑。后来我父亲翻遍了百科全书和医疗手册，并与几个医生朋友探讨多次，终于弄明白了是怎么回事。小时候，外婆也不多解释，干脆告诉我：‘他笑。’我说：‘外婆，笑怎么了？小孩子笑呵呵的不是很好吗？’她对我说：‘老天保佑，千万别！’简而言之，当时他们已经意识到孩子生下来不太正常，于是决定改变命运。又过了一段时间，已经三十五岁的女主人又产下一子。他们看着孩子微笑的脸，眼里的希望之火彻底熄灭了。

“这时，傀儡师想起了科尔奇马利的诅咒，他终于记起来了。父债子还，这就是当年犯下的罪孽招致的恶果。他本来已经打算认命了、屈服了，可他的妻子扳回一局。试问苍天，一个可怜的女人为什么要遭受这一切？她有什么过错？照我说，在这个故事里，绝望的程度才是最终的关键，绝望的程度！这不是决心与决心的对峙，而是绝望与绝望的角逐。他们踏破铁鞋，得知有个小村庄里住着个老太婆，据说能帮忙摆脱类似的不幸。用现在的话来说，老太婆是个‘灵媒’，是个‘先知’，对不对？当时的说法则比较简单，就叫巫婆、女巫。

“于是，他们去遥远的小村庄寻找这个巫婆。小时候我听外婆讲这个故事（她把这个当作睡前故事讲了不知多少遍），总喜欢想象路上的奇遇，比如，他们乘坐什么交通工具？是不是四轮马车？我每年都去爷爷奶奶家度假，他们的小村子叫奥列什那，距布朗斯科城三公里。爷爷家境殷实，养了许多鸡、鸭、兔子、猪。我最幸福的回忆就是骑着脚踏车在乡间小路上飞驰，阳光撕碎绿荫，洒下斑驳的影子。空气中弥漫着青草的气息和鸟儿美妙的喧哗，森林演奏着壮丽的音乐，还有泥土芬芳、馥郁、潮湿的生命力……于是我想象着那些不幸的人乘着四轮马车穿过森林，穿过喧噪的鸟鸣，穿过周遭弥漫着的勃勃生机，去找寻欺瞒死神的秘诀，将死亡拒之门外……

“不知他们付给老巫婆多少报酬才换来那条秘诀，不过种种迹象表明，秘诀的确到手了。回到家中，傀儡师把自己关进玩具工坊，像坐牢似的待了一个星期，削呀，磨呀，锯呀，又是涂油彩，又是上清漆，还设计出狡猾的机关，上了一把秘密小锁。我外婆说，女巫吩咐傀儡师造一个和施咒者一模一样的木偶，再做一个红头发的小娃娃。为什么是红头发呢？这是个有趣的问题……东方文化中对红色的解读我们可以暂且置之一旁，比如，在日本和中国，红色象征着勇气、胆量和生命力。但是在欧洲，红色永远是罪孽和断头台的象征，因此浴血的刽子手往往身着红衫。在欧洲的传统中，红色象征着火焰与魔鬼，象征着彼世。想想彼得鲁什卡头上的小红帽，您就明白了。

“女巫想通过这种方法达到什么目的，我们不得而知，可能是想削弱科尔奇马利的诅咒，抑或增强产妇的生命力。让我们姑且认为，她的意图大致如此，过多的猜想反而会使我们误入歧途。

“此外，我之前提到过的‘普尔萨·德·努拉’这个诅咒，从亚兰语[①]翻译过来，意思是‘烈焰的打击’。不过这个暂且不谈……傀儡师完成了巫婆吩咐的每一件事。我已经说过，这是绝望与绝望之间的角逐。然而至此事情只做了一半，另一半还需要巫婆来完成。于是他们又去了那遥远的地方，我外婆说，巫婆对着木偶科尔奇马利和它肚子里的婴孩念了一通咒语……”

“听着，瓦茨拉夫，”彼佳忍不住打断了他，“我明白，您的故事情节紧张，空气里都弥漫着火药味儿，完全可以改编成一场精彩的木偶戏。不过……或许咱们应该试着援引一些其他的概念？傀儡巫术自然是我们

① 亚兰语：属闪米特语系，是古犹太人的通用语言之一，《圣经》的部分篇章便是由亚兰语书写而成。

这门手艺的一个古老行当，比如日本土偶、印度牵线木偶、大阿尔伯特[①]会说话的人头，对了，还有跛脚的赫菲斯托斯[②]的黄金女仆等等。还有一种叫作‘傀儡杀手’的东西，也很出色。这些我都非常喜欢，但是……现在先别说这些，现在不行！现在我想弄明白的是自己的遭遇：为什么我的命运和别人家的诅咒纠缠在一起？请坦白地告诉我，这套巫术您自己相信吗？”

“信吗？我自己信不信？我的老弟！”教授大声嚷了起来，“那么您自己呢，您又算什么？您的手艺本来就是诅咒，是魔法——这又算什么，不算巫术吗？涂油漆的木头人儿在您手里活过来，这又算什么？难道不是巫术吗？”

“不是！”彼佳坚定地回答，“不是巫术，是我用双手赋予它生命。”说着，他抬起双手，伸开手掌，手指微微颤抖，“是我的双手和我的直觉。”

“双手？您看看自己的手！”教授用戏谑的目光盯着客人身后的墙壁。

这双手像展开的羽翼，在墙上投下巨大的阴影，将彼佳的话驳得体无完肤。映在墙上的手指似乎不是十根，而是更多；每根手指的指节也似乎不是三个，而是四个。

“在您的领域，直觉意味着什么，难道不是成就和创造的先驱吗？”教授继续说，“难道不是预感所蕴藏的能量吗？而这种能量本身不正是一种创造？直觉，就是巫术。当它变得敏锐而强大，就化作一种力量，‘将空气变成水，将水变成血，让血凝缩，化为肉体’。接下来就该为这具肉体寻找一颗灵魂……”他俯下身，瘦削的脸靠近对方鹰隼般的脸，压低声音说：“为创造出来的肉体攫取一颗灵魂，这就是真相。”

他直起身子，倏地站起来，居高临下地说：“您以为古人都是傻瓜？

---

① 大阿尔伯特：德国哲学家，天主教多明我会主教，炼金术士，相传能够制造会说话的机械傀儡。

② 赫菲斯托斯：希腊神话中的火神和匠神，曾用黄金制造了会活动的机械女仆。

您还想继续听下去，对吧？那就闭嘴，静静听我讲完。您的头脑很清醒，但请您保留意见，何况您也是被这个‘情节紧张’的故事灼伤的受害者。

“接着讲。不出一年，傀儡师的妻子就生下了一个健康的女儿，头发的颜色令人惊愕，就像熊熊的烈火。后来又生下一个叫埃丽扎的女儿，结果酿成大错！我是说，二女儿的出生是我那可怜的祖先犯下的致命错误。”

“为什么？”

“因为科尔奇马利只有一个，只能保佑一个女人，姐妹之间无法分享它的魔力。大女儿，就是我曾外祖母，先出嫁了，父亲把这只珍贵的木偶郑重地交给了她。她丈夫是个土地测量员，居无定所，在各村、各区、各省之间奔波，因此刚办完婚礼，这对新人就离开了家。过了一段时间，家里人得知，这对年轻夫妇生了一个女儿，头发也像燃烧的烈火。大肚子家神潜心保佑，就像铸币厂的机床，复制出一个个身材小巧、头戴烈焰的冠冕、像瓷器一样娇美的女孩。她们都是易碎的瓷娃娃。

“顺便说说，我还记得我外婆的头发。她活到九十二岁，垂暮之年已经老得像个烤苹果，脸上沟壑纵横，根本分辨不出是哭还是笑。可是她卷曲的头发却一直那么精致、浓密，散发着不可思议的青春气息。尤其是在阳光下，它们就像石榴石一样闪耀着瑰丽的红光。我外婆本来是个爱骂街的泼妇，是个跳梁小丑，可这一头红发使她看上去竟然和玻璃彩画上的赤焰天使有些相似。

“回过头说科尔奇马利吧。大家似乎忘了埃丽扎的存在，她悄悄长大，长成了一个果敢的姑娘。她不想将自己的命运放任自流，何况，还有两个情郎正偷偷瞻仰着她那火焰般的光彩，诚惶诚恐地等待她的答复呢。”

他笑了笑，摇摇头，似乎在回味故事情节的转折：“接下来发生的事您大概也猜了个八九不离十。没错，这个聪明伶俐的姑娘去探望姐姐，说是要看看自己的小侄女（当时，我外婆还不满周岁）。她带来了家人的问候，还有一堆礼物、糖果……结果，第二天一早她就带着科尔奇马利消失得无影无踪！此后，亲戚朋友再也没见过她，包括那两个诚惶诚恐的未婚夫。多么雷厉风行！在我的想象中，这个姑娘孑然一身，站在火车站的月台上，面对着一座陌生城市，手里只拿了个不大的包裹……上帝啊，可敬可佩！”

维霞……离家出走的维霞站在萨马拉火车站的月台上，手里只拿了个不大的包裹，里面藏着偷来的家神。“她站在那儿，孤身一人……”此后，家里人再也没有见过她。不，她等塔德乌什·维尔科夫斯基死后才现身，这是为什么呢？是因为在自杀的姐姐下葬那天偷走家神而良心不安？是想赎罪，却一直下不了决心？谜一样的维霞，你为什么匆匆逃离？谁在你身后紧追不舍？谁会给你的孩子带来危险？你再也无法回答，再也无法告诉我们答案。

“是的，这是绝望的一步，孤独的决断，朝向虚空的纵身一跃……”瓦茨拉夫·拉特沉思着说，“请您相信，她们都是铤而走险的女人，值得钦佩。不过，我外婆从小女孩长成大姑娘的过程却没什么好钦佩的。三十岁之前，她吓得不敢嫁人，最后遇到了我外公。我外公脾气倔得很，是个彻头彻尾的实干家，以前当过律师，领导过一些社会团体，还给报纸写了不少文章。他对于巫术和一切神眉鬼道的东西都嗤之以鼻，当然也包括什么‘送子神’。他竟然以坚定的信念蒙蔽了命运之神的双眼，幸运地躲过一劫。不管怎么说，老天似乎闭上眼睛打了个盹儿，除此之外我找不到其他的解释。我外婆三十三岁那年生下了自己唯一的女儿，也就是我母亲——小姑娘诸事顺遂平安，和科尔奇马利送来的那些红头发、烈性子的女孩儿大相径庭。外婆也见好就收，没再冒险。家中一片祥和，渐渐地，大家相信劫难终于熬过去了，诅咒已经到期，不幸终成过往。外婆把科尔奇马利的故事挂在嘴边，逢人便讲，讲得生动翔实，眼珠滴溜溜直转，声音抑扬顿挫。同时，她不得不一次又一次地发誓所言非虚，因为她精彩的演绎的确让故事变了味儿，如您所言，不仅充满了火药味儿，还掺杂了特兰西瓦尼亚①的吸血鬼和诸如此类的不明生物。对于她讲的这些，我太太一个字都不信，她本来就是个非常犀利尖刻的人。而我妈妈……我妈妈年轻时候是个大美女，您要想看，我书房的桌子上有她的照片。她是维也纳音乐学院钢琴系的学生，博览群书，是施本格勒②的狂热拥护者。一番深思熟虑之后，她终于扑进了我父亲坚实的怀抱。她的选择完全正确，我父亲爱了她一辈子，年轻时候为她吃了不少苦头。她刚从音乐学院毕业，他们就结了婚，然后花了半年时间游遍欧洲，去了意大利、葡萄牙、西班牙……我妈妈甚至还经常演出，她是个不错的钢琴家。总之，一切都很美好，生活平静而美妙，妈妈说：‘就像童话书里写的那样。’她期待孩子的降生，他们勾勒着幸福的蓝图，尽管那时德国已暗潮涌动，聪明人嗅到不祥的气息，纷纷办理美国签证。但您也知道，个人的幸福意味着绝对的盲目，根本无暇四顾，任何迹象都发现不了，她和她的幸福就是整个无边无际的世界。

“不久，他们生了个男孩。”瓦茨拉夫·拉特凄然一笑。他抬起眼帘望了望彼佳，目光中有些许潮湿、些许愧疚，看得出来他为此备受折磨。“好吧，您肯定猜到了，男婴有一张笑脸。他一直保持着微笑的表情，直至死去。早就死去的科尔奇马利的诅咒并没有赦免这个家族。父亲翻遍医书，带母亲几乎寻遍了欧洲每个国家的医学巨擘。专家一致认为她很健康，完全能够生出正常的孩子，然而，尽管父亲苦苦哀求，她却始终下不了决心再做尝试。她再也没诞下子嗣。”

“可是……等等！”彼佳疑惑地喊道，“我一点儿也没明白，您是怎么来的？”

---

① 特兰西瓦尼亚：位于罗马尼亚中西部地区，是传说中的吸血鬼德拉库拉的故乡。

② 施本格勒（1880—1936）：德国哲学家、史学家，著有《西方的没落》。

“我是他们的养子。”瓦茨拉夫简短地回答。

二人沉默片刻，一个惘然若失，一个陷入静静的沉思。

“妈妈从没讲过收养我的经过，”教授解释说，“这段往事在家中是个奇怪的禁忌。我想这大概又牵扯到另一桩悲剧，但具体情况我已经无缘知晓了。不过，鉴于我出生在战争年代，我那红头发的外婆生前也有几次说漏了嘴，吐露出只言片语，种种迹象表明，我是个茨冈孩子，在大屠杀中奇迹般地获救了。”

这时，瓦茨拉夫身上的一切细节才各就各位：吉他手和马贩子特有的大手，鬃毛般的鬈发，灼人的目光，豪迈的手势，还有在酒桌上、在杯盏间舞蹈的茨冈人那天生的优雅……恰如一只木偶的诞生，在工匠添上最后一根提线的一刹那，整个精心设计、细致入微的形象瞬间成型。

彼佳默默地凝视着寂寥的庭院中暗紫色的暮霭，四方形的窗口透出黄的、橘红的灯光，他不禁回忆起不久前的那一幕。萨马拉的那座庭院，同样是四方形的窗子，灯光流溢，积雪在脚下沙沙作响。他看见那间炽烈而明艳的卧室，看见丽萨蜷缩在维霞的床上。

这就是你的真面目，维霞，恶毒的女人，窃贼。你从我的小姑娘那里偷走了“送子之神”，害得她对此一无所知。你的私生女死了，家族断了血脉，你却宁肯把家神扔在地窖，塞在一口袋马铃薯后面，也不愿向丽萨承认罪行。你只想永远忘记那个受诅咒的木偶，那个至今仍为家族保留一线生机的神灵——延续生命的唯一的秘密。

他们在门厅里踱着步子，两人都恍恍惚惚，依旧沉浸在震惊之中。

客人已穿戴整齐，瓦茨拉夫·拉特抓住他的肩膀晃个不停，反复地说：“别走了，傻瓜，别走了，在我这儿过夜吧！我们还没来得及好好谈谈！”

“不能再耽搁了，抱歉，”客人嗫嚅着说，“丽萨自己在家，丽萨……”

最后他叫了一辆出租车，半分钟后就到。尽管乘电梯瞬间就可以到一楼，彼佳还是逐级而下，耐心地走了很久。他用德语大声地数着走过的台阶。众所周知，当地火车的检票员除了检票，还会问问今天走过了多少级台阶①。

终于，他来到楼门口。这门成心与他作对，只能朝里拽，真见鬼。迎面扑来一股寒气，凛冽似利刃，直刺口鼻。出租车正在耐心等待，他冲了进去，车里温暖舒适。（Scheisse！这才像话，Scheisse！）这时，从高处突然响起刺耳的裂声，糊得严严实实的防寒窗被猛地拉开。寒夜凛凛，茨冈马贼的后代那雄劲的吼声冲破路灯朦胧的光雾，在沉睡的街道上空回荡：“哎，活宝！犹太会堂阁楼里的魔像，去瞄一眼吧？”

① 此处为双关语，德语中的“台阶”（stufe）还有“票价区间”的含义。

第八章

今天没能把车停在停车场，已经走出老远，我才想起生日蛋糕忘在了车上。

我是个不称职的孙子。今天是多么重要的日子，今天是如此盛大的节日。天哪，我该怎么向她本人解释？她已经活了多少个年头？

我原路返回，从车里取出那个扎着缎带的大圆盒子。

甜品店的橱窗里琳琅满目，这只蛋糕是最大的一个，就像……对了，就像一座粘满杏仁的水塔。巧克力淋面，上面用奶油写着如胜利日和奥运会一般喜庆的日期。“喔——”年轻的糕点师拖着长腔发出一声惊叹，双手抓住奶油枪，挤出黏稠而富有光泽的蛇形花纹。随着那声悠长的“喔——”，两个油汪汪、圆滚滚的“9”赫然成型，熠熠生辉。

老寿星对甜食向来毫无兴趣，今天也未必会尝上一口。不过没关系，这座华丽的“建筑”会受到我们可爱的养老院里所有护工、护士和患者的青睐。

养老院有个崇高的名字：“圣父之家”。在这个弹丸之地，语言和历史都沐浴在《圣经》的光芒之下，小小的养老院又何处遁形？不过，这座令人啼笑皆非的建筑确有几分宏伟的气概：五层楼，气派的装修，宽敞的大理石前厅，三部电梯。墙上同样装饰着壁画，洋溢着住在这座楼房里的老人们再也享受不到的生之喜悦——瀑布轰鸣的白练，汪洋汹涌的巨口，雪山冷峻的峰峦，登山者如蝼蚁一般辛勤地跋涉……

三楼，老人们的家属正推着轮椅在大厅里散步。我走进餐室，里面一排幽暗的拱形窗子环绕着半弧形的墙壁。老人们眺望着窗外的犹地亚沙漠，淡紫色的烟霭笼罩着低缓的岗丘。他们凝视着沙丘上空变幻的苍穹，以此消磨残年。我也无法抗拒这片迷人的风景，但现在还无暇欣赏，或许……再等四十年吧。

我把蛋糕放在了护士台上。护士长塔涅契卡正猫在台桌后面填写表格，只露出一头鬈发的后脑勺。她抬起头冲我打了个招呼，看见蛋糕盒，立刻把整张面孔露了出来，脸上既挂着微笑，又写着惊奇、满足。

“九十九岁！”我兴高采烈地说。她用当地死板的祝福语回答说：“祝她活到一百二！”[①]

唉，用不着，我忧伤地想。用不着……如果寿星本人能亲眼看见这一切，并用她与生俱来、令人难忘的幽默感评价一番，哪怕只有短短的一瞬也足矣——让裹着尿布的庆典和诸神的黄昏见鬼去吧！

“她今天特别精神！”塔涅契卡眉飞色舞地说，“只是胃口不太好。不过很健谈。”

健谈！当然，这里的“健谈”意味着病人很有活力。不过她若一语不发，我反倒安心些，否则，她那被同行和产妇们奉为传奇的精彩绝伦的叫骂声（她说这是在为医生和产妇“助力”）定会响彻这座文明的医疗机构。

我的目光在窗边搜寻，定格在一个头发花白的瘦小背影上。我如履薄冰地绕过老人们的轮椅，艰难地朝那个背影走去，像一头笨拙的大象在杯盘碗盏之间跳卡德里尔舞。

“怎么样，”我亲吻着她头顶的银发，“过得好不好？”

“加利克，快去消毒，我们这边正大出血！”

“这就来。”我平静地回答。说罢，我拉过一把椅子，坐在对面，习惯性地打量着她沟壑纵横的脸，试图用祈求的眼神留住她渐行渐远的目光中那些许残存的理智。

① 摩西活了一百二十岁，因此以色列人习惯用“活到一百二十岁”祝福对方长寿。

“她的宫颈很干净!”

“真好……”

我把端盘子的护工招呼到近前，要了一份晚餐。我在头发花白的小老太太脖子上围了一条餐巾，打开一盒塑料包装的酸奶。不出所料，盒子掉在了地上，幸好里面的酸奶没有完全洒出来。

“您的手有什么毛病，加利克?”祖母说，“这样可没法包扎伤口，倒不如去给人挖坟。”

“肃静!”我往桌边凑了凑，把她的轮椅调整到更舒适的角度，“张嘴，啊——”

算我倒霉，今天她很“健谈”。也就是说，在我们即将共度的一小时内，她会对某个见鬼的加利克说不少“恭维话”。几个月来，她一直把我当成这个倒霉蛋。

晚餐是漫漫长日的华丽的闭幕式。一辆辆轮椅绕着餐桌转来转去，几乎每辆轮椅旁边都有输液架。只有少数几个老人能自己用勺子吃饭，于是护工和护士一个接一个地喂饭，用希伯来语、阿拉伯语和俄语快活地喊：“谢拉莱，张嘴！来吃好吃的！伊茨克，别！不许吐！这个好吃!”

护士呼唤着老人的小名，也许正是这些昵称使这里的一切酷似幼儿园，酷似特殊儿童康复机构。这里的老人仿佛一去不复返地坠入了童年。

“您结婚了吗，加利克?”严肃的语气暗含着鼓励，一块还没嚼烂的软面包从她嘴里滑出来，落在下巴上……残障者的卡德里尔舞。每周我都和她绕着同一组话题兜上几圈，跳几回合，聊的主要是某某加利克的私生活，对此我竟然早就习以为常。由谈话可知，在我那令人难忘的祖母的领导下，加利克表现出了对产科工作的极度不适。

“结婚了，薇拉·列奥波尔多夫娜。”

“您妻子叫什么?”

“玛雅。”

“哈！玛雅，好名字。”

我忍俊不禁，当然是好名字。祖母，你还记得吗，你和玛雅互敬互爱，俨然是一对好友。你们都高大，强势，爱笑，挥霍无度。你们从商场翩然而过，挥挥手把丈夫工资的三分之一留在身后。还记得吗，当得知我们的玛雅终身不孕，你伤心地流下热泪。不，你什么也不记得，这可怕的诸神的黄昏哦……你瘦小的身躯毛发蓬乱，系着大大的尿布，在薄暗中踟蹰，喊着加利克的名字，隔着四十年的悠悠岁月，呼唤这个笨手笨脚的实习生。

顺利攻克余下的酸奶，开始向乳渣进军。

“加利克，病历填好了吗?”

“当然，薇拉·列奥波尔多夫娜。”

“那么现在你可以……”接下来是一句上不了台面的粗话，措辞之讲究，威力之强悍，使我不禁为之一颤，勺子应声落地。更过分的是，她又把满嘴乳渣喷了我一身，我不得不拿起餐巾擦拭自己的毛衣和她的嘴巴。

“奶奶，我不知道这位加利克当年怎么冒犯了你，可是……”

“干你自己的事，别耍贫嘴!”祖母怒喝一声。

“好，你说什么都对。”我嘟囔着，叹了口气，继续切面包。

护工马赫茂德是个高个子阿拉伯人，神似悍匪，是养老院最棒的护工。他走过来，把一盘盘巧克力蛋糕分发给大家，每块蛋糕都切得状如熨斗，奶油花纹好似矿石的纹理。老人们顿时兴致勃勃，摇头晃脑。塔涅契卡跟了过来。

“亲爱的，注意了!”她的脸上挂着职业的微笑，目光却依旧犀利，谁在打架，谁撞到了谁，谁拉了一裤子，让室内的芬芳气息大打折扣，都逃不过她的法眼。“亲爱的，今天是个盛大的日子！今天，我们的薇拉满九十九岁了！让我们祝她……”

老天爷，又是那一套。

塔涅契卡把同样的说辞分别用俄语和英语重复了一遍。老人们七嘴八舌地吵嚷起来，有的连连赞叹，有的跟着起哄。

“她瞎说什么呢？”祖母不以为然地眯起眼睛，“光知道吵，光知道吵，没人给产妇备皮！”

“大家向你祝贺呢。”我弯下腰，在她那皱巴巴的干枯的脸上亲了一下，“今天你满九十九岁啦。”

“放狗屁，”她回答，“我才四十八，还嫩着呢。有意见吗？！”

“没意见，你正当年。张嘴，薇拉·列奥波尔多夫娜，老天保佑，你一块面包嚼一个钟头……快吃！”

“知道我想说什么吗，加利克……”哦，她今天精神头真不错。说来也怪，我身为她的孙子，尽管有时非常渴望一吐为快，却极少在生活中使用那些惊人的字眼。

餐室里的老人来自天南海北：摩洛哥、也门、伊拉克、苏联解体后的兄弟国家、美国，甚至还有新西兰。近几年，法国犹太人大量涌入以色列，养老院也出现了两个指甲修得精致、发型剪得妖娆、说话带着刺耳喉音的法国老太太。

在我们这张饭桌上进餐的除了令人难忘的祖母，还有三位：谢拉莱，一个短小精悍的八十六岁小老太太，曾经是比尔克瑙集中营[①]的女囚，患有严重的帕金森症，处于一种彻底虚脱的状态；克拉瓦，一位九十二岁的俄罗斯大妈，神志清醒，暴躁难安，精神亢奋，从不服老；餐桌上的第四位是来自白俄罗斯苏维埃社会主义共和国的功勋教师玛格丽塔·维塔利耶夫娜（她反复强调名字和父称，绝不允许任何人简称其为“玛拉”，就连俄语大字不识一个的马赫茂德也不能幸免）。玛格丽塔·维塔利耶夫娜精神矍铄，能拄着拐棍自己走动，还记得中学的课程表。这位老太太举目无亲，只有昔日的两个学生常来看望，两人已六十八岁高龄，

---

① 比尔克瑙集中营：仅次于奥斯威辛的第二大犹太集中营，建于1940年。

仍被她恶狠狠地呼来喝去。她和克拉瓦合不来，有几次甚至不肯和她同桌。不过，我们的餐桌位置最为优越，靠窗，城市辽阔的全景尽收眼底，还能眺望远处的沙山，向来是众人争抢的宝地。在一场争夺战当中，我们的功勋教师抓起一只金属茶缸，隔着桌子朝克拉瓦扔了过去，对方也不示弱，把她骂了个狗血淋头。

我那令人难忘的祖母又一次让加利克滚去见阎王，这时克拉瓦掷地有声地说："这才是自己人。"

"我看你也……" 薇拉·列奥波尔多夫娜风风火火地回了她一句，"我送你去阎王那儿休个假，一分钱也别想拿！你算什么产科医生，老母狗！"

"算了，奶奶，" 我用餐巾替她擦净下巴，毅然决然地抓住轮椅的推手，"现在我们去散散步……"

她那一大块沉甸甸的生日蛋糕就这样留在了盘子里。离开的时候，我看见克拉瓦和玛格丽塔·维塔利耶夫娜从两侧包抄过去，拿叉子当剑使，差点儿来一场决斗。

寒风刺骨，我没敢带她上街。秋天时，我考虑不周让她着了凉，患了肺炎，于是不得不及时止步，留在大厅。陶瓷大花盆里栽种着一棵不知名的植物，我们便在它羽翼般的枝叶旁歇脚。

我拉过一把椅子，坐在她对面，用手掌覆住她依旧强硬的大手。这种强硬并非来自力量，而是来自一种独立于大脑之外的动作的明晰性。机体仍然固执地运作，疲惫的大脑却已枯竭，退出了日复一日苟延残喘的过程。而手，这双手尽其所能忙碌了一生，慈悲而热情，一举一动依旧保留着经验世界鲜活的姿态和清晰的逻辑。只有上帝知道这双手曾帮助多少生命降临到这个世界，譬如我，她的孙子。妈妈说，当年她疼得天崩地裂，用尽最后一丝力气，像公鸡打鸣似的放声号叫，祖母也用同样洪亮的声音吼道："使劲，使劲！脑瓜顶露出来了，戴帽子都没问题！"

不知何故，祖母有了些许回应的迹象。也许是亲人双手的触感不同于护工、护士的触碰，也许还有其他原因（假如能够弄清楚，那么阿尔茨海默病的根治便指日可待），总之，她衰颓的大脑深处起了一丝细微的变化。她那因岁月而变得灰暗的蓝眼睛眨了一眨，忽然转过身来，对我说："鲍巴，你这坨狗屎，怎么半年都没见你的人影？"

自然，我每个星期三都来——一周当中只有这天相对轻松些。不过，从某种意义上来说，祖母讲得没错，最近半年她一直把我当成某个名叫加利克的不可救药的蠢货。

"你爸爸出差了？"听她这么说，我非常高兴，至少，她有了家的意识，于是连忙回答："嗯。"我的脑海中匆匆闪过父亲的面容，他一生中出差无数，每次回来都为母亲那令人震惊的生命力感到诧异。

"知道谁常来这家疗养院看我吗？"她问。

"谁？"我耐心地追问，竭力让对话的逻辑曲折回转，以免线索中断。一问一答，这很好，颇有贵族沙龙清茶淡话的风范。

"傻巴霞。"她说。

我叹了口气，点点头。真行，把自己亲手拉扯大、形影不离的亲孙子忘了个一干二净，却忽然记起一个去世多年的老妇人，一个四十年前在利沃夫城走街串巷的洗衣妇。

"傻巴霞，她是个天使。我一直跟她说，她是个真正的天使。她把我的衣裳洗得特别干净，谁也不如巴霞洗得干净。"她双手掀起针织衫的衣襟，露出一件男式汗衫，汗衫下是圣尸般枯槁的身躯，"看，多么美，这不是洗衣，是艺术。又是上浆，又是漂洗……穿起来才叫体面。"

"OK，现在跟我说说，晚餐都吃了什么？"

"哪有什么晚餐！"她喊道，"法西斯！我五天五夜没吃东西了。"

"嘘——安静，别吵。"看来该问问塔涅契卡是否忘了给她镇静剂，或许该加大药量。

可是她突然安静下来，温和地说："加利克，您是个能干的孩子，可还是太年轻，对付不了前置胎盘。我洗洗手自己来吧。”

说罢，她竟试图从轮椅上站起来，若不是有安全带，很可能会跌倒在地。

“别激动，薇拉·列奥波尔多夫娜，别激动。大家都去洗手了，人手足够。”

有位访客打开了电视机，穿着蓝色、黄色短裤的足球运动员开始在大屏幕上奔跑追逐。我把轮椅转过去，祖母心满意足地盯着壮如公牛的运动员，看他们挥着双手狂奔，看了足足四五分钟。我决定，再过大约十分钟就带她回病房，护工们很快就会来安排大家如厕、洗漱、就寝。

“谁家着火了，跑得这么快，难不成打了催产针……啊！那边坐着的不是傻巴霞吗！”祖母伸手指向看台。她脑海中似乎有颗看不见的销钉嵌进了名为“傻巴霞”的无形的凹槽。完了，接下来的时间里傻巴霞将成为唯一的话题。

“傻巴霞怎么啦？”我一边拿腔作势地询问，一边帮她正了正上衣领子。对于她那沟壑纵横、瘦弱干枯的脖颈来说，这领子显得过于宽大了。

“她把一群犹太孩子从犹太区带了出来，”祖母猛然转过身，对我说，“把他们托付给舍普吉茨基主教[①]。主教把他们安排在各个修道院，救了他们的命。我跟你说，她是个天使，是个圣人。可这里的人呢，连晚饭都不给吃！”

嗯……有趣。这位默默无闻的老妇人一生中确有不少光辉事迹，我是听谁说的来着？不，不是听说的，而是……似乎是从哪里读到的……想起来了，彼佳。他被暴风雪围困在萨哈林的孤岛，写来那唯一的一封信，信上提到了巴霞的往事。

“奶奶，你还记得彼佳吗？”

---

① 舍普吉茨基主教（1865—1944）：乌克兰希腊礼天主教会主教，生于利沃夫近郊的普利尔比奇镇，1917年后常居利沃夫。他通晓希伯来语，在犹太人当中享有很高的威望。

“哈！彼佳？怎么不记得，他每个礼拜都来看我。”

真棒，这下我不再给加利克当替身，却成了彼佳。但这已经是很大的进步了。

“他娶了维尔科夫斯基死去的老婆。”突然，她用极其清醒的声音说，并直勾勾地盯着我的脸，仿佛在征求同意。往事的断简残章如水洼里的枯枝败叶，漂浮着，缠绕着，盘旋着。

“怎么讲？死去的老婆？”我问，“你胡思乱想什么呢，他娶的是维尔科夫斯基的女儿，丽萨。”

“没错，后来是叫丽萨……当初我拒绝给她堕胎。”她气势汹汹地说，“知道为什么吗？刚埋了一个，又给另一个堕胎，这是哪门子规矩？他以为自己是谁，波斯沙赫吗？养两个老婆！报应啊，一个跳了楼，另一个，呸，跑了。雀儿飞了，肚子里怀着娃儿。泰迪是个畜生。波斯沙赫……”

我感到后脑一阵晕眩，头上仿佛挨了一闷棍。

大厅里回荡着球迷的欢呼声，断断续续的讲话声浮荡于喧嚣之上。我愕然惊悸，害怕触碰那张古老的唱片，害怕让疯狂的唱针触到那磨损的印记，播放出那段陈旧的故事。她将陈年往事埋在心底这么多年，每一个字都褪了颜色，而残存的些许印痕已无法辨认、不可理解。一切都恍如梦呓。

泽夫医生给我讲述的生死之事深深触痛了我的心灵。那个年轻女人的生与死让我在洒满死寂月光的凉台上彻夜枯坐，端着浓烈的威士忌自斟自饮直到天明。我再也无法沉默。

“柳德维卡……”我低声自语，竭力不去惊扰霉湿的记忆深处那团幽暗的阴影，就像一个窃贼潜入昏暗的老屋，身子紧贴墙壁，跟踪着失明的屋主那寂然的跫音。“二妹叫柳德维卡，小名维霞。她的妹妹。”

“她们究竟姐妹几个，鬼才知道……”

“你怎么知道？你怎么知道维霞怀孕了？”我抚摸着祖母的手，柔声问。她穿着蓝色的运动裤，双手放在干瘦的膝头。

“我的蛋糕。”祖母固执地说。她垂下头，端详着脚趾上中国字一般纵横交错的皱纹。我们促膝而坐，拖鞋和袜子从她脚上滑了下来。她日渐消瘦，不，她凋萎的过程应当以小时来计数。她并非走向死亡，而是在融化、升腾……一切为她所救的灵魂从四面八方聚拢来，托起她羸弱的手肘，带她去往戒备森严的出入检查站。通行几乎绝无可能，于是他们朝着不怀好意的管钥匙的老头儿呐喊：“睁开眼看看！这是何方神圣，难道看不出来？”

“那两个婊子偷了我的蛋糕，还是您把它吃了，加利克？你这孽畜实习生！”

我蹲下身，默默地把袜子套在她枯槁的脚上，把拖鞋穿好，然后站起来，向餐室走去。顺从的马赫茂德又给了我一盘蛋糕——这座纪念我难忘的祖母九十九岁生日的巴比伦塔足够让隔壁单位也大快朵颐。我拿了一把叉子，回到大厅。祖母正目不转睛地盯着电视机里那个棕红胡子、吹着哨子跑来跑去的裁判。我在她对面坐下，把两小块蛋糕成功塞进她老鼋一般的嘴里。然后，我决定再碰碰运气。

“你怎么知道维霞怀孕了？”我又问了一遍，“她去你那儿检查了吗？”

“维尔科夫斯卡娅……红头发，红得像火。她把所有人都烧伤了……”

“她去你们那儿咨询过吗？”

“来过才怪！”祖母大喊一声，“泰迪让我去看看，还派车来接，去他家里，我在家里给她看的病，他们家！九个星期了，已经有了心跳，畜生，要堕胎……他让我当场给她堕胎，立刻动手，说给我一大笔钱。那女人……是哪个来着？那女人哭个不停，不想堕胎，说：‘我要逃走，走……’他直接塞给我一堆票子……多少来着……”祖母继续嚼着蛋糕，嚼烂的糊糊从嘴角流下来，滴在膝盖上。我没有帮她收拾。

“五百谢克尔[①]，是这个数目。”

“你拒绝了吗？”

“五百谢克尔！我从来不是圣人，可这个人啊……他浑身都是地狱的瘴气。我对他说：‘威胁我也没用，泰迪，我是军医上校，畜生！薇拉·列奥波尔多夫娜还中用……’我啐了一口就走了。”

祖母抬起头，把目光从拖鞋上移开，问：“他第一个老婆站在门口做什么？他的第一个老婆站着不走，看哪，瞧啊，难不成是迷了路？她们都像着了火，她们的小脑袋，火啊……她盯着我看。她什么都知道，我看出来了，她什么都知道……两个老婆，孽畜！”

“奶奶！”我说，“你怎么就能断定维霞怀的是维尔科夫斯基的孩子？”

我的心跳越来越快，尽管不停地对自己说，一切已成往事，激情早就逝去，他们都死了，被遗忘了，祖母的话是胡言乱语，可我仍然能感觉到——不，我清楚地知道，她的话虽然癫狂，但每句话都是事实，每个字都是真相的碎片。不知为何，我明白我必须将这些碎片收集起来，拼成一面镜子，映照出那寂灭多年的生命。

“你怎么就能断定她怀的是维尔科夫斯基的孩子？”我重复着这个问题，“也许他作为监护人，不想声张……”

“再来一块，”她指了指我手上的盘子，“吃着还不坏，加利克，凑合能吃。我自己从来不会烤蛋糕……”

可我已经刹不住车了。情急之下，我又朝她嘴里塞了一块蛋糕，并固执地追问：“你怎么知道维霞怀的是他的孩子，也许是别人的孩子呢？”

“傻巴霞……”她嚼了满嘴的蛋糕，含混不清地说。我差点儿吼出声来，这个老洗衣妇真是个拦路虎。她就像一块顽石阻塞着即将干涸的河道，故事的溪流刚刚渗出地表，就被拦腰截断。

---

① 谢克尔：以色列货币单位。

终于，祖母嚼完了最后一块蛋糕，咽了下去，一字一顿地说：“不信，您去问鲍巴，问我孙子去，他还记得。当时他就在厨房里做功课，您去问他……傻巴霞突然闯进来了，眼珠瞪得溜圆，上气不接下气，结结巴巴说不清楚。我指指鲍巴，朝她使了个眼色，她就改口说意第绪语，怕让孩子听见。我们利沃夫的波兰女佣和乌克兰女佣意第绪语都说得不错。可怜的巴霞，她又惊又怕，脸憋得通红，说：‘无法无天，无法无天哪……’哈！巴霞，你的‘天’又在哪儿呢？我现在就让你好好瞧瞧……”

祖母张开嘴，等着下一块蛋糕，但我不为所动。原因很简单，我已经动弹不得。于是她合拢嘴巴，满意地说：“她呀，把他们堵了个正着……”

“谁？什么时候？”我喊道。

“加利克，嚎什么，这里是早产儿重症监护病房。”

“好好好，”我怏怏地说，“你先回答，堵个正着是什么意思？”

“巴霞去给维尔科夫斯基送干净衬衣。维尔科夫斯基总爱打扮得人模狗样，明白吗？在家都穿着花哨的袍子，每年缝一件新长袍，真是个贵族老爷……”

“知道啦！等等，别忘了咱们在讲巴霞的事，讲她怎么堵了个……”

“各家的钥匙巴霞都有，”她嘿嘿一笑，“大伙儿信得过她，都把钥匙交给她。她开门进屋，把衣服放进衣柜，锁门走人。钥匙放在巴霞那儿，就像锁在保险柜里一样安全。哦哟哟，巴霞洗得真干净！加利克，您见过这个洗衣工吗？这么好的手艺上哪儿找去？哪家洗衣店能洗得这么好？又是上浆，又是漂白……这才叫体面。”

“接着说呀！她进了屋，然后呢？”

“她进了屋，正撞见维尔科夫斯基和他小老婆……衬衣哗啦掉了一地，她扭头就跑。加利克，您呢？您有几个老婆？”

好问题，不是吗？是个好问题，问得正是时候。实话实说，两个；摸着良心讲话，一个也没有。

所有访客早已四散离去。马赫茂德三次来到大厅，责怪地指着墙上兔子形状的挂钟（不过，这钟向来走得不准）。每次我都双手合十做祈祷状，仿佛随时准备屁股朝天跪倒在圣像面前，想借此赢得与我们的女病号——不，我们的军医上校继续交谈的权利。

最后，我终于给倒霉的祖母发放了特赦令，一阵风似的把她推回病房。盥洗室的大门已经敞开，两名护工用熟练的双手和机械的动作把她抬了进去，好一番折腾。她抓住最后的机会朝我喊道："加利克，您不小了，没我帮忙也能缝得上！"

我走出门去，慢吞吞地走向电梯，不知如何应对这埋藏多年、易燃易爆的苦痛。今日从令人难忘的祖母口中"逼供"得到的一切都让我手足无措。

很明显，我宁肯死，也不敢把听到的故事告诉别人，丽萨就更别提了。然而我总是不由自主地想到她，确切地说，是他们俩——不，我想到的只有她，丽萨。我的眼前无时无刻不浮现出她的身影。

我坐进驾驶座，想给汽车打火，手却怎么也抬不起来。我愣了足足十分钟，把手搁在膝盖上，呆滞地望着前方灰色的丘陵，夕阳的余晖给山岗镶上了金红的轮廓。

我还记得上一次布拉格之旅，时间是两年前。那是一次很棒的旅行，而且……亲切怡人。也许是因为丽萨状态颇佳，她不久前刚出院，情况稳定，我很开心。

那年夏天美妙而温暖，夜晚细雨霏霏，而清晨……

我租了一辆汽车，天天载着他们"捞外快"，边吃早餐边研究布拉格周边的文化活动安排，选择出行的目的地。

凡是举办文化盛会的小城和庄园，我们都走遍了，集市、陶瓷市场、击剑比赛、中世纪音乐节乃至仙人掌展览，一个也不放过。

三人行，乐逍遥……

道路两旁的原野上排列着一捆捆褐色的干草卷，啤酒花耸着翠绿的梗子，果穗在空中摇曳，好似一支支长矛。小镇、村落、农场在小山岗上倏忽闪过，瓦房的屋顶斜斜地散落在山坡上。

柔和的风像被气流鼓得饱满的丝绸，涌进雷诺汽车敞开的车窗，掀起丽萨的长发，拧成一股，又飘散开来，飞溅出窗外。她坐在我旁边，彼佳带着手提箱和屏风坐在后排。他时而抓住一缕飘飞的秀发，用力往怀里一扯，就像把船帆升上桅杆。这时丽萨便仰过头去，发丝依旧被他紧紧拽着，又气又笑，伸出小小的拳头胡乱敲打他的手臂……

事实上，我们并不关心往何处去。我们往往在闹市挑选一片方便的空地，譬如城堡的大门前，塔楼和教堂锯齿状的女墙投下的紫色阴影中，公交车站旁的沥青避车台上，庄园里古老的石墩上……我们精心摆开阵势，竖起屏风，吊起木偶，把一叠小方垫子摆成一圈给孩子们坐，再把音乐奏响。

观众迅速围拢过来，很多人已不止一次观看过彼佳的演出。还有一些人专程前来，希望能在老地方遇见“那位傀儡师”。远处总是飘来孩子幸福的欢叫声：“妈妈，咱们的木偶戏！”

我的任务是拿着彼佳的毡帽在人群中讨赏。

我的鼻头上用橡皮筋挂着一颗纸浆做成的蓝色小球，头戴一顶黑色的齐眉假发，裤子里塞进两只小枕头，于是裤腿变得鼓鼓囊囊，屁股翘得老高，格外滑稽。我扭捏地晃着大腿，踉踉跄跄地挪着步子，脸上挂着假惺惺的笑，粗壮的大手拿着那顶帽子，围着观众转了一圈又一圈。这本身就是一台精彩的节目，给我的内心带来无法言说的满足。

演出过程中，丽萨和孩子们一同席地而坐，盘着腿，胳膊肘撑着膝盖。她目不转睛地望着彼佳，专注的神情使我想起当初那个可笑的小姑娘。每年夏天她都跟在我们屁股后头满城游荡，就这样年复一年。我也用同样专注的眼神凝望着她。彼佳穿着傀儡师的传统服装，就像从童话故事里走出来的：白色长筒袜，及膝短裤，燕尾服，蝴蝶领结，带搭扣的雪青色便鞋，鬈发垂肩，后脑勺扣着那顶毡帽。

他的耳垂上挂着一只沉甸甸的银耳环，一根不易察觉的辅线牵动木偶身体的某个部位，这时便发生了一件奇事：别出心裁的辅线让他和木偶紧密相连，一时间难以分辨谁是木偶，谁是傀儡师。木偶迈着小碎步，仿佛在配合主人的节奏，它不时仰起小脸，用目光寻求主人的赞许；主人爱抚地点点头，木偶也自豪地点起头来，跺跺小脚，拍拍小手。他们彼此微笑致意，时而交谈，时而揶揄，时而争吵……

他通过头部的运动发出指令——不，是通过颀长的脖颈那魅惑的舞蹈追随木偶的一举一动，赋予它的肢体以轻盈的自信，也赋予它不可思议的生命。演出结束，木偶重新挂在屏风上，把舞台让给下一个角色。这时，大人孩子往往走到近前，小心翼翼地碰碰它的身子，仿佛想亲自找到答案：难道它只是木偶，不是活物？

有时他会惩罚某只木偶，一连几个星期对它不闻不问，然后再和好。有一次，我亲眼看见了他们和解的过程。那似乎是一场荒唐的玩笑（显然，他渴望把眼前的一切都变成游戏，变成戏剧），但我确实看到了他认真的脸。从墙上挂着的傀儡身旁走过的那一刻，他轻轻地拍了拍一只木偶的肩，不知做了怎样一个动作，木偶蓦地睁开双眼。他戏谑地说："怎么样，气消了吗？以后还敢耍心眼吗？"

观众尤其青睐法尤莫契卡的表演，我也对它钟爱有加。法尤莫契卡是个狡黠的热心肠，性别、物种不明，外貌既像林妖，又像家神：灌肠管似的长鼻子，肥胖的屁股，调皮的尖耳朵，促狭的小眼睛。这个生物散发出的魅力足以迷倒一大帮膘肥体壮的胖孩子。

它走起路来严肃认真，一本正经，就像朝着远方急行军似的。他似乎总是在赶路，尖鼻子顺风飘摆，身体好似一颗飞射的鱼雷。我观看了它的许多演出，每次都是即兴表演。法尤莫契卡插科打诨，翩翩起舞，挑时机、看心情与观众互动。它行色匆匆地绕着观众转圈，有时突然停在一个小姑娘跟前，站立许久，用狡猾而责备的目光盯着她手里融化的冰激凌，观众的笑声越来越响。（我发誓，每当这时，它的嘴巴也越咧越大，笑容愈发灿烂。）随后，等笑声平息下来，它打着饱嗝，抖着红彤彤的腮帮，一字一顿地尖声说："不给法尤莫契卡尝尝吗？"

观众再次哄堂大笑，前仰后合。

法尤莫契卡下台后，彼佳又请出一位与之形成鲜明对比的角色：嗓音沙哑的舞台女歌手，欧洲电视歌唱大赛获奖选手——烟嗓阿丽阿德娜。她经历了五次整容手术，最后一任丈夫是金融寡头、钢铁大王……她简直野性难驯！她满头金发，臃肿肥胖，穿着暴露的抹胸裙，挺着海绵胸脯，腋下鼓起两坨包。接到彼佳的指示，我便按下音响的按钮，空中立刻响起"伴奏"。阿丽阿德娜上台，鞠躬，开始假唱……唱着唱着，一个乳房掉了下来。这台节目的乐子就是乳房大战，一块海绵不停地往下掉，我们的女歌手边唱边往回塞，然而由于动作太猛，另一只乳房也掉了出来……数不清的红玫瑰在舞台上疯狂回旋，女歌手则像一只大无畏的陀螺转得不可开交，在红玫瑰的旋涡中，她仿佛浑身挂满了飞旋的海绵乳房，就像挂满网兜的家庭主妇。

在自己的帝国里，他强大而幸福。他是最幸福的君主，统治着世界上最幸福的国度。每当舞台灯熄灭，布景转换，戏剧进入下一场，他都像步入了自己的天堂。此时此刻，现实生活的不幸，以及他对唯一的爱人那无法摆脱、无从遣怀的爱都瞬间消逝。他走到天堂的穹隆之下，纸板做的棕榈树在热带空气中摇曳，玻璃珠制成的彩虹在喷泉上方闪烁，水彩颜料画成的云朵镀着金边……

我们不计较报酬的多少，一两场演出之后就找一家不错的餐馆大吃一顿。

有一次，我们在超市买足了食物，来到森林里，在小河边野餐。涓涓细流，河中遍布碧绿的岩石，河水清浅而金贵——富含矿物质的水源是这片疗养区不可多得的财富。

我们野餐的地点是城郊最舒适的林间草地。这是一片针阔混合林，有山毛榉、栗树、鹅耳枥、白桦、橡树，还有形形色色的针叶树，色调或浓或淡，葱茏之中点缀着鹅黄、新绿，透出落叶松苍翠的青色。

不远处是别墅区。围墙长满青苔，阴森的老屋恍如恐怖电影里的场景：塔楼，弧形阳台，锥形的屋顶铺着青瓦，上面耸立着烤炉雕花的烟囱和三只朝着不同方向的风向标。

我们在草地上铺了一条毯子。草丛中点缀着一朵朵小小的雏菊，仿佛有人撒了一把碎谷粒。一棵粗壮遒劲的老橡树投下绿荫，阳光如细碎的金锭从浓密的枝叶间洒落。我们瞬间把一只烤鸡大卸八块，带着饥饿的狂暴撕扯烤得通红的鸡腿和鸡翅。在大自然的教堂那翠绿的穹隆下野餐，真如天堂一般美妙。

“这座房子就像木偶戏里的城堡。”彼佳望着不远处的别墅，若有所思地嚼着鸡翅，“这种地方最适合勒死那些上年纪的公爵夫人，然后得到大笔遗产……”

“小伙子们，最后一条腿，谁要？”丽萨喊道。她跪坐在雏菊花丛中，捧着那条鸡腿，就像捧着郁金香。

“我！”

“我！”

“丽萨，别忘了我是你丈夫，一碗水端平啊。”

“哈！丽萨，他是前夫，前夫！我才是你的合法丈夫，何况我还是医生，需要补充营养。”

“我数三下。”她把鸡腿高高举起，就像举着运动会的奖杯。

“看谁抢得快，一……”

随着她的一声令下，我和彼佳咬牙切齿地朝鸡腿扑过去，脑门、鼻子撞得生疼。

用餐完毕，我们躺在草地上，讨论那些至关重要的问题，比如，河面上絮状的白色泡沫从何而来，是因为河水富含矿物质，还是当地人粗心大意导致的环境问题。

树木的枝叶筛落阳光，微风追逐着面颊上摇曳的光影。周遭的空气浸满了璀璨的绿意，氧气也似乎变得黏稠，化作翠色欲滴的琼浆。阴影中暗绿的苍苔宛如茂密的水藻，古老石墙的缝隙间，鳞甲状的苔痕在阳光下闪烁。白桦的叶子闪着透明的绿光，草丛点缀着斑斓的野花，好像华丽的绒毯……绿意葱茏，铺天盖地，唯有小山坡上和苍松林立的峡谷中薄暗朦胧，林木的缝隙透出一抹幽幽的紫红。大门前的石柱上有两只苔痕斑驳的石头花瓶，蔓生的矮牵牛吐出淡紫色的花苞……

我们不知不觉进入梦乡，在洒满阳光的天堂般的森林中，在古老的石墙下疲倦地睡了两个钟头。近旁是小小的城堡，或曰庞大的别墅。缥缈的乐声和拍球的声响传来，显然里面住的是守法公民。

我头一个醒来。奇怪，竟睡得这样久，草地早就曝晒在骄阳之下。我坐起来，四下张望，那两个人还在酣睡。暑气蒸腾，飞舞的蚊蚋使倦怠的空气漾起涟漪。小山岗上生长着一簇小红松，树干的色泽明艳似火。熟睡的丽萨把脸颊埋在草丛中，头发像一块猩红的披肩，从肩头滑落在地，同样明艳如烈火，与红松交相辉映。睡梦中，她的身子稍稍探出毛毯外缘，彼佳则尽情伸展着四肢，好似一个醉醺醺的水手，右手握住丽萨格子衬衫的前襟，像一个抓住母亲衣裙的小茨冈人，又像蓝胡子在最后关头扯住逃跑的妻子的衣衫。即便在睡梦中，他也不准她离开半步。

我不由得陷入沉思。我从没见过他对她表现出哪怕一丁点儿爱怜之情，他们从来不像老夫老妻那样用不经意间的肢体触碰向对方传情达意，从不用细微的动作来证明夫妻之间的亲密。我从没见过他吻她，或充满爱意地掐她、拧她……相伴多年的夫妻，眼神中总有比爱和牵绊更丰富的东西，眼眸中蓄着岁月，藏着同床共枕的千百个夜晚，可我竟然从未见过他用情意绵绵的目光静静凝视她的身影。他也从没唤过她的乳名。两人的爱幽禁在修道院的高墙之下，囚禁在清规戒律之中。不过，高墙深院反而往往会迸发出自由之爱的信徒难以想象的激情……

他继续扮演严厉的教导者的角色，依然扳着她的后背，说："哦，她轻得像一片羽毛！"可她早就不再轻盈。她变得沉重，无关重量之重，一种不可承受之重。而他依旧背负着她的全部生命，不知疲惫。

他们是一对孩童，熬过天花之劫，活了下来，却落得满脸疤痕，再也无法抚平。他们是残暴的爱的牺牲品——一种激烈的、独断专行的、唯一的爱情。他们得以幸存，却被残酷的爱刻上不可抚平的永恒的烙印。

我们共度的那个夏天在记忆中静静地闪烁。我还记得查理温泉镇的黄昏晚景，镇中心的木质廊柱在夕阳中闪着微光。

我们在镇上的旅馆住了两天。那是一座华丽的巴洛克建筑，底层是餐厅，我们的两个房间在顶层。两扇窗子之间有一根排水管通向屋顶，顶端有一只镶金边的漏斗，好似一只倒扣的皮靴，让人忍不住想把脚伸出去试试。

几乎每天都有乐队在古老的柱廊里演奏，乐队的成员大多来自昔日的查理温泉交响乐团。第一天是四重奏，第二天则是迷人的三重奏：三个年轻女子，一个吹长笛，一个拉大提琴，一个吹单簧管，演奏莫扎特、海顿、圣桑的名曲和施特劳斯的华尔兹舞曲。

夕阳的余晖在长笛和单簧管的金属键上闪烁，柱廊天花板上的白光灯结满了轻柔的蛛丝，在头顶悠然摇摆……我们在一旁默默整理好行头，准备继乐师之后上场演出。不过，法尤莫契卡刚一露头，长笛手就蓦地绽开笑容，点头示意，邀请我们上台。

法尤莫契卡甩着灌肠管似的长鼻子，扭着魅力十足的臀部，神情却有些忧郁。不过，它的忧伤自有原因。它伴着莫扎特的音乐，双脚离地，飞旋了四十多分钟，在乐谱架上坐了一会儿，翻了翻乐谱，又在黄昏温暖的橘红色夕阳中静静地旋转起来。观众的眼前不禁浮现出那些几个世纪前在此地流连的贵族夫人，她们身穿蓬松的长裙，头戴假发和面纱。还有那些单片眼镜、长柄眼镜、阳伞和系着缎带的各国徽章。

那天吃晚餐的时候，我和丽萨突然谈起了莫扎特，探讨为何他的音乐尽管不乏轻快，乃至愉悦，乃至讽刺，却永远“向死而生”，永远提醒人们死之将至。也许因为他是天才，她回答，天才总能窥见自己生命的终结，也能预见整个世界的灭亡。纳博科夫就是如此，她补充说。纳博科夫说，死亡只是风格问题，是音乐主题的尾声罢了……

这时彼佳插话了，他回忆起彼得堡的一件往事。有一次，一个年迈的女傀儡师从偏远的乡下来到他们的工作室。这个目不识丁的村妇只晃了晃手中的木偶，就使它完全活了过来。“明白吗，”他欣喜若狂地说，显然觉得这件事有趣而动人心魄，“晃了晃，就活了过来！简直是天才！这才叫风格问题……”

临走时我突然有了个好主意，我要给他们偷偷留下一笔钱，并想到了一个绝妙的方法。

对于我这种狗熊一样愚笨的人来说，总要绞尽脑汁才能得逞。有时我把钱塞在他们的大衣、外套的各个口袋里，他们看到以后可能会惊讶地说，天哪，竟有这么多钱忘在衣袋里！有时我在小骷髅的头盖骨里塞进几张大面额钞票，但已经两次被彼佳识破诡计：别闹了，观众不会给这么多钱！

这回我灵机一动——偷偷去艺术馆买彼佳制作的木偶，再拿回耶路撒冷送人不就行了！

于是，临行的前一天，我提出自己在城里逛逛，给同事买些小礼物。我知道坎帕岛普罗查兹卡艺术馆的地址——彼佳的写字台上有一大堆名片，演出的时候不失时机地分发给观众。为了能在飞机起飞前“赶大集”（我那难忘的祖母总是这么说），我一大早就出了门。

艺术馆门前的台阶上站着个华丽的“雅伽巫婆”——一个高大的玩偶，鼻子是一只厚墩墩的八字结小面包，看上去很美味，让人忍不住想咬一口；它的臀部也颇有特色。我在门口流连了四五分钟，左看看，右看看，欣赏它迷人的身姿。随后我推开门，看见一位老奶奶，立刻恍然大悟，原来这就是“形象大使”的原型。

老奶奶坐在收银台后面，一只手撑着脸，身材肥胖，满脸皱纹，赛璐珞似的脑壳像森林的溪水中亮晶晶的砂石，一头黑中透绿的乱发则宛如水藻。她用贪婪的目光盯着进门的客人，就像一个厚颜无耻的老鸨。普罗查兹卡艺术馆招徕生意的方式可真别致。

这时，她张开了唇色鲜艳的大嘴……我呆若木鸡，险些一屁股坐在地上。

她的嗓音有着天使般的音色。没错，是天使的声音，梦幻、纯真、欢乐。人，不过是肮脏的杂种，不过如此，人已无数次向万物和自我证实自己龌龊的实质，可这位天使相信世间的正义无穷无尽，坚信人性本善。我沉潜到这声音的荫蔽之下，就像朝圣者千里迢迢，踏破铁鞋，终于来到一座幽暗、空阔的神庙，望见圣母玛利亚的尊容，立刻叩首行礼，拜倒在她面前。

“梅艾嗨破尤，破利——伊——兹?”[1] 天使用悠扬的声音说。我的泪水夺眶而出。就是这个口音！这板斧劈木柴一般的俄罗斯乡音我永远不可能听错。

“好哇！”我说。我四下观望，引导她慢慢转入谈生意的正轨：“给我介绍介绍您的艺术馆吧，您这里真是个木偶的王国！”

事实上，我只是渴望再次听到她的声音。让她再说一会儿，再讲几句话，谈天气也好，谈生意也罢，哪怕谈谈普罗查兹卡家族的历史也行……

问我来自什么地方？我来自耶路撒冷。我懂得见人下菜碟，没错，对方是个老奸巨猾的投机商，我也大致知道那浓艳的血盆大口会有怎样的反应。“对对，您说得对，总得回到自己的国家去；对，如今这个龌龊的世界已经没有我们的容身之地，还是得去山顶上，去高高在上的神庙里过活。”老太婆满脑子都是神话传说、复活节儿童故事，还有畅销书里搜罗来的胡言乱语。顺便说一句，她叫汉娜。好极了。“原来，您是从神圣的耶路撒冷来……我女儿，她的人生是另一副模样，您知道吗，她爱上了一个捷克人。不，兹德涅克是个好小伙子，一辈子没得罪过人，他是个出色的手艺人，规矩正派。老太太我已经有三个大外孙了，还有两个曾外孙，不过……”她把身子探出柜台，压低嗓门把秘密说给我听：“不过，他们都是捷克人，明白吗？啊！捷克人……比如说吧，外孙唐达，是个好孩子，只可惜说捷克语。不不，只要你态度好，说几句好听的，比如说，蠢货，杂种，混蛋，你什么时候去家里看看姥姥，别老往店里跑，就知道赚钱，蠢驴！他还是勉强能听懂的。他怎么搭腔？嗐，

---

① 英语“May I help you, please?（需要我为你服务吗?）”的音译。

长短只会一句：‘知道咧，知道咧。’横竖就这一句……”

我听着这来自天堂的乐音，欣赏了足足四十分钟。我们谈天说地，谈到扳机叩响的一刹那，她如何机智地跳进了旁边的大坑；还谈到乌克兰农民，他们经常被犹太人说长道短，可正是他们把她藏了起来，有的把她藏在炉子里，有的藏在炉子后头，有的藏在牲口棚里，就这样救了她的命。

终于，我看了一眼钟表，明白是时候采取行动了。我在艺术馆里走了一圈，发现墙上挂着的商品的确质量上乘。一大群公主、怪物、小马、小猫、国王，还有卡什帕列克、大眼泡的古尔维涅克、大耳朵的斯佩波尔，以及各式各样妙趣横生的角色。它们被细线吊在天花板上，静静地摇晃，空气中仿佛回荡着无声的音乐，如魔法神秘剧一般奇妙。

我不想向汉娜询问彼佳的作品挂在哪里。我想自己猜猜看，当然更是因为不想暴露行踪，免得老太婆哪天心血来潮，突然想起有个耶路撒冷来的傻大个儿专程来寻找彼得·乌克苏索夫大师的木偶。很快，我发现每只木偶的手上或脚上都挂着价签，背面写着工匠的名字。不过，在此之前我已经认出了他的几件作品：两只小怪兽，一个卡什帕列克，还有一匹温顺、迷人、目光娇羞、脖子长得惊人的斑马。斑马固然可爱，令我一见倾心的却是小丑卡什帕列克。首先，它的衣服布满柠檬黄、翠绿、深红的方格子，配色绚丽而顽皮；其次，它的眼眸宛如明月，无论从哪个角度看去，它总是仰望着头顶上空；此外，它有强劲的拳头和结实的膝盖，脚上穿着尖头木屐，手里握着火棒，头戴木质尖顶帽，帽子的尖角垂到脸颊两侧，角上挂着许多小铃铛。我把它从墙上摘下来，放在地板上，小铃铛把清脆的铃声撒了一路。

老太婆把宽广无边的臀部从椅子上抬起来，双手奋力扯着被臀瓣之间的深谷紧紧夹住的裙子，蹒跚地跟在我身后，银铃一般的声音宛如仙乐在奏响。老太婆的银铃和卡什帕列克的铃铛交相应和却判若云泥，前者是天使，后者是逗乐的小丑。

“咱们这儿的任何一个木偶，任何一个都是艺术品，”老太婆唠唠叨叨地说，“送小孩，送大人，都不丢脸。价格您放心，我给您打折，两个木偶我给您折上折，您就偷着乐吧……”

卡什帕列克送给谁，我已经心中有数。我要把它送给双胞胎拉米和利弗卡，他们今年八岁了，是我们医院一个患精神分裂症的重症患者的孩子。

他们隔三岔五来探望妈妈，带来水果和外婆烤的饼干，坐在小沙发上，抓住妈妈的手，两双文静的黑眼睛眨也不眨地盯着她瞧。叮嘱他们看妈妈把东西吃完，他们就乖乖地看着。他们也是天使，是天堂的信差，无条件地、静静地完成一切嘱托。父亲死了，外婆也不见得能一直陪伴他们，他们未来长长的一生都注定面对这样一位母亲。可他们只管静静地坐着，抓住妈妈的手，瞪着两双沉静的黑眼睛盯着她瞧。含辛茹苦的小天使啊，这个世界每一分钟的重量都落在他们身上……我要把木偶送给他们，只有卡什帕列克才合适。它危险，快乐，桀骜，握着火棒，挂着铃铛，尖尖的下巴，硬挺挺的鼻子好似鸭嘴，亮晶晶的眼眸好似月亮。它的眼眸想必无所不知，它见过双胞胎还未知晓的那些事。

“您真有眼光。”老太婆说，“这是一个俄罗斯工匠的作品，我们的朋友。他做的东西没有哪两个是完全相同的，每个木偶都有独一无二的容貌和性格。我当了一辈子木偶戏演员，可以毫不夸张地跟您讲，性格、容貌对木偶来说太重要了，它想要什么、不想要什么，喜欢什么、什么让它受不了——所有的心意都会亲自向您传达。瞧，它现在在跟您说，抱着我多停一会儿，看，我像这样疑惑地慢慢转动脑袋，我的右眼就会炯炯有神地望着……懂了吗？剩下的就交给傀儡师来完成，当然了，前提是他有头脑、有天赋……说到这儿，不得不提一句，咱们的这位工匠也是个演员，出色得不得了！他基本不去查理大桥上卖艺，怕抢了别的傀儡师的生意，就这么厉害！这才叫高风格！他要是一亮相，大伙儿都得收工。他在桥上的时候，游客寸步不离地围着他，对别家的表演看都不看一眼。他那双巧手简直神了，轻轻一碰，木偶就能活过来。您可别不信，木偶一下子就活了，还会动，和真人一样……我跟他讲：'彼佳，等我咽了气，你就赶紧来，用你那双回春的妙爪碰碰我，我当时就能蹦起来……' 您知道不，有本书就是这么写的，冲死人喊一声：'拉撒路，出来!'① 他就站起身，自个儿走出来了。"

我想象着这个画面：我的朋友彼佳变成耶稣模样，来将死人复活，对着这浓妆艳抹、诡奇、放浪的老太婆大吼一声："汉娜，出来!"

"这恐怕是福音书里的故事。"我说。

"您说什么?"她惊愕万分。

我数出几张崭新的欧元，拿了小票。她麻利而灵巧地把彼佳的作品包好，趁机又聊了几句。我对她清晰的头脑和惊人的记忆力表示欣赏，老太太还记得基辅有几路电车，战前都走哪些路线，记得昨天和前天发生的事，记得救命的大坑和乌克兰救星，记得每一个木偶、所有的悲欢和所有死去的亲人。她一切都好，这样的生命力是每个老年病理学家的梦想。这个奇妙的老太太啊……我久久伫立在柜台旁，聆听着上帝的钦巴龙②般的声音，久久不肯离去。

"好吧，我该走了。"终于，我不无遗憾地说，"很高兴认识您，汉娜。很高兴走进您的艺术馆，一睹这里的奇观。"

我已经触到门把手，却听到她在我身后喊："站住，急着去见阎王吗!"

她从柜台后面钻出来，蹒跚地朝我走来，就像一辆在坑坑洼洼的土路上左摇右晃的坦克。"看在跟您这么投缘的分上，我给您看一样东西，不过得保密，对谁也不能吐露半个字，行不?"

---

① 《圣经·约翰福音》记载，拉撒路患病而死，耶稣在他的坟前祈祷，并喊："拉撒路，出来!"拉撒路便起死回生。

② 钦巴龙：匈牙利、俄罗斯、捷克一带的击弦民族乐器，类似中国的扬琴。

她挡在我面前，咧开像小丑一样艳丽的红嘴唇，露出神秘而得意的微笑。

“您说这里的一切都是奇观，对吧？”她指手画脚地说，“我亲爱的，这算什么奇观，只是手艺人的良心之作罢了。跟我来，我带您去看真正的奇迹！”

她转过身，头也不回地径自朝一扇紧闭的深红色小门走去，推开门，走进隔壁的房间，而我呆立在门槛上。几级台阶通往一个半地下室，房间面积很小，一个大而低矮的橱柜占据了大量空间，柜子上有许多抽屉。我不禁满腹狐疑，我和汉娜两个人来这种地方做什么？

“下来呀，”她仰视着我，说，“您绝对不会后悔。”

她从橱柜和墙壁之间的缝隙里拉出一架折梯，靠在柜子上。

“嘘……瞧见了吗？上面躺着的……您爬上去，把罩着的那层单子掀开，小心点儿啊。”

这时我才发现，柜子顶上与我视线齐平的地方，躺着一个似人形的东西，个头很小，但轮廓的确符合人的比例。我开始有些不自在了。

“不过……我可没有让死人复活的本事。”我尴尬地笑着说。

“掀开，掀开看看，小心点儿，不然他非把我的脑袋拧下来。”

我爬上梯子，头险些撞到天花板，提心吊胆地掀开盖在上面的那层布。

如此吊诡！后来，每当我想起这一刻，都会喃喃自语：真奇怪，真诡异。我早就见过这个傀儡，见过它动起来的样子，当时我赞不绝口，被牢牢吸引却竭力想把目光从它身上移开。然而，为什么当我把最后一层半透明的布料掀起，看到的竟是……丽萨，丽萨，丽萨！为什么我感到如此惊慌和羞愧，胸腔里阵阵灼痛，甚至感到了……恐惧？为什么我缄默不语，只管盯着那一动不动的娇小的躯体？它身穿碧色绸缎的衣裙，双臂垂在身侧，为什么我竟觉得她的双手蓄满了生命？望着它精准得妙不可言的脸、色泽奇巧的皮肤、下巴上微小的青春痘、嘴唇上方和头发根部用细小的玻璃珠做成的惟妙惟肖的汗珠，我为什么惊得张口结舌？为什么一种不可抑制的愤怒突然攫住了我的心神？是的，愤怒，怒不可遏。

“原来藏在这儿。”我喃喃地说。

汉娜在底下问道：“怎么样，是不是奇迹？”

“是，”我低声回答，“是。”

“只可惜我不知道怎么让它睁开眼睛。”汉娜激动地说，“我碰都不敢碰，里面的机关太复杂，合页、拉杆、齿轮，还有什么偏心轮、光电池和袖珍液压装置。彼佳给我讲过，可我没记住。他说：‘汉娜，你要是看看里面的构造，准得吓晕过去。’唉，要是能让您看看它动起来的样子就好了！它的脚后跟上有小轮子，眼珠是从马列克·多列扎尔那里定制的，哦，他是捷克为数不多的玻璃眼珠吹制工之一，是个真正的天才，已经八十七岁了，住在布尔诺[1]。彼佳说，光是眼睛的颜色就让他和马列克绞尽脑汁，选了整整三天也挑不出合适的颜料，他差点儿跑到市场上，把所有的蜂蜜都买回来。最后挑选了一种山蜂酿造的水蜜，是稠李花、忍冬花、百里香和鼠尾草酿成的……马列克用这种颜色吹了一对玻璃眼珠。可惜您看不到它们。这双眼睛啊，和真人的一模一样，泪汪汪的……我经常看它跳舞，看了七八次，再看一百次也看不腻，我可以肯定地告诉您，这双眼睛在舞台灯的灯光下顾盼流离，亮闪闪的，就像是活的！”

谢天谢地，我想，这双眼睛是闭着的，否则我会发疯。我是个医生，每天接诊无数，却不忍居高临下地审视丽萨的睡颜并若无其事地与旁人谈起关于她的一切，这其中有……有某些不可言说的禁忌。

我蓦地想起一天清晨巡视病房，我走到丽萨床前，她正睡着。席拉

① 布尔诺：捷克第二大城市，位于摩拉维亚高地。

说，这位患者夜里烦躁不安，凌晨才能入眠。她静静地躺着，像这样疲弱地、直挺挺地躺着，嘴唇上方沁出玻璃珠似的细小汗珠，纤细的手臂垂在身侧。“别吵醒她。”我说，然后向邻床的病人走去。

“我跟您讲，可千万要保密啊。”汉娜吁了一口气，说。我俯瞰她的头顶，正中央染发剂褪了颜色，露出一圈白发，像极了剃度的僧侣。“这话很难说出口。这是他妻子……”

“什么，妻子?”我扭过头来。尽管我很清楚她的意思，却不知为何仍然问了这个愚蠢的问题，也许是太过慌乱，百爪挠心。“妻子，这是什么意思？这是个傀儡呀。”

“对，对，不过您知道吗，他的妻子是个疯子，他唯一的快乐就是这个……这个……生物。他经常和它说话，知道吗？至于说了什么，外人不听为好。他对她说：‘我的小姑娘，怎么，想我了吗?’‘咱们试试腿脚还灵便吗。’诸如此类。我不想听，总是躲得远远的。我想这都是他的隐私……”

胸口骤然捶来一记闷拳，我感到窒息，不禁猝然喊道：“听着，汉娜，这只是个傀儡！这东西做工的确精巧，可它是艺术品，是傀儡，不是人！您是专业傀儡师，应该比我更清楚！”

不知何故，她诡异地笑了，说：“我清楚得很……可您想必没去过奥布拉兹佐夫木偶剧院博物馆[①]吧？肯定也没看过他们的储藏室。它们躺在架子上，就像躺在停尸间里，裹尸布下面有时垂下一只手，有时探出一只脚。博物馆的女管理员是位迷人的太太。她的工作台纵览全局，那里所有的‘居民’都逃不过她的眼睛。她说：‘如果不这样的话，我刚一转身，它们就会改变姿势。’”

---

① 奥布拉兹佐夫木偶剧院博物馆：俄罗斯著名木偶剧院，也是世界最大的木偶剧院，位于莫斯科。剧院有自己的木偶博物馆。

突然，店里的电话铃响了，汉娜笨重地爬上台阶，说："我马上回来，您别乱碰，千万别碰！"

半路上，她用拐杖打开窗子——也好，这里本来就很闷。

她打电话的时候，我一动不动地站在那个复制品跟前，也许，它是世上最精准的女性躯体的复制品。我甚至不敢触碰它的衣裙。你这是怎么了，我对自己说，怎么了，医生？你已见过这精灵古怪的奇物——彼佳的匠心与天才的结晶，你不仅见过它默然躺着的样子，也见过它在彼佳的怀抱中翩然起舞的身姿。然而此刻究竟是怎么回事？你为什么呆若木鸡，不愿把单子盖回它身上，爬下梯子，转身离去？它身上没有秘密，它不过是天才与技巧的产物，是彼佳的匠心独运与精雕细琢——这一点，他自己也多次重申。

这里的一切究竟有何诡秘之处？

就在这一瞬间，风从敞开的天窗灌进来，吹动窗棂，飞进屋内。傀儡发出一声叹息。

我自己也不明白为什么没有跌下折梯……惊骇之中，我双手冰冷，心跳加速，喉咙仿佛被钳住。又过了两三秒钟，我一面为自己愚蠢的惊慌感到羞愧，一面伸手覆住它的胸部，却立刻像触电似的缩了回来：我碰到的竟是柔软而富有弹性的肉体。我把那厚重的碧绿衣裙的领口拉低了一些，立刻明白了——他把医用硅胶植入傀儡胸前的布料，做得天衣无缝，比所谓的整形医生技术高超得多。他这么做，也许是为了让傀儡的胸部随着舞步起伏，就像活人在呼吸。

我记起他们的舞蹈，记起那协调得无可挑剔的动作和舞步的精准对位。此时此刻，站在折梯上的我才意识到我的朋友用怎样诡奇的技巧才创造出这般精妙的秘语，意识到他是多么伟大的一位艺术家……也好，一切都得到了合情合理的解释。见鬼！真见鬼！听着，医生，你已经几十次心平气和地聆听她的心跳，冷血的听诊器对她的胸脯了如指掌；你记得那对剔透的半圆，下方衬托着天蓝色的花环，为了捕捉心脏最清晰的节律，听诊器几乎牢牢嵌入她的胴体；而那对小小的乳头，想必和眸子是同样的颜色……汉娜怎么说的来着？对，山蜂酿造的水蜜。那么，你为什么还站在梯子上，像个不可救药的傻瓜？你还期待发现怎样的秘密？

它在那里静静地躺着，寂然无声，凝然不动，就像一个完美的胚胎，等候创造的开始，守候造化永恒的开端。创造者精诚所至，生命才注入它的躯壳。我思索着创造者及其所造之物之间那根紧绷的弦，那绝对的威慑和彻底的臣服，思索着所造之物与创造者的水乳交融。我想，是否因为我的友人无比珍视这种凌驾其上的绝对权威，埃丽斯才成为他的生之所需？这绝对的权威正是他从丽萨身上无法获取的。因为纵使她的灵魂、躯体和生命都屈从于他，纵使无论何时她的身躯都灌注着忧悒、潜藏着疾病，她却始终是活生生的人，是独立而痛苦的个体。

我把这珍贵的傀儡精心包裹起来，用布蒙住它精致的脸，爬下梯子。你静静地安息吧……

我来到前厅，抓起卡什帕列克，满脸歉意，用手掌拍拍胸膛，又用指甲挠挠手表，默默地向还在听电话的老妇人草草道别，夺门而出。

当天晚上，离启程赶飞机还有大约三个小时，我仍然淹没在普罗查兹卡商店的那一幕带来的惊慌之中，目光不住地往丽萨身上瞟。我几乎目不转睛地盯着她，忍不住和另一个“她”做比较：后者躺在柜子顶上，舒展着四肢；前者坐在我对面，间或跃起身来，跑去看烤箱里的饭食是否准备停当。一种特制的蘑菇香肠焗饭，是她从杂志上学来的菜谱。

终于，彼佳觉察到我异样的目光，挥拳捶了捶我的后背，戏谑地说：“你干吗老盯着我老婆瞧？”

我也用戏谑的口吻回答：“什么你老婆，是我老婆。只要我愿意，就能光明正大把她带走。丽萨，跟我回耶路撒冷吧？”

她正摆弄热气腾腾的烤盘，迟疑片刻，挺直身子，回过头来，一本正经地说："可能……以后会去吧。"

多么奇特的命运！我坐在汽车里，透过挡风玻璃凝视着库姆兰匆匆远去的暗紫色山峦，不禁陷入沉思。这些火红头发的女子，她们有着怎样的悲剧命运啊！烈火仿佛在她们身后紧追不舍，她们跑啊，跑啊，试图避之以自救，将灼焰甩在后头，却始终未能逃脱。这可是家族积重难返的诅咒？为何她们永远是背叛的牺牲品？为什么就连我最最了解、最最爱戴的朋友，那个宽容大度的天才，就连他也难逃背叛之劫？

终于，我打着火，把车开出停车场，朝耶路撒冷的方向驶去。车开了很久，库姆兰群山的轮廓几乎融化在彤云密布的漆黑天幕中。车子爬上山坡，驶向隘口，这时，发生了一件实属罕见的怪事！一阵旋风刮来，螺旋状的气流呼啸盘旋，雪花纷飞，翩然起舞。莫非真的是雪！当地的孩子该乐坏了——当然，若能下上半个小时才好。

应当找找彼佳的那封信，我坚定地想。既然写到萨哈林的暴风雪，那么如今无论如何也要让它重见天日……

第九章

我被幽禁了，鲍尔卡，我成了暴风雪的囚徒。在这座孤岛上，雪灾疯狂跋扈，肆虐横行，已经两天两夜。机场关闭，萨哈林与大陆隔绝，天凝地闭，湮没在积雪的千钧重负之下。昨夜雪屑漫天，对面窗子透出的灯光竟似萤火虫明灭的磷光。

我从未见过这般大雪。它铺天盖地，吞噬了一切：长椅、石柱、门洞、篱笆和屋顶，吞没了房屋和北去的列车。它源源不断地砸下来，落地的不是雪花，而是庞大、凌乱、黏着在一起的雪团，好似一记记重拳。这绝非我们熟悉的清幽冬景，而是冥府阴兵的张皇溃败，是世界的毁灭与倾颓。碎片崩裂，从高空坠落，将天空剥离，让世界袒露其真实的内核。世界腐朽的躯体彻底麻木、封冻，在狂风中扶摇直上，碎裂、解体，向宇宙混沌的深渊呼啸而去……

我心目中的世界末日总是伴随着此地咆哮肆虐的风雪。这位暴戾的画家，这位萨哈林的博斯赫①，始终操纵着我童年的梦境。我在梦中痛苦地挣扎，想摆脱这呼号的旋涡、这吞噬万物的死神的白色巨口，就像蝼蚁般渺小的可怜人在倾覆的甲板上徒劳地攀爬，在船只沉入汪洋的那一刻，依旧向上挣扎，爬向狂风怒号的苍穹，高不可测的虚空……

你可见过雷电交加的暴雪，可见过闪电倾斜的刀锋将仓皇逃窜的雪片劈成两半？

起初我以为是电线短路，何况这时候家家户户都断了电。此时，我

① 博斯赫：尼德兰画家，其作品充满离奇的想象和诡奇的象征。

坐在幽暗的厨房里，烛光明灭，窗外的雪映得屋内幻影婆娑，房屋仿佛在稠密而深邃的风雪中滑行，就像潜水艇在玛拉柯深渊[①]中逡巡。桌上摆着一本书，幽蓝的闪电在寂静的书页上闪烁。

书是翻开的。别问书名和内容，我答不上来。我从书架上顺手把它取下来，甚至没留意作者的名字。我心中致命的愁苦就像这烦煞人的蓝色火花，在摊开的书页上闪啊闪……这只肌肉强劲的滑溜溜的生物，这条毒蛇，它不住地撕咬我苦痛的内脏，在我脑海中唤起一个又一个名字：妈妈，罗姆卡，巴霞，卡兹米尔·马特维耶维奇……而最致命的，是丽萨。她周身燃烧着熊熊烈焰，飞向半空，用威严的目光居高临下地审视着我。

有时，我觉得自己就像已到穷途末路的拉奥孔，连天阴霾化作毒蛇无数，我终将被自己的苦恼吞噬。

如今我独对如豆孤灯，思索着那个怪人——我自己。我对自己一无所知，向来一无所知。思索的时间愈久，我就愈发绝望地陷入矛盾而无意义的琐事。

前天我安葬了妈妈——我那善良、羸弱、无比平凡又极其不幸的母亲。我痛苦而怜悯地爱着她。可为什么我满脑子都是父亲的影子？反反复复，总是如此。为什么他们二人当中，唯有他，这个悲剧的小丑，一成不变地占据着我的思绪——这公平吗？是否因为他畅通无阻地闯进我的傀儡世界，流连忘返？在那里，他的心灵之罪，他的狡诈、无耻，还有用之不尽的花招和戏法都能各得其所……对了，还有明亮的眼眸中那蓦然闪烁的温柔。

卧床不起、气息奄奄之时，妈妈才对我说，她这样纵容我，很后悔。她说，小时候不该让我去南萨哈林斯克找马特维耶维奇，不该听任我

① 玛拉柯深渊：柯南·道尔在长篇科幻小说《玛拉柯深渊》中描写的神秘海沟。

“沉迷”于木偶的把戏，“陷”在里面出不来。为什么，我问。尽管我心里明白她的意思，却极力表现出惊讶的模样——可恶！“因为啊……”她惋惜而歉疚地笑笑，似乎在死神面前也羞于启齿，怕我伤心。她说：“因为，森林之王[1]还是把你抓走了……”

我的心隐隐作痛，险些痛哭失声。我感到一阵揪心的怜悯——怜悯她，怜悯自己，怜悯她那饱受践踏与玷污的逝而不返的一生。

在母亲面前，我有罪。我的罪孽绝望而无着，每每念及，不禁为之悲号。于是我只敢想起父亲，我独对残烛，想到的只有罗姆卡，罗姆卡……

我忽然记起，他把飞舞的雪花叫作“被宽恕的灵魂”。他说，瞧，那些被宽恕的灵魂在飞呢。孩提时代的我便觉得，大千世界，旁人分辨不出的东西，他却能够发现。

这世上只有我和妈妈对他的手了如指掌。每个星期，他都放心地把手交给我们，让我们给他剪指甲。这没什么好奇怪的，因为他自己做不到。除此之外，别的事他做得又快又好。说到这儿，我想起一件小事（这又是我心中的一道小小的伤疤）。父亲非常喜欢吃葱，不管能否吃完，都要在家里储备大量的葱。夏天吃青绿的小葱，洋葱更是一年四季离不了。我的职责是替他把葱头切成四瓣。有一回我们吵了架，他不肯让我帮忙。我坐在桌旁，与此刻一样，坐在摇曳的烛光里，幸灾乐祸地看他如何亲手切洋葱。至今我都无法原谅自己！他倚着桌子边沿，“小胳膊”撑在桌面上，按住洋葱，左手抡起菜刀，重重地砍下去。葱头滚落到地板上，他耐心地捡起来，重新摆好姿势，再次挥刀砍去……就这样与它纠缠不休，直至将其剁成碎块。

---

① 森林之王：即歌德的叙事谣曲《魔王》中的林中魔王。诗中一位父亲骑马带着高烧的儿子穿过森林，魔王要把孩子抓走，孩子不断惊呼，但父亲不相信魔王的存在，最后孩子死去。俄国诗人瓦西里·茹科夫斯基将这首诗译成俄文，将“魔王”译为“森林之王”。

我总觉得“小胳膊”使他难为情。夏天，他一直穿T恤衫，袖子盖到胳膊肘，遮住那截断臂。海滨浴场上，他用左手遮住残缺不全的右臂。照相时他也摆出这样的姿势，似乎在用左手挠胳膊肘，就像没牙的老头儿，一边笑，一边用手捂住嘴巴。

小时候，我喜欢摸他的“小胳膊”，它总是冰凉的，也许是由于血液流通不畅。他也喜欢这样，说：“帮它取取暖。”只是末端不许碰，显然，那里是神经末梢。若是不小心碰到，他就会猛地打个激灵，小胳膊条件反射似的抬起来，像一根拦路竿。

他备受幻痛的折磨。夜里，我睁开眼睛，看见他那慌乱的影子扭曲地映在墙上。这一幕追随着我的整个童年——月亮是个警觉的看守，而他，在光影中表演独角戏。那样的夜晚，他总是彻夜煎熬，直到天明。无论怎么哄，那截残肢依旧不肯入眠，于是他会将它挠出血。是小指在发痒，抑或整只不复存在的手掌。这时他便只能喝酒。每一次，妈妈都把酒瓶藏起又取出，亲手替他打开。

他的体内蜷缩着一根夺命的弹簧，酒精使它爆发、失控，威胁着周围人的安全，到头来却让他自己送了命。他冲动好斗——为自己，为别人，为公平正义，有时只是看心情，总之，他会倏地热血沸腾，扑上去攻击。我见过几回。父亲打架的场面极富感染力，我总忍不住仔细观察。他的左臂格外强劲，显然右臂的力量也已灌注其中。不过，右侧的残肢打起架来一点也不比左臂逊色。一连串稳准狠的出击，让对手防不胜防。对方的身手显然还不到火候，罗姆卡的功力却突飞猛进，力图将人打晕、打废，不给对方苏醒的机会。有几次，看热闹的人把警察叫了来，但警察从不抓他，看他是个独臂的废人，恶斗一场，憔悴不堪，便戏谑地望着被揍的那个人，做个嘲讽的手势，就此了事。当然，警察他也敢揍。

多亏父亲好斗，我的学校生活才相对平安（毕竟同学当中地痞流氓为数不少，而我又手无缚鸡之力）。此外，我还把他的功夫“装”在木偶身上，让它们打起架来拳无虚发，心狠手辣。

他总能让我吃惊，满脑子都是鬼点子，令我为之倾倒。他总是引诱我走进一次又一次的奇遇，搞出的那些鬼名堂让我这个毛孩子瞠目结舌，心怦怦直跳。有一次，他和母亲之间爆发了一次空前激烈的争吵，他发觉我替母亲感到不平，又对他相当反感，便去学校找我，而且是……坐直升机去的。他给战友做了一番动员，于是他们在一阵电闪雷鸣中从天而降，在学校上空兜了几圈，降落在不远处的荒地上。你不知道我和罗姆卡是多么激动地向对方奔去！我的心剧烈地跳着，他的心也是如此，跳得和我一样响——我把耳朵贴在他胸膛上，听得真真切切。

后来，我常在梦中看见这架螺旋桨轰隆旋转的直升机（这是一架“米-8”，是个老古董）。

我们沿河岸飞行，直升机突然悬停在半空，就像悬浮在水族箱当中。上空彤云密布，好似沉重的幔帐。左下方是平滑的海面，宛如一大块油亮的羊羔皮；右下方，茂密的泰加林绵延至地平线，曲折的石油管道在林间穿行。我们在泥火山上空盘旋，林木葱茏的峡谷尽收眼底，幽僻的山坡、寂静的小河，还有那高大的白杨，即便是从高空鸟瞰，它们仍是那样高大，叶浪汹涌，掀起哗然的银光。

随着一声霹雳，一道火光划破长空，我蓦地惊醒。原来，我在烛光中睡着了，甚至没有垂下头，就这样直愣愣地陷入恍惚的睡梦。我的目光逐渐融化在摇曳的火苗中，火焰显出重影，光芒深处飘出母亲的身形，不，是她的声音。显然，潜意识——抑或主宰我们睡梦的其他东西——比白日里清醒的意识和冷硬的心肠更懂得感恩，更温暖，更容易潸然泪下。原来，人在梦中是可以哭泣的。我哭了，痛苦随泪水而决堤，我哭得像个孩子，泣不成声。恍惚中，她正在我背后忙家务，用再平常不过的声音说：“儿子，你去市场买些樱桃，我把面和好。”

于是我跑向火车站——我们的市场就在火车站的小广场上。一块块带刺的木板搭成简陋的货架，天知道我小时候在这里买过多少好吃的：

甜甜的爆米花、牛奶棒，还有菱形的“年糕”——是一种韩国甜点，口感有点像太妃糖。

我在梦中清晰地看见一只盛满樱桃的玻璃杯，它静静地立在一张摊开的旧报纸上。我记得一杯樱桃卖一卢布，摊主是娜斯佳婆婆，她从俄罗斯中部远嫁到萨哈林。她心灵手巧，只需两三下，就能将报纸折成纸包。我还清楚地记得她的面容：圆圆的脸，下巴上有一块深红色的胎记，就像樱桃果，灰色的奥伦堡头巾从头顶垂到肩上，头发染着几许白霜，梳得很平整，垂下的几缕发丝在红樱桃上方飘荡。樱桃堆得像小山，颗颗饱满多汁，红得发黑，梗子则是碧绿的。货摊正中央，在一张摊开的报纸上摆着一只普普通通的有棱的玻璃杯，当地的酒鬼都向她赊账，纷纷讨要这只玻璃杯——满满一杯红樱桃。

我被雷声惊醒，所有幻象都消失不见——母亲、樱桃、娜斯佳婆婆……还有我的老师父卡兹米尔·马特维耶维奇。母亲对他满腹怨言，而他经历了多苦多难的一生，终于在弥留之际得到补偿——他死得云淡风轻，就像木偶戏拉上帷幕。他演完了那一季度的最后一场戏，仰面朝天，倒在后台，像提线木偶从傀儡师手中猝然滑落。他甚至没有撞到任何东西，即使撞上也已经没了知觉。他倒在《阿廖妮卡之花》[1] 里的怪兽那软绵绵的背上，怪物戴着那朵小花，还戴着青面獠牙的面具。（“听着，彼得廖克，工匠检验木偶做得是否成功，通常会用这样的法子：把它抛在桌上，通过落地的姿势判断它是否有自己的生命，是否能用躯壳召唤灵魂。彼得罗尼乌斯的《萨蒂利孔》[2] 中也有这样的情节：将木偶扔在桌上，参加宴会的人们就开始谈论生死……”）

在傀儡戏这一行，我师父已达到登峰造极之境。直到去彼得堡上大

① 《阿廖妮卡之花》：俄罗斯作家谢尔盖·阿克萨科夫创作的童话。

② 《萨蒂利孔》：古罗马作家彼得罗尼乌斯创作的爱情小说。

学，听老师讲课后，我才意识到这一点。说实话，课堂已不能带给我新的知识，因为那些年，几乎所有和木偶戏有关的话题，卡兹米尔·马特维耶维奇都和我讨论过。

他的家庭支离破碎，爱无处安放，他用生命中残存的那点爱忧伤地爱着我。当他垂垂老矣，仁慈的傀儡之神把我送到他身边，也把他送到我身旁。我是否跟你讲过他第一次带我演出的情形——

那时，在利沃夫度过的第一个夏天已经结束，我回到萨哈林，小婴儿丽萨给了我一记重创。也许在任何一个精神病专家眼里我都是个完美的案例。童年时代，我古怪的癖性就像丛生的牛蒡，在荒诞的世界中摇曳着巨大的叶子（顺便提一句，萨哈林盛产牛蒡，当地的居民把它们做成美味的沙拉）。

从利沃夫归来，我心情沉重，吃不下饭，睡不着觉，惶恐无声地噬咬着我的内心。我总想象丽萨被保姆孤零零地丢在婴儿车上，丢在商店里、大街上、公园中，一只驼背的怪兽向她伸出粗糙的巨爪，它浑身漆黑，蓬头垢面，恐怖至极……多年后，我曾试图弄清个中原委，八岁的我究竟怎么了？狂喜与苦恼交织而成的灼人的感觉究竟所为何物？狂喜，是因为遇到了一件杰作，邂逅了我的女主角，而苦恼，似乎是由于无法与她分离，看不到她便倍感思念。一种不可遏止的渴望在我心中涌动，我想守在那个没有思想、不会说话的婴儿身旁，这又意味着什么？要知道，她尚不能回应我的任何感情。对此，我只能用爱来解释，除此之外我找不到任何更有说服力、更能给我慰藉的答案。总有人试图把某某情结或更糟糕的解释强加在我身上，我只能怀着轻蔑和不解，与他们断绝来往。

每天放学后我都沿着摇摇晃晃的木头栈桥，从下城区跑向上城区。每当下面有火车驶过，木桥都会浑身发抖，像人在痛苦地痉挛。

站在小山岗上，整个海湾尽收眼底。一根被遗忘的广告柱矗立在山顶，像失明的灯塔，破烂的海报残存的纸片安静地在风中摇曳。

我一连几小时伫立在那里，凝望着世界蔚蓝的虚空，不知在等待什么。世界是一片空寂无人的深渊，横亘在我和我的偶像之间。那满头鬈发的色彩是如此热烈，我只要闭上眼睛，她就像无声的礼炮，在黑暗中迸溅出纷飞的火花。接着，是她母亲的身影，像小女孩一样娇小，决绝地纵身一跃，从窗口飞向天空，像展翅的飞鸟在我眼前滑翔，迟迟不肯消失。上帝啊，请原谅！此时此刻，我自己也想径直跃向天空，哪怕就从这木头栈桥上坠落下去也好……

你可能会把这种状态称为抑郁症，并为我开药，但当时我却没有任何要看医生的念头。照母亲的话说，我像条“死鱼”。然而，星期六，我刚到南萨哈林斯克，卡兹米尔·马特维耶维奇就凭着那颗饱经风霜的心，在第一时间嗅出了我的痛苦。

“小子，”他仔细打量着我，问，“你安静得有些过头啊，小子。你怎么回事，是不是在那边遇见了什么人？”

我点点头，又低头不语。

“是个小姑娘吧。”老头儿说。

我又点点头。

“怎么，她也跟你表白了？”

“没……”我不情愿地说，“她不会讲话。”

“逗我！她是个哑巴？”

“不，不是，她……她还小，”我艰难地说，“她还小……小得像个洋娃娃。”

我大哭起来。

老头儿紧紧地拥抱了我，我在他怀里抽噎了许久，感到甜蜜和宽慰。不过，卡兹米尔·马特维耶维奇不得不换了一件衬衣。就这样，一股暖意烘烤着我的内心，把忧郁驱赶得烟消云散。

他坚定地宣布，现在绝不是哭鼻子的时候，因为我不应当哭，而应当抓紧时间赚钱，为“明年夏天”攒盘缠。这才是成熟的男子汉该做的，他说，赚钱是男人的使命，而且得凭本事赚钱。“你，彼得廖克，”他说，“就做我的助手。”

这一年秋假，他带我去巡演，为期一周，几乎走遍了萨哈林岛。

我们在科尔萨科夫、亚历山德罗夫斯克、涅韦尔斯克和霍尔姆斯克演出，去了许多个青少年宫、中学和幼儿园——从他的立场来看，这根本不是积德行善。他将我吸收进他的“劳动合作社”，并约法三章，事先规定好任务和薪资。我和他都是合作社的“社员”，身份平等。我当牛做马，背着装满道具的背囊，摆屏风，挂挡板，帮他准备木偶，甚至还亲自表演过几次！

总之，这个假期我赚了一大笔钱，足足有三十五卢布。我们把钱藏在一个最隐蔽的地方——机关匣的帽子里。如今，它尖刻的嘴脸在我眼中变得格外美好、崇高而神秘。

也恰恰是借着人生第一次巡演的机会，我见识了老人的一项绝活——腹语。他称其为“用肚子发声”。我们曾在亚历山德罗夫斯克的一家小旅馆过夜。虽然为了省钱，我们一般喜欢住在熟人家里，但卡兹米尔·马特维耶维奇在亚历山德罗夫斯克没有熟人，便只好在旅馆的四人间里租了两个床位。不过还算幸运，同屋是两个出公差的，我们刚入住没几天，他们就回了家。旅馆立刻变成了天堂，不再有醉鬼呕吐不止，不再有脏袜子浓烈的气息，也不再有人彻夜唠叨，谈某某合同、技术监督局、附加条款和剔除报废这类无聊的事。

那天，卡兹米尔·马特维耶维奇做了晚餐。我们随身携带“热得快”和一口小锅，虽然旅馆明令禁止，我们还是偷偷摸摸地在房间里做饭，又是煮土豆，又是煮鸡蛋。我们的座右铭就是——能省就省！

后来熄了灯，我们躺下睡觉。我师父一如往常，睡得像头死猪，接着像个空转的马达，轻声打起了呼噜。这时，黑暗中突然响起一个陌生的声音，带着鼻音，仿佛来自地底。它用狡黠的口吻在我耳畔窃窃私语：“我是个穷小子，长着个大鼻子，我叫法尔诺斯，长着个红鼻子。”

我哀号一声，一骨碌爬起来，扑向电灯开关。旅馆污迹斑斑的枝形吊灯发出昏黄的光，照亮了房间，我看见老头儿正笑眯眯地坐在床上。那个声音明显不属于我们两个之中的任何一个，却依旧飘忽不定地响着，是从窗口传来的……不，是天花板！……也不对，是门口！“闷气生了整三宿，穿上一双舞蹈鞋，戴上一顶尖帽子，羽毛飘飘真神气，浊气排了一裤兜。”

“谁?！在哪儿?！”我一边大吼，一边兜圈子，像个团团转的陀螺。

卡兹米尔·马特维耶维奇却说：“别嚷，别嚷，彼得廖克，再嚷就把警察招来了。这是红鼻子小丑法尔诺斯，是咱们俄国的彼得鲁什卡的曾曾祖父。别找了，别找了，他不在床底下。听着，他不在这儿。他是十八世纪的人，是俄国女皇安娜·约安诺芙娜[①]的宫廷小丑。不信？我可从没糊弄过你。他是个意大利人，是喜剧剧团的丑角。意大利喜剧中有个滑稽角色，叫佩特里罗，全名叫皮耶罗·米罗·约瑟夫·列加尔，总是扮演那些阴险狡诈的角色，客栈老板啦，小丑啦，还有放高利贷的……你听到的声音是腹语，是用腹腔发声，而不是声带。这是一种微妙的艺术，祭司和巫师一般都会这种绝活，以便让人们感到恐惧，让他们听话。女巫恩多就用这种方式预言了犹太王扫罗的死。她用腹腔发声，扫罗却以为是地府的幽灵在做预言，因此信以为真，和腓力斯丁人作战时，死在了战场上。所以，有了这门本事也不能到处炫耀，太危险了！来，过来，站直，看着我。咱们的身体里都有什么？很多乱七八糟的东西。这里是声带，这里是气管，食管……然后是胃。在食管和胃之间有个小圆环，记住，以后用得着……”

---

① 安娜·伊凡诺芙娜（1693—1740）：俄国女皇，1730至1740年在位。

我穿着背心裤衩站在他面前，像个骨瘦如柴的士兵。他转动着我的身子，用大拇指按按我干瘦的喉头，又按按胃和膈肌的位置，向我讲解借助内脏器官的平滑肌发声的原理。“吸气，”他说，“腹肌绷紧，屏住呼吸,现在呼气……”于是我屏住呼吸，收紧腹部，再用嘴巴和鼻子呼气，练习得非常卖力，似乎还放了个屁。

当然，我一无所成，发出的只有哼哼唧唧的怪声，但我已经开始幻想那精彩的一幕：我当着妈妈的面用嗡嗡作响的腹语讲话，她吓了一跳，然后拍手大笑起来。

前天，我给所有死去的亲人扫了墓。当地的公墓坐落在海边高高的山岗上。你还记得斯威夫特的飞岛国吗？小时候，我一读到这个故事，眼前总浮现出我们的公墓。我一直觉得，它每天夜里都会飞向天空，在苍穹中浮游，直至清晨。这也许是因为在每座墓碑、每座十字架、每座金字塔形的墓室上空，云朵总是格外迅疾地飞掠而去。

天空开始落雪。阵阵清冽的寒风吹来，白雪柔软地覆盖万物，雪花落进衣褶，在脸上消融，清冽的风中弥漫着冰雪融化的气味。童年时，在我心目中，这样的气味正是暴风雪的气息。我用一把不听使唤的螺丝刀，把卡兹米尔·马特维耶维奇翻新的照片旋进那备受海风侵蚀的花岗岩石碑，心想，这里真好，安息在这里的灵魂多么自由，别处的亡灵想必少有机会如此惬意地在沉郁的水上游荡。

在我的想象中，亡灵是透明的傀儡，被万物的主宰重新唤醒，为之服役。于是我看见我的师父飞向高空，被他的那些“娃娃”簇拥着。不，我说得不对，他把所有的木偶都捐给了剧院，只把机关匣留给了我，伴我云游四方。

对了，你可知道，卡兹米尔·马特维耶维奇被关进集中营的那段日子里，是谁藏起了他的木偶并保管多年？他刚回到萨哈林，就收到一堆包裹，究竟是谁把它们寄了过来？是巴霞，我最爱的巴霞。她是我心中另一重悲哀的思恋。

巴霞的生命正在消逝。她静静地躺在医院的病床上，见我坐飞机来看望，怒气冲冲地说："别把时间和钱浪费在我身上，彼得鲁沙，你那么穷，又那么忙！"[1] 是她救了我们。她颤抖着那苍白的嘴唇说了一句话，只说了一句话，便救了我和丽萨。她不再害怕诽谤与诋毁。她什么也不怕，包括死亡。

对待死亡，她有自己的方式。

有一天，她给我讲了一个故事。后来，尽管我像刺蒺藜一样纠缠不休、问长问短（对于所有故事，我永远只对细节感兴趣），她却再也不愿旧事重提。巴霞的故事让我魂不守舍，惊骇至极，很长一段时间都不敢独自入睡。她只能懊悔地坐在我床边，抓着我的手，哼着她年轻时候常唱的傻乎乎的小曲，想把我的注意力从故事上引开。

故事是这样的：战争时期，利沃夫被德军占领。巴霞站在大门口，想看看会不会下雨，以便决定把衣服晾在阁楼里还是阳台上。她看见街道那头突然闪出一个赤身裸体的男孩子，朝这边跑来，看样子不过五六岁光景。她说，她以为自己在做梦，甚至闭上了眼睛。后来，她不得不把眼睛睁开，因为男孩儿已经跑到跟前，求她把他藏起来。她吓坏了，她可不敢在家里藏个孩子。她说，一种害怕的感觉铺天盖地地压过来，让人心里发烫，却浑身打冷战！于是她让小男孩躲到旁边的下水道里去，还亲手替他搬起井盖，帮他爬下去。她刚走回大门口，就看见两个人从雷恰科夫公墓那边跑了过来。

他们跑到近前，问："大妈，小孩儿呢？"她吓得浑身发抖，伸手指了指远处，说："朝那边跑了……"她在原地站了十来分钟，等两人跑没了影，又等了五六分钟，见他们没再回来，才走过去挪开井盖。

---

① 原文为波兰语。

后来她哭了，不停地说："相信我，才过去二十分钟，才二十分钟！我说的是实话！"她说，她站在那里等两人走远的时候，就已经开始思考把孩子带到哪儿去，给他穿什么等等……然而，当她搬开井盖，看到的却是孩子被老鼠啃烂的小尸体。"刚才还活蹦乱跳……"她说。

当时我对大屠杀一无所知，但恐惧使我浑身僵冷。多少个夜晚我都在梦中追赶这个浑身赤裸的男孩子，恳求上苍救他一命，把他藏起来。后来，过去了很长一段时间，我才明白，巴霞的故事背后隐藏的真正含义要比这恐怖得多。你知道吗，鲍尔卡，少年时代我常在利沃夫幽僻的门洞和阴暗的角落里游荡，时而驻足，凝望阁楼的天窗，或者透过一扇被蛛网和杂物掩盖的小窗，窥探潮湿难闻的地下室。我想，瞧，可以把他藏在这里。他，还有他们，许多许多人，多少人都藏得下……

我想，在这个胆怯的女人的意识和世界观当中，一定有过一个可怕的转折点，使她克服了自己的恐惧，去做那些匪夷所思的大事。我指的是她救人的英雄壮举——她救了许多孩子的命。当然，把这些事迹讲给我听的不是她自己，而是我母亲。那是很久以后的事了。

遗憾的是，许多细节如今已无从知晓，比如，她怎么遇见的舍普吉茨基大主教。不过我猜，那些浆洗得干干净净的亚麻、棉布衣衫好似条条纽带，把她和许多人维系起来，毕竟，她给那么多人洗过衣裳。我只知道，她平生只对一个人透露过自己的秘密——我外公。我外公给她做了一辆巧妙的手推车，用来搬运衣服。手推车的底板下方有一个空仓，可以藏进一个孩子。这就像潘多拉的盒子，魔术师的马车。巴霞推着它，把犹太孩子一个接一个地带出隔离区，送到安德烈·舍普吉茨基主教那里，主教再把他们藏进修道院——此举相当大胆，一旦被抓住，当场就会被绞死。

你见过这位主教的照片吗？就摆在巴霞房间里的五斗柜上。主教的外貌令人过目不忘：银色的头发，银色的胡须，坐在轮椅上，就像一只巨大的白雕。他的一生极富悲剧色彩。希特勒掌权时，他拥护政府，把元首当成救星，后来，纳粹展开了犹太大屠杀，舍普吉茨基这才意识到自己在为怎样一头怪兽唱赞歌，显然，这给他的内心带来一次巨大的转折。他救了很多人，把难民藏进修道院和圣尤里大教堂。

但我要说的不是他，而是巴霞。我说过，她救了我们。她说的那句话使我目瞪口呆，不寒而栗，赶紧带丽萨从家中逃离，逃出那座龌龊的囹圄。

鲍尔卡，你知道丽萨的父亲吧？塔德乌什·维尔科夫斯基的大名无人不知，无人不晓。他大概是利沃夫最有名的刑事律师，还是律师协会成员。他穿着被巴霞熨烫得完美无瑕的衬衣，俨然一位文质彬彬、伶牙俐齿的绅士。他还是个出色的演说家，旁征博引，带着几许不易察觉的波兰口音，满口都是拉丁语箴言，还不忘配上译文。我记得其中的一句："Ubi uber, ibi tuber。"——"富贵之地罪孽多。"

说到罪孽，他确是罪孽缠身，就像甜腻腻的酒心糖从内向外散发着酒气。若是我再成熟些……你明白吗？我若不像这样禁欲，而是如正常的成年男子一样，哪怕只睡过十来个妓女，也能早点嗅到他身上那股罪恶的气息，绝不会醒悟得这样晚，也无须巴霞指点。

而当时，我只是暗自把他视为一种地下生物。

你知道我有多古怪。我从小就能分辨出这类……我甚至无法称其为"人"。它们是藏匿于地底的巨怪，好奇地窥视着人类的生活。它们瞅准时机，在人身上刺出一个小孔，透过孔洞往里瞧，并用小木棍或草茎挠那人的痒痒，或者用小木片把洞口戳得更深，让他受伤，又或者朝这隐秘的伤口啐一口唾沫，把肚肠搅个天翻地覆。它们从不放过这样的机会。

我谈的这些无关善恶，因为它们是不同于人的另外一种生物，用另外一套标准衡量周围的世界。众所周知，苹果摆在货架上就成了商品，有自己的价钱，若是你身上没钱，就不能白拿；此外，众所周知，苹果的主人卖它也是为了挣钱，带着赚来的钱回家去，给孩子们买礼物。而它们，这群地下生物，它们想的只是苹果多么鲜红，果皮多么剔透，咬下去是酸是甜，是否会琼浆满口，甜蜜的果汁混着唾液会有多美妙……这没什么好惊讶的。《圣经》里穷人和羊羔的寓言[1]说的就是这个道理，可“地下生物”却未被囊括在内。

我和丽萨父亲之间的关系向来一言难尽。小时候一旦给他撞见，他就追着我又踢又撵，像撵一条野狗。十三岁时，我甚至被他用雨伞揍了一顿。那一回，他出门的时间比平时晚了一些，而我以为他不在，早早就来了，于是在门洞里狭路相逢。

我一度十分迷恋他家的房子，甚至为之陶醉——房间里有许多玩偶般的古董，可以用作木偶戏的道具，排演成百上千的故事。通常来说，从踏进门厅的那一刻起，我们就正式步入了“剧院”的领地。门厅里摆着法俄诺斯的铜像，头上顶着一只大托盘，用来盛放帽子和围巾。墙角立着一尊青铜女像，把夏夜的满月高高举过头顶——那是一盏磨砂玻璃灯，总是散发着琥珀色的光。雕像那一对裸露的乳房在灯光下闪烁着青铜的光泽，乳头被擦拭得锃亮，好似耀眼的火光；身上披着的希腊长袍遍布柔和的褶子，三缕螺旋状的鬈发垂在赤裸的肩头，同样泛着幽光。

大厅里有一只红木书柜，旁边摆着一张红木象棋桌，桌面镶着象牙做的棋盘。

我不知道这个家里谁会下象棋，反正白子和黑子就那样伫立在纵横交错的格子上，严阵以待。白子是象牙雕成的，而黑子——确切地说，是樱桃红色的棋子——是红木雕刻的。然而，最迷人的不是这些棋子，而是那盏大台灯，它又高又大，就像从红木里生长出来的。灯座上环绕

---

① 《圣经·旧约》里有一则故事，说的是城中有两户人家，一富一贫，富人牛羊成群，穷人只有一只羊羔。有一天富人家中来了客人，他舍不得自己的牛羊，就把穷人的羊羔抢来杀了。

着一圈精致小巧的台阶，就像蛇盘绕着天国之树！打开开关的那一刻，雕花栏杆上的小铜球在灯光中闪烁着迷离的光点，简直是一道风景。

最精彩的木偶戏就是在这段小楼梯上演绎的。

你猜谁是我最忠实的观众？是丽萨的保姆伊娃——一个笨手笨脚的风流女郎。这姑娘心肠好极了，我整天赖在房子里不走，她不仅忍受得了，还给我好东西吃，关照得无微不至。我们是好朋友。她的话语中密集地交织着波兰语、乌克兰语和俄语，真悦耳。俄国士兵围着她团团转，她很得意，自认为精通他们的语言，并学会了骂脏话，张口就来，熟练程度与日常词汇不相上下。她还有两句最心爱的口头禅，一句是："格拉图溜！"——意思是"祝贺！"另一句是："真没想到！"谜一样的词汇，用于表达惊喜。我们常在屋子里追逐打闹，有时她受够了我们的喧哗与嘶叫，便吼道："够了！老实待会儿行不行！彼得廖克，演戏！"她从门厅搬来一只小长凳，上面铺着蓬松的坐垫，樱桃红的皮面纫得密密实实。她在象棋桌前坐好，双手抱起大汗淋漓、玩疯了的丽萨，放在自己的膝盖上。她看得多么入神啊！我们的伊娃是个多么出色的观众！她看得入迷，满脸激动的神情，目不转睛地看着白皇后沿螺旋状的楼梯拾级而上，聆听她那做作的尖叫："噢，我好痛，好痛苦！我该怎么办？我爱上了黑国王，我丈夫把我监禁在塔楼上！"

遇到悲伤的情节她就哭。我发誓，她流下的都是真正的眼泪。真没想到！

言归正传。有一天，我和丽萨的父亲在门洞里狭路相逢。他已经再三警告，让我别缠着丽萨。我完全理解，换作是我的话，也不愿看见一个半大小子对我五岁的女儿莫名其妙地纠缠不休。因此我总是躲在角落，等候他离开的那一刻，目送衣冠楚楚、下巴剃得锃光瓦亮（他每天都让理发师给他刮胡子）的他沿着街道越走越远，像女人一样在身后留下缭绕不散的香水气息。

但是这次我失算了，于是我们撞了个正着。

在动手揍我之前，他先掂了掂手里的雨伞，换了个姿势，好让那沉甸甸的木质伞柄更方便地捶在我身上。伴随着“狗东西，人渣，败类，流氓，离她远点儿”的谩骂声，他发起老谋深算的进攻，每一击都深思熟虑——这才是真正使我震惊之处。他知道打得再狠也不会受到任何惩罚，谁能护着我呢？巴霞？如今我才明白，这类人的劣根性恰恰在于，他们清楚地意识到自己可以胡作非为而不会遭报应——这是地下生物的典型特征之一。

不过我还是逃脱了他的魔爪——他撵了一段时间便收了手。原因不在于我长高长壮了，他不敢乱来。不，还有别的原因……问题不在于我，而在于丽萨。某个奇妙的瞬间，丽萨突然长成了大姑娘。

她长大的过程的确很“突然”。在极短的时间内，她仿佛吞下了一剂魔药，不仅长了个子，变了身材，增了智慧，还……总之，整个人都变了样。我离开的时间并不长，再次看见她时却惊得目瞪口呆，与此同时，一阵恐惧袭上心头。我皮肤的每个毛孔都能感觉到她身上刚刚滋生出来的极度的无助，一个无人照看的孤儿的无助。她会无节制、无头脑地轻信所有人、所有事——这是那些孤苦无依的小姑娘的通病，通常养育她们的不是母亲，而是某个鬼知道从哪里来的恶棍。鲍尔卡，这个小姑娘没有母亲，是我充当了她母亲的角色，然而，我那提心吊胆的关心和严密的看护显然还远远不够。

我还记得那次惊心动魄的利沃夫之行。那时，她父亲已经上了年纪，却仍是大家心目中“有趣的人”，常从自己经手的刑事案件中择出人们“喜闻乐见”的故事，逢人便讲。最恐怖的罪行从他嘴里讲出来也仿佛是蠢人闹出的笑话。

“那家的祖孙两个没头没脑地往嘴里灌，把家里的酒都喝光了。孙女劝奶奶添酒重开宴，说，亲爱的奶奶呀，给几个小钱儿吧，我再火速去买两瓶……”

他总爱在饭桌上讲这些故事。那时候，他不仅允许我进屋（也许是念及我劳苦功高），还留我吃饭，见面握手示好，以“您”相称，给我讲骇人听闻的荤段子。

“老太婆执意不从，看来她把钱藏在秘密的角落，不想让那傻丫头知道。于是孙女发了狂，脱下鞋一下子砸在老太婆脑门上。老太婆摔在地上蹬了腿儿，故事讲到这儿呀……讲到这儿还不是最搞笑的。最搞笑的是什么？搞笑的是，竟能用高跟鞋这种无害的东西砸死一个人……”

所有“美妙”的故事都是当着丽萨的面讲的。她听着这些故事长大，就像无家可归的流浪儿在垃圾箱中成长，周围尽是残羹冷炙和腌臜污秽之物。有一天，他讲到三个开小差的士兵强暴了某个公交车女郎，我立刻粗鲁地打断了这令人作呕的讲述。

“塔德乌什·伊格纳季维奇！”我气冲冲地说，“您觉得让丽萨听这些合适吗?”

他哈哈大笑，冲女儿使个眼色，又朝我的方向点点头，说：“哎呀，装什么单纯，别矫情了……”

“丽萨早就习惯了。”他付之一笑。

我阴沉着脸，粗暴地说：“真可怜！”

那年丽萨十五岁。

似乎从那时起，我和维尔科夫斯基之间的关系就掺杂了一丝奇怪的、不易察觉的异质。他说话的语气混入了某种阴阳怪气的腔调，仿佛我们三人之间发生了什么……确切地说，还没发生，却在酝酿之中，早晚要出事。他那飘忽不定的眼神恐怕无法用语言来形容，游移的目光时而落在我身上，时而落在丽萨身上；有时，那双油腻的眼睛又突然用一层黏糊糊的污渍将我们包裹住，就像一只浮滑的手轻轻一抹，在镜子上留下肥皂的痕迹，映在镜中的二人便被戏谑地关进了一座心之牢笼。

他的手总能吸引我的目光。许多年前，我甚至想让那双手在一个来自地下王国的木偶身上获得重生，但始终犹豫不决，因为丽萨定会把它们认出。那是一双女人的手——那种人高马大、精心保养的女人的手，指如削葱根，修长、饱满，渐渐变细、变窄，手指肚窄得几乎不存在。我眼前常常浮现出他那尖细的手指，充满色欲的指头在一盘秀色可餐的甜点上方微微颤抖，时而轻轻触碰，如蜻蜓点水，又像在挑选猎物。它们似乎即刻就会把那娇嫩的点心刺穿，像钢叉刺进肋骨，像鱼叉刺进溪水中摇头摆尾的鳟鱼……

丽萨没有遗传他身上的任何特质，鲍尔卡，这是不幸之中的万幸。丽萨是她母亲的翻版，这让我既惊恐又着迷，让我无能为力。也许正是由于这个原因，我才在租房子的时候无论如何都无法接受比一楼更高的楼层。

哦，我又开始自说自话，语无伦次。一定是这暴风雪的原因，可恶的白色让我昏了头。暴雪啊，它是如此跋扈，如此无情，一个劲儿地在窗外盘旋呼啸。

我讲到哪儿了？对了，他盯住我们两个不放，就好像我们使他萌生了一个有趣的好主意，一道诱人的奸计，让他觉得未来有利可图。尽管我的直觉像魔鬼一般敏锐，且生性多疑，我却无论如何也猜不出他心中酝酿着怎样的阴谋。每当丽萨穿戴整齐，梳好火焰般的鬈发，踩着高跟鞋欢蹦乱跳地跑出门厅，扑上来抱住我的脖子，我便不止一次地捕捉到他那如丝绒般滑腻而黏滞的目光。有一回，他用同样的眼神盯着丽萨的背影，我的目光与之相遇，立刻本能地避开。

与此同时，我感到深深的厌恶并为之苦恼，我甚至自责，竭力说服自己——这毕竟是丽萨的父亲，没什么大不了的，我对自己说，也许普天下的父亲都会用这样的眼神盯着自己日渐成熟的女儿，也许只是在用挑剔的目光欣赏她的美罢了。如果我有女儿，我也会这样爱她。如果我有女儿，我会把她宠上天！你真是个蠢货，我对自己说，你这是在吃醋，你这贪婪的饿狼，你这是神经质，你怎么敢怀疑一个父亲！父亲！这事让我受尽折磨，我为自己而羞耻，为那“龌龊的念头”而苦恼。

有一天下了一场瓢泼大雨，我们回到家，淋成了落汤鸡，又湿又冷。大雨倾盆，而我们的伞坏了……

丽萨烧了一壶热水，我们各自在头上裹了条毛巾，就像两个缠着头巾的波斯国王，坐下来开始喝茶。我一会儿还得冒雨回家，丽萨劝我别心疼那几个钱，叫辆出租车，不然非得伤风不可。

塔德乌什·伊格纳季维奇正披着华丽的睡袍，坐在桌前摆牌阵，这时却突然开了口。他目不转睛地盯着纸牌，轻描淡写地说：“在这儿过夜吧，彼佳，有什么大不了的？”

我从不留下过夜。不是因为他家只有两张床，连可以用的绷床、板床、折叠床都没有，而是因为丽萨长大了。你懂我的意思吗？她长大了。一想到她不再是个小孩子，我的心就怦怦乱跳。

奇怪，我的经历、职业以及演艺圈子那花团锦簇甚至有些放荡不羁的氛围使我注定无法逃离桃色事件的中心，我见证了无数稍纵即逝的婚姻，人们同居、结婚又离婚，有时甚至孟浪到骇人听闻的地步。然而，一旦遇到和丽萨有关的事，我便成了一个古板的傻瓜，一个伪君子和卫道士。根据我心中那条独断专行的道德定律，男友的义务是把姑娘送到家，至于他自己，哪儿来的就回哪儿去。我一直恪守这条法则。我的一个朋友柳特卡·拉斯托尔契娜（她是列宁格勒青年剧院的演员，似乎曾对我动过心）管我叫“孤女哈夏”[①]。她一旦喝了酒（这个可怜人总爱借酒浇愁，喝完就不省人事）就开始发火，在光天化日之下对我大加嘲讽，

---

① 孤女哈夏：犹太民间传说中的人物，也是剧作家雅各布·戈尔丁创作的同名戏剧中的女主人公，是个有些疯癫、拘谨、可怜的孤女。

说我是个不中用的苦行僧，是个“软蛋”。

是的，每个人都有自己的怪癖，我的心病则是丽萨。多少年来，我们相距千百里之遥，每每想到会有一群活泼伶俐的少年对她献殷勤，我便心急如焚。说实话，她的追求者的确不少，尤其是她成为高堡舞剧团的芭蕾舞群舞演员之后，这帮少年更是变本加厉。不过没关系，我去了一趟利沃夫，照着名单把他们揍了个遍。丽萨应我的要求列了一份名单，把“所有胆大包天的小子”都不分青红皂白地写了进去。有些条目妙趣横生，我至今记忆犹新，譬如：“十月五日，科尔帕科夫对我说：‘找女人……’”“五月十二日，我从更衣室出来，米什卡·古列维奇凑过来冲我咬耳朵：‘现在巴黎流行哪一款内裤？’”

“找女人”的那个家伙我放了他一马，让他自己滚蛋吧；要流氓的古列维奇则为内裤付出了惨痛的代价。下一季，再没有花花公子敢靠近丽萨半步——傀儡师的拳头素来冷酷无情。没错，我是个怪物，像个狱卒一样严加看守，说我是卫道士、傻子、伪君子……随便什么都可以，但我保护她的方式没有错。她是个好姑娘，鲍尔卡。

“不了，我还是走吧。”我回答，竭力不去看丽萨父亲的脸。我总是尽量避开他那戏谑的目光，否则我会发疯。想象一下，你看见那人的眼睛，继而辗转反侧直到深夜，怎么也想不通你身上有什么东西使他如此发笑。何苦？

“别走了，别走了，雨下得这么大！”

“不走……我睡哪儿？”我不知所措地问。他家的客厅被华丽、古老的红木家具挤得满满当当：茶几、写字台、置物架、安乐椅……即便我睡在地毯上，也得挪动家具才能勉强容身。

“丽萨的床大得很，”他终于抬起眼帘，把目光从纸牌上移开，热情地说，“怎么也睡得下。”

这时，我们的目光相遇了。

我无法用语言描述他那浮肿的眼皮下有怎样的东西在蠢蠢欲动。一切来自地底的瘴气，一切我所憎恶的地下生物的特质都在这一刻伸出触角，贪婪地颤抖着，对那即将到手的蜜糖垂涎三尺。此外，那双眼睛里还藏着不可告人的阴谋、狼狈为奸的暗示和怂恿……不，我描述不出那臭气熏天的灼人的目光！他想达到什么目的？竟然邀请一个成年男子爬上他十六岁女儿的床！他想要欣赏的是怎样的一幕？他想必会透过门缝、锁孔和幔帐的缝隙向房内窥探，鬼知道他还会使出怎样的手段！

我转身看丽萨。她裹在头上的浴巾已经滑到耳边，头巾下方是一张惊骇而困惑的脸。你还记得吗，她送我去机场或车站时总是闹得歇斯底里，哭喊着要我带她走。这一年夏天，她终于迅速长大，长成一个妙龄少女。不过，她纵使变得温柔、热情、俏皮，却仍是个小女孩。我甚至不能确定那段时间她是否清楚自己对我的感情，是否认真考虑过，在心中赋予它怎样的定义。

有一点我深信不疑——她无法想象我承受着怎样的煎熬。我猜得没错。我等了她太久。经历了如此之久的煎熬，我竟没有发疯，竟还安然无恙，如今看来真是费解。

我不想离开，却还是摘下头上的浴巾，站起身。

“快去睡吧，孩子。”我轻柔地对她说。我走到门厅，穿上湿漉漉的鞋子，走进滂沱大雨中，徒步回到巴霞的住处，好让大雨将我淋个透湿，好让自己疲惫得像条丧家之犬，倒头睡下，什么也不想。

但我依旧想着巴霞，我无时无刻不挂念着她。上一次离别，她还精神饱满，一切正常，可后来，丽萨突然发来一封电报，我匆匆赶去，她竟已气息奄奄。她无力开口说话，打着吊针，沉睡不醒。她的生命在消逝……

我在床边坐下，吻了吻那张苍白的、死气沉沉的脸，却见她突然睁开眼睛，叹了口气，说：“彼得廖克……”

她认出了我。于是我轻声劝慰，说起那些温柔、怜悯却毫无意义的话，比如，劝她“别犯傻”“坚持住”云云。她不耐烦地摇摇头，让我闭嘴听她说完。我俯下身，将耳朵贴到她的唇边。她一字一顿，真真切切地说：“丽萨……带丽萨逃走，离开……那个妖魔……”

鲍尔卡，但凡有些理智的人都会把这番话看作死者弥留之际的呓语，可我为什么把它当成了天国的指引？“快跑，他是个食人魔……”莫非巴霞知道泰迪·维尔科夫斯基的秘密，认为不该把它带进坟墓？她究竟想给我怎样的警告？

我俯下身去，在她耳边喊：“为什么？为什么?!”

她不再回答。

现在我甚至怀疑，巴霞颤抖着枯槁的嘴唇说出这番话时是否还活着。也许她的灵魂已经飞离人世，而那颗炽热的天使之心却依旧挂念着我，因此才从彼岸将讯息传递到我耳边……

过了五六分钟，一个护士走过来，冷冰冰地说：“死了。”

你还记得我们在亚美尼亚咖啡馆说的话吗？那次谈话发生在巴霞葬礼的两天后，你劝我“再权衡一下”，“别操之过急”，可那时丽萨已经拎着巴霞的手提包去了彼得堡。还记得那只提包吗？它看上去就像产科医生的旧背囊。我把她送上最早的一班火车——我自己还得再耽搁几天，把巴霞的房子交还住宅办事处，卖几件家具，其余的分给左邻右舍。

是的，天刚蒙蒙亮我就送走了丽萨。临走前的那天晚上，我和维尔科夫斯基之间上演了剑拔弩张的一幕。

巴霞的尸体刚蒙上白布，送往太平间，我就立刻向丽萨家中奔去。

我不知道她临死时的遗言为什么听来如此惊心动魄，只知道内心深处似乎发出摧肝裂胆的哀号，她说的每个字都在我的胸腔里回荡。我所有的疑虑、对维尔科夫斯基本能的嫌恶以及夜夜纠缠不休的梦魇（谁在梦中看到心爱的姑娘时感受到的不是少年之爱的甜美？又有谁会像我一样美梦破碎，发出恐惧的悲鸣?）骤然汇聚在一处，幻化成清晰的预感——大难临头，万劫不复。

后来，这一晚的情形在我脑海中盘旋不去，仿佛在催促我把它搬上舞台似的（请原谅我的职业病，可它确实极富超现实色彩，极具傀儡戏的张力）。与此同时我反复思忖，换一种方式会是怎样的结果，为什么不等第二天早晨再行动？比如，等思虑周全，制定出详细的计划，再暗度陈仓，为什么偏要铤而走险？撒个谎又如何，权当为了丽萨……左思右想，我发现不可能有其他的选择。那天晚上，我大概已经失去理智。

我跑进楼房的大门，沿着楼梯一口气跑上顶层，按响门铃。

开门的是维尔科夫斯基。他像往常一样穿着睡袍——就是那件丝绸翻领、华丽得不可思议的睡袍——像个退休的英国首相。也许是身体不适，也许是心绪欠佳，也许是准备睡觉，总之，他草草掩着衣襟，腰带也没系好，似乎刚刚把衣服披在身上。

我们直勾勾地盯着对方，一番充满敌意的对视之后，我们仿佛陷入了“冷中立”的僵局。从种种情形来看，他终于意识到这复杂、艰深的局势已远远超出他的预期，而我头脑中勾勒的那场劫难，其凶险程度甚至超出他的预谋。

“丽萨在哪儿?”我冷冷地问。

“晚上好，年轻人，恕我直言，”他瞪着我，皱着眉头说（看来我惊扰了他的美梦），“文明礼貌永远是第一位的。至于丽萨……她在家,您不妨找找看。”说完便回了屋。

“丽萨!”我大喊。

房子深处立刻传来她的应答:“哎!”

“丽萨!”

“过来呀!”她疲惫的嗓音在一片水花泼溅之声中回荡。

我顺着声音走过去，倚在浴室门外，用低沉的声音对门内的人说:

“巴霞死了……”

她哀叹一声，带着哭腔说：“进来吧。”

我推开门，走了进去。眼前的这一幕使我的心提到了嗓子眼，就像一只台球滚向球袋，却卡在了入口。

她坐在浴缸里，蜷起双腿，竖起一对尖而光滑的膝盖，用湿漉漉的迷人的大眼睛望着我——她一丝不挂地坐在我面前，只用泡沫盖住身子，却若无其事。而我还以为她像往常一样在给睫毛上妆，给自己那散发着野性魅力的妆容贴上最后一片羽毛。

“你……你怎么……”我嗫嚅着说，忽而冒出一身冷汗，忽而又热汗淋漓，“巴霞……刚刚……明天得去选一块墓地……”

突然，我大吼起来：“你为什么不锁门？”

“给我浴巾。”

我把浴巾递给她，她将脸埋进去，恸哭起来。她爱巴霞。漂着肥皂泡的水摇曳、旋转，舔舐她赤裸的双肩，小小的泡沫在她的肌肤上破灭。她的头发浸了水，显出暗黑色，紧紧贴附着她那小巧而精致的哥伦碧娜[①]式的头颅，发丝在泡沫的旋涡中漂荡，像摇曳的水藻。

我上一次看见她的裸体时，她才三岁。她与保姆伊娃之间并不总能性情相投，每当矛盾激化，保姆便叫我去“帮这小无赖洗澡”。

“来，咱们抹香香！”她一边说，一边起劲儿地抹，涂得小姑娘满身都是肥皂泡，“全身都抹上了！”接着她对我发号施令：“给她冲干净！”我便打开淋浴，让热水劈头盖脸地浇在丽萨身上。丽萨站在浴缸里，挺着圆滚滚的小肚子，像一朵头顶红色小伞的牛肝菌。她可劲儿地在水里撒欢，兴高采烈地跺着小脚，好让水花溅在我和伊娃脸上。

“为什么……”我感到窒息，“为什么不锁门？”

---

① 哥伦碧娜：弗朗西斯科·梅尔茨的画作《花神芙洛拉》中的女主人公。这幅画原名为《哥伦碧娜》，一度被认为是达·芬奇的作品。

“为什么要锁?”她抬起满是泪痕的脸，问道。

这时，门开了，她父亲把脑袋从门缝里伸进来，似是在回应女儿的诘问，说:“你又乱拿我的指甲钳，也不知道放好!”

“抱歉，指甲钳在厨房，在装纽扣的盒子里。”女儿说，“爸爸，巴霞死了。”

“真是个悲伤的消息——看你还乱动我的指甲钳。”

我似乎被当成了空气……一时间，我恍若置身疯人院，抑或上了天堂?将羞耻视若无物，这一点倒像伊甸园的作风，可这位披着华丽的睡袍、萎靡不振的罗马贵族看上去一点也不像亚当，更不像尚未偷食禁果的赤子。我从五岁起就被墨守成规、洁身自好的母亲严加管教，而母亲又是被克己守礼的天主教徒巴霞教导成人的。在我们的观念中，沐浴是每个人的隐私，身体更是珍贵的秘宝，唯有命中注定的伴侣才能看见……我觉得自己就像一根不可救药的生苔的朽木。

丽萨的父亲嘲讽一切被他称之为“感觉”的东西（他总是造作地噘着嘴，阴阳怪气地说出这个词），并用戏谑的神情蔑视任何边界与禁忌。他那庞大的躯体散发出嘲弄的瘴气，弥漫在房屋的每个角落。危险的气息在空气中呼啸、回旋，它如此轻易地贯穿万物，似乎一切都在变形、扭曲。它像毒液一般注入灵魂，正如湿气穿透肺叶，滋生肺痨。

“难道……你从来不锁浴室的门?”我轻声问，言语中透出歇斯底里的偏执与无助，“莫非每个人都能看你洗澡?”

“不是每个人啊，只有爸爸可以。”丽萨轻描淡写地说着，从水中伸出手臂，把浴巾搭在盥洗池上，“他可喜欢看我洗澡了。”

“什么?!”也许是蒸汽太热，我险些晕厥过去。

“怎么了?”她很困惑，一脸无辜地问，“这有什么?他说我像妈妈……”

她真不该说出这句话。这句话让我愁肠百结。

一瞬间我竟以为她父亲是因女儿和亡妻太过相像才昏了头，妻女之间惊人的相似搅乱了他的心智，唤醒了地下生物的本能。然而，当我想起他那双眯起的眼睛和清醒的眼神，便立刻打消了这个想法。不，他没有发疯；他可以是任何一种生物，但不是疯子。我想象着毛骨悚然的一幕：父亲披着睡袍，腰带系得心不在焉，一边把玩带子上的流苏，一边赞许地打量着跨入浴缸的女儿，看她像潜艇一般轻盈地沉入水底……这时，我恍然大悟，就像探照灯蓦地照亮了舞台，一直以来困扰我的迷雾终于被一道光芒照彻：他那玩味的眼神其实是步步为营的暗示——他正一步步接近目标，想要达到他那不可告人的目的。他惮于犯罪，知道这行径有多龌龊。他引我落入圈套，等进退维谷之时，就伸出老奸巨猾的蹄子将我踢开，很可能会扣上强奸罪的帽子，把我送进监狱，然后再横施淫威。最终，他将完全占有自己的财产——失落、无助、哭成泪人的丽萨。到时候他便会说："瞧见了吗，爸爸警告过你……今后只能听爸爸的话!"

我感到一阵恶心，丽萨的命运使我恐惧。憎恨、嫌恶和愤怒汇聚成一股爆发力，涌上喉头，我趴在马桶上呕吐起来。天哪，我真没用，鲍尔卡，我在她惊骇的目光下吐了个天翻地覆。我无法向她解释。我天真的傻姑娘啊，我目睹过的惨状，这无辜的女孩一无所知。她未曾看见躺在石子路上的母亲的尸体，她的童年也没有被这噩梦纠缠不休。

我吐了个干净，冲完马桶，用她的毛巾擦了把脸，头也不回地说："你不是想让我带你走吗，穿衣服，我们走。"

"去哪儿?"她问。她似乎在我的声音中感觉到了某种陌生的东西。我没有回答，径直走出了浴室。

塔德乌什·伊格纳季耶夫正在看划艇比赛。电视屏幕上，一艘皮艇正在湖面上滑行，船桨匀速翻飞，像一只全速前进的水上甲虫。我第一次看清了这座房屋的真面目。作为一个在悠悠地角的偏远小城、在苏联的赫鲁晓夫楼里长大的孩子，我一直对这座舒适的欧式房屋心驰神往。这房子里摆满了美妙而古老的家具，点缀着青铜饰物和祖传的银器、瓷器、水晶器皿，弥漫着显贵世家几代人的生活气息。

然而，这座房屋是一间温室，是滋生腐朽罪恶的温床。房子里的女人一个接一个地被它毒害、谋杀——它把她们抛出窗外，赶出家门，玷污她们的身体，践踏她们的灵魂……

我绕过维尔科夫斯基，走进丽萨的房间。

你知道吗，鲍尔卡，我这一辈子常会萌生某种恍然大悟的感觉。那一瞬间，我的所作所为完全摆脱了意志的掌控，更不会思索行为的目的和原因。而后来，事实证明，这种状态下的举措和决定才是唯一正确的选择。我本可以和他当场理论一番，然后愚蠢地断送一切——那一刻我尚未料到他是怎样一个亡命徒。可我若无其事地从他背后绕了过去，绕过他那花白的后脑勺。他舒适地陷在安乐椅里，脑袋枕着椅背，什么也没发觉。我来到丽萨的房间，打开衣柜，从一叠衣服底下取出她所有的证件：护照、出生证明、中学毕业证……我把它们结结实实地塞进牛仔裤的后兜，回到客厅，在他面前站定，压抑着咆哮的声音，说："我要带丽萨走……"

甲虫一样的皮艇逐渐接近终点，船桨均匀地摆动，进行最后的冲刺。终于，这只水上甲虫无声地撞向堤岸。维尔科夫斯基有了反应。

"你挡住我了，"他轻声说，眼睛依旧盯着电视屏幕，"坐下说。"

我本该把丽萨拽出浴室，在他集中全力发起攻击之前赶紧溜走，但我没有这样做，而是顺从地坐在了旁边的椅子上。他依旧盯着另一艘飞速滑行的皮艇，轻声说："恶棍，耍木偶的混蛋，贱骨头，我弄死你！"

我看见他那张罗马贵族式的侧脸，鹰钩鼻，颌骨下方松弛的皮肤像口袋一样软绵绵地垂下来，半闭着眼睛，眼睑一动不动，凶光闪闪的眸子死死盯住电视屏幕，像一只鹰隼窥伺不幸的鸡雏，如沙漠巨蜥狞视无辜的跳鼠。与此同时，他用平静的声音将一连串集中营的黑话编织成一道锁链。我得知他会将我折磨致死，死在疯人院，烂在监狱里，或者在门洞里将我打个半死，拖进森林里活埋，把我削成人棍，再把残肢塞进嘴里，没人发现我的死尸，只有乌鸦啄食我身上的腐肉。他告诉我必须尽快逃之夭夭，逃得越远越好，最好此生再也不回利沃夫，再也无人想起我的名字。这是唯一的逃生机会，稍有迟疑，必将为时太晚……他用单调的声音平静地述说着这一切，只有提到“她”这个字时才稍稍抬高声调。

我默默地听着。我从小听黑话长大，我的同窗有一半以上满口污言秽语，无论是在军队的板房、铁路边的贫民窟，还是在电车上、市场上、小酒馆里，这些话听起来都相当自然。但是在这座房子里，在距丽萨几步之遥的地方，从她亲生父亲嘴里说出来……听来确是刻骨铭心。你知道最令我震惊的是什么？他一次也没有唤过丽萨的名字，也不称她为女儿，他称丽萨为“她”，就像称呼自己的囚徒：“你配不上她，懂吗，混蛋！她留在这里，走不了。”

这时，救星出现了。我眼前遽然闪现出罗姆卡的身影，他周身放射出炫目的光芒，就像此刻在书页上掠过的闪电。没想到他竟如此秘而不宣地活在我身上，带着如此恐怖的威慑力，救我于水火。多年来我孜孜不倦的守候、夜夜纠缠的梦魇以及我为丽萨承受的百无一用的苦修，一切痛苦终于汇聚成一股蛮力，凝聚成一记正中要害的铁拳。我体内的鬼灵精苏醒了，从躯壳深处凌空出世。它从丹田向上升腾，穿透腹腔和肺叶，从鼻孔飞出，然后……至今我仍想不通为何说出了那样的话，是谁指使我这么做，我说的那些与维尔科夫斯基又有什么关系。然而我笑了，向他探过身子，用同样平静的声音说：“是走不了。知道为什么吗？因为你们住在四楼，太高了，飞不走。”

他本能地向后一闪，我们同时跃起身来。他不假思索地出了手，抡起拳头砸在我脸上，以为我不会反击。我却一言不发，闷头向他冲过去……

这时，丽萨出现在客厅。一片狼藉，碎了几只花瓶和烟灰缸，椅子打翻在地，肖像画也从墙上扯了下来——他退到墙边，拼命抓住画框，想站稳脚跟。

丽萨尖叫起来：“马丁！”这声音充满巨大的恐惧，我的耳畔瞬间袭来一片慑人的死寂。我在寂静中失去知觉，只剩罗姆卡自己用准而狠的拳头痛击敌人。当维尔科夫斯基瘫倒在两把打翻的安乐椅之间，当丽萨扑过来吊在我身上，我才发现老头儿已被打了个半死。他的睡袍敞开，衬衫凌乱，软塌塌、毛烘烘的肚子露在外面，令人作呕。可最令人难过的是我可怜的丽萨，她面无血色，苍白得吓人，颤抖着湿漉漉的头发，说不出一句话来。我无法解释，也无权向她解释。我的嘴唇上、下巴上都是血，用手抹了两把，她惊恐地盯着我血淋淋的手。

“丽萨，”我说，“你可知道我是爱你的？”

鲍尔卡，这几个字在我看来永远那么渺小、苍白，就像黯淡无光的电影台词。它们怎么可能表达出我的感情，传达出我的心意……也许正是因为这个原因我才从未将这几个字说出口，我不想徒劳地重复相似的语词，不想让它们在千百万次的反复中化作空洞的音符。而此时此刻我突然意识到，我那鲜血淋漓的嘴唇竟是第一次说出“爱”这个字。

“你知不知道我爱你？”

她依旧凄惶地摇着头，用受伤的眼睛看看我，又看看父亲。那恶棍正向我身后爬，气喘吁吁地挪开什么东西，而我已经毫无畏惧。现在需要攻克的是丽萨，我必须把她征服，带她离开。但我现在无心唱情歌。

“我永远爱你，爱你一辈子，爱你到死……”我忧郁地说。我像会计做账一样筹划着爱的预算，竭力捕捉她那躲闪的目光。我想让她看着我，可她浑身打战，哽咽着，已经彻底虚脱。于是我用手掌牢牢托住她的脸，我的血粘在她的脸颊上。我摇晃着她，轻声说：“我们走，走吧，我的爱人……”

“站住！”

我转过身，一时间瞠目结舌，差点笑出声来——真荒唐，维尔科夫斯基依旧披着那件敞开的睡袍，松弛的肚子微微打战。他站在卧室门口，伸出食指指着我。

下一秒钟我才看真切，他并没有伸出食指，而是握着一把手枪。真无趣，真卑鄙，就像粗制滥造的动作片。又过了两三秒钟我才回过神来，他的脸上写着赤裸裸的恐怖，手枪显然是真的——他那样的职业，那样的圈子，随身携带手枪再合理不过——他的威胁显然也无半分虚假。

“躲开！”他向女儿发令。

“爸爸！”丽萨后退一步，大声喊着，“爸爸，爸爸……”

“举起手来！”他命令我，“举起手来，你这耍木偶戏的混蛋！”

我举起手来。

“转身！”

我背转身去。我面前就是门厅，这些年，我对这里的每处细枝末节都了如指掌。那尊青铜女像依旧伫立在墙角，抬起双臂，将一盏球形的玻璃灯举过头顶。维尔科夫斯基的围巾从法俄诺斯头顶的托盘上垂下来，像一条笨重的橘红色蟒蛇。青铜伞架上放着三把撑开的雨伞——两把男式黑伞，还有丽萨的樱桃红的小伞，它们紧凑地围成一圈，像在跳环舞。我来时没有把大门关严，此时走廊里的灯光正透过虚掩的房门照射进来，隔着一个门厅的距离，那一线亮光格外耀眼。

我用眼角的余光瞥见斜后方丽萨颤抖的影子。她已经止住眼泪，一言不发。她大概头一次看见父亲凶神恶煞的真面目，他陌生的声音、手里的武器以及眼前的这一幕给她带来巨大的冲击。

“赶紧滚。”他说，“滚，你这混蛋！要想继续活着演你的木偶戏，就别再让我看见你！”

我举着双手站在原地——这姿势对于傀儡师来说再平常不过——心中盘算着我和丽萨之间的距离。她是个芭蕾舞演员，身体柔韧，技艺精湛，弹跳力极佳。

“丽萨……”我说。我没有回头，只是微微颤动举在半空中的手指，像演儿童剧那样给她发了个信号。

她从小就迷恋我的手。每当我出现在她眼前，她首先看的不是我的脸，而是这双手。它们总藏着惊喜，酝酿着一出精彩的戏，有时套着几个画着人脸的乒乓球，有时钻出两只好斗的公鸡，有时杀出两个骑士，大战一场……我的花招和戏法要多少有多少，从来不重样。对于孩提时代的她来说，我的手是一个惊天的秘密，她绞尽脑汁也猜不透。你还记得吗，要想哄她开心，只需把一只手伸给她，如果不行，就给她两只。她把手指拧成麻花，把它们当成一个个小人儿，又是玩耍，又是编故事。在她的心目中，这双手似乎独立于我的身体之外，是她专属的私有财产。我则会有意放松，让手指疲弱地瘫软在那里，奄奄一息，伺机而动。等她像鸟儿一样啁啾，玩得入神，彻底忘记了我的存在，我就突然变出一个手偶。她打个激灵，心花怒放地尖叫起来，手上的小鹿或小蛇让她又惊又喜。

我颤了颤举在半空的手指，每一根神经都能感觉到她腾空而起，向我身边飞来。

“滚！”维尔科夫斯基一声咆哮，“败类，渣滓！快滚，否则我要了你的命！”

他的确会扣动扳机，这一点我毫不怀疑；而且会一枪毙命，这一点我同样深信不疑。我心里清楚得很，丽萨说过，“爸爸喜欢打靶”。生路只有一条。

“丽萨！”我轻声发了令，“起！”

下一秒钟，她已经趴在了我的背上——好姑娘！就这样，她成了我的人质，我的救星。我背着她拼命向门口冲去，撞开大门，连滚带爬地从四楼奔下去，飞也似的逃出门洞，沿着黑漆漆的大街一路狂奔，像一匹野马载着公主逃离地狱的刀山火海。她用一双赤脚死死扣住我的腹部，就像长在了我的背上，她沉重的心跳声撞击着我的心脏，产生强烈的共振，好似隆隆战鼓……

我一口气跑到巴霞的住处，身上热气直冒，哪怕粗重的喘息最终化作熊熊火焰，我也毫不惊讶。当时，我体内积蓄的力量足足有五十马力。我甚至不能把丽萨放下来让她自己跑——她纵身一跳时甩掉了拖鞋。

你一定想不到，我把她放在巴霞那张有着弯月形尖角的大床上时，她竟然昏了过去，小身体蜷缩成一团，像一只从枝头坠落下来的毛毛虫。孩子受到惊吓，往往就会如此。他们会坠入梦乡，沉入忘川，因为突如其来的事实让他们无力招架。我挪动五斗柜，堵住大门（我坚信维尔科夫斯基不会善罢甘休，他会报警，或者放狗咬人，让他那些秘密饲养多年的恶犬阻止丽萨远走高飞），并放下厚厚的幔帐遮住窗子。而这时，丽萨已像死了一样沉睡过去。

不过，我至今不能明白我们为何能够侥幸逃脱。维尔科夫斯基知不知道，这出闹剧发生之后，丽萨将一去不返？抑或他以为她跟着我奔波一两个月，就会不堪其苦，愧疚而驯顺地回到家中？也有可能这番打斗使他筋疲力尽，无力再追赶下去，毕竟他当时已经显出一蹶不振的样子。莫非，我充满希望地想，莫非他身上还残存着一点人性，莫非他像一个真正的男人一样接受了自己的惨败？

你知道吗，直到今天我还时常思索这件事，因为多年以后，我终于得知维尔科夫斯基有多大威力。那时我们在基辅巡演，演出结束后，一个老将军激动不已地朝我们走过来，他曾经是塔德乌什·伊格纳季维奇的牌友。他对我们的演出赞不绝口，死乞白赖地叫我们晚上去他家喝茶。这人闪烁其词，可我还是清楚地意识到，别说是逃到其他城市，就算离开银河系，也难逃出维尔科夫斯基的掌心。

可以确定的是，他一直知道我们藏身何处。我们刚安顿下来，就有一个女人打来电话，她正是维尔科夫斯基的姘妇。这姑娘照料他度过晚年，然后顺理成章地得到了那座房子以及房子里的一切：举着玻璃球灯的女像、青铜法俄诺斯、象棋桌……

这些都是后话。而那天夜里，我翻箱倒柜，想给丽萨找一双鞋子，却一无所获——你知道巴霞的脚有多大。

我坐在浴室里忙了一整夜，终于赶在黎明前，赶在早班火车发车之前，用巴霞的旧皮靴给丽萨缝制了一双罗马凉鞋。我走到她跟前，用手掌覆住她的小脚，量出脚掌的长度和脚背的高度，然后用旧皮靴裁出几条长长的皮带，把毛边锁好。丽萨睡得很熟，毫无察觉。我的双手被针扎得伤痕累累，但值得庆幸的是，巴霞从不乱扔东西，还保存着外公的工具箱。我在工具箱里找到了一把锋利的修鞋刀、一把锥子、几根大针，甚至还有一些泡钉——我用它们把皮带固定在鞋掌上。

（顺便说一句，丽萨很喜欢这双凉鞋，穿了两三年。皮带优雅地裹着她的小脚，缠绕在她饱满而修长的小腿上。起初我还担心这双鞋子撑不到彼得堡就会散掉，但是你看，愤怒、爱情，与偏执的顽固习气交织在一起，使我在那天夜里创造了怎样的奇迹！）

送走丽萨后，我给柳特卡·拉斯托尔契娜打了个电话。她对付起"土狼"来很有一套——对了，"土狼"是学生们给宿管员洛扎丽娜·普拉东诺夫娜起的外号。柳特卡听了我凶恶的请求（毋宁说是"命令"），把我骂了个狗血淋头，但还是给足了面子。

"你清楚我的为人，"她说，"不管是谁指使你大清早打电话，我都不追究。不过我感兴趣的是，是谁撵得你鸡飞狗跳……算了，放心吧，你那小妹妹饿不着，也死不了。"

"她是我妻子，"我纠正了她，"妻子。"我第一次启齿说出这个词。我聆听它的音响，品尝它的滋味，我的心随着音节跳动，唇上的血结了痂，散发出淡淡的腥味。

无论过去多少年，我都会记得丽萨站在月台上的样子，记得那张苍白、凄惶的脸。一夜之间，这个小姑娘没了家，没了父亲，熟悉的生活、朋友和了如指掌的城市都离她远去。她一无所有，穿着手缝的凉鞋，只身登上列车，去往人地生疏的他乡。她没有一句怨言。不，她还是大哭了一场，哀悼一位朋友的远去。你知道是谁吗？是马丁——那只被她玩脏了的猴子。我在马特维耶维奇的指导下给她制作了这个礼物。她哀悼自己的第一件玩具，并把它的名字秘密地赋予了我。

是的，车站上的离别我将铭记一生。

我的心在痉挛，却已麻木无知。我必须留下来安葬巴霞，料理后事，和利沃夫一刀两断。显然，这个是非之地近期内不便再回。

一生中，这张凄惶的脸我只见过两次。另一次是在产科医院。我去医院接她和孩子回家，却先被主治医生叫进了办公室，一场充满同情的谈话之后，我意识到事态的严重性。

我走进婴儿房，她已经在那里站着，一个护士试图夺过她怀里的襁褓。根据一条不成文的规定，新生儿应当由护士交到父亲手中，事先有人给我讲过规矩。我的口袋里还放着一张五卢布钞票，是给护士的红包——男孩是这个价，女孩则便宜些。可是丽萨不肯把儿子交给护士。她站在那里，襁褓紧紧贴着胸口。她眼巴巴地看着我，就像一个无助的溺水者，河岸遥遥在望，却还要独自挣扎许久。而我，我感到躯壳里的五脏六腑都已不复存在，取而代之的是一个巨大的黑洞。我的女孩怀里抱着另一个孩子，他们两个正坠入绝望的无底深渊，我却无能为力。

刹那间，记忆如一闪而过的彗星划过夜空：我沿着伊万·弗兰克街向巴霞家走去，怀里抱着还是婴儿的她，就像抱着一个新玩具。她不断地从我手中滑下来，还哭个不停，我不得不停下来，用膝盖托住她的身子……

我像一只提线木偶，被蹩脚的傀儡师操纵着，拖着麻木的双腿向他们走去，掀起天蓝色襁褓的一角。

丽萨凝视着我的脸，露出痉挛的微笑：“他很开心，对不对？你瞧他，多开心啊……”

我忠贞的女骑手，我唯一的爱人啊……你勇敢地跳到我枯瘦的背上，可我又给了你什么？

漂泊生涯伊始，为摆脱她父亲的追踪，我们在一家家偏远的木偶剧院之间辗转，居无定所，不留车尘马迹。我们每年都换几家剧院，每到一家新的剧院都得从薪水微薄的底层做起，因为来不及熬到加薪就得离开。何况那个时代本就风云动荡，一个耍木偶戏的又有什么出路？

我的专业水准和技艺大有长进，还酝酿了几出新戏，比如《麦克白》和卡夫卡的《审判》。我制作了一些别出心裁的木偶打算出售，可是没人要。同时，我还在卡尔希[1]一家不知名的小剧院操纵扁脑勺的阿尔达尔·高斯[2]，替这个聪明绝顶的丑角唱小曲："小柜子你别说话，当心缝上你嘴巴……"丽萨则闷闷不乐地托着腮帮，补充一句："傻瓜！"

我早就看出丽萨不适合干这一行。没办法，这种情况在所难免，天生的傀儡师毕竟少有。可让我头疼的是，不管教她什么，她都很抗拒。她吃舞台的醋，吃木偶的醋，我一旦在后台与其他女演员发生不可避免的肢体接触，她便大发雷霆。她从不管那可怜的女演员有多老，也不管后台多么狭小，而我们在地狱般的小空间里你推我，我推你，累得像一群大汗淋漓的牲口。最要命的是，丽萨，我的丽萨，我的"女主角"，居然没有一点傀儡的样子。她和我母亲一样，是个真正的人。

岁月流逝，这样的生涯留下来的又是什么？破败的人生，颓唐的人。譬如，拉伊萨·叶菲莫夫娜，在木偶剧院当了半辈子院长，成了瘾君子。

"我手下都是一帮什么演员？"她叹了口气，"你坐下来和他们说话，

---

① 卡尔希：乌兹别克斯坦城市。

② 阿尔达尔·高斯：中亚传统木偶戏中的小丑角色。

他们敢就地躺下。”

晚年，她将往事尽数忘怀。有人打来电话，她就跑上去接，用威严的喉音说：“木偶剧院！”继而一脸惊慌地说，“天哪！我说什么来着！”于是撂下听筒……

那是一群上了年纪、被生活虐待得千疮百孔、穷困潦倒的女人，似乎在粥棚前排了很久的队，刚刚领到一截香肠。倘若没有见过她们挤在屏风后面演戏的那一幕，人们做梦也不会把她们和“演员”两个字联系在一起——她们挤挤挨挨地站在狭小的空间里，让自己那极富穿透力的“傀儡之声”越过幔帐，传递给观众。

这是一个诡奇的世界，这个世界里的人全是清一色的傻瓜、十足的蠢货……直至今日，木偶剧院依旧什么人都敢接收，无论是演员、导演，还是文化管理推选委员会的成员，都傻得出奇。有个人总是激动地问：“你们在哪儿看见的蓝色天使？”（我们的确把剧团的天使涂成了淡蓝色，因为白布太吸光，会“吞噬”舞台的光线。）

不过，演员当中偶尔也有技艺精湛的学徒，有时还能遇见天才。他们把木偶当成活物，和它说话，带它回家，举着它在镜子前排练，一站就是几个钟头；有时去别的剧院巡演，他们做的第一件事就是冲向道具间，把玩那里的木偶。我还遇见过真正的奇才——大概两三次，他们手上的木偶即使不动，也照样栩栩如生到不可思议的地步。

我还记得其中一位。他是个老酒鬼，满口钢牙，每次演出都必须给牙齿刷上白漆，不然反光反得厉害。他在一出儿童剧里扮演狮子，动不动就犯浑。戏里有这样一个场景：一只兔子蹦蹦跳跳地走过来，用洪亮的声音问：“大叔，您在干吗？”狮子回答：“在单脚跳！”有一回，他说完这句台词，陡然陷入沉思。也许他整个微不足道的人生都在这一刻化作无底深渊，向他张开巨口。于是狮子突然说：“干这事有个屁用！”说罢，他扔下木偶，拂袖而去。

我的结局和他差不多。

那时我已濒临绝望的边缘，于是跃出那潭死水，去了莫斯科。将我拉出泥潭的是我的大学同学。他在奥博拉兹佐夫剧院当导演助理，劝我来演出，并答应带我长长见识。到达莫斯科的第一天晚上，我就被他拉去听格拉佩里的音乐会。还记得爵士乐大师、小提琴家斯蒂凡·格拉佩里吗？三十年代中期，他和伟大的金格·莱恩哈特一同创作了一首举世闻名的爵士乐五重奏。当时，我甚至不知道格拉佩里还在人世。事实证明，他不但活着，而且表演得极其出色。他的小提琴生机勃勃，激情澎湃。令人难以置信的是，他生于一九〇八年。

我记得第四首曲子是莱恩哈特的《小步舞曲》。

前奏过后，年迈的格拉佩里拿起小提琴，演奏出第一个音符，我无法用语言表达自己的内心产生了怎样的震动。接下来的几分钟，音乐在耳畔回荡，眼前则出现了属于我和丽萨的舞台。确切地说，我仿佛看见她在睡前更衣，裙子褪至脚边，她抬起纤小的膝盖迈了两步，从散落的衣裙上跨过去。你还记得那首歌吗？“留声机唱出亲切的旋律，既非灵魂也非肉体，是谁的影子在上空飘荡，正如悠扬的萨克斯风，蓦然掀起你的裙裾……”我看见她的额角闪烁着金红色的反光，梳子穿过浓密的秀发，波浪在梳齿间起伏。她抬起纤秀的手肘，举过头顶。刹那间，我替她找到了生活中的位置，我要把她迎上舞台，带她进入傀儡的王国和艺术的殿堂，我要拥抱她所有的美——她的灵活、柔韧、优雅，还有那只高高抬起的小巧的脚掌。

但“创作的灵感”尚不足以涵盖我心中的震颤。这音乐当中蕴藏着某种直指内心的东西，它不无痛苦地、赤裸裸地讲述着我们之间的故事。它说我们悲又如何，喜又如何，说我是法俄诺斯，她是林中妖女，我是潦倒的工匠，她是仓皇的孤儿。它时而忧伤，时而戏谑，时而多愁善感，时而放浪不羁……我被这旋律彻底催眠。

我在记事本上写写画画，创作了一整夜，拂晓时分，剧本完成了。

第二天，我又跑去听格拉佩里的演奏。小提琴那急转而上的苦涩的高音，那痛苦而忧悒的击弦，那肆无忌惮的哀愁，那深深埋藏的喜悦……每个音符都在啄食我灵魂的内核。

后来，我又追随格拉佩里去了彼得堡，一丝不苟地听完了这位艺术大师的三场音乐会。我对这首曲子的每一个节拍、每一次停顿都了然于心。我还让熟人帮忙找到了一九三七年的原版录音，格拉佩里亲自演奏小提琴，弹吉他的则是吉卜赛天才音乐家金格·莱恩哈特。然后，我结束了在奥博拉兹佐夫剧院的表演，去阿什哈巴德[①]接丽萨，立即开始排练。

半年后，我们的节目在柏林国际艺术节上得了头等奖。又过了五个月，我们在巴塞罗那的比赛上摘得桂冠。于是各种各样的荣誉、合同、巡演纷纷而至。

那年春天，我们在波兰和德国巡演。一天晚上，演出结束后，丽萨卸了妆，昏昏欲睡，温暖的身躯依偎着我，沉甸甸的脑袋枕在我的胳膊上。她突然挺直了身子，又蓦地瘫软下来，带着神秘的微笑，慢悠悠地说："我好像怀孕了……"

尽管这样一来，我们秋冬两季的所有艺术节、巡回演出、培训班的计划都泡了汤，我还是感到一阵温柔而热切的悸动，仿佛即将孕育这个孩子的是我。我绷紧了神经，腹部的肌肉逐一颤抖，发出婴儿那猫叫似的嘹亮的哭声。她被逗笑了，把耳朵贴在我的肚皮上。我静静地躺着，双手抚摸着她的头发，把它们分成几股，又混作一团，一绺一绺地抻直，编成火红色的藤蔓似的发辫，又把它们拆散，拆得凌乱……它们好似参孙[②]的鬈发一般蓬勃，在我的胸口颤动。我对着天花板傻笑，想象着我们的孩子降生时的模样。

---

① 阿什哈巴德：土库曼斯坦城市。

② 参孙：《圣经·旧约》中的犹太大力士。根据《士师记》记载，参孙的神力来源于他的头发，因此不可剪发，必须任由头发自然生长。

雷暴偃旗息鼓。风停了。窗子岿然不动，像一座岌岌可危的要塞，终于在黎明来临之际抵挡住了敌军的猛攻。然而大雪依旧在飞旋，如一头白色巨兽气喘吁吁地追逐着自己的尾巴，从口鼻里喷出不计其数的细碎的雪屑。

莫非，这真的是死者的灵魂?

埃丽斯完工的当晚，我做了一个可怕的梦。我梦见它活了，对我说："听着，你创造了我，给我的躯体注入了生命，现在我要成为你的妻子。"梦中的我感到一股永恒的强力，不禁惊惧万分。我嗫嚅着，回答说对不起，我有妻子……这时，丽萨神情忧郁地出现在我面前。我承认，那一刻我竟然分辨不出谁是真人，谁是傀儡。我感到撕心裂肺的痛苦。你在哪儿啊，我的丽萨?哪一个才是你，丽萨?!我像个孩子一样放声恸哭，悲痛欲绝。我向两个女人伸出双臂，呐喊着："丽萨！你在哪儿，丽萨?!"

一个说："我才是你妻子!"另一个说："不，我才是!"在梦中，这是一场不折不扣的悲剧。

突然，我如释重负地发现，解决问题的方法很简单。我竟然忘了埃丽斯穿着绿色的连衣裙。此外，它脸上凝固着傀儡特有的独一无二、不可复制的微笑，这是它与丽萨最大的区别。"很简单，"它说，"杀死你的前妻就什么都解决了。她已经无法再和你共舞，留着她有什么用?"

我猛然从梦中惊醒，吓出一身冷汗。我甚至不能同任何人讲起我的梦魇。

(如今我回想着这梦境，不知是否该向你诉说。有一次，我偶然听到安德烈·波切利[①]的歌声，唱的是巴赫-古诺的《圣母颂》[②]。赞歌唱到高

---

① 安德烈·波切利：意大利著名歌唱家。

② 《圣母颂》：法国音乐家古诺创作的一首赞歌，钢琴伴奏使用的是巴赫的《C 大调前奏曲与赋格》。

潮部分，歌唱家把出色的高音发挥到了极致，他激情澎湃，引吭高歌："玛利亚！玛利亚！"他歌颂的是人类无形体、无人格的至高梦想。人类不需要有肉体、有生命的女人为他们分娩出耶稣，他们需要的是女性的梦想。他们心中的神是饱受摧残的神，被钉在十字架上，死而复生……不，他不必一定是耶稣。人们只要他不在场，不在近旁，只要一个遥不可及的幻影。无人格的形象可塑性也是最强的，它驯顺地被我们捧在手上、藏在心里，听任摆布……

噩梦夜夜纠缠，却使我明白自己究竟得到了什么，又创造了什么。我赋予自己无形的梦想以有形的躯壳，同时也创造了一个无形体的玛利亚。

从顿悟的那一刻起，我便在梦中不知疲惫地呼唤她的名字，那是一声接一声、绵绵无尽的呼号……）

总之，我猛然惊醒，毛骨悚然地等待下一场噩梦。声名鹊起之时，我的精神几近崩溃，几乎想毁掉这绝妙的作品。可它是我一生中最成功、最精湛的作品，也是我和丽萨的摇钱树——这件小小的死物，却是观众欢乐的源泉。

我知道，你也曾觉得那样更好，可是我下不了决心。你不知道我在它身上倾注了多少心血！再说，毁了它，我们该如何生存？埃丽斯之舞远近闻名，已经成了我们的"招牌"，查理大桥和坎帕岛上的任何一场演出带来的收入都无法与之匹敌。何况，我们的儿子夭折后，丽萨断然拒绝再登台演出……倘若把埃丽斯卖掉，即便能卖个好价钱，也无法确保一辈子衣食无忧。我又怎么忍心把这可怜的女孩送进博物馆或私人收藏室，让这巧夺天工的杰作在玻璃罩下永远束之高阁。那时，它将再也不能跳舞，再也不能伴着音乐的旋律舒展双臂，再也不能踮起脚尖优雅地旋转。

我写着这封冗长、荒谬的信，不知不觉已是清晓。我吹熄了桌上的残烛，那截孤零零的蜡烛头看起来就像木偶剧院的工匠用来制作“小圆面包”① 的小树桩。

窗外的暴风雪没有停息，它“耸立”起来，像一堵静穆的高墙。它囚禁着无数被宽恕的灵魂，我儿子也在其中。他呱呱坠地，脸上挂着凝滞的微笑，而他拒绝戴着这副面具度过一生……

有时我会想起萨哈林湾的天鹅。春天，它们在海面上歇脚，然后向北方飞去。有一样东西傀儡戏永远也无法传达，那就是天鹅在浩渺碧落中奋力挥舞着的矫健的翅膀。你明白吗？人的所有姿态、所有感情，傀儡都可以表达，而这自由翱翔的羽翼永远无法被模仿。

这时我眺望窗外，白雪塞途，街衢已变成一条条狭窄的小巷。邻家的小姑娘把雪堆挖出一个大洞，洞口有两个孩子那么高。小时候我也爱玩这个游戏。

鲍尔卡，永远别让我想起这封信。

今天，我儿子八岁了……

① 小圆面包：俄罗斯民间童话中的人物。童话讲的是一只有生命的小圆面包离家出走，在森林里冒险，最后被狐狸吃掉了。

第十章

这是我第三次读这封信。如今我很是怀疑，四五年前的我是否有足够的耐心把这密密麻麻的潦草字迹从头至尾辨认清楚。我对着满纸呼啸的银砂沉思了一整夜，暗暗咒骂那个急躁、忙碌却又软心肠的自己。

就像史蒂文森说过的那样:“我怀着一颗激动而羞赧的心，继续在日记本上奋笔疾书……”

然而，格列利克医生啊，你究竟为什么要翻出这尘封的信笺?

你在荆棘丛生、盘根交错的密林中寻找什么？你凭什么认为自己可以剖开一个人的躯壳，在显微镜底下研究他的灵魂？就算你只是在咬文嚼字……闭嘴吧，医生，不会有任何答案。

我鬼使神差地去布拉格过了个圣诞节，昨天刚回来。我想“快活快活”，也的确放飞了自我，直到现在还是灵魂出窍的状态。

说真心话，我其实只是想去看看他俩。上一次离别，我们不欢而散。在丽萨眼中，耶路撒冷是离别的伤心地，是医院病房的代名词。而他呢……他出现在我面前时，就像一只形销骨立、皮毛剥落、露出獠牙的饿狼，每一根神经、每一寸肌肉都绷得紧紧的。你若对他说，丽萨不妨在医院再待上两周，哪怕只是给他一点细微的暗示，他都会扑上来咬断你的喉管。他发疯的样子真让我害怕。

启程前，我犹豫不决。去还是不去呢？我决定先打个电话，听听他们的声音，看他们状态如何。接电话的是丽萨。

“鲍利亚!”她兴奋地喊，“鲍利亚，你来吗?”听到她略带沙哑的“虚线似的”声音，我顿时高兴起来。

我当即决定，就这么办。该去“小黑羊之家”看看了。我往行李箱里塞了几件御寒的衣服（网上说，欧洲冷得可怕，从我们的傀儡师先生那里找到合身的衣服纯属妄想），当晚便乘夜班飞机离开了耶路撒冷。

飞机径直降落在《胡桃夹子》的童话世界。

这座城市我来过多次，很熟悉，很喜欢。我喜欢共和国广场上的大路灯，灯柱上装饰着雕花横梁，横梁上挂着几只小木桶，桶里盛开着天竺葵。我喜欢那散落在屋顶上的阁楼和天窗，它们就像初春的嫩芽，从砖瓦缝隙中破土而出。我喜欢马蹄在坎坷不平的石砖路上敲打出的细碎跫音，马儿拉着四轮车，盛装打扮：天蓝色的笼头，天蓝色的眼罩，直愣愣的耳朵上还套着尖尖的天蓝色小帽。

而白雪覆盖下的布拉格别有一番风味，一串串灯光好似剧院的舞台灯，将城市笼罩在魔幻的光晕之下。眼前的景象仿佛是一种独出机杼的艺术形式，是芭蕾与梦境的结合，还缭绕着炸香肠那挥之不去的香气。

老城区广场上充溢着圣诞集市的欢声笑语。世间万般乐事，唯有布拉格的圣诞集市才是最落拓不羁、最令人垂涎的民间狂欢。

广场中心搭着一个巨大的木板台，上面点缀着圣诞花环，舞台上方有一块大银幕。天幕沉沉，一株圣诞树高耸入云，在纷飞的白雪中闪烁着灿烂的金光。一座座圣诞小屋绕着枞树挤挤挨挨地围成一圈，小木屋里卖的都是美味佳肴。所有小吃都是现做现卖，在顾客的眼皮底下逐渐成形，炸得香气扑鼻，令人眼花缭乱，垂涎欲滴。一座气派的木房子里，几个女工在烘焙热气腾腾的“特尔德尔尼克”——一种撒满肉桂粉和糖霜的圆筒状小面包。女工用手掌揉着面团，麻利地搓出一条光滑的长蛇，她们白皙的手上下纷飞，和点心一样在烤炉的热浪中散发着腾腾热气。

烤肠香气飘飘，香味缭绕着发丝，挑逗着唇髭，钻入胸襟，在口袋里沉淀。行人回到家中，便可把香气当作美餐……

在这热闹非常的佳节，彼佳显然顾不上招待我——这正是他最抢手的时候，财源滚滚，剧院的电话一个接一个地打来，请他去演出，求他火速去救场。档期早就排满，他不得不时常更改行程，东奔西跑。

他正春风得意。第一，萨马拉一个精明能干、天使心肠的人儿（他有个歌剧般的名字——西尔瓦）帮他高价卖出了过世的姨母留下来的房子。更喜人的是，如今每天清晨醒来，都会看见头发蓬乱的丽萨穿着睡衣，坐在摇椅上起劲地摇，有时赤着左脚，有时赤着右脚，小小的拖鞋掉在地上。她拿着报纸，一边用铅笔头圈出当地的售房启事，一边气冲冲地喊："一平方米三千？抢钱！"她很充实，也很开心，这是个好兆头。

第二，经过长时间的商谈和拖延，巴黎艺术学院校委会终于决定聘请他来教授傀儡戏表演。

最后，第三点，苏格兰邀请他出席五月初的一个大型艺术节。他一时冲动，让丽萨帮忙翻译请柬，上面赫然写着"携伴侣前往"，丽萨喜出望外。然而，在这充满戏剧性的背景下，"伴侣"和"舞伴"的位置该怎么摆？想想吧，彼得鲁什卡，好好想想吧。

总之，据我所知，在这富足美满、硕果累累的冬季佳节，他和丽萨之间的关系发展得相当顺利。我观察了两三天，甚至给丽萨减了药量。

然而一切都是徒劳。

此外，我还有了几个新发现，非常神秘。

第一天晚上，彼佳在柜子里（这个柜子大得吓人，里面一片狼藉，按照彼佳的说法，它是"马厩里的马儿们留下的遗产"）找东西，柜门大开，我刚好瞧见最上面那一层。一般说来，站在一边是瞧不见柜子顶层的，但我个子太高，一切都尽收眼底。在昏暗的光线中，我看见一个木偶，样子很熟悉，但不是彼佳的作品。

"等等……"我说。我转过身，冰箱上用小磁铁固定着一张老照片，照片上的丽萨还小，她旁边坐着的恰巧就是……莫非这就是泽夫医生说的维尔科夫斯基家族的“送子神”？难道就是这个木偶被当成赌注戏剧性地输了出去，后来回到家中，继而不知所终？看样子就是它了——一个穿着长袍的老犹太人，留着辫子，手里拿着烟袋，黄铜烟嘴在衣柜幽暗的阴影里闪着微光。一直以来它藏身何处？又是如何重见天日的？

“等等，这不是……”

彼佳竖起食指放在唇上，做了个“嘘”的手势，把我扶在柜子上的手轻轻拨开，关上柜门，含混地说：“现在不行……以后再说。”

按照惯例，我一来，“医生专用床榻”就会从院子里的杂物间移至屋内。我第一次来时，彼佳亲手打造了一副木质床架，铺上垫子就成了卧榻。床已经冻僵了。我们把它搬进屋，竖起来，靠在工作室的墙上，好让它慢慢解冻，在入夜时分变得慵懒、蓬松。

我从浴室出来，贪婪地嗅着煎洋葱的香气——这道菜名为“格列利克医生的八只炒蛋”。这时，我发现有两个客人骑在我的床沿上——小滑头法尤莫契卡和歌唱家烟嗓阿丽阿德娜。它俩一碰面就唱双簧，妙语连珠，令人捧腹。这会儿它们正在吵架，彼此之间保持着距离，耷拉着小腿，出言不逊。

“你这个大屁股肥婆……”细嗓子的法尤莫契卡拖长了声音，油腔滑调地说，“你想给医生暖床？说，是不是想陪医生过夜，啊？”

阿丽阿德娜尖叫起来，说对方是个无耻的蠢货，是个可怜的灌肠器，同时还不忘炫耀自己新添置的行头。“啊！我新买的内衣多美妙啊！”她刚刚还在破口大骂，却突然话锋一转，吟起诗来，“驼色的内衣啊，精美的蕾丝，红玫瑰朵朵绽放……”

此时此刻，我的朋友坐在桌前，两只耳朵上分别夹着一支铅笔。他皱着眉头，神情专注，一会儿拿下这支，一会儿取下那支，用铅笔头挠着头皮，做出专心工作的样子。

“别以为我不知道你结过多少次婚！”法尤莫契卡寸步不让，“现在还想打医生的主意，不要脸！”

阿丽阿德娜骂了回去，然后继续吹嘘自己的漂亮衣服，显然已对医生虎视眈眈，想用美丽诱人的新内衣吸引医生上钩。蕾丝花边，小巧的钩扣，鲜红的玫瑰，数不清的红玫瑰……“现在我要被车撞一下，”它用梦幻般的声音说，“急诊室里的护士就会脱掉我的衣服，看见我的新内衣，准会羡慕得直咂嘴儿……”

“够了吧！”丽萨翻着锅里的炒蛋，终于忍不住发了话。彼佳放下手里的工作，抬起头，盯着两只木偶，做出一副惊讶的样子，似乎在说，这两个家伙跑到床上干吗？接着，他厉声喝道：“哎，朋友们，够了，快闭嘴吧！”

他站起身，把吵架的木偶挂在墙上。

“鲍利亚，”丽萨把一盘炒蛋端到我面前，说，“你不觉得我们家和你的医院很像吗？”

入夜时分，我的铺盖已经安置在老地方——玻璃门旁边。我躺在床上，透过窗帘的缝隙看见修道院的红墙和凌乱丛生的常春藤，看见院子里的洋铁路灯、杂物间歪斜的门和一些小小的冰丘。透过冰凌的反光我看见白雪寂静地落下，雪屑在风中飞旋，彼佳透明的幻影倚着透明的桌案，在寒气中蒸腾……

半夜，卸下假腿的卡拉格兹拖着三条腿走了过来，跳上床，缩成一团，贴在我毛烘烘的胸膛上取暖。一会儿，我睡着了，忽而醒过来，又睡过去……再次醒来时是凌晨三点半，挂钟里的小牧童用战栗的嗓音唱起小曲。我真看不惯这只可恶的挂钟。彼佳仍坐在桌旁，专注地在纸上画着什么，笔尖发出轻柔的沙沙声。

两盏夹式小台灯咬住桌子边沿，淡黄色灯光用诡谲的方式自下而上地照着他的脸。在这神秘的光晕中，庞大的阴影也变得胆怯。他的手臂每做出一丝细微的动作，阴影便在墙上迅疾地掠过，木偶则在黑暗中静静等待，等待某个开场的手势。但最神秘的是那张被自下而上的诡奇光晕笼罩着的脸。这是一张中世纪术士的脸，浮雕般的下巴，鹰钩鼻，高高的眉骨，在光影中好似一幅虚幻的画，像幻境，像梦魇，令人毛骨悚然。也许当年那伟大、威严而博学的犹太拉比勒夫·本·比撒列，就是像这样坐在布拉格犹太区某幢房屋幽邃的地下室里，坐在诡谲的烛光下，思索魔像的复活之法。

“你在忙什么?”我喃喃地问，想要破除这缭绕不散的魔法。

“给小狗的假腿包一圈氨纶，不然敲在地上响得厉害。”

“你晚上都不睡觉吗?”恍惚之中，我惊讶地问。

他头也不抬，含糊地说：“睡吧，睡吧。你是客，就别费心啦……”

后来，他还是站起身，熄了灯，走出去。卧室里传来丽萨含混的低语，似是在询问什么，他则悄声呢喃，发出“咕咕咕”的声音。后来，门扉紧掩，我在朦胧的睡梦中想起《圣经》里的一句话：“那人进屋，去找自己的妻子……”我笑了，纠正自己的错误：“是找我的妻子。”我翻了个身，把卡拉格兹瘦棱棱、热乎乎的小身体搂得更紧些，终于沉入梦乡。

清晨，我和彼佳早早地吃了饭，没等丽萨——她总是很晚才起床。彼佳问：“晚上跟我出去吗？俱乐部有演出。是个类似歌厅的地方，真金白银，还管饭，据说那儿的酒也不错。”

面对他询问的目光，我一边嚼着嘴里的东西，一边点点头。他又说：“不过别声张，丽萨问起来，就说是公司年会。”

我明白了，这场演出正是埃丽斯的舞蹈。我记起在普罗查兹卡艺术馆的那次不期而遇，立刻火冒三丈。在我听来，这就像一场阴谋。

“如果丽萨也想去怎么办?”

“这有什么。第一，请柬只邀请了两个人，你是客，我带你去消遣，合情合理；第二，她受不了这种乱糟糟的场合；第三，晚上她总是没精神。”

“你这是在作茧自缚，彼佳！我们是不是太久没听她说灵魂被偷走的事了?”

“算了吧，别说丧气话。”他把黄油抹在吐司上，平静地回答，“丽萨的状态很好。”他打开一小盒蜂蜜，浇在餐盘里的奶渣上，琥珀色的液体缓缓流淌，交织成一个哥特体字母“Л”[①]。他向门口望了一眼，压低声音说：“丽萨以为埃丽斯已经彻底毁了。有一回我踩空了，和它一块儿从台上摔了下来，机关都摔坏了，一颗眼珠也滚了出来，你记住了，别声张……歌厅的演出报酬很高，五分钟五百欧元。怎么，你不愿意去?是不是疯了?作孽啊!”

我明智地选择了沉默。五百欧元，的确诱人。

我凝视着他的手。餐桌上，这双手的一举一动都再普通不过，可是到了晚上，它们就会进入另一个世界，成为傀儡的一部分，成为魔幻剧的灵魂。

这是我在布拉格的最后一天，明天凌晨我就离开。

他匆匆吃完早餐，跳起来，跑到工作间忙活了一阵，把几件必备道具塞进行李箱，匆忙之中撞到了我的床，骂了几句。

最后，他喝了几口冷咖啡，跑出门去。

身为贵客的我惨遭冷遇，只能孤零零地在工作室里溜达。清晓寒冷的天光驱散了神秘的阴影，木偶平平无奇地挂在墙上，那张集餐桌、工

---

① “Л”是俄文“丽萨”（Лиза）的首字母。

作台、剪裁桌、绘图桌为一身的桌子几乎占据了工作室的一半空间，大得匪夷所思。这座房屋的住户在桌旁度过了生命中的大部分光阴。

桌子的角落摆着一排敞开的纸盒，我看了看，里面装满了混凝纸浆做成的毛坯。是一些傀儡的头——彼佳常常抽空应付“工作室”的订单，都是些半成品，空洞的脸，好似魔像的头颅。可以给它们画五官，贴假发，加工成任何想要的样子……

彼佳曾经说过，观众的想象力比蹩脚的工匠丰富得多，因此，空白的毛坯远胜于粗制滥造的成品。空洞的脸是一种潜在的形象，观众会用自己的想象将它补充完整。

我从纸盒里取出一件毛坯，捧在手上，转了转。长长的脸，下巴前伸，隐约可以辨认出一对犄角和尖尖的胡须，是魔鬼，还是山羊？

这件毛坯，这颗孤零零的头颅蕴藏了所有喜怒哀乐。从正面看去，它青面獠牙，一对狭长的丹凤眼，邪恶而狡诈。当你把它的脸稍稍转过去一些，就会发现下巴微微下垂，獠牙消失了，只剩下一对半闭着的、凄绝的眼睛。

我还鬼迷心窍地从柜子里取出维尔科夫斯基家族的古老人偶，细细端详了一番。莫非这就是消失了三年，让雅娜和维霞这对会骑马的小姐妹哀恸不已的家神？不过，事情的真相也可能是另一番模样，泽夫医生讲的未必是事实。

这时，卧室的门开了，卡拉格兹兴奋起来，上蹿下跳。丽萨趿着拖鞋走进浴室。这座房子又恢复了生机。

后来，我又和丽萨吃了一顿美妙的早餐（早晨进餐次数只要不超过三次，就不会对机体有任何伤害）。用餐完毕，我们出门“遛弯”，在市中心逛了很久，冷了就去商店、画廊、书店暖暖身子。

天依旧灰蒙蒙的，又阴又冷，苍穹像地窖的铅盖，暗沉沉地压下来。不过黄昏和夜色璀璨如昨，灯光闪烁，恍如奇妙的童话世界，提恩教堂的尖顶点缀着金球和金星，耀眼的光束刺穿茫茫雪色。

我拖着丽萨走进提恩广场上一家名叫“智慧之鹰”的迷人餐馆。我们选了靠窗的位置，丽萨想看看街对面那座佛罗伦萨风格的拱廊，我对面则是一个小小的壁炉，火舌在深深的炉膛里摇曳、跳跃，噼啪作响。消融的雪花打湿了丽萨的头发，透过绯红的发丝，壁炉里的火焰现出迷离的重影，默契地迸溅出火花，似乎在交换眼色，玩着秘密的游戏。

除了我们，店里还有两个客人——一个中年男子和他的儿子。父亲心不在焉地望着窗外，就着啤酒吃力地吞咽盘子里的土豆，小男孩则从服务生那里讨来一张纸，跪坐在椅子上，给父亲画肖像。他一边画，一边自言自语，说的是法语，很快，很流利，很激动。他扬起两道浓眉，用细密的线条在纸上画着阴影。创作接近尾声，小男孩对自己的作品愈发满意，愈发激动，不能自已。终于，他碰翻了父亲的啤酒杯。两个女服务生手忙脚乱地收拾了一通，带那个父亲去壁炉边烤火。男子烤了半个多小时，才把绒布裤腿烘干。他悠然自得地坐在安乐椅上，朝炉火伸出一条腿……

感觉得出来，我的到来让丽萨既兴奋又快活，她很乐意出来“遛”我，自己也想放放风。她看起来很健康，开着幽默诙谐的玩笑，毫无压力地谈起耶路撒冷的一次次远游。她的心情好得令人惊讶。

后来，我细细揣摩那晚发生的一切，试着追本溯源，一遍又一遍地检验这一印象的真假，每一次都不得不承认，她身上毫无病态，没有任何歇斯底里的过激行为。恰恰相反，她浑身上下都散发着平和的气息，这让我感到意外和新奇。她的气色有所好转，纤薄的皮肤一改往日的苍白，从内向外散发着黝黑的暖意，这在漫长的严冬里的确颇为离奇。皮肤健康的色泽映着灯光和蜜色的眼眸那淡金色的流光，映着浓密、炽烈的红发和壁炉里的熊熊火舌，显得格外美妙。

我向桌子那头伸出手去，握住她纤细的手腕，问：“丽萨……你还好吗?”

她笑起来，脸颊上泛出感激的红晕，凝视着我的眼睛，说：“我很好，鲍利亚。你觉得呢?”

“不用刻意去感觉，”我回答，“看看你就知道了。看看你，看看他……”

“主要是因为，”她慢悠悠地说，“发生了一件喜事——我们家族的一件非常珍贵的东西，失而复得。他……不，是她一回来，就……”她忽然变得吞吞吐吐起来，中断了这个话题，“不，现在还不是说这些的时候！现在我不想……我们走吧。晚上再说，好吗?”

丽萨说的是什么，我已猜到一二，但不想继续纠缠，晚上的安排更是提也不敢提，怕捅娄子。让彼佳自己应付吧。突然，我心中冒出一个可笑又可悲的念头：为什么我把事情想成了这个样子？就好像我的朋友在和情妇密谋欺骗自己的妻子……真荒唐。说到底，这毕竟是他的老本行，是谋生的手段。他渴望把最精彩的作品呈现给观众，正如盛装打扮的美女渴望走到光天化日之下一展风采。别蹚浑水，医生，我暗暗警告自己。别总想着去他们的世界传教布道，他们的世界是一片遮天蔽日的密林，那里有凶恶的灰狼，会把可怜的鲍利亚生吞活剥。

我叫来服务员，结了账。天色向晚，该回家了。我们穿上大衣，走出餐馆。

柔和的霰雪依旧纷纷扬扬地从天空飘落下来。清早出门时，人行道上的冰雪已被清扫干净，此时，鹅卵石路面复又撒满积雪，结满冰壳。我们走上提恩教堂和老城区广场之间的狭长街道，仿佛走进一道裂罅。初降的新雪格外松软，我们在雪堆里深一脚浅一脚地跋涉，我抓着丽萨的手，她个子太小，我不得不弯下腰去。

“你真小，”我说，“像拇指姑娘那样把你揣进怀里反倒方便些。”

她忍俊不禁：“可不是，和你并排走，别提多滑稽了。”

这时，一阵苦涩陡然袭上心头。如果这个女人是我妻子，是我真正的妻子，那么我便可以永远把她揣在怀里，不只是冬天，一年四季都不放手。她便不会被那该死的傀儡折磨得精疲力竭，谁敢欺骗她，我就……她跟着我，定会……

“现在教堂在做弥撒，唱赞美诗，”丽萨说，“他们的歌声美妙极了。想听吗？”

我吞吞吐吐地说：“我和彼佳今晚有约，我们要去……不记得要去哪儿了，好像是公司年会。这个节骨眼上，可以捞到不少油水。”

“好吧。”她愉快地同意了，“知道我今天要做什么晚餐吗？”说到这里，她容光焕发，“听着，鲍利亚，今天我要做一件惊天动地的大事——一桌圣诞大餐。不骗你！机不可失！我在冰箱里藏了一只鸭子，你猜，我给它准备了什么惊喜？”

“我猜，你在烤箱里办了个舞会，让它和苹果跳舞？”我说。

“不光有苹果，还有胡桃、黑李，所以你们别吃太多三明治，好吗？演完就赶紧回家，我等你们，因为今天……”她温柔地笑了，笑得意味深长，“今天，我要隆重宣布一个很棒的消息。”

无非又是从报纸上读来的小道消息，我想。我搂住她的肩膀，说：“丽萨，你已经很棒了！你是世界上所有好孩子当中最棒最好的！”

我们在路中央停下脚步，行了三次亲吻礼。

“你们几点到？”她追问道。

我真是个傻瓜！我放松了警惕，一激动，竟然回答：“九点左右。我们还得顺路取点东西，完事了还得放回去，所以……”

她猛地一转身，我立刻意识到自己犯了一个致命的错误。

“取什么东西？”她的脸颊仿佛瞬间消瘦下去，“去哪儿？所有的木偶都在家里。”

我张口结舌，暗暗咒骂自己，越解释越乱，越抹越黑。终于，我毅然决然地宣布，是我老毛病犯了，糊涂了。

她沉默了。我们在一片沉默中进了地铁，回到家中。彼佳已经在等我们了，他开了门，手里拿着熨斗，看来是在熨衬衣。

“去哪儿瞎逛了？”他温和地说，“我还以为你们私奔了。鲍尔卡，动作快点儿，给小胡子打打蜡，你只有半个小时的时间。”

说实话，我吓得像只缩头乌龟。都是我干的好事，丽萨很可能会打破砂锅问到底，到时候，我们不得不变成两个狗急跳墙的骗子，这方面我毫无经验。然而奇怪的是，在接下来的时间里，她变得异常安静、驯顺。彼佳把木偶和道具装进一只宽大的手提箱，郑重地摆弄了半天。我知道，这是一种必要的掩饰。我未雨绸缪地带了一套正装，火速沐浴更衣，并为自己的远见沾沾自喜。

总之，我悬着的一颗心放了下来……然而，终日如履薄冰的彼佳却在第一时间嗅到了异常。

“丽萨！”卧室里传来他的喊声，“你今天也太听话了吧，丽萨！怎么不见你摔盘子摔碗，也不大喊大叫？”

她平心静气地回答：“我正想我的鸭子呢。”

我想，谢天谢地，风波总算过去了。然而，事实证明我不配当医生，我是个不折不扣的实心眼的白痴。

终于，彼佳现身了。他衣冠楚楚，演出还没开始，全身上下便已辉映着舞台璀璨的灯光。

我看了他一眼，心想：这才是演员该有的样子！

晚礼服和燕尾服多么衬人！蝴蝶领结、西装领扣、笔挺的袖口和手杖与他多么相配！而这庄重华丽的制服到了我身上却变得软塌塌的，就像蒙在胡夫金字塔上的帆布罩。再看这一位，燕尾服刚刚披在身上，领结刚刚系好，还未走上舞台，就摇身一变，从一个梳着小辫、背着行囊的流浪艺人变成了……变成了一位意大利明星，简直像威尼斯贵族蒙蒂塞利的后裔。他的驼背和万年不变的阴郁神情为何消失得无影无踪？连手势也改了模样，不良的仪态荡然无存，肩膀舒展开来，双手变得镇静而强势，就像指挥家的手。容貌算不上英俊，却别具一格，鹰钩鼻，侧脸轮廓分明，嘴角倾斜，隐隐挂着一丝狡黠的笑。就连那只戴着银耳环的滑稽的耳朵和那双凌厉的眼睛也和穿着打扮相得益彰。你这萨哈林边防哨所的木板棚里长大的男孩……真有你的，我想。我欣赏着他的风姿，替他感到骄傲。

“彼佳，你真是个美男子。”

他窘迫地眯起眼睛，伸手捋了捋波浪似的灰白相间的长发，讪笑着说：“演出需要。小辫子和燕尾服不搭调，只能散着头发……真俗气。”

说实话，我心中暗喜。我其实很渴望再次欣赏埃丽斯的舞蹈。汉娜怎么说的来着，“再看一百次也看不腻”。

我们走进夜幕。我拖着那只大箱子，里面的“小木偶”今晚谁也用不着。

“迟了，迟了，”他焦急地说，“我们的节目是头一个！见鬼，出租车怎么还不来？”

话音刚落，迎面来了一辆，彼佳像抓狗崽似的拦住了它。

他把地址告诉司机，是坎帕岛。我立刻明白了，埃丽斯至今还躺在汉娜家的地下室，在柜子顶上过着自己的秘密生活，顺从地等待出场机会。丽萨对此一无所知，因而也无从置喙。

我们在昏黄的雪雾中漂泊，暮霭带着些许蓝色。路灯的光晕笼罩着夜晚的布拉格，我脑海中回荡着《胡桃夹子》的旋律。

我甚至陷入了某种心醉神迷的状态，希望就这样无止境地走下去，因为一生中很少再有机会看到比这更美的夜景。圣徒、国王和天使的雕像静穆地伫立在雪中，头上佩戴着冰雪的冠冕；水笕的喇叭口覆盖着毛茸茸的积雪，变得饱满而蓬松；拱顶、钟楼和尖塔仿佛撒满了浆粉，雪花在路灯和探照灯的光束下晶莹地闪烁；白雪亲吻着布拉格屋顶上的每一座沉默的石像，把浆粉般的雪屑撒在大理石托加的每一道衣褶上。

但是出租车很快停在了普罗查兹卡商店黑漆漆的紧锁的大门前。

彼佳拎着手提箱，跑上门口的台阶。门庭冷落，守门的大屁股“丑八怪”已经搬进了屋。彼佳掏出钥匙，进了门，仿佛消失在地底。他对这栋房屋了如指掌，甚至不用开灯。

我和出租车司机在马达的轰鸣中默默等待，雪花忽然密集起来，如织的雪雾遮蔽了视野。雨刷的速度调到了最快，起劲地扫着挡风玻璃上沙沙作响的积雪。一分钟过去了，两分钟过去了……突然，彼佳悄无声息地出现在门槛上。有趣的是，他的身影使我联想到一些别的形象。他从缭乱的雪花中现了身，像巫师，还是魔鬼？他的礼服前襟敞开着，露出白衬衫和黑领结；他的手里托着一个轻飘飘的魂灵，一个披着殓衣的睡美人。

彼佳打开车门，抱着怀里的人儿挤到后排座位上。司机紧张地喊了一声：“哈喽！”他的声音透出一丝慌乱，显然很想知道事情的原委。彼佳莞尔一笑，回答了几句，把埃丽斯拽过来给他看。司机伸出食指，不情愿地戳了两下，“啊”了一声，为难地咂咂嘴。一路上，他不断地从后视镜里窥探座位上的傀儡。

总算到达了目的地。

“他是不是以为你从地下室拖出来一具尸体？”我问。

“嗯，有可能……这种事经常发生，所以得让他们摸一摸。他们总是伸出手指戳一戳就赶紧缩回手去，好像它会咬人，或者很烫手。总之，带它出去是件麻烦事。看来得买一辆新车，我的小卡车去年夏天歇菜了。”

我们走进一座楼房的大门。两盏红灯笼之间站着一个高大的黑人，身穿红皮袄，红色的风帽扣在头上。他目不转睛地盯着彼佳，冷冷地看着他把东西扛在肩上，手忙脚乱地搜着口袋。

“见鬼……”彼佳嘟囔着说，“请柬哪儿去了，莫非掉了？放进上衣口袋了呀……”

“行了，”黑人突然用俄语说，“你们是演员吧？”

"是演员。"彼佳连忙说。

"你们走员工通道吧。墙角那扇门，沿走廊直走，自己搞搞清楚。"

于是我们去"搞搞清楚"，彼佳一边找那扇门，一边向我介绍这家俱乐部。他说这是一家俄罗斯俱乐部，黑人也是俄罗斯人化装的。老板想必觉得在布拉格来点异国情调对招徕顾客大有益处。

"所以说这是一家赌场？"

"也说不上……我没研究过。我只管演节目，拿钱走人。"

"不过，你还记得吗，丽萨说她准备了一个圣诞惊喜。我是说，到时候别吃太多。"

"怎么会，我的医生！一两杯啤酒而已，治愈身心……"

员工通道的入口处坐着个昏昏欲睡的人，可能是喝醉了。那人穿着带亮片的西装坎肩，蓄着连鬓胡子，和穿红皮袄的黑人一样给人一种突兀的感觉。他的胡子蓬松而凌乱，仿佛每个受刁难的演员在走员工通道时都认为有必要揪住这捧胡子在走廊里遛一圈。看门人连我们是什么人、要去哪儿都懒得问。

那张丢失的入场券害得彼佳白担心一场。

快到九点钟了，彼佳来到化妆间准备出场。这是一个用帘子隔开的杂乱的小房间，弥漫着体味和化妆品的气味，墙边摆着一张长椅，一扇小窗朝向偏僻的街巷。我把他一个人留在这里，自己则沿着走廊和楼梯去寻找观众厅。然而这并非易事，我在昏暗逼仄的过道中很快转了向，两次走进死胡同，两次误入洞穴般的诡异房间。终于，我听到了舒缓的音乐、嘈杂的人声和酒杯叮当作响的声音。这便是大厅了，很宽敞，四四方方，比例匀称，是"Art Deco"① 的装饰风格。

不得不承认，大厅华美的装潢使我震惊。天花板上是密集交织的玻

① Art Deco：20 世纪初流行于法国和欧洲的一种室内装饰风格，集现代主义与新古典主义于一身，以大胆的几何图案、华丽的花纹、含蓄的色调著称。

璃彩画和瑰丽的花纹，三个宽肩膀的天使（其中一个是女天使）围成一个圆环，翩然起舞，从一只只巨大的口袋里捧出水果和鲜花撒向人间，仿佛落在游客的头顶上。拱顶和圆柱呈对称结构，橡木地板完好如新，美不胜收，台灯和吊灯都是蒂凡尼风格，四个屋角各有一盏枝形吊灯，宛若四只重型帆船……这是什么情况？布拉格"历史悠久"的贵族宅邸竟也难逃我们昔日同胞的魔爪？

大厅里已座无虚席，观众全部衣着光鲜，仪表堂堂，大部分是中年男子，我甚至怀疑是否还能找到位置。不过我幸运地遇到了侍者领班，他的个子比丽萨高不了多少。我报上彼佳的姓名，他便引我到柱子后面的一张双人桌入座，位置靠近大厅的偏门，能清楚地看见舞台。舞台就像一个小而高的蓝色纸盒，铺着酒红色的天鹅绒。

似乎从上世纪三十年代起，这地方的陈设就没有变过：发黑的旧家具、地毯，有着木雕靠背的天鹅绒沙发，小而精致的安乐椅围着几张舒适的餐桌。舞台下方的角落里藏着一架古老的钢琴，雕花乐谱架的两侧各有一只青铜烛台。总之，这座大厅既有底蕴，又有"情调"。

我点了一杯"嘉士伯"①，算了一下时间来得及，便出去找洗手间。然而花费的时间比预计的要长，回来时，大厅里已经响起《小步舞曲》的前奏，帷幕也拉开了。埃丽斯出场了，它坐在椅子上，焦灼地等待着。这时，彼佳从后台奔出来，在它面前俯下身，单膝跪倒……

我就这样站在门口欣赏完了整支舞蹈。跃动，旋转，一气呵成，肢体波浪般的起伏呈现出优美而惊人的完整性。我目不转睛地盯着舞台，唯恐错过这场视觉的盛宴，每一秒钟、每一次旋转、手臂的每一次挥舞都那么夺目。

尽管这支舞蹈的精髓是埃丽斯，我却目不转睛地盯着彼佳。他身体

---

① 嘉士伯：丹麦著名啤酒品牌。

的每个部位、每一块肌肉都似乎是为此时的曼舞而生。他的躯体带着一抹扑朔迷离的戏谑，明快而轻盈地回应着这支五重奏的每一种乐器的每一个音符。他的灵魂深处蕴藏着生命的节拍，躯体也瞬息万变，一会儿变成小提琴，一会儿变成吉他，一会儿又化作班卓琴……

舞蹈的风格与这充满颓废主义情调的幽暗大厅相得益彰，如鱼得水地萦绕着古旧的陈设——天鹅绒帷幔、安乐椅、朦胧的鹅颈台灯以及交织盘绕的玻璃彩画中那丛生的枝叶、橡果和飞翔的爱神。远远望去，他们就像意大利喜剧中的经典人物，在那小小的、纸盒般的傀儡戏台上，跳着雅致的傀儡之舞。

埃丽斯的奥秘我已略知一二，汉娜给我透露过，“脚后跟装着小轮子”。然而令我百思不得其解的是，彼佳的舞步为何也如此流畅？他的脚后跟总没有装着小轮子吧！他们在舞台上成双成对地掠过，就像在冰上滑行，这究竟是怎么做到的？上帝啊，他是如何赋予这无生命的傀儡以曼妙、温柔的舞姿和人的特质？还有最关键的一点，为什么两个衣冠整齐的舞者却让人联想到赤裸裸的爱情？为什么你的整个存在都如此痛苦地缩成一团，为那欲说还休的情欲而心生妒羡，魂牵梦萦？

有些人刚走进大厅便僵滞在原地，就那样伫立着，看完整段演出。坐在桌旁的观众也鸦雀无声，就连端着托盘的侍者也停住脚步，被这舞蹈攫去了心神。

当最后一组和弦戛然止息，这才响起雷鸣般的掌声，人们活跃起来，每张桌子后面都响起“Bravo（太棒了）！”的呼声。这时，我听到有人交头接耳：

“上面写的是‘傀儡埃丽斯’……”

“拜托，怎么可能是傀儡！你见过哪个木偶跳得这么炫？当然是个活人，就算是活人，这也太炫了！”

“可上面写着呢，‘傀儡’！”

“好好瞧瞧，呆瓜，你那‘傀儡’正鞠躬呢……”

彼佳站在台上，轻轻搂住埃丽斯的腰，“两人”向观众频频鞠躬，以示感谢。掌声经久不息，狂喜、震惊而急切……不过他自然不打算“返场”。

最后是这台节目的点睛之笔——让傀儡“现原形”。彼佳把埃丽斯轻轻举起，此时它已经变得直挺挺、死气沉沉，显然不是女人，而是傀儡。他做出一副漫不经心的样子，像搬道具似的把傀儡夹在腋下，走下舞台。身后又一次响起此起彼伏的掌声，一浪高过一浪，人们窃窃私语，原来是真的，看见了吗？是真的，真的傀儡！

我吃力地挤进人群，在桌前坐下，端起酒杯大口地喝起来。我口渴异常，难掩兴奋之情，所见所闻使我感到震撼。我知道彼佳和所有的魔术师、艺术大师一样，对揭谜底这件事非常反感，但还是忍不住想问他两三个问题。

过了大约十分钟，他出现在大厅里，艰难地挤到桌旁，背对墙壁坐在我对面。

“黑啤，”他回答着侍者的询问，“都行，‘克鲁舍维采’也行，不过最好是‘山羊’[①]。”

他的头发已经编成辫子，不过，这根小辫和领结、燕尾服倒是很相称。

“彼得·罗曼内奇，”我说，“请听我说，我非常激动。您这混蛋真是才华横溢。”

“因为舞台好，”他拿起我的酒杯喝了两口，轻描淡写地说，“舞台有特色，也好用，很有傀儡戏的感觉。除了钱多，舞台也是吸引我的一个重要原因——应该说是最重要的。你当真喜欢这台节目？”

“当然是真的。听我说，我知道你不爱张扬，不过你是怎么做到和它

① “克鲁舍维采”和“山羊”都是捷克啤酒品牌。

保持同步的？你尽可以放心地把秘密告诉我，我会守口如瓶。”

他得意地笑了，说：“这再简单不过了。最开始的时候，我朝它俯下身，看上去像在邀请它跳舞，其实是在它右腿上系了一根透明的细带子，和我的腿绑在一起。”

“然后呢？”

“然后趁观众不注意再悄悄解开。它身上的长裙子是很好的掩护。你问这么细干吗，难道在欣赏毕沙罗①的油画的时候，你会去观察他的每一道笔触，研究色彩的微妙变化是怎么形成的？你只需看，只需欣赏就够了。”

“那好吧，不过，腿像波浪一样律动是怎么做到的？”

“行了，医生，‘天亮了，山鲁佐德马上停止了讲话。’② 故事到此为止，喝你的啤酒吧。”

这时，从柱子后面钻出一只“小圆面包”，向我们的餐桌“滚”过来。这是一位胖胖的先生，富有弹性的小圆肚子挺得高高的，耸立在樱桃红的领结下面，就像嫁接上去的一样。剃得光溜溜的圆脑袋也像一只锃亮的小圆面包，圆滚滚的鼻头像一只极小的小圆面包，浑圆的下巴则像一只打磨得很光滑的小圆面包……

他把肚子抵在彼佳的后背上，伸出小手给他按摩肩膀。

“啊，彼得鲁沙，”他时不时瞟我一眼，喋喋不休地说，“啊，彼得廖克！这也太震撼了吧，啊?！你的表演堪称一流，看了你的演出，在座的所有男士不用嗑药也得兴奋一个礼拜。”

“介绍一下，米沙，这是我朋友，”彼佳头也没回，面不改色地说，“他也从以色列来。”

这时我心头一亮，一些似曾相识的细节似乎有了头绪，显现出清晰

---

① 毕沙罗：法国印象派画家。

② 出自《天方夜谭》。

的轮廓。那个米沙立刻变了脸色，我便更加确定自己的判断。他朝我伸出胖乎乎的小手，嘟囔着说："其实，很久……很久没去了，咱们那儿怎么样，太平不？噢，我差不多得走了，还有点事情要办。"他又在彼佳的肩上按了两下，便从餐桌的缝隙之间溜走了。突然，他又回来了，说："对了，报酬忘记给你了！"一个蓝色的信封从他的晚礼服口袋挪进了彼佳的燕尾服口袋。接着"小圆面包"又溜走了，边"滚"边喊："伙计们，想吃什么喝什么，随便点！吃好喝好！彼得鲁沙，我回头给你打电话，再商量点事……"

"怎么？"眼尖的彼佳觉察到我的异样，问，"有什么发现？"

"这还用说，"我回答，"以色列警方似乎正在通缉你这位'小圆面包'同志。我差点儿没认出来，照片上他可没穿晚礼服，而是穿着短裤，光脚趿拉着一双沙滩鞋。当时他几乎垄断了以色列所有的俄语印刷品生意。有一回，别人从莫斯科给我寄来一箱说明书，结果混在一个批发商的集装箱里了，所以我就去特拉维夫找那箱东西。"

"找到了没有？"

"别提了，就是这位米沙给我弄丢的。但是东西总得找着才行啊，于是我威胁他说，找不到就当场揍他一顿，他还信以为真。当时他就站在我眼前，挺随和，挺可爱，趿拉着橡胶拖鞋，露着圆滚滚的脚指头……可就是这样一个人，居然把两家和他竞争的书店给烧了，在案子查清之前消失得无影无踪。这事还登了报。现在呢，他竟然穿着晚礼服，系着领结……难不成他把这座豪华建筑买下了？"

彼佳饶有兴趣地吹了一声口哨。

"不知道是买的还是租的，我没研究过。"

"你回头仔细看看就明白了，你看看他干的是什么勾当，难怪想让在座的男士……"

这里的情况我大约十分钟前就摸清楚了，彼佳背对舞台，扭过头去才看明白。台上，几个近乎赤身裸体、光脚踩着恨天高的女孩，正伴着呢喃的音乐绕着钢管转圈子，紫色的灯光迸溅出闪烁的火花，好似一记记耳光抽在她们脸上。当然，她们并非一丝不挂，胯下还象征性地挂着一丝布条，相比之下，就连古希腊雕像身上用于遮羞的叶片看上去也和养路工的棉裤一样厚实。如果连这样的脱衣舞都算不上“重口味”，那我真想象不出真正的重口味是怎样一番面目。她们唱着“炽烈的感情绵绵不息”，你来我往，堪比行星连珠。金发女郎一个接一个地爬上钢管，继而出来一个褐发女郎，舞了一阵，又被刚才的金发女郎换下。不过，眼前这一视觉链的多样性仅仅在于头发的颜色，“演员”的动作则惊人地一致：懒洋洋地抬抬腿，扭扭屁股，弯腰，提臀（这时，我眼前出现了我那难忘的祖母的形象，当然是出于单纯的医学上的联想）。这些女孩不光姿态令人作呕，身体也似乎打上了污秽的烙印，颓废而淫靡，与这座舞台、与装饰着玻璃彩画和圆柱的华美大厅格格不入。而穹顶上那无私的天使正用冷漠的目光俯瞰着下方的一切。

“唉！”彼佳把目光从舞台上移开，品了品端上桌来的啤酒，“高跟鞋毁了她们的舞蹈，怎么也没人告诉她们！穿高跟鞋的裸体女人无法激起任何人的情欲，裸体与高跟鞋，这两样东西水火不容。裸体女人应当赤脚，露出轻盈小巧的纤足，让人忍不住用掌心给它们取暖，而不是穿上要命的高跟鞋。伊莎多拉·邓肯就很清楚这一点，她总是赤着脚跳舞。对了，我刚好准备制作这样一只木偶，它只需向观众展示一只脚，一只羞怯、动人的小脚，还有五只妖媚的脚趾……然后，它会摇身一变，变成长着五个脑袋的恶龙卡里内奇……”

接着，他开始大谈钢管和舞女之间比例的不协调造成了多么突兀的舞台效果，舞蹈的编排多么缺乏想象力等等，说的都是他自己感兴趣的事。而我看看那些绕着钢管上下纷飞旋转的乳房和臀部，又看看彼佳那张波澜不惊的脸，再度为这独特的人格和封闭的意识感到震惊。

面对周围的一切，他不为所动，总是处于绝对的平静之中。不过又有什么值得激动的？在远离傀儡世界的此岸，丽萨是他唯一的牵挂，而这唯一的牵挂正待在家中，此刻平安健康。其余的一切都丝毫无法引起他的注意力。

这种冷漠莫名地触怒了我。

“你听好了，”我果决地打断了他的长篇大论，“我正想和你谈谈丽萨的事，趁我们有独处的机会。”

“独处？”他吃了一惊，匆忙扭脸看了看舞台，钢管上的舞女很应景地跳起了双人舞，“关丽萨什么事？她很好。”

“她很好，她很好……你怎么老是这副腔调！什么叫‘她很好’？在你看来，只要不上房揭瓦，不胡说八道，不打扰你工作，就是‘很好’。”

我知道这么说很粗鲁，也有失公允，但我看着眼前这位披着燕尾服的唯美主义傀儡师，突然想好好给他一点颜色瞧瞧。老天作证，我有这个权利。

“而且，就因为你只顾沉浸在自己的世界里，遇事总想当一只自欺欺人的鸵鸟，才错过了最佳治疗时机，导致她病情恶化。你本该第一时间就坐飞机带她来就诊，而你的耽搁使她的治疗期延长了几个星期甚至几个月。这对你也有害无益。”

“老天爷，”他心不在焉地嘟囔着，“你怎么突然说起这个？她很好，真的很好……”

“那你就该想想，趁着一切还好，接下来该怎么做。应当让丽萨有事情做，别让她一天到晚找房子。”

“她有事情做！”他吼了起来，“我一直在给她找活儿干，我一直留心给她……”

“你留心了，你很用心地给她准备了一大堆零件，让她天天都能给你的斯佩波尔和卡什帕列克安装木头鼻子。可是谁规定丽萨只能给你干活儿，给你的木偶服务？”

“鲍尔卡，”他震惊地说，“你怎么乱咬人！什么情况你心里清楚，你到底想说什么？”

“让她参加几个培训班。她这个年龄完全可以再找一份工作。”

“什么工作？”他吼道，“会计？她会被逼疯的！”

纵观他的一生，这话听来真有趣。

“没错，没错……照现在这样下去她才会疯呢。你听着，她不是劳教所里的酒鬼，给木偶粘粘鼻子、干干杂活就行。给她买一台电脑！这个世界上，除了澳大利亚土著，就你一个人没有电脑。送她进培训班，绘图也好，设计也好，什么乱七八糟的都行，起码做点有趣的事。丽萨是个有天分的姑娘，学什么都快。”

他沉默良久，垂下眼帘，闷闷不乐地用叉子搅弄刚端上桌的沙拉。终于，他吃力地说：“好让她自己远走高飞？……让我放手？她那么天真，像个迷路的孩子，你却把她推进人群，送她进什么鱼龙混杂的培训班？她会失足，那群疯子会朝她扑过去……还是说，你想让她出事？”

我诧异地望着自己的老友，无言以对，竟也不想组织合适的语言。说实话，我没想到事情已经到了不可救药的地步。他向我展现出一张新面孔，确切地说，是新的表情……我记起那个混凝纸浆做成的毛坯，今天我还曾把它捧在手里。那是一种全新的视角，落在人面和物体上的光影全然是另一番姿态。

我们相对无言，沉默半晌。终于，我轻声说：“你这个混蛋……畜生，恶棍……你知道自己干了些什么好事？”

他如困兽一般抬起疲惫的眼睛——在我咄咄逼人的目光下，他的眼神飘忽不定——吃力地说：“你又知道什么？你想过没有，她出了事，我会怎样？”

我俯下身去，一字一顿地说：“她已经出事了，最可怕的事已经发生在她身上。当一个人觉得自己的灵魂被掳走，便再没有比这更可怕的事了。”

我知道这个话题是禁忌。我蓄意一击，正中要害。我知道此时最有效的是休克疗法——这是拯救丽萨的唯一途径，也是最后的机会。救丽萨，相当于救他自己，这可怜的疯子啊。

“朝她扑过去的疯子，说的就是你。”我说，“放过她吧！把她从你的心之牢笼里放出来。没错，她是你妻子，你患病的妻子，但不是你的所有物。”

“所有物……”他苦笑一声，沉默了。我又记起那件毛坯，视角与光线改变的不仅是面部表情，而且是整个实质。稍稍转动那颗头颅，造物者的自私、残酷和阴郁便消失了，留下的唯有含辛茹苦的温柔。

他缓缓地说：“半个月前我认识了一个很有意思的人。他是个傀儡收藏家，还是个历史学家，研究古希腊和罗马史，一开口就引经据典。他引了一段古文献里的文字，出自什么亚历山大文学……说的是一个术士，他凭空造了个男孩，让他做自己的仆役。”

“凭空?!”我诧异地问。

“对，凭空。”他没有看我，兀自说着，“整个过程都写得清清楚楚：把空气变成水，把水变成血，把血变成身体……‘让血凝缩，化为肉体’，很形象，对吗？他还说，这比造物主用泥土塑人困难得多。”

“所以呢?”我不明白他为什么在这个时候说这些。在这个节骨眼上，我们终于有机会认真谈谈他和丽萨的事，他却突然说起这些。我甚至以为他又要滔滔不绝地谈傀儡，谈他那些该死的木偶，以为他意识到了我很快就会站在丽萨一边，痛恨世上的所有傀儡。

“对，对……”他加快了语速，显然怕我打断他，不让他说完，“没错，他用空气造了个男孩，掳走他的灵魂，让他为自己服役，也就此杀死了那个真正的他，扼杀了他的人格。就是这样。”他抬起那双惊愕的灰眼睛，盯着我。他的眼眸极具穿透力，仿佛凝视着的不是我，而是另一重空间。他说：“有时候我觉得……觉得自己就是那个男孩，被造物主抑或魔鬼凭空创造出来，‘化为肉体’，掳走灵魂，为之服役。我和丽萨不一样。我究竟是谁的仆役，造物主还是魔鬼？我做的这些有什么意义？

最重要的是，我究竟为谁所有？这些问题我都不知道答案……”

他的面容使我不寒而栗。我开始害怕，开始恶心……到头来，我还是钻进了那座荆棘丛生的密林。我在棘刺中伤了自己，也把他的皮囊撕扯得鲜血淋漓。

“算了，”我窘迫地说，“干了这杯啤酒，该回家了，再没力气看这些丰乳肥臀了。丽萨还等着我们……我们是不是还得把埃丽斯放回去？对了，你把它放哪儿了？”

“化妆间。”

他依旧坐着，垂着眼帘，盯着桌上的盘子。无论何时何地，无论周围是怎样的人群，他总能沉浸到一个封闭的世界，缭绕他周身的仿佛是另一片空气，另一重光线，另一种密度的空间。此时此刻，他那中世纪术士般的暴戾面容看上去像一个深远的悲剧，却比背后俗艳的舞场和不绝于耳的靡靡之音更加真实。半赤裸的女体在他身后移动，就像一具具活动的人体模特，散发着诡异的气息。

“这么‘清净’的地方，可得把它锁好了。”

他不悦地笑笑，说：“不用锁，谁也不敢靠近它。人们都怕它，我没跟你说过吗？人们害怕它，就像……就像害怕你说的澳大利亚土著萨满腰里挂着的干尸人头。或者说，就像对待木乃伊一样，一边赞不绝口，一边躲得远远的。就算把它丢在车站和超市也不会有事，你没看见出租车司机拿手指戳它的时候有多小心？”

我们起身，从舞台旁边走过去，路过那被干瘦人腿玷污了的精致的木偶戏台，路过那些属于所有人却又不为任何人所有的无主的女性器官，把那些乳房、小腹、肚脐甩在身后……

我们走进后台昏暗的走廊，我在后，他在前。我听见他断断续续的低语：“电脑的事你说得对，很对……我给她买一台电脑，明天就买，就用今天赚来的钱。我找几个老师，教她学点东西，让他们来家里上课……”

我们走到化妆间，他推开门，突然呆立在门口。一秒钟的沉默预示着灾难的降临。然后我听见他用极低的声音说：“东西呢……”

继而是一声狂吼：“哪儿去了?!”

我一把将他推开，冲进房间。长椅空荡荡的，桌子空荡荡的，帷幔后面有张椅子，不知是谁把胸罩挂在了椅背上。不见埃丽斯的踪影。

我冲到走廊里，向出口奔去，留着连鬓胡子、打扮成男仆模样的保安还在桌子后头坐着。

“喂，”我气喘吁吁地说，“那个，化妆间……我们演出完把一个木偶放在那里，现在怎么不见了？您有没有看见……”

“看见了呀，”他木然地凝视着我抽搐的脸，“她走了。”

“谁走了?”我小声问，“木偶？您疯了吗，老哥?”

“还能是谁？就是木偶呀!”他得意地笑了，“我看了你们的演出，到处是破绽。很明显，哪有什么木偶，分明是个女演员!”

“你这混球王八蛋，听不懂人话吗?”我根据情况及时调整了语气。时间紧迫，把我那令人难忘的祖母毕生积累的全部词汇用在这个狗杂种身上也不为过。我吼道：“那是傀儡！是道具！你没看海报吗?”

“装神弄鬼，”他说，“海报，说白了……傻子才信呢。都跟你说了，她走进来，给我看请柬，说：‘抱歉，我刚演完，把东西落在化妆间了。刚才走的是正门，麻烦帮我指指路，我是个路痴。’我就给她指了路，直走，右拐……她进去了，过了五六分钟又出来了，就这么回事。”他冷笑一声，不屑地说：“还‘傀儡’呢！没良心!”

我立即后退，转身，跑回化妆间。那里已经聚集了一大群稀奇古怪的人，有系领结的“小圆面包”米沙，一个长得酷似烟嗓阿丽阿德娜的大胸女人，还有那个侏儒般的矮个子服务员。彼佳孤零零地坐在长椅上，两手乱挥，似乎要把空气撕成碎片。

“报警吧，米沙，”他木讷地说，“必须得报警。”

米沙吓得直蹦，圆滚滚的小肚子一颠一颠，差点弹到鼻尖上。他火急火燎地说："彼佳，彼佳，你看这么点事……黑皮①就别招惹了，啊？我会如数赔偿的。它值多少钱，我照赔就是，三百欧？五百欧？一千都没问题！你尽管开口……黑皮就算了！来，咱们说个数目，你的小美女值多少钱？"

"不多，"彼佳颤抖着苍白的嘴唇，两手依旧在空中乱抓，"也就五六千……报警吧。"

我走到小窗前，推了一把。窗子开了，如烟的寒气侵入霉湿的房间。我看看窗外，望望那条僻静的小巷。窗下蓬松的新雪显然被什么东西压坏了，那痕迹周围有一串小小的脚印，沿着小巷通向大街。似乎不久前有个孩子一样轻而小的人在那里躺了片刻，又爬起来走了。

这时，我看着身旁发疯的老友，看他痛心疾首地在空中乱抓，陷入万念俱灰的绝望……虽然羞于承认，但我确实像幼稚的孩童一样开心得要命。我为丽萨感到高兴，为她果决而刚烈的性格，为她的不妥协感到自豪，她终于出手了断了一切。

我小心地关起窗子，把浑身瘫软的彼佳夹在腋下，拽他起来站好，像搀扶一个醉汉。

"别报警，"我扭头对"小圆面包"说，"千万保密，别对任何人讲。他的外套呢？拿过来……快叫出租车，快点！"

随后我架起他的身子，在他耳边说了一个简短的词，对这两个音节，他比任何人都敏感。我把外套披在他身上，拖着他向门口走去。

他坐在出租车里，仰头靠着椅背，哼哼唧唧地小声嘟囔了一路。间或听他清晰地吐出这样的字眼："她把它扔下桥了……"

我平静地反驳说："没那么糟糕，别瞎想。"

车子停在华伦斯坦街的楼房前，彼佳立刻冲出车门，疯了似的向大门

---

① 黑皮：俚语，对警察的蔑称。原意是警察、狱警身上的制服大衣。

口奔去。然而接下来他猝然停住脚步，无力地倚在门上，说："你去……我害怕。"

他的脸颊瘦骨嶙峋。这是一张垂死的脸，就像门梁上的"小黑羊"。

我扭动了门把手，我们冲进角门，你推我搡地闯进门洞，边跑边脱外套。天知道人在激动的状态下会做出多少慌乱而多余的动作！我们终于穿过院子，跑到房门前，两人同时把门撞开，差点扑倒在门厅里。

我永远也忘不了眼前的画面。房子里弥漫着墓穴般的死寂，一只可怖的双头兽坐在安乐椅上缓缓地摇着。一颗头搁在颈子上，猩红的头发披落下来；另一颗在膝上，带着无声的微笑，平静地凝视着我们。而那独一无二的傀儡已被肢解，开膛破肚，扭曲的残骸散落了一地。地上还有一把锤子、一把钢锯以及彼佳工具箱里的其他东西。

我摊开两手，倚在门框上，挡住去路，不让我那可怜的朋友进屋。

我目不转睛地盯着丽萨，就像望着一个素昧平生的女人。

她面色凝重，似是在履行一项沉重的职责。这是一张亡命徒的脸，破釜沉舟，定要置对方于死地……这也是一张刽子手的脸，行刑后的那一刻，浴血的头套缚着面颊，她默默垂下握着斧子的手，利刃的寒光在头顶画出一道闪亮的弧，残影还未来得及消失。

彼佳在我背后挣扎，不，确切地说是撞在我灼热的后背上——他试图冲进房间。他们两人之间似乎积蓄着可怕的高伏电压，我横在当中，脑袋嗡嗡直响。

丽萨用深沉而沙哑的声音说："放他进来。"

这语气仿佛是在下令让亲属认领受刑者的死尸。可她的声音里分明流露出怜悯……若有半句假话，诸位尽可宰了我。

他们二人向来将这只机械傀儡视作活人。这可怕的深渊啊，我甚至不敢向内窥探……

“放他进来!”

我松了手。彼佳像一只垂死的天鹅发出凄厉的哀鸣，从我身边掠过，向丽萨扑去。他的脸色难看得吓人。

我一个饿虎扑食，将他扑倒在地。这是我的一项专业技能：移民生涯伊始，我迫于生计，在狂暴症隔离区当过护士，身手没白练。

我成功将他扑倒，脸朝下压在地上，还擒住了他的手，以防万一。他的脸颊下方渗出一汪血，我意识到自己可能用力过猛，让可怜的小彼佳重重地磕在了地板上。他沉默地趴在我身下，大口地吸着气，发出痉挛的哽咽。

丽萨却平静地说：“放开他，鲍利亚，他不会对我怎么样的。糟糕的事情已经永远结束了……”

不，我还不能确定。从我身下那嘶哑的呜咽声来判断，糟糕的事情还没有过去，我还不敢从他那披着燕尾服的后背上爬下来。我设身处地思忖一番，发现换作是我，也定会冲上去将她暴打一顿。因此，我一手钳制住他反剪在背后的胳膊，另一只手则抚摸着他的脖颈，安抚着他。

“把他拉起来，”丽萨接着说，“我要宣布一个消息，我想让他站着听。科尔奇马利也不用再藏了，让它和我们平起平坐，这是它应得的。”

突然，她抬高了嗓音，前所未有地庄严和洪亮。她像一个传令官，掷地有声地说出一句我完全不懂的话：“听见没有，马丁！它已经显了神通!”

寂静遽然降临，恍若舞台剧里精心排演的停顿。我还没明白是怎么回事，彼佳急促的呼吸声已戛然而止。

我抓住他的肩膀猛地一扯，把他翻了个个儿，却见他翻着白眼，鼻孔鲜血直流。

“丽萨!”我吼了一声，急忙扯下他那傻乎乎的领结，帮他解开衬衣的扣子，“快把脑袋扔了，抱着它作甚？你又不是莎乐美！从冰箱里拿些冰块出来！拜托，你别害怕，老掉牙的场面，他只是昏过去了……”

这下可好，画面瞬间切换：号啕大哭的丽萨，被这座房子里的闹剧惊得目瞪口呆、拖着假腿跑来跑去、慌张得嗷嗷直叫的小狗，还有满脸是血、不省人事的傀儡师。

对了，还有一件事。当我终于把彼佳从罕见得让我万分惊骇的深度晕厥中唤醒时，被遗忘在一旁的埃丽斯的头颅突然从摇椅上滚了下来，滚落到主人身旁，在他面前哀戚地摇着。它转动着眸子，似乎在诀别。是的，正是那对珍贵的玻璃眼睛，闪烁着蜂蜜的色泽，那是山蜂酿造的水蜜，是稠李花、忍冬花、三叶草、百里香和鼠尾草花蜜的颜色，是捷克最后一位玻璃眼珠吹制工马列克·多列扎尔一丝不苟为它吹制而成的杰作……

好吧，讲得够多了，接下来的事长话短说。良宵难觅，却用来写些闪烁其词的蹩脚文字，我自己也厌倦了。何况，无论再过多少年，我都未必会把这些文字拿出来示人。

那傻瓜整整一个月没理我。他一口咬定我和丽萨早有预谋（混蛋！狗屎！——我那令人难忘的祖母定会这么说。)，我打去几个电话，都碰了钉子。每当我试图做出解释，他便怒不可遏，把电话一摔。我决定给他时间冷静冷静。

令我担心的是丽萨的高龄妊娠，何况还有家族“综合征”的危险。坦白地说，我反对她这样冒险，因而总想打去电话，趁一切还为时未晚，吼上一通，催她去做遗传分析。然而……有些说不清道不明的东西阻止了我这么做，让我把产检、分析之类的念头搁置一旁。这并非出于医学的考虑，而是不想闯入他们的生活空间。

丽萨和我聊过两次，她镇静得令我惊讶，戏谑之中透着严肃。面对我小心翼翼的暗示，她只是一再说："一切都会好的，鲍利亚，到时候你就知道了，如今一切都会好起来的！"

奇怪的自信！既然命运之神让我和两个疯子纠缠不休，也罢……

听丽萨说，彼佳在普罗查兹卡家族的公司有了股份，还和某家做木偶生意的股份有限公司筹划了一个大项目——他们在伏尔塔瓦河上买了一艘旧驳船，把它装修成了水上剧院，专门搞艺术形式的合成实验，比如人和傀儡同台表演……有几份公文还没搞定，还没获得市政府在桥下安装系船设备的许可，还得东奔西跑，忙活一阵子。不过招募演员的消息已经发布了，许多才华横溢的人踏破门槛，艺术学院整整一个班的毕业生都来报名。你是知道的，马丁还算有些名气。他脑子里的计划和主意多得要命，脑壳都要爆炸了。最关键的是，马丁答应让丽萨也加入自己的项目，比如，给孩子们上上舞蹈课。当然要等她生完孩子，把大肚子卸下去再说。"鲍利亚，你明白吗，"丽萨反复地说，"跳舞毕竟是我的职业，对吗？"

对，对……

她不擅长那些烦琐事务，只是顺便提起，说彼佳卖掉了萨马拉的房屋，把资本全部注入了那家做木偶生意的股份公司，所以他们还得继续在马厩里住上一段时间。她说这没什么不好，院子里的常春藤不久便会长出新叶，碧绿的波涛将淹没整面红墙。秋天，它们将染上鲜亮的红色。每天清晨都有露水……"你还记得这里的夏天有多美吗？我们这里很美，对吗，鲍利亚？"

对，对，我亲爱的……

我聆听着她无与伦比的声音。她的嗓音有麂皮的质感，像小男孩一样沙哑。我想，万一呢？万一奇迹发生了呢？奇迹是有的，虽然罕见，但还是会发生。那她岂不是再也不会回到这个医院来了？看来，我这个有名无实的“丈夫”得准备再离一次婚了。

他的电话来得很突然。

我正在巡视病房，护士席拉探进头来，说：“鲍里斯，你朋友来电话了，就是那个怪人，那个俄罗斯神经病。”

我径直从二楼向办公室奔去，像个中学生一样，三步并作两步跃下楼梯。奇怪，也不知哪里来的这股冲劲儿。

“鲍尔卡！”听筒那头传来有力的、焕然一新的喊声，我们之间那辽远的空间也随着疾风般的声音震颤起来。他喊道：“是个女孩，鲍尔卡！”

“什么？”我慌了神，“已经出生了吗？”

“没，还要等好久呢，你是不是糊涂了，医生？不过已经能看到胎儿了，昨天我在屏幕上亲眼看见的，鲍尔卡，亲眼看见的！她像一条小鱼游来游去，现在还是个小丑八怪，但是别提多可爱了，简直是个小木偶！”

这时我火冒三丈。

“不！”我对着听筒大声咆哮。听到我的吼声，医生护士都像受惊的兔子躲到门后，可我顾不了那么多了。我被愤怒冲昏了头脑，只想把他痛殴一顿，就像痛打落水狗。我怒吼着：“不，你这混蛋！你敢！她不是木偶！你听好了！她，不是木偶！”

尾声

寒风凛冽，吹得人眼泪直流，把最倔强的游客也赶下了查理大桥。

伏尔塔瓦河忧郁的春水在桥下流淌，像一条闪烁着斑驳锡光的紫青色蟒蛇，缓缓钻入桥洞。沉郁的水面倒映着铅灰色的天空，沉重的云块隆起一座座堡垒，在水天之间汹涌、翻腾。

桥上只剩下一小群日本游客，导游挥着手引他们四下参观。还有几对不服输的小情侣在一个个手工艺品货摊之间流连，在一尊尊雕像前奋力拍照，想必是下定决心将“金色布拉格”淡季旅行的价值发挥到最大，尽可能多地为家庭相册添加有用资料和美丽风景。

大家都冻坏了。画家们依旧坐在帆布小马扎上，盯着自己的画架；伊尔扎依旧在耍他那只粗制滥造的“吉他手”；听声音，冻僵了的洪扎还在桥中央起劲地唱，他的电子爵士乐依旧在受难者臬玻穆的若望脚下轰响。

每个人都在想方设法取暖，就差把篝火点起来了。没关系，我的难兄难弟，漫长的寒冬已经过去，料峭春寒也终将消逝，夏季的舞台即将向我们敞开，玉露琼浆遍地横流，树上长满丰美的浆果……

彼佳走到洪扎对面，在桥栏边驻足。

那群日本游客刚好从两人之间穿过，我们的音乐家立刻从脚边抓起玩具手鼓，来了一段独奏表演。他举着小鼓往死里敲，晃着满头螺丝状的褐色小辫，陶醉地咧开大嘴，露出满口白牙。一个乐善好施的游客朝他的纸盒里扔了两克朗。

演奏告一段落，彼佳朝他笑笑，他便挥挥手。

洪扎是个懂事的小伙子，此时，他绝不会再提“亮绝活”这样的非分要求——他不会戳人痛处。大家都知道，彼佳倒了大霉：演出刚结束，一伙强盗就从夜总会劫走了他的埃丽斯，那巧夺天工的傀儡就像一个真正的女人，和活人没什么两样！据说，警察也束手无策，那傀儡仿佛钻到地缝里消失了。伊尔扎认为，它可能漂洋过海去了美国，或是更远的地方，落入某位收藏家之手……可怜的彼佳，瞧，他站在那里，漫不经心地笑着，就像什么也没发生似的，真是个怪人。

他和唐达说好在市政府碰头，眼看就要迟到了，可他不知为何仍伫立在桥上，迎着凛冽的寒风，向饱经风霜的洪扎微笑。他走近了些，往纸盒里瞧瞧，里面只有几个铜板，钱少得可怜。

“来吧！”他抬起下巴，指了指麦克风。奇怪，在这冻煞人的天气，电唱机却安然无恙。

洪扎瞪大了眼睛，连连摇头：“彼佳！不行……你干吗？绝对不行……”

“来吧，来吧。”彼佳点点头，卸下肩上的背包，脱下外套，只剩下薄毛衣和牛仔裤，就这样伫立在料峭的春风里，“让我们把绝活亮出来！”他使了个眼色，挽起袖口，瞬间变得精神抖擞，身躯也似乎高大了一些。

洪扎不再争辩，弯下腰，迅速切换曲目，揿下按钮。

金格·莱恩哈特的《小步舞曲》笑傲寒风。琴弓清了清嗓子，在琴弦上奏出暗哑的咳嗽声。身材臃肿的低音提琴回应了一声，似乎开了个辛辣的玩笑，继而沉入深邃的静默，预示着华丽而苦涩的迸发——吉他激越的切分音遽然奏响……

前奏响起，彼佳垂着头，凝然伫立，仿佛音乐与他没有半点关系。当小提琴爆发出第一组高音，他依旧神情木然，心不在焉，身体却机械地动了起来，向左三步，向右三步……将一个无形的躯体搂在臂弯，预备！继续，继续，继续，我的拇指姑娘，脚对脚，左、右，左、右。哒哒——哒啦——啦啦——哩啦……急转身，周身旋转，快，再快！停——换位！再停——换位！哒啦——啦啦——嘟哩——哩啦……小提琴急转而上的高音激起惊人的旋涡……

一如既往，舞曲的旋律甫一奏响，观众便像中了魔法似的围拢过来。日本游客原路返回，小情侣们飞奔而至，人群中涌现出一张张新面孔。

（在洪扎心目中，这一幕永远是真正的奇迹。查理大桥方圆五百米内的游客全被吸引过来，就像磁石吸满了铁屑。他总是暗自纳闷，远处的人们是怎么感觉到这股吸引力的？莫非这个男人柔韧而健壮的身躯、精湛的技艺和卓越的才华真能远远放射出一种独特的魔力？）

他翩然起舞。

亡去的埃丽斯那轻盈的幻影在他的臂弯里飘浮。它仰着头，那永生的红发似乎拍打在粗糙的岩石上。它像一小块慵懒的丝绸，在他的臂弯里飘浮。他也飘浮起来，躯体分裂成两半，又合二为一，和着节拍在春风里摇摆。他弯起右臂，左臂前伸，做出祈求的姿势，穿越《小步舞曲》那戏谑而感性的迷宫，旋转，换位，把它抛向另一只手臂，在繁复的对位中捕捉每一丝微妙的动作，仿佛在用舞蹈召唤黑暗国度的灵魂。

他用脊梁、脖颈、灵活的肩膀、手腕和脚踝探索着繁复而醉人的舞蹈的每一毫厘，一寸寸地绘制出节拍的轨迹。他旋转，换位，扬起下巴，将那轻盈而纤弱的幻影抛向左臂，时而急速前行，时而猝然止步，时而蛮横地俯下身去，时而将它按在胸口。

他再一次环绕着它的身躯，迈出迅疾而孟浪的舞步，灼热的手掌爱抚着虚空，并将这虚空引向自己的胸膛，在瞬间迸发的情欲中愕然僵滞。

舞曲余音飞逝，在伏尔塔瓦河上空化为灰烬。这是对臂弯里那片珍贵的虚空最后的致意，是娇小的埃丽斯的悼亡之舞。小小的埃丽斯啊，它亡去了，消逝了。完美的傀儡，他的珍宝，他那无上、无形、无瑕的幸福……

起初，人们和往常一样随着节拍鼓掌，然而看到他的脸，看客们沉默了，敛起微笑，垂下手。一个孤独的疯子，将空气当作舞伴，跳着一支可怕的舞。

他在跳舞。

为什么这支曲子如此浅显，却如此痛苦、赤裸而无情地述说着他和丽萨的人生，述说着他们的爱情？它说他有两个灵魂，一个被掳走、受奴役，另一个凝视着自己的影子，无论如何不肯妥协。它还说他有个崭新的灵魂，尚未出世，却已经凯旋。

琴弓在琴弦上急剧地颤抖，吉他击打出铿锵的节拍，班卓琴如泣如诉，吟咏独一无二的生命，流露出诙谐而温柔的悲哀……这旋律中究竟蕴藏着什么？在这座大桥之上，这音乐与环绕着他的世界又有怎样的联系？

他在跳舞。

他灰色的眼眸里映着那群游客，映着粼粼波光中穿梭的小艇，还有在岁月中黯淡了的塔楼和桥上的雕像。佩特辛山上草木丰茂，锯齿状的古城墙宛如缝在半山腰上的针脚……他的眼睛里有一些蓝天的碎片，云块迅疾地飞行，流云的旋涡疯狂地旋卷。他眼睛里的整座布拉格城池都闪烁着无助的泪光，从丘陵上空掠过，飞逝而去。

他在跳舞……脸上是孤绝的神色，仿佛陷入昏厥。他迈着轻盈的步子，似乎他自己也只是一团被浓缩成躯体的空气，只是上帝的傀儡，被不计其数的善与恶的提线牵引着。他的心脏被凿出一个孔洞，“黄金提线”穿透颅骨，伸向渺无尽头的苍穹。

那又如何，用这舞蹈给造物者庞大的孤独染上些许铅华，他高兴。

他的工作完成得好极了，他是个兢兢业业的仆役。如今不妨把提线一根根斩断，只剩最后一根，那根唯一的金线。它会引着他飞离这座大桥，纵然无法飞向苍穹，坠入那闪烁着斑驳粼光的波涛中也好。

可我将留在此地。

留在这里。

我应当留下，因为这里有你，我的爱……

2010年，耶路撒冷

致　谢

这本书的创作时间长达一年。一年来，我时刻感受到朋友们的支持与帮助。我的朋友各式各样，有的是相识数十年的老友，有的未曾谋面，只在邮件中“聆听”过他们抑扬顿挫的声音，但我仍视其为挚友。

他们来自各行各业：傀儡师、演员、医生、记者、学者。他们来自五湖四海：利沃夫、布拉格、萨马拉、莫斯科、彼得堡；有的居住在遥远的萨哈林和更为遥远的美国，有的则近在咫尺，来自耶路撒冷、海法、巴黎、柏林、华沙……

我依偎着他们友善的肩膀，得到关爱和理解。在他们无私的帮助下，即便是最艰辛的时刻，写作也得以继续。

朋友们，在此向你们献上我最真诚的爱和最深挚的感激！

图书在版编目（CIP）数据

木偶综合征/(以)吉娜·鲁宾娜著;李暖译.—济南:山东文艺出版社,2020.3

ISBN 978-7-5329-6028-6

Ⅰ.①木… Ⅱ.①吉… ②李… Ⅲ.①长篇小说—以色列—现代 Ⅳ.①I382.45

中国版本图书馆 CIP 数据核字(2019)第 291214 号

图字:15-2019-2

木偶综合征

MUOU ZONGHEZHENG

〔以色列〕吉娜·鲁宾娜 著 李 暖 译

主管单位 山东出版传媒股份有限公司

出版发行 山东文艺出版社

社　　址 山东省济南市英雄山路 189 号

邮　　编 250002

网　　址 www. sdwypress. com

读者服务 0531－82098776(总编室)

0531－82098775(市场营销部)

电子邮箱 sdwy@ sdpress. com. cn

印　　刷 山东德州新华印务有限责任公司

开　　本 890 毫米×1240 毫米 1/32

印　　张 11.5

字　　数 308 千

版　　次 2020 年 3 月第 1 版

印　　次 2020 年 3 月第 1 次印刷

书　　号 ISBN 978-7-5329-6028-6

定　　价 52.00 元